世界名人逸話集

세계 명인 일화집

김효영 편저

明文堂

〈 머리말 〉

　일화逸話(Episode)란 세상에 널리 알려지지 아니한 흥미 있는 이야기를 짧은 내용으로 단번에 인물이나 장소를 설명해 줄 수 있도록 해줍니다.(토마스 하디 참조)

　널리 알려지지 않은 이야기를 필자가 채굴한다는 것은 매우 어려운 일이므로 필자는 '세상에 많이 알려지지 않은 이야기, 또는 세월이 흘러 잊어져 가는 흥미 있는 이야기' 라고 말하고 싶습니다.

　예를 들면, 미국 시카고의 부치 오헤어 국제공항은 널리 알려진 이름이지만, 제2차 세계대전 초기 미국 공군 중위의 이름이라는 것은 잊어져 모르는 것입니다. 또한 강우규 의사가 애국지사라는 것은 알지만, 무엇을 위해 수류탄을 쥔 동상이 세워졌는지 모릅니다. 일화는 짧은 내용으로 단번에 인물이나 장소를 설명해줄 수 있도록 해주는 장점을 지니고 있습니다. 그리고 또 다른 장점은 서사를 필연성에서 어긋나도록 만든다는 것입니다.

　명사의 일화가 궁금하게 된 동기는 세계명언사전을 편집하면서 명사들의 삶과 행적이 궁금하게 되어 모으게 되었습니다.

　명사 336인의 삶과 행적에 감동을 받아 자신의 입장과 비교하며 돌아보고 앞날의 삶에 도움이 되는 기회가 되기를 바랍니다.

　감사합니다.

2024년 3월

김 효 영

목차

● 머리말 3

ㅊ

세계 명인 일화집

世界 名人 逸話集

간디
Mahatma Gandhi

자신에게 고개를 숙이지 않는 식민지 인도 출신인 학생 간디를 아니꼽게 여기던 '피터스' 라는 교수가 있었다.

하루는 간디가 대학 식당에서 피터스 교수 옆자리에 점심을 먹으려 앉았다.

피터스 교수는 거드름을 피우며 말했다.

"여보게, 아직 모르는 모양인데, 돼지와 새가 같이 식사하는 일은 없다네."

간디가 재치 있게 응답했다.

"걱정하지 마세요. 교수님! 제가 다른 곳으로 날아가겠습니다."

복수심에 약이 오른 교수는 다음 시험 때에 간디를 애먹이려고 했으나 간디가 만점에 가까운 점수를 받자, 간디에게 질문을 던졌다.

"길을 걷다 돈 자루와 지혜가 든 자루를 발견했다네. 자네라면 어떤 자루를 택하겠나?"

간디가 대수롭지 않게 대답했다.

"그야 당연히 돈 자루죠."

교수가 혀를 차면서 빈정댔다.

"쯧쯧, 만일 나라면 돈이 아니라 지혜를 택했을 것이네."

간디가 간단하게 대꾸했다.

"뭐 각자가 부족한 것 택하는 것 아니겠어요."

히스테리 상태에 빠진 교수는 간디의 시험지에 '멍청이'라고 써서 돌려주었다.

간디가 교수에게 말했다.

"교수님 제 시험지에는 점수는 없고, 교수님 서명만 있는데요."

[Mahatma Gandhi, 1869~1948, 인도 정치가]

갈릴레오
Galileo Galilei

 당대에는 저명한 수학자였으며, 직업 면에서도 수학자로 커리어를 쌓았다. 당시의 수학자는 천상이자 논리의 학문인 천문학보다 한 수 아래로 취급되었고, 이에 갈릴레오의 업적은 직업면에서는 평가하자면 이런 경향에 반대하여 수학적으로 천문학의 원리를 재구성하려고 시도했다고 볼 수 있다.

유명한 일화로 피사의 사탑에서 낙하 실험을 했다고 전해진다.

'무거운 물체는 가벼운 물체보다 더 빨리 떨어진다' 라는 통념을 깨기 위한 것으로, 피사의 사탑에서 무게가 무거운 추와 가벼운 추를 동시에 낙하시켜 두 추가 동시에 지면에 떨어지는 것으로 증명했다고 하는데, 이 일화는 사실이 아니다. 갈릴레오가 한 실험은 위와 같은 것이 아니라 고도의 사고실험이었다.

관성을 말한 것도 이 사람이다. 이는 대부분 사람들이 지동설을 반박할 때 '만약에 지구가 움직인다면 항상 강한 바람이 불어야 하는데, 그런 현상이 일어나지 않는다.' 라고 하거나 '물체를 떨어트리면 대각선으로 떨어져야 하는데, 직선으로 떨어진다.' 라고 말할 때, 갈릴레오는 공기와 낙하하는 물체 역시 지구에 종속되기 때문에 항상 강한 바람이 없는 게 당연하다면서 이런 반박을 재반박하기 위해

관성이라는 개념을 창안했다.

그 외에도 최초로 온도계를 발명한 것으로 유명하다.

그는 당시 진리로 여겨졌던 천동설을 부정하고 지동설을 주장해 종교재판에 회부된다. 갈릴레이는 지동설을 주장했다는 이유로 고문을 받게 되고, 이를 견디다 못해 결국 자신의 주장을 철회하고 만다.

그리고 그는 재판정을 나서며 훗날 명언이 될 한마디를 남긴다.

'그래도 지구는 돈다.'

그러나 이러한 일화에는 두 가지 잘못된 상식이 있다.

우선 갈릴레이는 '그래도 지구는 돈다.'고 말한 적이 없다. 이 말은 당시 재판 기록에도 나타나있지 않으며, 그가 직접 쓴 편지의 글에도 언급되어 있지 않다. 그로부터 100년이 지난 뒤에 부정확하기로 소문난 책 '문학 논쟁'에 등장할 뿐이다.

[Galileo Galilei, 1564~1642, 이탈리아 천문학자, 수학자]

강우규

姜宇奎

1919년 9월 2일 오후 5시, 서울역 한복판에 굉음이 울려 퍼졌다. 조선 제3대 총독으로 부임하는 사이토마코토齊藤實가 부산에서 열차를 타고 서울역에서 내린 뒤 마차에 올라탄 순간이었다. 어디선가 누군가가 던진 폭탄이 터지면서 총독을 보기 위해 인파로 넘쳐났던 현장은 한순간에 아수라장이 되었다.

목표물이었던 총독은 맞지 않았지만, 옆에 있던 총독부 관리 등 3명이 죽고 34명이 다쳤다. 우왕좌왕하는 사람들 사이로 폭탄을 던진 65세의 노인동맹 소속 강우규는 유유히 현장을 빠져나갔다. 어느 사람도 백발노인이 폭탄을 던졌을 것으로 생각하지 못했기 때문이다. 이토 히로부미를 저격했을 당시 안중근 의사가 31세, 일황 생일 행사장에 폭탄을 던졌을 당시 윤봉길 의사가 25세, 왕 히로히토를 저격했을 당시의 이봉창 의사가 33세였으니 말이다. 또 당시 평균 수명이 40세쯤이고 노인동맹단에 가입하는 노인의 기준이 45세였던 점을 고려하면, 당시 강우규는 현재 기준으로 85세 안팎의 고령이었을 것으로 추정된다.

그럼에도 그는 신문에 실린 사진을 통해 신임 총리의 얼굴을 익히고 수차례에 걸쳐 행사장인 서울역을 답사한 끝에 삼엄한 경비를 뚫고 명주 수건에 숨겼던 폭탄을 던진 것이다.

총독을 겨냥한 그의 폭탄 투척은 우리 민족의 강력한 독립 의지를 세계에 알린 '65세 청년의 쾌거'로 강렬한 인상을 남겼다. 국가보훈처에 따르면, 거사 뒤 보름 만에 친일파 순사의 밀고로 하숙집에서 체포된 강 의사는 이듬해 2월 사형선고를 받고, 그해 11월 29일 서대문형무소에서 순국했다.

비록 목표한 바는 이루지 못했지만, 그의 의기는 큰 반향을 불러일으켰다. 일제는 을사늑약이 조선의 자발적 협조로 체결되었다고 선전했으나 이 의거로 일제의 야욕과 독립을 향한 조선의 의지가 세계에 다시 한번 알려졌다. 'LA TIMES'에도 실릴 만큼 강우규의 폭탄 의거는 미국에서도 주목한 사건이었다.

1855년 평남 덕천에서 빈농의 자식으로 태어난 그는 조실부모하고 누나의 집에서 자랐다. 생계를 위해 한의학을 배운 뒤, 함남 홍원군에서 아들과 한의원과 잡화상을 운영하며 상당한 재산을 모았다. 하지만 그는 번 돈의 전부를 가족보다는 후학 양성에 쓸 정도로 청년 세대에 주목했다.

특히 1910년 경술국치를 계기로 독립운동에 투신할 것을 결심하고 중국에 사립 평등학교를 설립해 청년교육에 헌신하고 청년 독립투사를 지원하는 데 앞장섰다.

그는 아들에게 "내가 자나 깨나 잊을 수 없는 것은 우리 청년들의 교육이다. 내가 죽어서 청년들의 가슴에 조그마한 충격이라도 줄 수 있다면 그것은 나의 소원하는 바이다. 언제든지 눈을 감으면 쾌활하고 용감히 살려는 전국 방방곡곡의 청년들이 눈에 선하다."고 말했다고 한다.

정부는 강 의사의 공훈을 기려 1962년에 건국훈장 대한민국장을 추서했고, 폭탄을 던진 자리인 서울역 지하철 2번 출구 앞에는 그의 동상이 세워졌다.

[姜宇奎, 1855~1920, 한국 한의사, 독립운동가]

강태공
姜太公

주왕은 희창이 구금 중에도 전혀 원망의 빛이 없고, 또 이렇게 미녀와 보석들을 보내 오자 만면에 희색이 가득하여 그를 석방하고 다시 서백에 임명하였다.

희창은 석방된 후에 주족周族을 강성하게 만든 다음 기다렸다가 주왕을 공격하여 치욕을 갚을 것이라고 결심한다.

그에게는 많은 신하와 장수들이 있었지만, 전체를 통괄할 수 있는 문무를 겸비한 인재가 없어 그러한 사람을 백방으로 찾고 있었다.

한번은 희창이 사냥을 갔다가 위수渭水의 지류의 반계반磻溪畔에 이르러 수염과 머리가 반백인 7~80대의 노인이 낚시를 하고 있는 것을 보았다.

그런데 그 노인은 곧은 낚싯바늘로 낚시하면서 "원하는 놈은 걸려라. 원하는 놈은 걸려라."라고 중얼거리고 있었다. 그는 그것을 매우 이상하게 여기고 옆으로 다가가서 그 노인과 대화를 나누었다.

노인은 천문과 지리에 통달하고 천하의 형세를 훤히 꿰뚫고 있었으며 가슴에는 웅대한 뜻을 품고 있었다.

희창은 그가 바로 문무를 겸비한 인재라는 것을 알아보고 크게 기뻐하면서 그를 도성으로 데려와 국사國師에 임명하여 정치와 군사를 통괄하게 하였다.

　이 노인이 바로 강태공 또는 강자아姜子牙, 태공망太公望이라고 일컬어지는 인물이다.

　강태공의 노력으로 주족周族은 안정 속에 발전을 거듭하며 막강한 군사력을 갖추게 된다.

　그 후, 견융犬戎, 밀수蜜須 등의 부족을 공격한 다음, 상商의 지지 세력인 여黎, 간干, 숭崇 등을 멸망시키고, 숭의 도성인 풍읍豊邑을 세워, 상을 공략하기 위한 적진 기지로 삼고, 희창은 만년에 이르러 이미 천하의 3분의 2를 장악하게 된다.

[姜太公, B.C.1211~B.C.1072, 중국 주나라 정치가]

게르하르트 하웁트만
Gerhart Hauptmann

그의 출세작이자 독일 자연주의 연극의 시작을 알린 작품은 '해뜨기 전'으로, 이 작품은 자연주의의 원칙을 따라 유전과 환경이 극중 인물의 운명을 결정하고 있다.

예를 들어, 이 연극에서 벼락부자가 된 주인공 크라우제의 둘째 딸인 헬레데는, 자신이 사랑하던 사회학자 로트에게 버림을 받고 자살로 생을 마감한다. 로트가 헬레데를 버린 이유는 그녀의 집안이 알코올 중독자 집안이기 때문이다.

1893년에 베를린에서 초연된 작품으로, 독일 자연주의 연극의 대표적인 작품이라 할 수 있다. 1844년 독일 슐레지엔 지방에서 실제로 일어났던 직조공들의 반란을 사실적으로 재현하였다.

이 작품은 소위 '사회 드라마'로서, 특별한 개인이 주인공으로 등장하지 않고, 직조공들이라는 노동자 집단이 주인공으로 등장한다.

[Gerhart Hauptmann, 1862~1946, 독일 소설가, 작가, 노벨상 수상]

게오르그 엘리네크

Georg Jellinek

 게오르그 엘리네크는 19세기 독일을 대표하는 공법학자, 헌법학자, 행정법학자이다. 저명한 행정법학자인 발터 엘리네크의 아버지이기도 하다. 종래의 형이상학적 국가 이론에서 벗어나 신칸트학파의 이원론적 방법에 기초하여 법학적 국가론을 체계화하여 실증주의적 국가론을 전개하였다.

그의 법적 관점은 이른바 법실증주의로 불린다. 19세기 후반에 라반트로부터 시작된 헌법학을 참된 법률학이 되게 하고, 국가를 법률적으로 파악 구성하려는 시도를 대성하였으며 국가법인설을 기초로 해서 국가기관, 국가작용 등에 관한 체계적 법 이론을 구성함과 동시에 국가의 사회적 고찰의 필요까지도 설명했다.

1900년 '일반 국가학' 을 저술했다.

[Georg Jellinek, 1851~1911, 독일 공법학자]

공병우
公炳禹

평안북도에서 태어난 공병우 박사의 삶은 '최초' 라는 수식어로 가득하다.

한국 최초의 안과 의사

최초의 안과병원 개원

최초의 쌍꺼풀 수술

최초로 콘택트렌즈 도입

이같이 화려한 경력으로, 한때는 우리나라에서 4번째로 세금을 많이 낼 정도로 부를 쌓기도 했다. 하지만 공병우 박사는 돈 버는 것에는 관심이 없는 사람이었다. 그의 관심은 온통 자신의 지식을 세상에 어떻게 사용할까였다.

그런 그의 삶에 운명적 만남이 이루어진다. 눈병 치료를 받으러 왔던 한글학자 이극로 선생과의 만남이다. 그와의 만남으로 과학적이고 우수한 우리의 한글을 전 세계에 널리 알리는데 관심을 쏟게 된다.

이후 공병우 박사는 한글타자기 개발을 시작한다. 병원도 그만두고 얼마나 온 정신을 기울였던지 사람들은 '공병우 박사가 미쳤다'며 수군거리기도 했다.

그러한 열정 덕에 공병우 박사의 한글타자기는 미국 특허를 받게 되고, 많은 사람이 편리한 삶을 누리게 된다. 그러나 공병우 박사의 도전은 멈춤이 없었다.

시각장애인을 위한 점자 한글타자기도 개발했다. 누구보다 한글을 아꼈던 공병우 박사는 그의 나이 82세가 되던 해에도 그 열정을 잃지 않고 한글문화원을 설립하기에 이른다. 그곳에서 좀 더 편리하게 한글 자판을 사용할 수 있도록 연구하였으며, 실력 있는 젊은 인재들과 정보를 나누며 프로그램 개발에 지원을 아끼지 않았다.

그렇게 열정을 쏟은 결과, 지금 우리가 편리하게 사용하고 있는 컴퓨터 문서 입력 프로그램인 [아래아한글]이 탄생하게 됩니다. 한글을 위해 자신의 삶을 바쳤지만 의사로서의 본분을 잊지 않았던 그는 미국에 갔을 때 보았던 구급차를 수입해 전국을 돌며 도움이 필요한 환자들에게 무료진료를 해주었고 시각장애인을 위한 학교도 세웠다.

그렇게 한없이 베풀고 사회에 환원하는 마음으로 살았지만 한평생 자신에게 검소하기 그지없는 삶을 살았다.

그런 공병우 박사의 성품은 그의 유언에서도 잘 나타나 있다.

"나의 죽음을 세상에 알리지 마라. 장례식도 치르지 마라. 쓸만한 장기는 모두 기증하고, 시신은 대학에 실습용으로 기증하라. 유산은 시각장애인을 위한 복지를 위해 써라."

그의 유언대로 공병우 박사의 각막은 다른 사람에게 이식되었고, 시신은 의과대학에 실습용으로 기증되었다. 또한 그의 죽음은 후에서야 신문을 통해 알려졌고, 빈소도 없고, 장례식도 없고, 묘지도 없다.

살면서, 그리고 죽는 순간에도, 또 죽어서도 내가 가진 모든 것이 다른 사람에게 빛이 되길 바랐던 진정한 위인이었다.

[公炳禹, 1907~1995, 한국 안과 의사, 국어학자, 공병우 타자기 창시자]

공자
孔子

그의 선조는 송나라 공족이었다. 공자의 시대는 주나라 왕실이 쇠미하여 예악禮樂은 행해지지 않았고, 시詩와 서書도 많이 흩어졌다. 그래서 공자는 하·은·주 삼대의 예禮도 추적하였으며, 서전書傳을 정리하였다.

그전에는 시詩가 3천여 편이었는데, 공자는 그중에서 중복된 것을 빼고 예절과 의리를 북돋기에 도움 될 것만 취하여 정리했다. 이렇게 정리한 시 305편에 대해 공자는 모두 현악에 맞추어 노래 부를 수 있었는데, 소韶·무武·아雅·송頌의 음률에 맞추려고 노력하였다. 이로부터 예·악이 밝혀져 왕도王道가 갖추어지고 육예六藝가 확립되었다. 공자는 말년에 역易을 좋아하여 단·계사·상·설괘·문언 등을 편찬하였다. 책을 묶은 가죽끈이 세 번이나 닳아 끊어질 정도로 역을 읽었다.

공자는 시·서·예·악으로 제자들을 가르쳤고, 그 수가 3천 명에 달했다. 그중 72명은 육예에 통달했다. 또 그는 사관의 기록을 바탕으로 춘추春秋를 지었는데, 이것은 노나라 은공부터 시작하여 예공 14년까지의 12공에 걸쳤다. 춘추는 노나라를 중심으로 주나라를 가깝게 여기며, 3대의 예악의 근본정신을 운용하였다. 그 문장은 간결하지만 함축성은 광대하다. 이로써 최고 통치자의 실정에 대한 비난과 배척의 대의명분을 모든 후세의 사람들은 일제히 춘추에 준거하기 시작했다. 춘추의 대의大義가 행해질 때, 천하의 난신적자亂臣賊子는 두려울 수밖에 없었다.

공자는 73세의 나이로 세상을 떠났다.

[孔子, B.C. 551~B.C. 479, 중국 노나라 정치가, 사상가, 교육자, 문신, 작가, 시인, 유교의 창시재]

괴테

Johann Wolfgang Goethe

베토벤이 서곡 '에그먼드'를 막 완성했을 무렵, 괴테가 몇 주간 머무르는 일정으로 빈에 왔다. 이 기간 동안 두 사람은 이따금씩 만날 기회가 있었다.

어느날 괴테는 음악의 거장 베토벤과 함께 프라타 공원을 산책했다. 지나가는 사람들은 약속이나 한 듯 산책하는 두 사람을 향해 머리를 숙이고 경의를 표했다. 이에 모자를 벗고 일일이 답례하는 것은 괴테뿐, 베토벤은 무슨 상념에 사로잡힌 듯 먼 하늘을 응시했다.

마침내 번거로워진 괴테가 말했다.

"사랑한 시민들이란 따분한 존재들이구려, 덮어놓고 자꾸 절만 하니 말이요."

그러나 그때까지 입을 굳게 다물고 있던 베토벤이 말했다.

"저 괴테 선생, 제가 이렇게 말한다고 섭섭해하지 마십시오. 그들은 전부 저에게 인사하는 거랍니다."

베토벤은 1812년 괴테와 만남을 가졌다. 베타니가 쓴 편지에 따르면, 어느 날 두 천재는 점심식사를 함께 하며 대화를 나누고 있었다. 그때 괴테는 오스트리아 황후가 가진 예술에 대한 심미안에 대해 이야기를 하며 존경한다는 뜻을 밝혔다. 이에 베토벤은 격한 말투로 귀족 따위가 당신이나 나의 귀한 예술에 대해 왈가왈부할 수 없다고 응수했다는 것이다.

이후 괴테와 베토벤은 거리를 산책했는데, 방금 이야기를 했던 황후가 신분 높은 귀족들에 쌓여 저편에서 걸어오고 있었다. 그것을 본 베토벤은 그 행렬을 무시하고 계속 걷자고 하였으나 괴테는 길가로 비켜 모자를 벗고 경의를 표했다. 그 사이를 베토벤은 혼자 물끄러미 걸어갔다. 그런 베토벤을 본 황후와 귀족들은 베토벤을 위해 길을 사양하고 그에게 인사를 건넸다.

그 후 베토벤은 괴테에게 '당신도 이제부터는 저런 사람에게 경의를 표시하지 말고, 저런 사람들이 경의를 표하게 만드시오.' 라고 말했다. 이 일을 계기로 괴테는 베토벤을 사귈 수 없는 사람으로 생각하게 되었고, 이 이후로 교제는 끊겼다고 한다.

'도플갱어' 라는 말은 19세기 전후에 활동한 독일 작가 잔 파울이 1796년 소설 '지밴케스' 에 처음 사용한 신조어라고 밝혔는데, 놀랍게도 그 도플갱어를 직접 경험한 사람이 있다. 비슷한 시기에 생존한 독일 작가 괴테가 그 주인공이다.

[Johann Wolfgang Goethe, 1749~1832, 독일 작가, 철학가]

구양수

歐陽修

인종仁宗 8년에 진사에 급제하여 인종, 영종, 신종 세 황제를 모시면서 한림학사, 추밀부사, 참지정사參知政事, 병부상서 등을 역임했다. 죽은 뒤에는 태사, 초국공楚國公으로 추증되었다.

시호가 문충文忠이기 때문에 세칭 구양문충공으로 불린다. 한유韓愈, 소식蘇軾과 함께 천고千古 문장사대가로 꼽힌다.

구양수는 당송팔대가唐宋八大家 중의 한 명이며, 송대의 문풍을 연무난의 영수이다. 문집으로는 구양문충공집이 있다.

구양수는 북송 고문운동古文運動의 대표로, 북송의 시문 혁신운동을 이끌었으며 한유의 고문이론을 계승 발전시켰다. 구양수는 문학뿐만 아니라 사학史學에서도 성과를 거두어 신당서 편찬을 주도하였고, 신5대사는 혼자 힘으로 편찬하였다.

경학經學에서는 과거의 주소注疏에 연연하지 않고 송대 사람의 시각으로 직접 경전을 풀이하는 새로운 풍조를 열었다. 역학易學에서는 '역易'의 권위적인 지위를 타파하였다.

그리고 금석학金石學, 시화詩話, 화보花譜 저술 등 세 방면에서 모두 개산시조가 되었다.

구양수는 동시대 최고의 정치 지도자였을 뿐만 아니라 문학, 사회, 경학 등에 있어서도 시대의 획을 긋는 성과를 거두었다.

[歐陽修, 1007~1072, 중국 북송시대의 정치가, 문학가]

굴원

屈原

우리나라 4대 명절은 설, 한식, 단오, 추석이다. 농경 사회에서 1년의 시작인 설과 마무리를 상창하는 추석의 중간에 있는 한식은 동지 후 105일째 되는 날이다.

단오는 음력 5월 5일, 한식과 단오에 대한 인식과 의미는 점차 희미해지고 있지만, 중국을 포함한 아시아 대부분의 지역에서 지금까지 수천 년간 명절로 기념하고 있다.

한식의 유래가 된 개자추는 19년간 타국을 전전했던 진문공을 수행하며, 할고봉군割股奉君의 일화를 만든 인물이다. 자신의 허벅지 살을 베어 허기진 군주를 먹였던 것이다.

하지만 어렵사리 제후가 된 진문공에게서 관직을 전혀 받지 않았다.

그는 어머니에게 "문공이 군주가 된 것은 하늘의 뜻인데, 몇몇 인사들은 자신의 공로라고 해요."라며 함께 산속에 들어가 살았다.

이 사실을 안 진문공이 그를 나오도록 산에 불을 질렀는데, 모자는 결국 타 죽은 채 발견되었다고 한다. 이후 개자추를 기려 불을 지른 날을 한식일로 정해 더운 음식을 먹지 못하게 했다고 한다.

사기열전 24편 굴원가생열전에 보면, 굴원은 초나라 쇠퇴기에 간

신들이 모함하자 자신의 지조와 결백, 그리고 떳떳함을 보이기 위해
멱라수汨羅水에 돌을 안고 들어갔다.

[屈原, B.C.340~B.C.278, 중국 전국시대 정치가, 시인]

권덕규

權悳奎

권덕규는 1913년 서울 휘문의숙을 졸업하고 모교와 중앙학교 중동학교에서 우리글과 우리 역사를 가르쳤다. 주시경의 뒤를 잇는 국어학자들 가운데 한 사람으로서 1921년 조선어연구회 창립에 참여한다.

그 뒤 조선어학회의 역사적인 사업이라 할 수 있는 '큰 사전' 편집에 참여했으며, 1932년 '한글맞춤법통일안'의 원안을 작성하였다. 수많은 신문, 잡지에 논문과 논술을 발표하였으며, 한글 순회강연 등에 온 힘을 기울였다. 한글맞춤법통일안 제청위원, 조선어철자위원회 위원, 조선어학회의 표준어 사정위원, 조선어사전 편찬위원 등을 맡으면서 암담하기만 했던 일제 강점기 한글 연구에 큰 역할을 하였다. 저서로는 '조선어문경위', '조선유기', '을지문덕' 등이 있다.

권덕규는 학자이자 교육자로 알려져 있지만 당대의 기인으로도 유명하다. 1920년 동아일보에 '가짜 명나라 머리에 몽둥이 한 대'라는 논설을 발표하며 조선의 유학자들이 자주성을 잃고 있음을 통렬하게 비판하여 세간을 떠들썩하게 만든 일화는 유명하다.

권덕규는 '조선어 연구의 필요'에서 자신의 연구 단계를 2단계로 설정하였는데, 첫째 실용, 둘째 과학, 셋째 응용이었다. 즉 말과 글을 자유롭게 구사하고 적는 방법에 대해 연구한 실용 단계, 언어에 대한 과학적 연구단계, 고대의 언어, 문자, 문학 등을 통해 인문 발달의 과정을 탐구하는 응용 단계이다. 그는 자신만의 연구 단계를 통해 중국과 차별되는 우리 민족의 독창성과 유구성을 강조하였다. 이런 시각은 훈민정음 이전에 조선의 고유 문자가 있었고, 세종은 이를 정리하여 한글을 반포했다는 그의 우리말 논리에서도 잘 드러난다.

권덕규의 삶은 순탄치 않다. 일제에 의해 투옥되고, 유학자들에게 지탄받고, 죽음조차 행방불명으로 분명치 않다. 그러나 우리 민족에 대한 그의 애정은 우리글에 대한 사랑, 우리 역사에 대한 사랑으로 늘 빛났다. 광복 직후 한글로 풀어 쓴 국사 교과서 〈조선사 1〉이 최현배의 〈우리말본〉과 더불어 큰 인기를 얻은 것은 그의 우리말, 우리 역사에 대한 사랑이 억압받던 우리 민족에게 얼마나 절실한 것이었던가를 짐작하게 해준다.

오늘날 우리에게도 권덕규의 우리말, 우리 역사에 대한 사랑은 소중히 이어가야 할 유산이다.

[權悳奎, 1890~1950, 한국 독립운동가, 한글학자]

김광섭

金珖燮

"저렇게 많은 중에서/ 별 하나가 나를 내려다본다/ 이렇게 많은 사람 중에서/ 그 별 하나를 쳐다본다/ 밤이 깊을수록/ 별은 밝음 속에서 사라지고/ 나는 어둠 속에서 사라진다/ 이렇게 정다운/ 너 하나 나 하나는/ 어디서 무엇이 되어/ 다시 만나랴"

시인 김광섭의 시 '저녁에'는 많은 예술가에게 영향을 미쳤다. 화가 김환기는 이 시의 한 구절을 인용해 '어디서 무엇이 되어 다시 만나랴'라는 작품에서 별로 상징되는 무수한 점들로 우주를 표현했다.

김환기가 파리에서 그림 공부를 할 때 김광섭이 엽서에 써서 보낸 시를 읽고 영감을 받아 그렸다. 부인 김향안이 시인 이상과 사별한 뒤 김환기와 재혼하여 평생을 바쳐 뒷바라지한 일화도 감동적이다.

이 시가 대중에게 알려진 것은 형제그룹 유심초가 노래로 만들면서부터였다. 1981년 발표했지만 지금까지도 사랑받으면서 많은 가수들이 리메이크했다.

밤하늘의 별은 늘 동경의 대상이었다. 그 대상을 상업화하여 성공한 CM송도 있다.

[金珖燮, 1906~1977, 한국 독립운동가, 시인]

김구

金九

'얼굴 좋은 것이 몸 좋은 것만 못하고(相好不如身好), 몸 좋은 것이 마음 좋은 것만 못하다(身如不好心好).'

김구는 상놈으로 태어나 집안 어른들이 양반놈들로부터 멸시와 천대를 받는 것을 보며, 과거에 급제해 양반의 콧대를 눌러주겠다는 생각을 하고 글공부에 매진하였습니다.

마침내 과거를 보러 갔으나, 소년은 크게 실망했습니다. 돈으로 관직을 사고파는 매관매직, 돈을 받고 대신 시험을 보는 등 온갖 부정이 만연했던 것입니다. 이러한 과거의 부정에 실망한 소년은 과거 응시를 포기하고 집으로 돌아와, 다시는 과거 공부를 하지 않겠다고 하였습니다.

이에 그 소년의 아버지가 말하기를, "너 그러면 풍수 공부나 관상 공부를 해 보거라. 풍수에 능해 조상을 모시면 자손이 복록을 누리게 되고, 관상을 잘 보면 선한 사람과 군자를 만날 수 있단다." 하여, 그 소년은 관상서를 구해 몇 달 동안 두문불출하고 관상 공부를 하였습니다. 그리고 열심히 관상학에 따라 자신의 관상을 분석해 보았습니다. 그러나 결과는 충격적이었습니다.

자신의 얼굴 한 군데도 귀격(귀인의 상), 부격(부자의 상)의 좋은 상은 없고, 천격(천한 상), 빈격(가난한 상), 흉격(흉한 상) 밖에 없는 것이었습니다. 과거장에서 받은 실망에서 벗어나기 위해 관상 공부를 시작했다가, 되레 자신의 관상이 흉한 것을 본 소년은 크게 좌절하였습니다.

"아! 짐승처럼 산다면 몰라도 인간으로 태어나 더 이상 살고 싶은 마음이 없구나!"

이렇게 낙담하던 차에 관상서에 눈에 띄는 구절을 발견합니다.

얼굴 좋은 것이 몸 좋은 것만 못하고, 몸 좋은 것이 마음 좋은 것만 못하다.

소년은 글귀를 읽고서 머리를 망치로 세게 얻어맞은 충격을 받았습니다. 그리고 결심하였습니다.

"나는 얼굴 좋은 사람보다 마음 좋은 사람이 되어야겠다. 이제부터 외적 수양을 할 것이 아니라, 마음을 닦는 내적 수양에 힘써 사람 구실을 해야겠다."

마음 좋은 사람이 되기로 결심한 소년은 이후 내적 수양에 몰두하며 언젠가 나라를 위해 큰일을 하겠다는 결심을 하게 됩니다.

[金九, 1876~1949, 한국 독립유공자, 정치인]

김동인

金東仁

평양 부호의 아들로 태어나 일찍 일본으로
건너가 도쿄 청산학원 중학부를 졸업한 뒤, 처
음에는 화가가 될 작정으로 천단 미술학원에
다니다가 중도에 뜻을 달리하여 문학의 길을
택했다.

그 당시 우리나라에는 춘원 이광수 선생의
'무정'이 있을 뿐으로 순수문학 작품은 아직
형태조차 없던 시대이지만, 어려서부터 외국 문학을 섭렵한 김동인
은 기미독립운동이 전개되던 1919년에 독립만세의 봉화가 터지기보
다 한 달 앞서 도쿄에서 순수문학 잡지 '창조'를 발간하였다. 신문학
운동의 봉화인 그 잡지는 순전히 그의 사재로서 발간되었다. '창조'
발간 이후 김동인은 30여 년간 오로지 문학의 길로만 정진하였다.

문학자가 문학도에 정진하는 것은 당연한 일이지만, 문학으로 생
계를 꾸려나갈 수 없는 딱한 사정에서 거개의 우리나라 문인들이 문
학 이외에 반드시 생계를 위한 별도의 직업을 가졌건만, 동인은 조
석이 미루한 극도의 빈한 속에서도 오직 문학만을 일삼았던 것이다.
오직 한번 조선일보사 문예부에 일시 취임했던 일이 있으나, 동인은
그 길이 아님을 깨닫고 1주일 만에 단연 그 자리를 물러났다. 동인은
우리 근대 문학에서 가장 대표적인 순수문학자, 그야말로 결벽증에

가까운 예술지상주의자로 추앙되어 있다. 문학 이외의 경력이나 이력 같은 것이 거의 없을 정도로 오직 소설의 길에 평생을 바쳤다.

그가 해방 후에 쓴 '망국인기'에서 세상의 허구 많은 직업 가운데서, 소설 쓰는 것을 직업으로 택하여 가지고 이 길에 정진하기를 1918년부터 1945년까지 무릇 30년에 가까운 세월을, 산업産業을 모르는지라, 어버이에게서 물려받은 유산은 삽시간에 탕진하고, 가난한 살림을 가난하기 때문에 받는 온갖 고통과 불안과 수모를 받으면서 그래도 이 길만을 지켜온 나였소라고 말하고 있다.

그러나 김동인의 문학적 생애를 추적하다 보면, 이런 일반적인 평가는 어느 한 지점을 확대한 것이며 그 지점을 지나는 순간 기묘한 운명의 곡예사가 그의 운명을 비틀고 있음을 우리는 보게 된다. 그리하여 오늘 친일파 열전에 속하는 비극적 인물로 그를 말해야 하는, 역사가 주는 음울한 자기 파탄의 음률을 듣게 된다.

일반적으로 감동인에 대한 순수문학적 혹은 예술 지상주의로서의 신비화는 주로 이 땅의 최초의 순수문학잡지와 더불어 시작된다. 가산까지 소비하여 '창조'를 발행하고 이광수에 맞서 순수문학 건설의 기지를 내걸었다는 사실을 중시하여, 여기에다 그의 대표작으로 흔히 손꼽히는 소설 '감자', '광영 소나타' 등의 작품 세계를 곁들여 순수문학자 혹은 예술 지상주의자로 추앙했던 것이다.

그러나 이러한 점은 사실 특정 시기 김동인의 문학적 삶에 해당할 뿐, 1930년대 후반기의 문학적 삶은 오히려 이를 정면으로 뒤집은 것이다.

[金東仁, 1900~1951, 한국 소설가]

김성환
金星煥

김성환은 일제 강점기였던 1932년에 태어나 독립운동가였던 아버지를 따라 중국 만주에서 학교를 다니다가 8.15 해방 이후 서울로 와서 경복중학교에 진학했다. 이때부터 학교 미술부장을 지내는 등 그림에 소질이 있었다고 한다.

이 당시 '멍텅구리' 라는 4칸 만화를 그려 연합신문에 보낸 일화가 있다. 후에 그는 외국 신문에 있는 만화란이 한국의 신문에는 없는 것을 보고 '아무리 보아도 창문이 없는 집 같아 보였다' 고 회고했다.

1949년 17세에 만화계에 데뷔해 만화로 가족의 생계를 책임졌다. 한국전쟁 당시 주한미군부대 바로 곁에 주둔한 부대에서 군 복무를 했다. 1950년 전쟁 와중에 육군본부 '사병만화' 에 '고바우 영감' 을 처음 그렸으며, 제대하여 연재되지 못하다가 1955년 동아일보에서 '고바우 영감' 이라는 이름으로 첫 연재를 시작했다. 조선일보를 거쳐 문화일보에 옮겨가면서 2000년까지 총 1만 4,139회를 연재한 이 기록은 기네스북에도 등록되어 있다. 이 만화는 유신독재, 군사정권을 겪으며 사회에 대한 강도 높은 풍자로 여러 차례 탄압을 받는다.

[金星煥, 1932~2019, 한국 만화가(고바우 영감)]

김소월
金素月

김소월은 한국 근대시의 출발점이다. 하지만 그것만으로 김소월의 시를 평가할 수는 없다.

김소월 시의 진폭은 매우 넓다. 10여 년의 짧은 창작 기간을 가졌을 뿐인데도, 이나마도 중간에 휴지기가 있었고, 시의 형식은 물론 시로 그려낸 풍경과 내용이 다채로운 편이다.

상실감과 비애감이 김소월 시의 기저를 이루고 있기는 하나, 우리가 미처 발견하지 못한 김소월 시의 다른 면모를 무심하게 넘기는 바람에 우리는 지금껏 김소월을 너무 일면적으로만 평가했다.

식민지 시대를 살아가는 동안 김소월이 뚜렷한 민족의식을 지니고 있었으며, 그런 경향의 작품도 썼다는 것은 어느 정도 알려진 편이다. 그럼에도 그런 작품들이 연구자들의 손을 떠나서 대중 앞에 제대로 소개되고 널리 알려지지 못한 편이다.

김소월은 과거형이 아니고, 지금도 계속 읽히고 새롭게 해석되어야 할 시인이다.

그동안 우리가 김소월을 정말 모르고 있었다.

[金素月, 1902~1934, 한국 시인]

김수환

金壽煥

김 추기경은 종교의 벽을 넘어 예수님의 사랑으로 온 국민에게 희망과 감동, 위로를 주었다. 생전 그는 존엄성에 대한 확고한 신념을 바탕으로 공동선 추구를 위한 교회 역할을 강조했다. 그 신념을 실천하는 과정에서 불의와 타협을 거부해 민주화운동의 정신적 지주이자 인권 옹호자라는 명성을 얻었다. 또 민족의 화해와 북한 교회를 위해서도 헌신했다.

김 추기경이 진지하게 말씀하실 때는 정말로 온 세상이 진실해지는 느낌이었다. 1987년 명동성당에서 박종철 군 추모미사 때, 당국을 향해 외친 말씀은 모두가 기억하고 있다.

"공권력을 투입하려면 지금 나를 밟고 가라."

김 추기경은 평화방송, 평화신문에 이렇게 말씀하셨다.

"1970~1980년대 격동기를 헤쳐 나오는 동안 진보니, 좌경이니 하는 생각을 해본 적이 없다. 정치적 의도나 목적을 두고 한 일은 더더욱 없다. 가난한 사람들, 고통받는 사람들, 그래서 약자라고 불리는 사람들 편에 서서 그들의 존엄성을 지켜주려고 했을 따름이다. 그것이 가난하고 병들고 죄지은 사람들에게 둘러싸여 사시다가 마침내 목숨까지 십자가 제단에 바치신 예수 그리스도를 따르는 길이라고 믿었다."

"1970~1980년대 민주화운동이 한창일 때에는 보수 쪽의 비판을 받았고, 막상 민주화가 이뤄진 이후에는 진보 쪽의 비판을 받는 모습에서 역사의 아이러니를 느꼈습니다. 그렇지만 그 사이 김 추기경이 변한 것은 아니었다고 생각합니다. 어찌 보면 김 추기경은 한 자리에 변함없이 서있는데 평가하는 사람들의 잣대가 움직인 것 아닌가 합니다."

그는 상황과 분위기에 맞게 소탈한 유머를 구사할 줄 아는 휴머니스트이기도 하다. 강의나 강론도 늘 유머로 시작했다. 김 추기경은 농담도 잘하셨다.

'삶은 계란' 이야기도 그중 하나다.

지방 어느 대학에 '삶이란 무엇인가' 에 대해 강의를 하러 열차를 타고 가시는데, 아무리 생각해도 그럴듯한 아이디어가 떠오르지 않던 차에, 마침 통로로 지나가던 간식 판매원이 "삶은 계란이요, 삶은 계란~" 하기에 귀가 번쩍 뜨이시더라고 했다. 그래서 그날 강의의 리드는 "여러분 삶이 무엇인지 아십니까? 삶은 계란입니다." 로 시작했다는 것이다.

[金壽煥, 1922~2009, 가톨릭 최초의 한국 추기경, 11대 서울대교구장]

김시습

金時習

　　김시습이 태어난 때는 우리나라 역사상 최고의 성군으로 꼽히는 세종의 통치가 계속된 시기였다. 세종은 이전 국왕들이 지속적으로 추진한 문물제도의 정비라는 중요한 과제를 훌륭하게 수행하였다. 집현전을 통해 뛰어난 인재들이 쏟아져 나왔으며, 각종 의례 정비, 공법貢法 개정 등을 통해 왕조 국가의 기틀을 단단히 다졌다.

　　칠정산내외편 편찬, 훈민정음 정제, 과학기술의 발달, 각종 서적의 편찬 등 문화적 성과 또한 실로 뛰어났다. 뿐만 아니라 농법 개량, 무기 개발, 국토 개척 등 다양한 분야에서 뚜렷한 성취를 보인 시기이기도 하다.

　　생육신의 한 사람으로, 계유정난 때 수양대군의 왕위 찬탈 소식을 듣고 보던 책들을 모두 모아 불사른 뒤, 스스로 머리를 깎고 '설잠'이라는 법명으로 산사를 떠나 전국 각지를 유람하였다고 한다. 방랑 생활을 하면서 많은 시를 남겼다.

　　1456년 성삼문이 극형에 처해졌을 때, 한밤중에 시체를 수습해 몰래 서울 아차 고개 남쪽에 묻고 장사지냈다고 한다. 문학인으로서는 남효온, 송익필과 더불어 산림삼걸山林三傑로 불린다. 이는 조선 중기에 활동한 문인 남용익이 호곡시화를 편찬하며 명명한 것이다. 많은 저술을 하기도 했는데, 조선 최초의 한문소설이라 일컬어지는 금오신화의 저자이다.

'금오'는 경주 남산의 봉우리 금오봉을 말하는데, 금오신화를 이산에 있던 용장사에서 스님으로 7년 동안 머무를 때 썼기 때문이다. 벼슬길에 뜻이 없었는지 과거에도 응시하지 않았다고 한다. 다른 기록에서는 17세에 과거에 응시했다가 낙방되는 통에 너무 오만하였음을 뉘우치고 절에 들어가 열심히 공부하던 도중에 찬탈 소식에 울분을 토하며 머리를 깎고 승려가 되었다는 이야기도 있다.

양녕대군이 수재라고 하여 세조에게 그를 천거했으나 떠도는 승려로 살아가면서 벼슬자리를 모두 거부했다고 한다.

하루는 억지로라도 끌고 간다며 포졸들이 들이닥치자 달아나더니만 논밭에 거름을 주기 위해 만든 똥통에 스스로 빠져서 "자, 이런 데도 날 주상에게 데려갈 테냐? 가봐야 네놈들 목만 날아갈 텐데?"라며 비웃고 포졸들은 미쳤다고 그냥 가버렸다고 한다.

당대에 설법으로 이름이 높아 세조가 그 설법을 듣고자 재물도 준다고 하고 어명을 어기면 참수할 것이라 협박까지 했음에도 "그러면 죽여보시오."라며 거침없이 대들었다. 죽여봐야 설법을 못 들으니 세조가 고민 끝에 효령대군에게 부탁하여 효령대군이 손수 와서 설득하자 딱 한 번 가서 설법을 했다고 한다.

[金時習, 1435~1493, 조선시대 학자, 생육신의 한 사람]

김안국
金安國

    김안국은 조선시대 당대 최고의 권력자로 알려져 있는 김굉필 문하의 후배 조광조가 사간원의 정6품 정언으로 있을 때 사간원의 수장인 대사간을 지낸 분이다.

    이름 안국安國은 위자안지危者安之에서 따온 말로, 나라를 다스리거나 공동체를 이끌어가는 지도자는 국민이나 무리를 위태로운 지경에 이르게 하지 않아야 한다는 뜻이다.

    당시 개혁을 부르짖는 정치가들이 기생을 끼고 지치주의와 왕도정치를 이야기할 때, 김안국은 경상도와 전라도 관찰사로 있으면서 농서農書와 잠서蠶書 등을 백성이 알기 쉽도록 한글로 번역하여 보급해 생활 속에서 의약제를 찾도록 하며 농가 소득 증대에 기여하였다.

    특히 중종 37년에는 몸에 열이 나는 전염병으로 소와 사람들이 죽어갈 때 뽕잎과 누에 등을 주요 약재로 처방케 하여 치유하기도 했으며, 내의들과 함께 분문온역이해방分門瘟疫易解方을 편찬하였다. 특히 의학서 '벽온방', '창진방' 등을 간인하여 보급하였는데, 이는 이후 허준의 학습서가 되고 동의보감 편찬에도 영향을 주었다고 한다.

    이러한 김안국이 한번은 자신을 가르쳐 준 스승 이세정이 백면서생으로 있는 것이 안타까워 충청도의 청양군수로 천거한 뒤 후배들과 함께 최고의 결백리로 알려진 관찰사인 최숙생을 찾아갔다.

"김 판서님께서 이곳까지 어쩐 일이십니까?"

"잘 지내셨습니까? 최공! 이번에 청양군수로 부임하신 이세정 옹은 우리 선생님이십니다. 관직 경험이 없으셔서 걱정이 됩니다. 그렇지만 학문이 깊고 지조가 있는 분이시니 아랫사람 대하듯이 하지는 말아주시오."

"예 그렇게 하겠습니다."

최숙생은 김안국 선생님의 일행에게 유쾌하게 답변을 해주었으나 1년 뒤, 당대 최고의 청백리라는 명성답게 이세정에게 고과 성적을 중간도 아닌 하下를 매겨 파직시켰다.

이에 화가 난 김안국이 관찰사직을 사직하고 돌아온 최숙생에게 따지듯 물었다.

"최공! 충청도에는 탐관오리도 많다고 들었는데, 어떻게 그 많은 사람 중에 우리 선생님께 가장 낮은 점수를 주어 파직을 시킬 수 있나요? 내가 그렇게 부탁을 했는데…"

"예. 충청도에는 탐관오리가 많은 것이 사실입니다. 하지만 그들이 아무리 교활하고 악랄하다 하더라도 도둑은 수령 하나뿐이라 일반 서민들이 큰 고통을 겪지는 않았습니다. 그런데 청양에 가보니 여러 명의 큰 도둑에 작은 도둑이 헤아릴 수 없이 많아 군청의 창고는 텅 비어 있고 백성들의 고초는 이만저만이 아니었습니다."

"음. 그런 일이 있었군요. 그동안 관찰사로서의 소임을 다하느라 수고가 많았습니다."

이러한 최숙생의 반론에 김안국은 불쾌해하지 않고, 오히려 최숙생을 관리들을 감찰하는 사헌부司憲府의 수장인 대사헌에 추천했다.

대사헌이 된 최숙생은 사치와 부패로 해이해진 관리들의 기강을 확실하게 잡았다고 한다.

서울 소안동에 살던 시절, 김안국을 사모해 들어온 처녀에게 마음을 고쳐먹으라고 쫓아냈는데, 그 처녀와 혼인한 자식이 조광조의 제자가 되었다. 후일 조광조가 세력을 키울 때 김안국이 반대하자, 마음을 바르게 먹게 해준 고마운 분이라며 자식에게 김안국을 건드리지 말라고 하여 조광조에게 축출당하지 않았고 기묘사화에서도 무사했다는 이야기가 전해진다. 그리고 이후 그가 살던 소안동의 이름이 그의 이름을 따 안국동으로 바뀌었다는 설화가 있다.

어릴 때 엄청 잘생긴 외모에도 불구하고 아예 글자를 모르고 공부를 싫어한다는 이유로 안동으로 쫓겨났는데, 거기서 만난 아내에게 이야기를 들으며 한자를 배워 과거에 급제했다는 이야기도 있다. 김안국이라는 글에서 나오는 이야기로 김안국의 부모 이름부터 틀린 허구에 가까운 이야기이다. 그만큼 김안국의 명성이 있었다는 의미가 될지도 모른다. 실제로 다른 기록에는 7세 때부터 책을 읽어 외웠다고 한다. 이 이야기는 '책벌레가 된 멍청이' 라는 제목으로 동화가 만들어지기도 했다.

[金安國, 1478~1543, 조선시대 대사간, 공조판서, 예조판서, 병조판서, 대제학]

김옥균

金玉均

김옥균 하면 같이 언급되곤 하는 것이 바둑이다. 지금으로 치면 아마 3~4단 정도의 기력棋力이었다고 하는데, '갑신일록'을 보면 조선에서도 바둑 내기를 핑계 삼아 일본 공사관을 드나들며 갑신정변 계획을 짰다고 한다.

일본에 망명하고 나서는 더욱 바둑에 탐닉한 모양으로, 이때 그의 벗이 되어준 이가 19세 홍인보슈에이本因坊秀榮이다.

홍인보는 원래 일본 전국시대부터 내려오는 바둑 가문이었다. 그런 집안 당주였던 슈에이는 도야마 마쯔루頭山滿 소개로 김옥균과 만나 곧 친구가 되었다.

일본 정부가 김옥균을 섬으로 유배 보낼 때마다 그를 따라가서 바둑을 같이 두고 했다니 그 우정을 알만 하다. 하루는 김옥균이 슈에이를 찾아와 바둑을 몇 판 두었다.

그리고 우물쭈물하다 말하기를, "우리 집에 밥상이 없어서 그러는데, 상 하나만 빌려줄 수 있겠는가?" 그런데 슈에이도 곤궁한 처지라 빌려줄 상이 없었다.

잠깐 고민하다가 그는 "그럼 이 바둑판을 가지게나."라고 하고, 방금 전까지 두던 바둑판을 선뜻 내어주었다.

그렇게 받아온 바둑판이 전설의 부목浮木 바둑판인데, 상하이까지 그 바둑판을 지고 갔다가 홍종우에게 암살당한다.

　　　　　　　　[金玉均, 1851~1894, 조선 후기 정치가, 시인, 개화사상가]

김우중
金宇中

김우중은 친척이 운영하는 무역회사에서 바이어로 근무하다 1967년 독립해 자본금 5백만 원으로 대우실업이라는 회사를 차렸다.

창업 초기에는 과거 자신이 바이어 일을 하던 동남아시아의 의류 원단 및 자제 공급 관련 사업을 주로 하는 그저 그런 중소기업이었지만, 창업 이후 유창한 영어 실력과 제2금융권으로부터 돈을 빌린 뒤, 해외 회사에 오퍼를 내고 계약이 성사되면 그때 돈을 갚는 독특한 자금 동원 능력, 박정희 대통령과의 인맥과 경기고 인맥 등을 잘 활용해 창업 6년 만에 100만 달러 수출을 기록했다.

이후에는 사업 범위를 공격적으로 확장했는데, 특히 중동 붐으로 엄청난 대박을 터뜨려서 불과 10여 년 만에 대한전선, 쌍용그룹 등 여타 쟁쟁한 기업들을 제치고 현대그룹, 삼성그룹, 럭키그룹에 이어 4대 재벌의 반열에 오르게 되었다.

그러나 전두환, 손영길 등 하나회 소속 장교들과 가까이 지냈다는 이유로, 1973년 윤필용 사건 때 육군보안사령부에 끌려가 조사를 받다가 경기고 동기생 이종찬이 중앙정보부에 근무한 덕에 큰 화를 면했다.

이후 신군부의 비호를 받아 동양증권, 대한전선, 가전 사업 부문(대우전자), 새한자동차(대우자동차) 등을 인수하여 더욱 몸집을 불렸다. 특히 자동차 회사 인수 후에는 독일 만MAN사와의 기술 제휴로 잔고장이 적은 MAN 엔진을 개발, 이전까지 우리나라 운수업계의 골칫거리였던 차량 정비 관련 비용을 줄이는데 기여하게 된다.

또한 각 영업소별로 판매 후 관리(A/S) 비용이 제각각으로 바가지를 쓰는 피해를 줄이고자 "영수증 환불제"를 실시한다. 내용인즉, 수리 비용을 많이 덤터기 쓴 경우 영수증만 확실히 가져오면 그 비용 그대로 환불해 드리고, 바가지 쓴 차액은 해당 영업소에 청구한다는 것, 이 제도를 실시한 후 대우차 소비자들의 수리비 부담이 줄어 고객 충성도를 늘리는 효과까지 볼 수 있었다는 평을 받았다.

이후 1980년대 중, 후반부터는 동유럽의 민주화, 시장 개발 바람 등에 편승해 현지 진출을 위한 거점을 마련하고, 1990년대에는 세계 경영을 주장하며 구공산권 국가에 진출해 전 세계로 사업을 확장했다. 대우의 수입차 생산기지였던 폴란드는 지방공무원의 관용차가 대우차 주종이었고, 수도 바르샤바에는 세종대왕 고등학교까지 있다고 한다.

재벌 회장 중에서는 가장 언론 플레이를 잘하는 측이었고, 1989년 출간한 저서 '세계는 넓고 할 일은 많다' 도 언플의 일화이었다.

이명박 대통령과 더불어 대한민국 샐러리맨 신화의 대명사로 불리는 인물이기도 하다.

시작 자체를 샐러리맨으로 시작해서 재벌 총수까지 되었으니 틀린 말은 아니다.

[金宇中, 1936~2019, 대우그룹 회장]

김정국

金正國

　김정국은 벼슬이 한 등급 올라가자, 즉시 집을 줄였다고 한다.

　그러자 부인이 "왜 집을 줄입니까? 우리가 양심껏 살면 그만이지, 왜 집을 줄입니까? 찾아오는 손님도 많을 것인데."

　"허허 벼슬이 오르면 봉급이 많아질 것이니 그전보다 살기가 편할 게 아니겠소? 게다가 집을 줄이면 관리비가 줄어드니 더 살림이 윤택해질 것이오. 손님이야 좁은 데라도 정성껏 따뜻이 맞이하면 되지 않소?"

　김정국의 벼슬이 또 올랐다.

　"허허 나같이 무능한 사람의 벼슬을 올려주시다니, 그러면 또 집을 줄여야겠군."

　그러면서 식구들을 타일러서 집을 또 줄였다.

　벼슬이 오를수록 집이 작아지니까 사람들이 놀라서 말하였다.

　"굳이 이렇게까지 하지 않아도 되는데, 왜 고생을 사서 하십니까?"

　"허허, 벼슬이 자꾸 오르니 어찌합니까? 백성들은 벼슬사는 사람이 행여 나랏돈을 떼먹지는 않나, 권세를 이용하여 재산을 늘리지 않나, 있는 재산을 요령껏 불리지 않나 하고 의심을 하기 마련입니다. 벼슬 산다는 것 하나만으로도 존경을 받고 명예가 올라가니 재산이 좀 줄기로 뭐가 섭섭하겠습니까?"

그는 재산보다 자기 꿈을 펴는 것이 소중하기 때문이며, 처음부터 재물에 욕심이 없다는 것을 보여주어야 마음 놓고 나랏일을 할 수 있기 때문이라는 대답에 사람들이 머리 숙여 존경을 표했다고 한다.

이번에는 외지인 관찰사로 나가 벼슬을 살게 되자, 가족에게 색다른 명령을 내렸다.

"이제까지는 집을 줄였지만, 이제는 논밭을 절반으로 줄이자."고 했다.

전답을 왜 줄이느냐고 하자, "지방에서 벼슬을 살면 사람들이 논밭이 많은가에 관심을 갖는 법이다. 앞으로 백성들과 직접 접촉하게 되니 더 조심해야 한다."고 하자, 부인은 해도 해도 너무한다고 하였다.

그러자 김정국은 부인의 손을 잡고 등을 두드리며 위로하기를, "부인, 벼슬사는 남편과 함께 살자면 이 고생을 하여야 하오. 설마 나라에서 우리를 굶기기야 하겠소?'라는 말에, 부인도 남편의 뜻을 이해하고 내조를 잘하였다고 한다.

세월이 흘러 김정국은 관찰사 벼슬을 그만두고 그 고장을 떠난다. 떠날 때의 재산은 두어 칸짜리 집, 두어 마지 논밭, 책 한 시렁, 옷가지 몇 벌과 살림 도구, 거문고와 끄덕끄덕 타고 다니던 나귀 한 마리였지만 국가의 공복으로 탈 없이 마치게 된 것을 감사하게 생각하였다고 한다.

[金正國, 1485~1541, 조선시대 학자, 문신]

김정희

金正喜

추사가 일곱 살 때 번암 채제공이 추사의 집 앞을 지나다가 대문에 써 붙인 '입춘첩' 이라는 글씨를 보고 그의 대문을 두드렸다. 그 글씨가 누구의 글씨인지 묻자, 추사의 아버지 김노경이 자신의 아이의 글씨라고 대답하자, 채제공은 이렇게 말했다.

이 글씨를 쓴 아이는 명필로써 이름을 떨칠 것이나 글씨를 잘 쓰게 되면 반드시 운명이 기구해질 것이므로 절대로 붓을 쥐게 하지 말라고 하였다. 운명은 기구해질 터이지만 문장으로 세상을 울리게 되면 반드시 크고 귀하게 될 것이라고 이야기했다.

추사는 열다섯이 되던 해 한산이씨와 혼인하였다. 혼인 이전에 할아버지와 양아버지가 세상을 떠났고, 혼인한 다음 해에는 친어머니가 세상을 떠났다. 4년 뒤에는 부인 한산이씨와 사별했고, 스승인 박제가 또한 세상을 떠났다. 주변의 사랑하는 사람들이 세상을 떠나는 모습을 보며 김정희는 극심한 외로움을 겪었다.

김정희는 23세에 예안이씨와 재혼하였다. 이제 힘들었던 시기는 지나고 평안함을 되찾았다. 생부인 김노경이 호조참판으로 승진하고 동지 부사가 되어 청나라의 연경으로 발령을 받았다.

김정희는 외교관 자제의 자격으로 아버지와 함께 사행 길에 동행하여 연경에 가서 견문을 넓히는 경험을 할 수 있었다. 이 시기는 대략 2개월 정도였는데, 이곳에서 김정희는 당대 최고의 석학들과 교류하면서 많은 것을 배울 수 있었다.

추사의 학문 세계는 사실에 의거하여 사물의 진리를 찾는다는 청나라 고증학자 고염무의 이론인 실사구시實事求是를 추구하는 학문이다. 천문학에도 관심이 지대해 서양 천문학의 지식을 받아들였다.

34세가 되던 해 김정희는 대과에 급제하였는데, 아버지인 김노경과 각각 요직에 오르며 평안한 시기를 보냈다. 하지만 10여 년 뒤 아버지 김노경이 어지러운 정쟁 속에서 유배를 1년간 다녀오게 되며 부자는 당쟁의 희생양이 되었다. 결국 추사도 관직에서 내려오게 되었다.

추사는 제주에서 9년간 귀양살이를 했다. 유배 기간 내내 그는 쉬지 않고 붓을 잡아 그림을 그리고 글을 썼다. 그의 최고의 걸작품인 '세한도歲寒圖'가 이 시기에 그려지고 추사체 또한 이 시기에 자리 잡았다.

귀양살이 중 아내인 예안이씨가 세상을 떠나고 추사는 귀양살이가 끝나자, 또다시 모함을 받아 유배를 떠나야 했다. 정치의 희생양이었던 것이다.

[金正喜, 1786~1856, 조선시대 문신, 실학자, 서화가]

김좌진
金佐鎭

1911년 북간도에 독립군 사관학교를 설립하기 위하여 자금 조달하는 족질 김종근을 찾아간 것이 원인이 되어, 2년 6개월간 서대문 형무소에 투옥되었다. 복역 중 김구와도 조우한다.

1913년 형무소에서 출소한 김좌진은 "사나이가 실수하면 용납하기 어렵고, 지사가 살려고 하면 다시 때를 기다려야 한다."라는 시를 지었다.

1917년 대한광복단을 조직하여 박상진 등과 활동하다 1918년 만주로 망명하면서 "칼머리 바람이 센데 관산 달은 밝구나, 칼끝에 서릿발 차가워 고국이 그립도다. 삼천리 무궁화동산에 왜적이 웬 말이냐, 진정 내가 님의 조국을 찾고야 말 것이다."라는 시를 지었다.

대한정의단에 합류한 군사 부문 책임자가 되었고, 동 단체를 군정부로 개편한 후 사령관으로 추천되었다. 한편, 1918년 박상진이 체포되어 사형선고를 받았을 때 박상진을 구하기 위해 파옥계획을 세웠으나 실현은 하지 못했다.

1918년 길림에서 무오 독립선언에 서명하였다. 1919년 북로군정서 사단장과 사관연성소 소장을 겸임했다. 1920년 청산리 전투를 지휘하여 일본군을 대파하였다. 김좌진은 1921년 대한독립군단을 결성했다. 1921년 우수리강을 따라 이만까지 갔다가, 다시 만주로 돌아왔기 때문에 자유시참변을 겪지 않았다.

1925년 군사위원장 겸 사령관직을 겸한 신민부를 창건하였다. 또한 북간도 목록현에 성동 사관학교를 세워 부교장으로서 정예 사관 양성에 심혈을 기울였다. 이때 대한민국 임시정부가 국무위원으로 임명했으나 취임하지 않고 독립군 양성에만 전념하였다.

1928년 한국유일독립당을 조직하였고, 1929년 한족총연합회 주석이 되었다. 민족주의 계열과 공산주의 계열 독립운동가 사이에 갈등이 격화되었고, 공산주의 선동에 방해된다는 이유로 1930년 1월, 북간도 산시역에서 김일성金一星의 사주를 받은 고려 공산청년회 박상실에게 피살되었다.

무장투쟁 노선을 걷고자 한 만주 독립투사들이 작성한 대한독립 선언서의 일부를 소개한다.

「하늘의 뜻과 사람의 도리와 정의 법리에 비추어 만국의 입증으로 합방 무효를 선언하며, 그들의 죄악을 응징하며, 우리의 권리를 회복하노라. 슬프도다 일본의 무력과 재앙이여! 작게 징계하고 크게 타이름이 너희의 복이니, 섬은 섬으로 돌아가고 반도는 반도로 돌아오고 대륙은 대륙으로 회복할지어다.

정의는 무적의 칼이니 이로써 하늘에 거스르는 악마와 나라를 도적질하는 적을 한 손으로 무찌르리.

이로써 2천만 백성의 운명을 개척할 것이니 궐기하라 독립군 육탄 혈전으로 독립을 완성할지어다!」

[金佐鎭, 1889~1930, 대한제국 및 대한민국임시정부 군인]

김태길

金泰吉

윤리학은 1964년 출간된 김태길 교수의 대표적 저작이다. 고대부터 현대까지의 서양 윤리학을 정리했다. 이 책은 지금까지도 사용되고 있다.

김영진 인하대 명예교수는 "우송은 논리학을 접목한 서양의 윤리학 방법론을 국내에 처음 소개한 철학자로 국내 윤리학 체계를 세웠다고 할 수 있다."고 말했다.

"개인으로서의 '나'가 바람직한 삶을 가질 수 있기 위해서는 어느 정도 바람직한 모습을 갖추어야 한다."

김 교수는 윤리학 체계를 정립하는 데서 그치지 않고 사회를 변화시킬 수 있는 실천 윤리적 연구에도 힘썼다. 1986년 명예퇴직한 뒤 약 5년에 걸쳐 저술한 '변혁 시대의 사회철학'은 그의 대표적인 후기 저작이다.

이한구 성균관대 철학과 교수는 "우송의 사회철학은 공동체 자유주의라고 말할 수 있다. 개인의 자유를 보장하되 공동체의 역할을 통해 평등 역시 확보해야 한다고 강조하기 때문에 신자유주의의 부정적 측면이 드러나고 있는 현대사회에서도 중요한 의미를 지닌다."고 말했다.

김 교수는 철학적 내용을 담은 수필을 통해 철학의 대중화를 추구했다. '흐르지 않는 세월', '체험과 사색' 등이 대표작이다. 1987년 철학문화연구소를 설립해 일반인을 대상으로 사랑방 강좌를 열고 계간지 '철학과 현실'을 발행하기도 했다.

2000년부터는 '성숙한 사회 가꾸기 운동'을 펼쳤다. 능동적 의미에서의 자승자박, 즉 우리 자신부터 고치자는 정신이 핵심이었다.

손봉호 고신대 명예교수는 '우송 김태길 선생의 삶과 사상'에 실은 글에서, "선생님께 윤리는 단순히 학문 연구의 대상이 아니라 삶 자체였다. 자신의 삶으로 윤리적인 모범을 보이셨다."고 회고했다.

❋ 김태길의 수필 한 토막

버스 안은 붐비지 않았다. 손님들은 모두 앉을 자리를 얻었고, 안내양이 홀로 서서 반은 졸고 있었다. 차는 빠르지도 느리지도 않은 속도로 달리고 있었는데, 갑자기 남자 어린이 하나가 그 앞으로 확 달려들었다.

버스는 급정거를 했고, 제복에 쌓인 안내양의 몸뚱이가 던져진 물건처럼 앞으로 쏠렸다. 찰나에 운전기사의 굵직한 바른팔이 번개처럼 수평으로 쭉 뻗고, 안내양의 가는 허리가 그 팔에 걸려 상체만 앞으로 크게 기울었다. 그녀의 앞면이 버스 앞면 유리에 살짝 부딪치며, 입술 모양 그대로 분홍색 연지가 유리 위에 예쁜 자국을 남겼다. 마치 입술로 도장을 찍은 듯이 선명한 자국, 아무 일도 없었던 것처럼 운전기사는 묵묵히 앞만 보고 계속 차를 몰고 있었다.

그의 듬직한 뒷모습을 바라보며 나는 그가 멋있는 사람이라고 느꼈다. 예술과도 같은 그의 솜씨도 멋이 있었고, 필요 없는 말을 한마디도 하지 않은 그의 대범한 태도도 멋이 있었다.

[金泰吉, 1920~2009, 한국 철학자, 수필개]

김훈

金薰

한국일보 기자로 재직하던 시절에 전두환 대통령을 찬양, 미화하는 내용의 기사를 작성한 적이 있다. 일명 '용비어천가 사건'이다. 당시는 1980년 신군부가 5.18 민주화 운동을 진압한 뒤, 최규하 대통령의 하야를 압박하고 전두환을 대통령으로 앉힐 준비를 진행하던 시기였다.

신군부는 이에 언론사들을 협박하여 전두환 찬양, 미화하는 특집 기사를 게재하도록 했다. 한국일보 또한 이 압박을 이기지 못해 1980년 8월 23일부터 '전두환 장군 의지의 30년 – 육사 입교에서 대장 전역까지'란 이름의 3편짜리 특집기사를 한 면을 통째로 할애해 실었다.

지면에는 이 기사를 쓴 기자가 4명으로 나와 있으나, 김훈은 후일 자기 혼자서 그 기사를 다 썼다고 고백했다. 데스크를 맡은 차장, 부장, 부국장, 국장 모두 다 술 마시려 내빼버려서, 7년 차 기자인 본인이 그대로 데스크를 거치지도 않고 내보냈다고 한다.

김훈 본인은 이 사건에 대해 변명조가 아니라 매우 담담한 어조로 힘에 굴복했다고, "아무도 하고 싶지 않은 일인데 강요되어서 어쩔 수 없이 해야 하는 것이라 그냥 내가 했다."고 대답했다.

"내가 안 썼으면 딴 놈들이 썼을 테고…. 난 내가 살아남아야 한다고 생각했어. 그때 나를 감독하던 보안사 놈한테 이런 얘기를 했지.

내가 이걸 쓸 테니까 끌려간 내 동료만 때리지 말아 달라. 개들이 맞고 있는 걸 생각하면 잠이 안 왔어. 진짜 치가 떨리고…"

김훈이 후일 한겨레 등 진보 언론계에 몸담았을 때, 젊은 기자들 사이에서 김훈의 이러한 과거 행적과 보수적 성향에 대한 비판이 상당히 거셌다고 한다. 똑같은 위협 앞에서 용감히 버틴 이들, 미리 피한 이들도 존재하며 저런 글을 썼음이 자랑할 일은 절대 아니지만, 조선시대의 이경석이 그랬듯 동료 및 후배들을 위해서 총대를 멨다는 반론도 가능하다.

성차별 논란으로 많은 비난을 받기도 했다. 그의 주장은, 여자들에게는 가부장적인 것이 여자를 사랑하고 편하게 해주고, 어려운 일이 벌어지면 남자가 다 책임지고, 그게 가부장의 자존심이거든, 난 남녀가 평등하다고 생각 안 해. 남성이 절대적으로 우월하고, 압도적으로 유능하다고 보는 거지. 그래서 여자를 위하고 보호하고 예뻐하고 그러지.

[金薰, 1948~, 한국 소설가, 언론인]

나다니엘 호손
Nathaniel Hawthone

헨리 워즈워스 롱펠로는 그의 최고 걸작 에반젤린의 서시에서 '이곳은 태고의 원시림, 소슬대는 소나무와 독당근 나무들이 푸른 이끼에 쌓여 황혼 녘에 아련하게 서있다. 마치 슬픈 예언자의 목소리를 지닌 옛 두르이드의 성자聖者처럼, 가슴까지 턱수염 나풀거리는 은발의 하프 연주자처럼, 바위 동굴에서 들려오는 바다의 드높고 장중한 소리는 이 태고의 원시림이 그 슬픈 음조로 울부짖는 비명에 화답하는 듯하다.' 라고 썼다.

이 작품의 탄생에는 재미있는 일화가 있다. 롱펠로가 친구인 나다니엘 호손과 함께 보스턴의 가톨릭 교구장 코노리 주교를 초대하여 만찬을 가졌다. 교구장은 영국과 프랑스가 영토분쟁으로 싸울 때, 캐나다의 아카디아에 사는 프랑스 사람들이 쫓겨나는 과정에서 사랑하는 남녀가 헤어져 슬픈 사랑의 애사를 남긴 일이 있는데, 소설로 써보라고 권유했다.

그러나 호손의 반응은 탐탁지 않았다. 롱펠로는 시적 영감을 얻어 '만약 자네가 쓰지 않겠다면 내가 쓰겠네.' 라고 말했고, 호손은 쾌히 승낙했다. 인류의 비극에 관해 깊은 연민과 애정을 가졌던 롱펠로는 관계되는 역사 연구와 함께 수년의 각고 끝에 '에반젤린' 을 완성하여 갈채를 받았다.

호손은 '인생의 참된 그림'이라고 축사를 보내왔다. '에반젤린'은 낭만주의 시대 영미문학의 금자탑으로, 영미권과 여러 나라말로 번역되어 최고의 독자층을 가졌다.

헤어져 살면서 일생을 두고 찾았던 두 주인공의 노력은 너무나 늦게 이루어진다. 젊은 날의 두 연인, 에반젤린이 가브리엘을 찾았을 때는 백발이 되었고 임종 직전이었다. 그들이 겪은 지긋지긋하고 뿌리 깊던 번민, 괴롭던 인내, 모든 것은 끝났다. 그녀는 다시 가브리엘의 싸늘한 머리를 안아보고 공손히 절을 하며 중얼거렸다.

'하늘에 계신 아버지시여 감사하나이다.'

나다니엘 호손은 집안 대대로 청교도 집안인지라 그의 작품에도 청교도적 성향이 강하게 나타나 있다. 책의 소개 부분을 인용해 보면, '인간의 본성에 관한 진지한 성찰이 담긴 작품'이라고 한다. 또한 교훈적인 색체가 강한 책으로 보인다.

예전의 동화책들은 교훈을 담아야 한다는 강박관념이 있지만, 점점 도덕적인 교훈이 없는 동화책들이 만들어지기 시작했다고 한다. 그러나 호손의 책은 교훈이 다분하다.

[Nathaniel Hawthone, 1804~1864, 미국 소설가]

나도향

羅稻香

나도향은 1920년대 문단을 불태운 섬광이 었으나 찰나의 유성流星이 되어 사라진 인물이다.

그는 폐결핵으로 1926년 25세로 요절했다. 짧은 생애에 많은 글을 남겼으나, 대표작은 죽기 한두 해 전에 발표했다. 어쩌면 단 한 번의 불꽃이 지금껏 타오르고 있는지 모른다.

나도향은 혼인을 하지 않아 자식이 없고, 죽기 전 장가는 저세상에 가서나 들겠다고 했다.

그가 쓴 소설은 '벙어리 삼룡', '뽕', '물레방아' 등이 있다.

서울에서 태어난 도향과 달리 조부 나병규는 평남 성천 태생이다. 청년기에 고향을 떠나 방황한다. 한의술을 익혀 서울에서 한의원을 차렸다.

도향의 원래 이름은 경사스런 손자라는 뜻의 경손慶孫이다. 도향은 문우였던 월탄 박종화가 지어준 아호이다.

[羅稻香, 1902~1926, 한국 소설가

나쓰메 소세키

夏目漱石

　　나쓰메의 영향력에서 벗어나지 못했다는 이유로 일본문학을 비판할 것은 못된다.

　　한국문학도 김승옥을 벗어난 게 별로 없다고 생각해서 '무진기행'과 '서울', '1964년 겨울'도 그렇고, 진정한 문제작이자 걸작인 '서울의 달빛'도 그렇고, 그 세 소설을 벗어나면서 동시에 무게감과 작품성을 다 가진 소설이 얼마나 있을까 싶다.

　　한강의 작품들 정도? 아니면 아예 장르성이 강한 추리나 SF로 넘어가야 할 것 같고.

　　아무튼 그랬다. 그렇게 나쁘지도 그렇게 좋지도 않고, 그냥 딱 생각할 수 있는 매우 일본적인 소설의 원류를 봤다고 하겠다.

　　'인간실격'을 먼저 봤다고 했는데, 사실 그것을 읽을 때의 나와 '마음'을 읽을 때의 내가 좀 달라서, 내가 처한 상황과 내가 겪은 경험과 내 생각이 달라서 그 감상이 꽤 차이가 날 수도 있겠다는 생각도 들었다.

　　'인간실격'은 지쳤을 때 보기에는 너무 위험한 책이라고 생각된다.

[夏目漱石, 1867~1916, 일본 소설가, 영문학자]

나폴레옹
Bonaparte Napoleon

1812년 프랑스 황제가 된 나폴레옹은 50만 대군을 이끌고 러시아로 쳐들어갔습니다. 그러나 러시아군의 전략에 의해 큰 패배를 당한 나폴레옹은 혼자 도망치는 처량한 신세가 되었습니다.

아주 급박한 상황이었습니다. 캄캄한 밤, 그저 호롱불이 켜진 어느 집으로 무작정 뛰어들어갔습니다.

홀로 살고 있는 양복장이가 벌벌 떨고 있었습니다.

"주인장 나를 좀 살려주시오. 나를 살려주시면 크게 후사하겠소."

마음씨 고운 양복장이는 나폴레옹을 커다란 양복장 속에 숨겨주었습니다. 그저 불쌍한 마음이 들었기 때문입니다.

드디어 러시아 병사들이 들이닥치고 집안 구석구석을 수색했습니다. 한 병사가 이불장의 이불 더미를 창으로 쿡 찔렀습니다. 아찔한 순간입니다. 나폴레옹은 간신히 창에서 비켜났습니다.

[Bonaparte Napoleon, 1769~1821, 프랑스 군인, 황제]

네루
Jawaharlal Nehru

마하트마 간디가 인도인들의 독립에 대한 꿈을 상징하는 사람이라면, 네루는 그 이상을 현실화한 실천가이다. 간디가 전해준 영감과 상상력으로, 네루는 현대 인도라는 나라를 만들었다.

그 네루에 대한 일화가 전해져 온다.

네루는 1937년 인도 독립운동의 구심점이던 국민회의 의장으로 세 번째 당선되었는데, 당선 바로 전날 의원들에게 익명의 편지가 도착한다.

'네루와 같은 인간들은 민주주의 체제에서는 안전하지 않은 인물이다. 그는 민주주의자, 사회주의자를 자처하지만 조만간 비틀어지면 얼마든지 독재자로 변신할 여지가 있다. 그는 독재자가 갖추어야 할 모든 것을 갖추고 있기 때문이다. 엄청난 대중성, 강력한 의지, 정열, 자존심. 그를 반드시 막아야 한다. 우리는 어떤 카이시르도 원하지 않는다.'

네루 자신이 보낸 편지였고, 네루도 자기가 쓴 것임을 웃으며 인정했다. 의원들은 유머러스한 네루가 또 농담을 한 것임을 받아들였다. 하지만 네루는 자신이 독재자가 될 수 있는 인물임을, 카리스마는 영웅주의, 권위주의와 동전의 양면임을 누구보다 잘 알고 경계했다.

그를 직접 접했던 미국의 인도학자 스탠리 월포드는 다음과 같이 평했다.

"네루는 카리스마가 넘쳤다. 잘생기고 달변이었다. 이상적이고 낭만적이었으며, 활달했지만 동시에 내향적이었다."

역설적이게도 그에게는 수많은 추종자가 있었지만 친구는 없었으며, 말년에는 진심으로 믿을 만한 상대라곤 딸 인디라 간디밖에 없었다.

중국과의 전쟁으로 큰 정치적 파고를 맛본 네루는 건강이 급속히 악화되었고, 1964년 카슈미르 여행 뒤 뇌졸중과 심근경색으로 쓰러졌다.

네루는 그해 75세를 일기로 타계했다. 장례식은 아무나 강변 산티 바나에서 힌두 의례로 치러졌고, 수십만 명이 모여 영웅의 마지막 가는 길에 눈물을 뿌렸다.

네루의 유산인 세속주의와 사회주의, 비동맹정책은 그의 사후에도 반세기 넘게 인도에 절대적인 영향을 미쳤다.

네루의 서간집에서는 서양사가 대부분 저술되어 있다. 동양사 저술은 후반부에 나오는 중국사와 일본사 정도가 전부이다. 그는 서양사를 고대 그리스부터 근대까지 저술하였다. 그는 인도의 독립운동을 이끌며 서양 사람들이 어떻게 그러한 대제국을 만들게 되었는지에 대한 궁금증이 있었던 것 같다.

[Jawaharlal Nehru, 1889~1964, 인도 정치인, 초대 총리]

넬슨 만델라
Nelson Mandela

만델라는 세계 대통령 가운데 가장 오랜 감옥살이를 한 대통령이다. 그는 자그마치 27년을 감옥에서 살았다.

그가 감옥에서 나오던 날이었다.

일반적으로 오랫동안 감옥에 있다가 나오면 사람들은 대부분 몸도 마음도 허약한 상태로 나오게 되는데, 만델라는 칠순이 넘은 나이에도 불구하고 아주 건강하게 보였다.

이를 의아하게 여긴 기자가 "다른 사람들은 5년만 감옥에 있다가 나와도 건강을 잃어버리는 게 보통인데, 어떻게 27년을 감옥살이를 하면서도 이렇게 건강할 수 있습니까?"라고 질문하자, 만델라는 껄껄 웃으면서 이렇게 대답했다.

"나는 감옥에서도 감사하는 마음으로 살았습니다. 하늘 땅, 물 어느 하나 감사하지 않은 것이 없었습니다. 심지어는 강제노동을 할 때도 감사한 마음으로 했습니다. 감옥에서 운동 부족이 되기 쉬운데, 강제노동을 통해 나를 운동시켜주는 것이 얼마나 감사하고 복스러운 일입니까?"

'가장 위대한 무기는 평화다'라며 흑백의 화합을 이끌었던 인권의 화신다운 대답이었다.

2013년 12월 5일, 95세를 일기로 그가 죽었을 때, 온 세계의 사람들은 위대한 위인의 죽음을 가슴 깊이 애도하였다.

[Nelson Mandela, 1918~2013, 남아프리카공화국 대통령, 노벨 평화상 수상]

노자

老子

노자는 중국 사상사에서 가장 신비로운 인물이다. 사마천의 사기에 의하면, 노자는 초楚나라 고현 여향 곡인리曲仁里 사람으로 성은 이李, 이름은 이耳, 자는 백양伯陽, 세호는 담聃이며, 주나라 장서고의 기록관으로 있었다.

공자孔子가 주나라에 있을 때, 예禮에 관하여 노자에게 대답을 얻고자 하였다.

이에 노자는 이렇게 대답했다.

"그대가 말하는 옛날의 성인도 그 육신과 골육이 이미 썩어 지금은 다만 그가 남긴 말만이 남아 있을 뿐이다. 군자가 때를 얻으면 수레를 타는 귀한 몸이 되지만, 그렇지 못할 때는 떠돌이 신세가 되고 만다. 훌륭한 장사치는 물건을 깊이 간직해 밖에서 보기에는 빈 것같이 보이지만 속이 실하다. 이와 같이 군자는 덕을 몸에 깊이 갖추어 얼핏 보기에는 어리석은 것같이 보이지만 사람됨이 풍성하다고 들었다. 그대는 몸에 지니고 있는 교만한 것과 욕심과 근사하게 보이고자 하는 것과 산만한 생각 따위를 모두 버려라. 그것들이 그대를 위하여 무슨 소용이 되겠는가. 내가 그대에게 하고자 하는 것은 다만 이것뿐이다."

공자는 이 말을 듣고 나서 제자에게 말하였다.

"새는 날고, 물고기는 헤엄치고, 짐승은 달리는 것임을 나도 알고 있다. 달리는 것은 그물을 쳐서 잡고, 헤엄치는 것은 낚시를 드리워 낚고, 나는 것은 주살을 쏘아서 떨어뜨릴 수 있지만, 용龍은 바람과 구름을 타고 하늘에 오른다고 하니 나로서는 실체를 알 수 없다. 나는 오늘 노자를 만났으나 용 같다고나 할까 전혀 잡히는 것이 없었다."

노자는 제자를 받지 않는 사람이었지만, 젊은 청년 한 사람이 공직을 집어던지고, 인생을 위해서 가장 중요한 것이 무엇인가를 배우기 위해 노자를 매일 찾아와 진지하게 쫓아다녔다.

결국 노자도 이 청년을 제자로 삼아 같이 지내게 되었다.

그러나 노자는 제자에게 사상이나 생활하는 방법 등에 관하여 한마디도 가르쳐 주지 않았다. 제자는 이 일을 상당히 섭섭하게 생각했다. 그러다가 어떤 사건이 생겨 노자가 마을을 떠나 국경을 넘어 다른 나라로 가게 되었다.

노자는 제자에게 혼자서 가겠다고 했다. 혼자 남게 된 제자는 용기를 내어 간청했다.

"저는 인생의 참다운 진실이 무엇인가를 선생님으로부터 배우기 위해 공직을 버리고 오랫동안 선생님 밑에서 일해 왔습니다. 선생님께서는 한 마디도 가르쳐 주시지 않았습니다. 이제 선생님께서 다른 나라로 가시면 저는 암흑 속에 영원히 남게 될 것입니다. 헤어지는 마당에서 한 마디라도 저의 인생에서 가장 중요하다고 생각되는 이야기를 해주십시오."

정성껏 부탁하는 제자의 얼굴을 잠시 응시하던 노자는 천천히 얼굴을 들고 크게 입을 벌렸다.

[老子, B.C.6세기~B.C.4세기, 중국 춘추시대 도가道家 사상가]

뉴턴
Isaac Newton

미분, 적분법의 발견을 위시하여 만유인력의 법칙, 즉 사과가 떨어지는 것을 보고 출세한 인물이 있지요. 바로 아이작 뉴턴입니다. 영국의 케임브리지의 천재라고 불리었고, 광학과 천문학에 대한 굉장한 지식을 가졌던 사람입니다. 이 사람은 독실한 기독교 신자였습니다.

그는 그의 유명한 저서 프린키피아에 우주에 대해서 이렇게 정의를 내리고 있습니다.

'천체는 태양, 행성, 혜성 등으로 매우 아름답게 이루어져 있는데, 이것은 지성을 갖춘 강력한 통치자의 의도와 통일적 제어가 있기 때문에 존재한 것이라고 말할 수밖에 없다. 지극한 하나님은 영원, 무궁, 완전하신 분이시다.'

이것은 기도문이 아닙니다. 프린키피아라는 그 당시 최첨단 과학 책의 내용입니다. 이분이 천체에 대해서 잘 알고 있습니다. 우주는 우연히 뻥 터진 것이 아니고 지혜를 가진 설계해서 만들었다는 것입니다.

재미있는 일화가 있습니다.

뉴턴이 천체에 대한 모형을 정교하게 만들어 놓고, 그 집을 방문하는 지식인들에게 보여주었다고 하는데, 그들이 "야 이거 잘 만들었는데, 누가 만들었지요?" 하고 물으면, 뉴턴은 계속해서 "우연히, 저절로 생겼지."라고 대답했다고 합니다.

손님들이 "농담하지 말고 만든 사람을 가르쳐 줘." 하고 다그치자, 그제서야 뉴턴은 "모형에 불과한 이것도 반드시 누군가가 만들었을 것이라고 생각하면서, 어째서 이 모형에 대한 진품인 천체는 우연히 생겼다고 말하느냐? 천체야말로 정말 지혜로운 자가 만든 것이 아니냐?"고 되묻고 창조주 하나님을 소개했다고 합니다.

뉴턴의 말년 때에 건망증이 생겼다. 자신의 나이도 생일도 잊어버렸다. 지켜보는 사람마다 안타까워했다.

어느 날, 제자가 뉴턴에게 물었다.

"선생님, 지금 기억하고 있는 것이 무엇입니까?"

이 제자는 선생님이 만유인력의 법칙, 운동의 법칙, 이런 것들을 기억하고 있을 것이라고 생각해서 물었다.

뉴턴의 대답이다.

"두 가지가 있어요. 첫째, 내가 죄인이라는 것. 둘째, 예수님이 나의 구세주시라는 것. 이 두 가지는 기억하고 있어요."라고 말했다고 한다.

다 잊었어도 영원한 진리는 잊지 않았던 것이다.

[Isaac Newton, 1642~1727, 영국 물리학자]

단테
Alighieri Dante

단테는 네리파에 의해 창안된 피렌체에 들어가지 못했고, 두 번의 비앙키파에 대한 일대 사면령이 내려질 때에도 단테의 이름은 속하지 못하였다.

특히 1315년 사면령이 내려졌을 때도 자신의 죄를 인정하면 피렌체로 돌아갈 수 있었으나, 그는 명예롭지 못하다 하여 수락하지 않고 오히려 네리파에 대한 비난을 퍼부었다. 이에 대해 네리파는 분노를 품고 그에게 사형을 선고하는 궐석 재판을 단행했다.

단테는 라벤나에 돌아가 구이도 노벨로의 비호를 받으며 신곡神曲의 마지막 부분을 완성하는데 전념했다. 그는 신곡이 출판되는 것이야말로 자신이 영예롭게 피렌체에 귀환하는 것에 비견될 수 있다고 믿었다.

1321년 신곡의 마지막 부분인 '천국편'을 완성하고 피렌체에 돌아가지 못한 채 라벤나에서 56세의 나이로 한 많은 생을 마쳤다.

이탈리아 도시들은 제각기 독자적인 경제 기반을 지니고 있었다. 예를 들면, 제노바의 베네치아는 해상무역을, 밀라노는 군사 산업, 피렌체는 금융과 의류, 그리고 국제무역을 바탕으로 했다. 피렌체에서 주조된 화폐 플로린은 유럽의 표준 통화 수단이 되었고, 피렌체

은행은 교황과 거래하였으며 유럽의 왕실에 돈을 빌려주었다.

이렇게 도시국가 피렌체는 경제적으로 부유해진 결과 도시의 지배력을 강화하려는 정계의 파벌 싸움이 끊이지 않았고, 특히 십자군 원정의 실패로 인한 교회 권위의 추락과 더불어 왕권의 강화 노력은 피렌체뿐만 아니라 당시 유럽의 문화적 혼란을 야기시켰다.

【신곡의 제1곡(지옥편)】

우리 인생길의 한 중간에서 나는 올바른 길을 잃어버렸기에 어두운 숲속에서 헤매고 있었다. 아, 얼마나 거칠고 황량하고 험한 숲이었는지 말하기 힘든 일이다. 생각만 해도 두려움이 되살아난다! 죽음 못지않게 쓰라린 일이지만, 거기에서 찾은 선을 이야기하기 위해 내가 거기서 본 다른 것들을 말하련다.

올바른 길을 잃어버렸을 때 나는 무척이나 잠에 취해 있어서, 어떻게 거기 들어갔는지 말할 수 없다. 하지만 떨리는 내 가슴을 두렵게 만들었던 그 계곡이 끝나는 곳, 언덕발치에 이르렀을 때, 나는 위를 보았고, 사람들을 각자의 올바른 길로 인도하는 행성의 빛살에 둘러싸인 언덕의 등성이가 보였다.

[Alighieri Dante, 1265~1321, 이탈리아 시인, 작가]

단테 가브리엘 로제티

Dante Gabriel Rossetti

　단테 가브리엘 로제티는 시인이자 작가이며, 동시에 화가로 존 에버트 릴레이와 함께 라파엘 전파를 설립한 화가이다. 그의 작품은 유럽 상징주의자들에게 영향을 주었고, 그는 미학 운동의 주요 선구자 중 한 명이었다.

　라파엘 전파는 라파엘로와 미켈란젤로의 뒤를 이은 매너리즘의 화가들이 처음 수용했던 기계적인 예술 접근에 대해 거부감을 보이며, 사실적이고 자연스러운 화풍을 되살리고자 했던 예술가 집단을 말한다.

　'수태고지受胎告知'는 '알리다'라는 뜻의 라틴어 동사 '아눈타이레annuntaire'에서 유래된 고유명사로, 신약성서에 기록된 예수 탄생의 일화에서 천사 가브리엘이 마리아에게 나타나 예수 그리스도의 잉태를 예고한 부분을 가리키는 말이다. '수태고지'는 레오나르도 다빈치, 엘 그레코 등 수많은 화가들의 주요 작품 소재이기도 하다.

　단테 로제티가 그린 '수태고지'는 대천사 가브리엘이 성모마리아에게 나타나 처녀인 마리아가 성령의 힘으로 아기 예수를 잉태했다는 전통적 주제를 현대적으로 재해석해 그린 그림이다.

　작은 방 안에 나타난 가브리엘이 마리아에게 성모의 상징인 백합을 내밀며 그녀의 잉태 소식을 알리고 있다. 마리아는 잠에서 막 깨어난 듯, 몹시 얼떨떨하고 혼란스러워하는 모습을 하고 있다. 화가는 마리아를 전형적인 영국 소녀, 핏기 없이 창백한 얼굴빛에 금발머리와 푸른 눈을 가진 소녀로 그려 놓았다.

그림 속 마리아는 그동안 중세에서 그려졌던 성스러운 모습이나 고상한 모습의 얼굴이 아니다. 마치 병실처럼 좁은 방 안에 갑자기 들이닥친 천사 때문에 몸을 잔뜩 웅크리고 긴장한 모습이라 어색하기까지 하다. 내민 얼굴의 비율이 몸통과 맞지 않아 불균형스럽게 느껴지기도 한다. 마리아의 흰 잠옷과 하얀 방은 물론 마리아의 순결을 상징하지만, 이 방은 내 눈에는 왠지 모르게 학교 보건실이나 병원같이 보인다.

그러고 보면 마리아 역시 성녀라기보다는 의사에게 임신 소식을 듣고 어쩔 줄 모르는 불량소녀 같아 보이기까지 하다.

이런 시각에서 보자면, 로제티의 '수태고지'는 밀레이의 '목수의 집'에서 보다 훨씬 더 신성모독적이다. 물론 밀레이의 '목수의 집'처럼 그림에 대한 비평가들의 반응은 좋았을 리 없다.

런던의 언론은 '로제티가 자신의 재능을 싸구려 그림에 낭비하고 있다고 혹평했다.

[Dante Gabriel Rossetti, 1828~1882, 영국 화가, 시인]

대각국사

大覺國師

　　의천대사는 고려 문종의 넷째 아들로 태어나서 풍요로운 세속적인 삶을 살 수 있었지만 불도를 찾는 험난한 길을 선택하였다.

　　송나라에 다녀온 길도 매우 위험했으며 고려에 돌아와서는 왕족 출신이므로 궁궐에서 승려 생활을 했을 것이라는 편견을 갖고 있었는데, 오히려 개경에서 멀리 떨어진 지리산 등에서 도를 닦았다.

　　고려시대 불교는 선종과 교종 등 여러 종파로 분열되어 갈등이 심해지고 있었으므로, 스님께서는 천태종으로 통일하여 화합과 평화를 이루고자 하였다.

　　교장을 편찬하며 많은 저서를 남겼지만 오늘날까지 남아있지 않은 것이 안타깝다.

　　대각국사의 일생을 보면서 놓아버리는 것이 달성하는 것이라는 것을 알게 되었다.

　　그래서 이익을 챙기려고 집착하는 마음으로 살 것이 아니라 놓아버림으로써 마음이 평온해지는 바른 삶이 된다는 것을 알았다.

[大覺國師, 1055~1101, 고려시대 승려]

데모크리토스
Democritos

어느 날, 데모크리토스의 지인들은 그가 너무 웃어서 의학의 아버지 히포크리테스에게 데리고 갑니다.

혹시 조커와 같은 감정실금은 아닐까요? 걱정과 달리 히포크라테스는 데모크리토스를 이렇게 진단하지요.

"그가 웃는 것은 병들어서가 아니라 지혜로웠기 때문이다."

지혜의 증거라고 하는 저 쾌활함의 동력은 무엇일까요? 스승 레우키포스와 함께 원자설의 창시자로 기록돼 있는 웃는 철학자 데모크리토스에 대해 살짝 돌아봅니다.

데모크리토스는 트리키아의 아브데라 출신입니다. 아테네에는 모든 멍청이는 아브데라 출신이라는 속설이 있는데, 이유인즉, 동방과 서방의 교류가 활발한 중첩의 세계인 문화의 깊이가 얕다는 모욕이 담겨 있습니다.

고대 그리스인들은 세계를 아시아Asia, 리비아Libya, 에우로파 Europa, 트라키아Thracia로 네 등분해 이해했고, 트라키아는 그 중간에 위치하고, 오늘날로 따지면 아시아 대륙 중심부에서 태어났다고 볼 수 있겠습니다.

문명이 격돌하는 지방에서 고유한 문화를 세우는 일은 쉽지 않지요. 게다가 페르시아가 당대 최강대국이었기에, 근접해 있던 아브데라는 페르시아의 눈치를 볼 수밖에 없는 정치적 상황이었는데, 데모크리토스는 이런 말을 남기며 그리스인의 자부심을 역사에 기록했습니다.

"나는 페르시아 왕관을 얻기보다 하나의 새로운 인과관계를 발견하고 싶다."

이 말을 책임지기 위해 데모크리토스는 세계 곳곳을 돌아다닙니다. 이집트와 페르시아는 물론 홍해까지 갔으며, 혹자들은 인도의 고행 승려들을 만나고 에티오피아까지 방문했다고 주장하지요.

'철학자 열전'의 디오게네스 라에르티오스는 이렇게 기록합니다.

"그는 자랑스럽게 말한다. 나는 동시대 인물 중 이 지구의 가장 많은 곳을 다녀보았고, 가장 외진 곳까지 모두 조사해 보았다. 나는 가장 많은 풍토와 땅을 경험했고, 가장 박식한 인간들을 만나보았으며, 증명을 수반하는 선의 작도에 있어서는 아무도, 심지어 이집트의 아르세페도 납텐이라 불리는 이들도 나를 능가하지 못했다."

데모크리토스의 열정적 모험엔 철학에 대한 호기심이 한 원인으로 작동했겠으나, 무엇보다 진리에 대한 불만이 더 컸다고 전해집니다. 전승되는 진리엔 내용이 없고, 내용 있는 지식엔 진리가 없다고 그는 생각했지요.

진리 도달을 위해 또 다른 상상력이 필요했습니다. 이 상상력 덕분에 데모크리토스는 물려받은 막대한 부를 죄다 탕진하고, 궁핍한 생활을 견뎌야 했지요.

이런 명언을 남깁니다.

"지혜로운 사람에겐 온 지구가 집이다."

[Democritos, B.C. 460~B.C. 370, 고대 그리스 사상가, 원자론자]

데미스토클레스
Themistocles

데미스토클레스는 페르시아의 대군을 물리친 그리스의 영웅이다. 그는 페르시아가 마라톤 전쟁에서 패배한 설욕을 갚기 위해 다시 공격할 것을 예상하였다. 그는 다음 전쟁이 바다에서 결론날 것을 예상하고 배를 만들고 해군을 훈련하자고 했다.

당시 아테네는 해군과 거리가 먼 나라였다. 에게해에서 최강의 해군을 보유한 고린도가 100척의 갤리선을 가지고 있을 때 그리스는 몇 10척에 불과했다. 데미스토클레스는 200척의 배를 만들자고 주장하였다.

누가 봐도 무리한 주장이었다. 더욱이 마라톤 전쟁에서 승리한 후 그리스는 안심하고 있었다. 아테네 정치가들은 페르시아가 이집트의 반란을 제압하느라 그리스를 다시 공격할 여유가 없다고 생각하였다.

평화는 10년 동안 지속하였고 사람들은 느슨해졌다. 데미스토클레스는 10년이란 세월을 허송하지 않았다. 정적을 하나둘 추방하고 자기 계획대로 200척의 군선을 건조하였다.

마침내 페르시아가 다시 공격하였을 때, 데미스토클레스의 예상대로 바다에서 결론이 났다. 데미스토클레스가 그렇게 열심히 군선을 만들었지만, 페르시아 해군에 비해 3분의 1밖에 되지 않았다. 그러나 데미스토클레스는 애게해의 해류와 지형을 잘 이용하였다.

데미스토클레스는 좁은 살라미스 해협으로 페르시아 해군을 유인하여 격파하였다. 많은 군사를 태우고 이동할 목적으로 만든 페르시아 군선은 여지없이 부서졌다. 불과 7시간의 전투에 불과했다. 그러나 페르시아 전쟁이 완전히 끝난 것도 아니었다. 해군은 살라미스에서 승리를 거두었지만, 페르시아 육군 20만 명은 건재하였다. 완전한 승리를 위해서는 페르시아 육군을 물리쳐야 했다. 데미스토클레스의 리더십이 필요한 시기였다. 그러나 아테네 규정에 최고 지도자 임기는 1년이었다.

그래도 전시이기에 아테네 시민은 규정을 잠시 유예하고 승리를 위해 데미스토클레스를 다시 뽑을 준비가 되어 있었다. 그러나 데미스토클레스는 마다하였다. 그는 기꺼이 뒤로 물러나고 야당 지도자로 추방하였던 아리스티데스와 크산티포스에게 양보하였다. 국가 존망의 기로에서 모든 인재를 활용해야 한다는 이유로 추방한 야당 지도자를 귀국시켜 자기 뒤를 잇게 하였다.

데미스토클레스는 물러날 때를 알았다. 시작과 끝을 내가 다 해야 한다고 생각하지 않았다. 나 아니더라도 다른 사람이 얼마든지 국정을 잘 이끌고 전쟁에 승리할 것이라 믿었다. 국가를 위하여 개인적인 욕심을 내려놓고 뒤로 물러나서도 얼마든지 일할 수 있다고 믿었다.

그의 예측대로 그리스는 육지에서도 페르시아를 물리치고 승리하였다.

그리스 시민은 데미스토클레스의 결단에 큰 감명을 받았다.

[Themistocles, B.C.524~B.C.459, 고대 그리스 장군, 정치가]

데이비드 리카도

David Ricardo

 리카도는 고전학파의 창시자인 애덤 스미스의 이론을 계승하여 발전시킨 고전학파의 완성자로 알려져 있다.

1818년 '정치경제학 및 과세의 원리'를 발표한다. 그는 사회적 생산물이 지주·노동자·자본가 사이에 분배되는 법칙을 분석하면서 이윤과 임금, 지대의 관계를 밝히는데, 이윤은 임금에 반비례하며, 임금은 생필품 비용에 따라서 변화하고, 지대의 상승은 한계 경작 비용과 인구의 증가에 따른다고 하였다. 또한 상품의 국내 가치는 생산에서 소요되는 노동량에 의해 결정되며, 지대는 비용에 포함되지 않는다는 사실을 발견하는 등 애덤 스미스의 노동가치 이론을 더욱 발전시켰다. 또한 국가 간 무역에 있어 비교우위의 개념을 도입하였다.

그의 사상은 후대 경제학에 지대한 영향을 주었으며, 존 스튜어트 밀에서 마르크스에 이르기까지 많은 사상가들이 직접적으로 그의 사상을 계승하거나 적어도 상당한 영향을 받았다.

노동가치 이론은 훗날 한계효용 학파가 나타나 전 초창기 경제학의 특징인 객관적 가치론의 대표적인 학설이다. 간단히 모든 물건을 가치 있게 만든 것은 노동이란 주장이다. 이 노동가치설은 마르크스에게 영향을 주었다.

　비교우위론은 지금은 너무나 당연하게 받아들여지고 있지만 리카도가 처음 주장할 때만 하더라도 낯설고 반직관적이어서 전혀 받아들여지지 않았다. 리카도가 죽고 난 뒤 20여 년이 더 지나서 영국은 리카도의 주장처럼 수입을 제한하는 곡물법을 폐지했다.

　차액지대론은 토지를 임대하는 지주 계층, 토지를 임차하여 수익을 얻는 자본가 계층, 토지에 노동력을 공급하는 노동자 계층이 있다고 하자, 이럴 경우 자본가는 지주에게서 토지를 임차하고 생산된 수확물로 이익을 얻는다.

　그런데 토지의 질은 천차만별이며, 따라서 수확물의 양도 천차만별일 것이다. 그렇기에 토지의 질에 따라 지대가 달라질 것이고, 자본가는 최대의 이익을 얻기 위해 가장 투자 대비 수확물이 많은 토지를 임차하려고 노력하는 것이다.

　그러나 자본가들의 이익 추구를 경제의 가장 큰 발전 요소로 본 리카도는 자본가의 이익을 더 키워야 된다고 보았으며, 결국 자본가의 이익을 키우기 위해서는 노동자들은 최소한의 소득을 얻을 수밖에 없다고 본 이론이다.

　리카도는 1823년 병으로 의회에서 물러난 후 애석하게도 51세의 나이에 세상을 떠났다.

[David Ricardo, 1772~1823, 영국 경제학자]

데카르트
Rene Descartes

'나는 생각한다. 고로 나는 존재한다.'

이 말은 데카르트가 방법적 회의 끝에 도달한 철학의 출발점이 되는 제1원리로, 그의 주저主著 방법서설方法敍說에 전개된 근본사상을 나타내는 말이다.

학문에서 확실한 기초를 발견하기 위해 데카르트는 모든 인식을 뒤엎고 처음부터 다시 시작하기로 결의하고, 의심할 이유가 있는 모든 사물의 존재를 의심하여 연구한 끝에 최종적으로 의문을 중지해야 할 일점一點에 도달하였다.

즉, 다른 모든 사물은 의심할 수 있어도 그와 같이 의심하고 있는 나의 존재는 의심할 수 없다.

의심하고 있는, 다시 말해서 사유思惟하고 있는 순간에 내가 존재하지 않는다고 할 수는 없다.

[나는 생각한다. 고로 나는 존재한다.]

이것이야말로 확실하다고 믿고 그는 이 명증적明證的인 제1원리에서 출발하여 존재인식存在認識을 이끌어내려고 하였다.

[Rene Descartes, 1596~1650, 프랑스 철학자, 수학자, 과학자]

도쿠가와이에야스

德川家康

대장은 겉으로 보기에 존경을 받는 것 같지만 사실 부하들은 대장의 약점을 계속 찾아내려 하고 있다.

두려워하는 것 같지만 속으로 깔보고 있고, 친밀한 척하지만 경원을 당하고 있는 것이다.

또 사랑을 받는 것 같으면서도 한편으로는 미움을 받고 있다.

그러므로 부하를 녹봉으로 붙잡아두려 해서는 안 되고, 비위를 맞추려고 해서도 안 된다.

부하를 멀리하거나, 너무 가까이해서도 안 된다. 또 화를 자주 내서도 안 되고, 방심해서도 안 된다.

부하가 반하도록 만들어야 하는 것이다. 다른 말로 표현하면 심복心腹이라는 것인데, 심복은 사리를 초월하는 데서 생겨난다.

부하들이 감탄하고 또 감탄하도록 만들어야 한다. 대장이 좋아서 견디지 못하게끔 만들어야 하는 것이다. 그러기 위해서는 일상의 행동이 가신들과는 달라야 한다. 그러지 않는다면 머지않아 유능한 가신들을 모두 적들에게 빼앗기게 된다.

가신들이 쌀밥을 먹는다면, 너는 보리쌀이 많이 섞인 보리밥을 먹어야 한다. 가신들이 아침에 일어나면, 너는 새벽에 일어나야 한다.

인내심도 절약도 가신을 능가해야 하고, 인정도 가신보다 많이 베풀어야 비로소 가신들이 심복하고 너를 따르며 곁에서 떠나지 않게 된다.

그러나 대장으로서의 수업은 엄격해야 하는 것이다.

도쿠가와의 인간학에, 물은 배를 띄어주지만 다른 한편으로는 배를 뒤집기도 한다.

무공을 세우는 일보다 더 어려운 것은 주군에게 진언하는 일이다.

신하가 무력을 이용해서 덕이 없는 왕을 치는 것은 반역 행위가 아니다. 덕을 잃은 왕은 한낱 필부에 지나지 않기 때문이다.

듣는 것은 천하의 귀, 보는 것은 천하의 눈, 도리는 천하의 마음, 이 세 가지를 바탕으로 시비를 가려 다른 사람의 고통을 이해하고 올바른 도리를 행하는 것이 선정이니, 이것이야말로 태평성세의 근본이라고 생각해야 한다.

여론을 무시하면 반드시 패한다.

사람의 일생은 무거운 짐을 짊어지고 먼 길을 걸어가는 것과 같기 때문에 절대로 서두르면 안 된다.

[德川家康, 1543~1616, 일본 에도 막부 장군]

도스토옙스키
Fyodor Dostoevsky

도스토옙스키는 1845년 24세 때 '가난한 사람들'로 러시아 문단에 화려하게 데뷔하지만, 4년 뒤 사회주의 운동에 가담했다가 체포된다. 그는 기껏해야 유배 정도를 생각했지만, 사형 언도를 받았다.

사형 집행 전, 그는 속으로 기도했다.

"만약 신의 가호가 있어 살 수가 있다면 1초라도 낭비하지 않겠습니다. 살려주십시오."

이렇게 마음의 기도를 되풀이하다가 총살 직전 기적과 같이 황제의 감형을 받았다. 그는 4년 동안 살을 에는 눈보라가 몰아치는 시베리아에서 5kg의 쇠고랑을 차고 유배생활을 했다.

글을 쓰는 것이 허락되지 않았기 때문에 영감이 떠오르면 머릿속으로 소설을 쓴 뒤 모조리 외웠다. 도스토옙스키는 그야말로 하루하루를 마지막처럼 살았다. 그리고 20세기의 사상과 문화에 깊은 영향을 끼쳤다.

도스토옙스키가 남긴 대표작으로 '지하 생활의 수기', '죄와 벌', '백치', '악령', '카라마조프가의 형제들' 등이 있다.

[Fyodor Dostoevsky, 1821~1881, 러시아 소설가]

도연명

陶淵明

이태백과 함께 유난히 술을 좋아했던 도연명, 그가 술을 끊게 됐다니, 이 무슨 얘기일까요.

술을 끊는 시를 쓴 시기를 짚어보니, 그의 나이 마흔아홉 살 무렵입니다. 이보다 13년 뒤에 예순두 살에 세상을 떠난 걸 감안하면, 말년까지 아예 술을 입에도 대지 않았다는 말인데…

결론부터 말하자면, 그는 이후로도 술을 계속 즐겼습니다. 이 시에는 한자 지止자가 20개나 들어있는데요, 그 글자 속에 비밀이 담겨 있습니다. 대체 어떤 비밀일까요.

학자들에 따르면, 이 시에서 여러 가지 뜻으로 쓰였습니다. 우선 '머물다, 멈추다, 그치다, 끊다' 등의 의미가 있죠. 이것은 우리가 잘 아는 한자 '그칠 지' 의 기본 뜻입니다.

그러니 지止에는 '최선의 경지' 라는 뜻도 있다고 합니다. 대학에서 말한 '최선의 경지에 멈추다(止於至善).' 와 연관을 지어보면, 이 시의 묘미를 더욱 잘 이해할 수 있다는 것이지요.

그러고 보니 술이 몸에 좋지 않다는 것을 느끼고 끊고 싶은 마음을 갖게 됐지만 끊을 수 없다는 얘기를 지止의 해학으로 표현한 것이

시입니다. 처음 여섯 행에서 지止는 시인이 처한 상황에서 최선의 경지라는 것을 암시하는군요.

그의 술 사랑은 특별했습니다. 다섯 번이나 벼슬을 집어던진 그가 마지막 관직인 팽택령에 나가게 된 것도 술 때문이었죠. 그 유명한 귀거래사歸去來辭에서 '아직도 세상이 평온하지 못하였으므로 멀리 가 벼슬하기는 꺼렸지만 팽택은 집에서 백 리쯤 되고, 공전公田의 수확으로 족히 술을 빚어 마실 수 있으므로 응했다.'고 썼습니다.

하루는 귀향해 있는 도연명을 친구가 찾아왔다. 도연명은 친구와 차를 마시며 많은 정담을 나누었다.

그러던 중 도연명은 친구에게 귀거래사를 건네며 말했다.

"지난밤에 시상이 떠올라서 잠깐 끄적거려 봤는데 졸작이지만 한 번 보게나."

친구는 귀거래사를 쭉 읽고는 감탄을 금할 수가 없었다.

"이걸 자네가 썼단 말인가! 대단한 걸작일세! 대단한 걸작이야!"

작품에 대해 이야기를 나누다가 도연명이 잠깐 자리를 비우는 사이 우연히 곁에 있는 돗자리가 고르지 않아 별생각 없이 돗자리를 들추어봤다. 그런데 돗자리 밑에 글을 쓴 화선지가 수북이 쌓여있었다.

그래서 뭘까 하고 읽어보니, 그건 다름 아닌 귀거래사를 퇴고한 것이었다. 지난밤에 잠깐 썼다는데 몇 날 며칠을 퇴고했는지 엄청난 양이었다.

[陶淵明, 365~427, 중국 동진의 시인]

두보

杜甫

　　장년에 그는 이백, 하지장, 고적 등과 함께 어울리면서 각 지방을 여행했으며, 옛 유적들을 답사하고 술을 마시면서 시를 읊었다.

　　그는 특히 이백과 가장 가깝게 지냈는데, 그가 지은 시 곳곳에서 이백에 대한 그의 친밀한 정을 느낄 수 있다.

　　그의 시 '꿈속에서 이백을 만나고'를 읽으면, 이백에 대한 그의 심정을 잘 알 수 있다.

　　여기서는 한 수만 살펴본다.

　　「죽어서 이별한다면 이미 목이 메겠지만, 살아서 하는 이별은 언제나 슬프고도 슬프다.

　　강남은 병이 창궐하는 곳인데, 쫓겨나 귀양 간 나그네는 소식이 없구나. 나는 꿈속에서 그리운 친구를 만났는데, 이는 내가 언제나 친구를 생각하기 때문인가.

　　살아있는 혼이 아닐까 저어하다가, 길이 멀어 그곳이 어딘지 알 수도 없다. 산 혼이 올 때는 단풍잎이 푸르렀고, 죽은 혼이 갈 때는 변방이 어두웠다. 그대는 지금 그물에 걸려 있으니, 무엇으로 날개를 만들어 날아왔던가? 새벽달 지는 빛이 대들보에 가득하니, 그대의 얼굴이 비치는 듯하구나. 물은 깊고 물결 또한 넓고 거세니, 부디

교룡에게 붙잡혀 상하는 일이 없기를.」

천보 6년, 두보의 나이 35세에 장안에 가서 과거에 응시했으나, 이임보가 문구 몇 개를 문제 삼아 떨어뜨리는 바람에 '위로는 천자를 요순보다 더 위대한 군주가 되게 하고, 아래로는 모든 백성으로 하여금 좋은 풍습을 갖게 하는' 원대한 포부를 접어야 했다.

이때에 그가 알게 된 친구가 있었는데, 이 사람이 당시 광문관 박사인 정건이며, 재주와 예술적 안목이 높았고 시, 서화, 서법, 그리고 음악, 의약, 병법, 천문 등 그야말로 무불통지無不通知의 지식을 갖춘 사람이었다.

그런데 학식이 풍부한 사람은 생활에는 무능력한 법, 집안이 가난하여 항상 친구들이 돈을 마련하여 술을 사줬다고 하는데, 두보는 그의 시 '술에 취해 노래 부르다(醉酒歌)' 두 사람이 술을 마시는 광경을 이렇게 묘사하고 있다.

…돈이 생기면 주막을 찾아 술을 사 마시면서, 생활 등의 다른 일은 걱정조차 하지 않네. 술에 취해 서로 이름을 부르며 거리낄 것이 없으니, 진실로 술을 많이 마셔 취하는 것이 나의 스승이라.

…유가의 학설이 나에게 하등 그 무엇인가, 공자나 도척이나 모두 다 이미 한 줌 흙으로 변해버렸는데, 이런 이야기 들을 필요 없이, 우리 살아 있을 때 서로 만나 술잔을 채워보세나!

[杜甫, 712~770, 중국 당나라 시인]

등소평

鄧小平

생전에 일본을 방문한 등소평에게 일본 사람이 신칸센을 태워주면서 "정말 빠르지요!" 라고 자랑하자, 등소평이 "어딜 가려고?"라고 응수했다는 일화가 있다.

그는 죽竹의 장막을 드리운 채 계급투쟁과 혁명에 몰두하던 문화대혁명의 시기에 실각했지만, 오뚜기처럼 쓰러지지 않고 재기해 개혁과 개방의 새로운 시대를 열어젖힌 개혁의 설계사였다. 낭만적 시인이었으며 주의主義를 좋아했던 모택동과 비교하면 특별히 매혹적인 면은 없지만, 그는 실용적 이성과 '상식의 카리스마'를 견지한 지도자였다.

흰 고양이든, 검은 고양이든 쥐만 잡으면 된다거나, 실천만이 진리를 검증하는 유일한 표준이라는 논리로, 모택동이 내린 지시나 결정은 무엇이든 옳다는 당시의 지배적 관념에 반기를 든 데서도 그의 이러한 면모가 잘 드러난다.

최근에는 개혁 개방의 후유증이라고 할 수 있는 극심한 빈부격차, 실업, 부패 문제 등에 일각에서 문화대혁명과 모택동에 대한 재평가 움직임이 일고 있다.

이에 반해, 중국이 고도성장을 구가하면서 미국의 독주를 제어할

강국으로 부상한 것은 사회주의에 시장경제를 결합한 이른바 중국
적 특색을 지닌 사회주의를 채택한 등소평의 실용주의적 노선에 힘
입은 바가 크다고 할 수 있다. 개혁 개방의 성과와 함께 그 부정적 측
면도 무시할 수 없는 요즈음 모택동과 등소평의 삶과 사상을 비교
검토해 보는 것은 매우 흥미로운 작업이 될 듯하다.

등소평이 죽기 전 앞으로의 국시로 도광양회韜光養晦를 남겼다.
이는 자신을 드러내지 않고 때를 기다리며 실력을 기른다는 뜻으로,
1980년대 말에서 1990년대 중국의 외교 방침을 성어로 표시한 것이
다. 이 성어는 청조淸朝 말기에 사용한 이후 중국을 개혁 개방의 길
로 이끈 소위 28자 방침에 사용하면서 전 세계적으로 알려졌다.

후진타오 총리도 도광양회를 국내외에 선포했다. 그러면서 유소
작위有所作爲, 즉 적극적으로 참여해서 하고 싶은 대로 한다는 뜻으
로, 2002년 이후 중국이 취하는 대외정책이 되었다.

어둠 속에서 힘을 기른다는 유비가 식객으로 조조에게 가서 지내
던 일화에서 온 성어로 중국의 국시였다. 장개석이나 모택동이나 고
전을 끼고 살았다. 연설 중에 고사성어는 약방의 감초였다.

한국전쟁 참전을 결정하면서 모택동은 거창하게 이유나 당위성
을 설명하는 게 아닌 한마디로 순망치한脣亡齒寒이라는 단어로 압축
했다. 입술이 없으면 이가 시리다는 뜻이다.

[鄧小平, 1904~1997, 중국 정치인, 최고 지도재]

디오게네스
Diogenes

소아시아의 시노페Sinope 출신인 디오게네스는 많은 일화를 남긴 사람이다. 그중 몇 가지만 소개한다.

그는 쥐의 생활을 보고, 쥐가 일정한 휴식처를 구한다든지 맛있는 음식을 구하기 위해 애쓰는 것을 중시했다.

그는 어떤 책을 쓰느냐는 질문을 받자, "자네는 진짜 무화과보다도 그림 속의 무화과가 더 좋으냐?"고 반문하였다.

이것은 자기가 현실을 중요시하고 실천을 토로하고 있음을 시사한다.

또 어느 때인가는 대낮에 등불을 들고 다녔다. 사람들이 의아하게 생각하여 그 이유를 물으니, "나는 사람을 찾고 있어요." 하고 대답했다.

이것은 아폴리테스apolites(정치에 관심이 없는 사람)로서 진정한 인간이라고 부를 만한 가치 있는 인간, 유덕有德한 인간이 이 사회에는 하나도 없다는 냉소와 풍자였던 것이다. 그는 또한 [나무통 속의 디오게네스]라고도 불린다.

아주 유명한 이야기가 있다.

어느 날, 알렉산더 대왕이 마침 코린트 시에 왔던 차에 이 철학자를 찾았다.

면담 끝에 "소원이 있으면 무엇이든 말해보시오."라고 말했다.

이때 디오게네스는 자기의 집이기도 한 나무통 속에 들어가 햇빛을 쪼이고 있었는데, 알렉산더 대왕이 마침 그 햇빛을 가리고 있었다.

그래서 디오게네스는, "거기를 조금만 비켜주십시오. 그늘져서 햇빛이 가려지니 말입니다."라고 말했다.

이 말을 들은 알렉산더 대왕은, "만일 과인이 알렉산더가 아니라면 디오게네스가 되고 싶구려."라고 말했다.

이상의 일화에서 보듯이 디오게네스는 간소하고도 욕심 없이, 그러나 자유롭게 생활하는 것을 이상으로 했고, 또 사실상 그렇게 생활했다. 이것은 퀴니크Kynik 주의에 입각한 것인데, 퀴니크 주의란 금욕생활, 지식보다도 실천, 그리고 조소·풍자·반사회적 태도를 취하는 것을 특징으로 한다.

이런 주의자들이 개처럼 생활했기 때문에 견유학파犬儒學派라고도 하는데, 그들은 기성旣成의 풍속·습관·문물 등의 모든 전통을 무시하고 생활을 극도로 간소하게 하며, 또 차디찬 눈으로 인생을 대하는 인생관·생활 태도를 취했다. 거지를 빙자한 걸식주의乞食主義·방만주의放漫主義라는 비평을 받는다.

이런 학설과 생활태도의 창시자는 디오게네스의 스승인 안티스테네스이지만, 이런 이념을 실천에 옮기고자 한 사람은 디오게네스이다.

디오게네스는 일화적인 많은 전기와 철학자들의 주장을 종합한 저서 [철인전哲人傳] 전10권을 남기고 있다.

　이것은 철학사라기보다는 여러 책에서 잡다하게 발췌하여 집성한 것이지만, 그리스 철학사를 연구하는 데는 귀중한 자료적 가치가 있는 것으로 평가되고 있다.

[Diogenes, B.C. 412?~B.C. 353?, 그리스 스토아학파 철학 사상가]

라 로슈푸코
F. de La Rochefoucauld

바스티유 함락 소식을 듣고 반란이냐고 물은 루이 16세에게 "아닙니다. 폐하. 혁명입니다."라고 대답했다는 라 로슈푸코의 일화로부터 시작하는 프랑스혁명사이다.

1789년 이전 프랑스혁명의 배경에서부터 시작해서 로비스피에르가 축출당하는 1793년의 테르미도르 반동까지 단 5년간의 이야기를 10권에 담아낸다는 어마어마한 계획이니만큼, 거의 신문 하나를 통째로 읽어내듯 당시의 사건과 분위기를 하나하나 꼼꼼하게 풀어내고 있다.

실제로 1권이 끝날 때까지도 아직 삼부회조차도 열지 못한 정도였으니까. 1권에서 기억에 남은 부분은 의외로 그 당시 루이 16세는 시민세력에 힘을 실어줬고, 그에 반대하는 귀족들의 반발이 프랑스혁명의 단초를 제공했다는 것이다.

미국 독립운동 지원에 어마어마한 돈을 쓴 삼부회 왕실은 재정 파탄을 막기 위해 신분을 초월하여 세금을 거둘 계획을 짜냈지만 귀족들과 고등법원은 당연히 이에 반대했고, 이에 대한 돌파구로 루이 16세와 재정 대신은 삼부회를 강행했던 것이다.

심지어 왕은 귀족들의 반란에 맞서기 위해 시민계급의 대표수를 두 배로 늘려주기까지 했고, 그런 루이 16세에게 왕족들이 이런 식으로는 큰 변화(혁명)가 일어날 것이라고 했을 정도였다.

[F. de La Rochefoucauld, 1613~1680, 프랑스 작가]

랄프 왈도 에머슨
Ralph Waldo Emerson

 랄프 왈도 에머슨은 1803년 5월 미국 보스턴의 청교도 마을에서 목사의 아들로 태어났다. 보스턴의 라틴학교에서 고전을 공부하고 하버드 신학대학에 입학한다.

1829년 보스턴 제2교회 부목사로 임명되어 활동하다가 건강상의 문제로 사임하게 된다. 그 뒤로는 미국의 초절주의 시인, 사상가로 활동하게 된다.

그는 19세기와 20세기에 미국의 종교, 예술, 철학, 정치에 많은 영향을 끼치게 된다.

초절주의란, 산업혁명 이후에 근대국가로 성장하게 된 미국의 전환기 시절에 미국의 이상주의적 관점에서 재해석한 사상개혁이다.

우리가 순수한 마음일 때야 비로소 자신감을 가질 수 있다고 표현한다. 어린아이는 모든 관심을 자기가 독차지하려고 애쓴다. 하지만 어른이 된 우리는 남들의 시선을 의식한다는 내용이다.

우리는 우리 자신이 무엇을 해낼 수 있는 존재인지도 잘 모른다.

그리고 인간의 정체성 수준의 변화에 대한 예시로 술주정뱅이의 일화를 말한다.

[Ralph Waldo Emerson, 1803~1882, 미국 사상가, 시인]

랜디 포시
Randy Pausch

카네기 멜론대학의 컴퓨터공학 교수 랜디 포시는 시한부 암 선고를 받았다. 그러나 좌절하지 않고 남은 시간을 어떻게 하면 재미있게 지낼 수 있는지, 아이들에게 어떤 지혜를 남겨줘야 할지 등을 고민하였다.

그리고 캠퍼스의 마지막 강의에서 학생과 동료 교수들에게 장애물을 헤쳐 나가는 방법, 다른 사람들이 꿈을 이룰 수 있게 돕는 방법, 모든 순간을 값지게 사는 방법, 당신의 인생을 사는 방법 등을 이야기한다. 모두 랜디가 살아오면서 믿게 된 모든 가치의 최종 요약들이다.

특히 행복한 삶은 지금 이 순간에 존재하는 것이며, 매일매일을 감사하며 살라고 조언했다.

이는 오늘을 힘겨워하는 많은 이들에게 내일을 살아갈 용기를 선사하고, 삶을 살아가는 즐거움에 대해 생각할 기회를 제공한다.

자신도 모르게 잃어버렸던 어린 시절의 소중한 꿈을 되찾는 방법에 대해서도 배우게 된다.

[Randy Pausch, 1960~2008, 미국 컴퓨터공학자]

레오나르도 다빈치
Leonardo da Vinci

1491년에 새로 건축된 수도원의 벽화를 그리는 유명한 화가를 찾던 로마 교황청은, 당시 이탈리아에서 명성이 높았던 화가 레오나르도 다빈치를 불러 '성경의 예수 그리스도의 제자들과 최후의 만찬 광경을 벽화로 그려주는 것'을 부탁하게 됩니다.

부탁을 받은 다빈치는 그때부터 실제로 이미지의 모델에 사용되는 사람들을 찾아다녔고, 긴 엄선 끝에 1492년 예수의 모습을 상징할 수 있는 깨끗하고 착하게 생긴 19세 청년을 찾은 후 본격적인 작업에 착수하게 됩니다.

그 후 6년 동안 예수의 11제자의 이미지를 완성한 다빈치는 결국 예수를 누른 배신자 가롯 유다의 모델을 찾아다니게 되었다고 합니다.

다빈치가 가롯 유다의 모델을 찾는다는 소식을 들은 로마 시장은 '로마의 지하 감옥에서 사형을 기다리는 수백 명의 죄수가 있는데, 거기에서 한번 모델을 찾으라.'는 제안을 받고, 제안을 수락한 다빈치는 로마에서 가장 잔인하고 악랄한 살인을 저지른 사형수 감옥을 방문한 후 그곳에서 사형을 기다리고 있는 죄수를 선택하게 되었다고 합니다.

1500년 전 유대 제사장들과 바리세인에서 은화 몇 개를 받고 예수를 팔아넘긴 나쁜 사람의 얼굴을 그린 다빈치는 수개월에 걸친 작업을 통해 유다의 모습을 완성한 후 '모델은 지금 감옥에 다시 있다.'는 통보를 했다고 합니다.

연행 뒤 갑자기 결박을 풀고 다빈치 앞에 무릎을 꿇은 살인범은 다빈치에게 계속 자신을 알지 못하느냐고 질문했다고 합니다.

다빈치는 "나는 당신 같은 사람을 내 인생에서 만난 적이 없다."고 답변했다고 합니다.

순간 젊은이는 다빈치가 완성한 '최후의 만찬' 을 가리키며 다음과 같은 말을 외칩니다.

"저기 그림 속에 그려진 6년 전 예수의 모델이 바로 나 요토소요!"

현재 이탈리아 르네상스 미술사에 등장하는 위의 일화는 실화였을까요?

그 얼굴이 신성하고 아름다웠던 젊은이가 로마 최악의 살인범으로 돌변했다는 사실을 알게 된 다빈치는 큰 충격을 받았다고 하며, 그 뒤에는 예수의 그림을 그리지 않았다고 합니다.

[Leonardo da Vinci, 1452~1519, 이탈리아 화가]

로댕
Auguste Rodin

1877년, 37세의 조각가 로댕은 '청동시대'라는 작품으로 살롱전에 등장합니다. 그의 데뷔작이라고 할 수 있는 이 작품은 르네상스 이후 이상적인 신체상을 당대 예술가들과 평론가들에게 큰 논란을 가져왔습니다.

이 조각상의 모델은 벨기에 군인 출신으로, 전문 모델이 아닌 일반인이었는데, 자연스러운 듯 모호한 이 포즈는 기존의 그리스 조각상과 달리 매우 '사실적'으로 다가왔기 때문입니다.

뿐만 아니라 작품 스케일이 실제 사람 크기이고, 모델의 뛰어난 세부 묘사 능력으로 거친 피부의 질감까지 고스란히 느껴져, 살아 있는 사람을 대상으로 캐스팅한 것이 아니냐는 의혹이 따라다녔습니다. 지금 듣기엔 황당할 수 있지만, 당시에는 매우 신빙성 있는 주장으로 받아들여졌기 때문에, 로댕은 정식으로 반박하고 해명까지 했다고 합니다. 주물 틀과 모델 사진까지 첨부해 해명했지만, 심사위원회는 이 작품에 대한 거절 통지서를 보냈습니다.

그러자 당대 수많은 조각가들이 힘을 모아 변호하기 시작했고, 로댕이 더 많은 작품을 만들어내 이것이 복제품임을 인정받을 수 있었습니다. 이후 '청동시대'는 살롱전에서 3등을 수상하고, 국가에서 작품을 사들이는 등 무명의 조각가였던 로댕은 일약 유명인으로 거듭나게 되었습니다. 조각에서 로댕의 '청동시대'는 이상적 신체 비율과 신화적 주제를 벗어나 근대 조각의 중요한 시발점이 된 것입니다.

이후 로댕은 유명 조각가가 되어 수많은 곳에서 조각상 제작 의뢰를 받게 됩니다. 하지만 그는 전통적인 조각상의 개념을 완전히 뒤바꾸는 행보를 이어가는데요, 그 대표작인 '칼레의 시민'과 '발자크'입니다.

프랑스 파리시가 주문을 번복한 조각은 대작 '지옥의 문'과 그 안에 있는 '생각하는 사람' 등입니다. 근대 조각 선구자가 만든 가장 위대한 19세기 조각상으로 기록될 작품입니다. 다행히 로댕이 보통 사람은 아닌지라, 의뢰 취소라는 폭탄을 맞고도 이 시대까지 살아남을 수 있었습니다. 자신을 위해, 조각계를 위해 20년 넘게 빚어낸 덕에 후세들이 감상의 즐거움을 누리고 있습니다.

오귀스트 로댕의 '생각하는 사람'은 그저 한 인간입니다. 신도 아니고, 영웅도 아니지요. 전래한 신, 기적과 함께하는 영웅이라면 애초 이런 모습을 보일 일이 없을 것입니다. 웅장함과 장엄은 없습니다. 오히려 쪼그라들듯한 자세 때문인지, 걱정되고 안쓰러운 마음이 듭니다.

[Auguste Rodin, 1840~1917, 프랑스 조각가]

로버트 잉거솔
Robert Green Ingersoll

19세기 미국에 로버트 잉거솔이라는 유명한 변호사가 있었습니다. 그런데 이 사람은 변호사로서보다는 하나님은 존재하지 않는다고 믿는 무신론자로 더 유명했습니다. 이 사람은 하나님이 계시지 않는다고 믿었을 뿐만 아니라 하나님이 계시지 않는다는 것을 증명하기 위해서 평생을 헌신했던 사람입니다.

그에게 얽힌 일화 중에 이런 이야기가 있습니다.

잉거솔은 하나님은 존재하지 않는다는 '무신론'을 주장하는 한편, 그와 반대로 하나님께서 존재하신다는 '유신론'을 주장하면서 항상 잉거솔과 논쟁을 벌이던 부룩스라는 목사님이 계셨습니다.

어느 날, 이 필립 부룩스 목사님이 중병에 걸려 병원에 입원했습니다. 그래서 환자의 안정을 위해서 방문하는 사람들의 면회를 다 거절했습니다.

그런데 필립 부룩스 목사님이 중병에 걸려 중환자실에 입원했다는 이야기를 들은 잉거솔이 병문안을 오자, 안정을 위해서 방문하는 모든 사람들의 면회를 다 거절했던 필립 부룩스 목사님은 잉거솔이 왔다는 말을 듣고는 잉거솔만 면회를 허락했습니다.

잉거솔은 다른 사람들의 면회는 다 거절했던 필립 부룩스 목사님이 왜 자기만 면회를 허락했는지 이유가 궁금해서 목사님에게 물었습니다.

"목사님, 안정을 위해서 다른 사람들의 면회를 다 거절하실 정도로 건강 상태가 안 좋다고 하시던데, 왜 저의 면회는 허락하셨습니까?"

그랬더니 필립 부룩스 목사님이 이렇게 대답하셨습니다.

"다른 사람들이야 천국 가서 다시 다 만나면 되지만, 당신은 천국에서 다시 만날 수 없을 것 같아서 마지막으로 작별 인사나 하려고 들어오라고 한 것입니다."

하나님이 계시는가? 어쩌면 인간의 역사 이래로 끊임없이 대두되어온 질문이었습니다. 그러다가 찰스 다윈이 1859년 출판한 '종의 기원'에서 시작된 '진화론'에서부터 논쟁이 본격화되었습니다.

어쩌면 예배를 드리기 위해서 이 자리에 앉아있는 여러분 중에도 하나님의 존재가 확실하게 믿어지지 않는 분도 있을지도 모르겠습니다. 그렇다면 내가 하나님을 확실하게 믿는지, 믿지 않는지를 무엇으로 알 수 있을까요?

하나님이 확실하게 믿어지지 않는 분은 하나님께 온전히 자신을 맡길 수 없습니다. 그래서 로마서 10장 14절을 보면 '믿지 아니하는 이를 어찌 부르리오.' 라고 했습니다.

[Robert Green Ingersoll, 1833~1899, 미국 철학자, 작가]

록펠러 1세
John Davison Rockefeller

석유왕 록펠러 1세가 자기 일생을 석유 사업에 바치려고 결심한 것은 25세 때였다. 그의 투철한 머릿속에는 석유 수급지需給地의 상황이 명확하게 그려져 있어 석유 사업으로 세계의 패자霸者가 될 관록이 충분하였다 한다.

그러나 그가 아무리 천재적인 사업수완을 가지고 있었어도 단 혼자의 힘으로 그렇게 될 수는 없었을 것이다. 그의 협력자 중 새뮤얼 엔드류스는 영국의 기술자로 유산硫酸에 의한 제유법製油法을 발명한 사람이다.

또 하나의 협력자는 헨리 푸라그라이다. 그는 조직 능력과 관찰력에 있어서는 록펠러를 훨씬 능가하였다고 한다. 록펠러는 집에서나 사무실에서나 항상 푸라그라와 함께 지내며 석유 사업을 추진하였다.

푸라그라는 '비즈니스에 기반을 두고 맺어진 우정이 우정으로 시작된 비즈니스보다 얼마나 좋은가.' 라고 록펠러에 말했다.

하나의 사업을 이루는 데는 경영을 담당한 훌륭한 사람의 협력이 없이는 이루어지지 않는다.

[John Davison Rockefeller, 1839~1937, 미국 석유 사업가]

루즈벨트
Franklin Roosevelt

민주당 출신으로 미국 역사상 유일무이한 4선 대통령이다. 대통령 당선 이후, 그는 비상 입법으로 공황을 완화함과 동시에 중소 상공업자를 보호하기 위한 항구적인 정책을 실시하려고 뉴딜New Deal정책을 전개하였다.

전국 산업부흥법 및 농업조정법의 입법으로 연방정부가 산업을 강력하게 통제하였으며, 테네시 계곡 개발공사(TVA)로 민간 공공사업에 도전함과 동시에 사회보장제도를 확장하여 노동자의 복지증진에 노력하였다.

1936년 대통령에 재선되었으며, 선린 외교정책을 주창하여 서방 국가들과의 우호관계를 증진시켰다. 전체주의의 유럽 침략에 대해서는 민주주의 국가 방위에 노력하였으며, 제2차 대전의 발발은 뉴딜정책의 속행과 그의 외교정책 추진을 불가결하게 하였기에 1940년 대통령 선거에서 미국의 전통을 깨고 3선이 되었다.

처칠과 대서양에서 회담하여 1941년 대서양헌장을 만들었으며, 일본이 진주만을 공격하여 참전하자 전쟁 수행에 노력하였고, 마침내 1944년에 4선으로 대통령에 당선되었다.

세계대전 종전을 눈앞에 둔 1945년 4월, 뇌출혈로 사망하였다.

[Franklin Roosevelt, 1882~1945, 미국 32대 대통령]

류성룡

柳成龍

나른한 봄, 안동의 하회마을 서원 학동들이 춘곤증을 달래기 위해 술래놀이를 하고 있었는데, 갑자기 큰소리로 '물러가라. 감사 어른 행차시다.' 라고 사령이 나발을 불자, 주위에 있던 모든 사람들이 부복해, 고개를 숙이고 땅에 엎드려 정중한 예의를 표했으나 한 아동만이 엎드리지 않고 서있었다.

이에 놀란 사령이 쫓아와서 호통을 치면서 고개 숙여 엎드리라고 하자, 그는 가마 어른이 지나가시는데 고개 숙여 목례만 표하면 되지 엎드릴 필요가 어디 있느냐고 되묻자, 이 광경을 눈여겨본 감사 어른이 홍치를 베풀 줄 아는 현찰이시라 "그래 네 말이 맞구나. 그런데 네 이름이 무엇이냐?"

"네 소생은 류성룡이라고 합니다."

똑똑한 목소리로 대답하자, 감사는 "그래 보자 하니 너는 학습이 깊고 예의가 밝은 것 같은데, 시 한 수 지어 나 과인의 객수를 풀어줄 수 있겠느냐?"고 운치를 띠우자, 그 소년은 그 자리에서

'어른께서는 먼저 출세를 하시었는데, 나는 왜 늦는고.

가을은 국화요, 봄에는 난초가 각각 피는 때가 다르거늘,

어른께서 월계관을 먼저 쓰셨다고 자랑하지 마세요.

저 달 속의 가장 높은 계수나무 가지는 내 것이 될 것이오.'
라고 읊었다.

[柳成龍, 1542~1607, 조선시대 문신, 외교관, 학자]

리빙스턴
David Livingstone

검은 대륙의 성자요, 아프리카 선교의 개척자로 불리는 리빙스턴의 어렸을 때의 이야기입니다.

그가 어느 날 부흥회에 참석했는데, 아프리카를 위하여 헌금하는 시간이었습니다.

"우리 조상들이 아프리카 사람들을 괴롭히고 억압했는데, 이제는 우리가 회개하는 마음으로 그들을 도와줘야 합니다."라고 하며, 참석자들에게 헌금을 호소하고 있었습니다.

리빙스턴은 헌금 주머니가 오자, 그 헌금 바구니를 바닥에 놓고 그 위에 올라앉았습니다. 어른들이 그의 행동을 질책했습니다.

그러나 리빙스턴은 "저는 돈이 없습니다. 제 자신의 몸과 일생을 아프리카 선교를 위해 드리겠습니다. 그래서 헌금 바구니에 앉은 것입니다."라고 말했고, 그의 언행에 수많은 사람들이 감동을 받았습니다. 리빙스턴은 17세 때 강력한 하나님의 소명을 받고 의학과 신학을 공부하면서 중국 선교에 관심을 갖게 되고, 아프리카 선교사였던 모펫을 만나 후그의 딸과 혼인하여 1840년 아프리카로 떠나기에 이릅니다.

그 후 그는 16년간 아프리카 밀림에서 선교하다가 잠시 영국에 귀국했습니다. 리빙스턴은 27번이나 말라리아에 걸려 헤맸으며, 그 당시에도 아직 말라리아에서 회복되지 않은 연약한 몸이었습니다. 게다가 사자에게 물린 한쪽 어깨와 팔은 제대로 쓰지도 못하고 그 팔은 그저 몸통에 매달려 있는 것 같았습니다.

그런 모습을 한 채, 그가 영국 케임브리지대학에서 설교하게 되었습니다. 그는 설교 중에 이런 고백을 했습니다.

"나는 하나님께서 아프리카에 들어가 그곳 영혼들에게 복음을 전하게 하신 그 일을 위해서 나를 불러주셨다는 사실에 늘 즐거워했고 감사했습니다. 사람들은 내가 그곳에서 많은 희생을 했다고 생각하고, 또 그렇게 말을 했지만 도무지 갚을 수 없는 큰 빚에서 지극히 작은 부분을 갚았을 뿐인데, 이것을 희생이라고 말할 수는 없지 않습니까? 장차 영광스러운 소망과 복된 상금을 약속받는 일을 하는 것인데, 그것이 어찌 희생이겠습니까? 그런 말과 생각은 버려야 합니다. 그것은 절대로 희생이 아닙니다. 오히려 그것은 특권입니다. 우리 안에 있는, 그리고 우리를 위해 나타날 영광과 비교할 때 그것은 아무것도 아닙니다. 나는 절대로 희생하지 않았습니다."

아프리카 오지에서 죽음을 무릅쓰고 선교하는 것이 희생이 아니고 특권이라는 생각, 이 얼마나 놀라운 고백입니까!

리빙스턴이 세상을 떠났을 때는 침대 옆에 기대어 무릎을 꿇고 기도하는 모습으로 발견되었습니다. 그리고 그의 옆에는 마태복음 28장이 펼쳐져 있는 손때 묻은 작은 신약성경이 놓여져 있었고, 그 여백에는 '존귀하신 분의 말씀'이라는 메모가 적혀 있었습니다.

'내가 세상 끝날 때까지 너희와 항상 함께 있으리라.'

[David Livingstone, 1813~1873, 영국 선교사]

리하르트 바그너
Wilhelm Richard Wagner

1883년 사망 당시 바그너는 유럽 전체에서 유명했고 사람들 입에 가장 많이 오르내린 작곡가였다. 바그너를 지지하든 반대하든 간에 누구나 바그너에 대해서 뭔가 한마디씩 할 말이 있었고, 또 그에 대한 반론도 펼쳤다. 바그너는 유럽의 거의 모든 교양인들의 입에 오르내렸다.

독일 민족주의자들에게 바그너는 독일적인 것의 결정체요, 민족문화의 구심점이었다. 이들보다도 더 극단적인 이들은 바그너를 자기네 편이라고 믿었고 바그너야말로 유대인, 미국식 물질주의, 프랑스의 퇴폐주의, 가톨릭의 독재에 대항하는 게르만족의 방파제라고 주장했다.

다만, 바그너가 극우파들만의 소유였다고 생각하는 것은 어떤 관점에서 보더라도 틀렸다. 바그너의 음악은 좌익에게서도 자기네 것이라고 주장했고, 이들은 바그너가 한때 혁명에 가담했고 그의 음악에는 혁명정신이 들어 있다고 주장했다. 진보적인 프랑스의 바그너 애호가들의 다수가 이런 관점에서 바그너를 보았다.

19세기 말부터 20세기 초 미국에서도 바그너의 인기가 독일 이민 사회에서 시작되어 급속도로 넓고 깊게 확산된다. 미국인들은 당시 유럽인들에 비해 오페라를 좋아하지 않았으나 바그너가 주는 새로움 때문에 사회 여러 계층에서 수많은 팬을 만든다. 특히 미국의 여성 참정권 운동가들이 열렬한 바그네리안이기도 했다. 러시아에서도 마찬가지로 인기가 상승했는데, 교육을 받은 중산층 좌파들에게 어필했다.

당시 보수적인 비평가들이 바그너에게 적대적이었다면 대부분의 음악가들은 그의 음악을 찬양했다. 많은 작곡가들이 바그너의 음악을 '미래의 음악'이라고 생각했고 '새로운 사운드'를 이어가려고 조바심했다. 이런 숭배 분위기 속에서 바그너의 추종자들은 리처드 바그너가 제시한 철학적인 이상, 다른 미적인 생각들, 그리고 그의 음악을 애착하고 바그너의 음악을 따르는 것이 마치 성스러운 전투에라도 나가는 것인 양 생각했다. 이런 현상을 바그너주의라고 한다. 19세기 말 바그너 사후부터 이 현상은 절정에 이른다.

20세기로 들어가면서 바그너 음악에 대한 일종의 반발이 시작된다. 사람들은 옛 시대의 무거운 스타일에서 벗어나려고 했고, 의상이나 실내장식도 가볍게 바뀌었다.

이전 시대부터 바그너에 반대한 사람 중의 하나인 니체는 트리스탄과 이졸데를 보며 빛과 공기가 더 필요하다고 했다. 그리고 활기 넘치는 카르멘이야말로 미래의 음악이라고 주장했다.

[Wilhelm Richard Wagner, 1813~1883, 독일 오페라 지휘자]

린든 B. 존슨
Lyndon B. Johnson

텍사스의 부유한 집안에서 태어났다. 그의 집안은 매우 부유하고 재산이 무척 많았다. 그의 텍사스 저택 근처의 존슨 시티라는 도시는 그의 집안의 이름을 딴 것이다. 외가도 유명한 집안으로 외증조부는 저명한 침례교회 목사이자 교수로 베일러 대학교 총장을 지냈고, 외조부인 조지프 윌슨 베인스는 텍사스 주무부 장관과 주 의회 의원을 지낸 정치인이었고, 샘 레이번 하원 의원 등 텍사스 출신 유명 정치인과도 줄이 닿는 사람이었다. 그 덕분에 젊은 학교 교사였던 린든 B. 존슨은 민주당에 들어간 후 승승장구하며 거물로 성장하게 된다.

1937년 텍사스 연방하원의원 10번 선거구 의원이 사망하면서 열린 보궐선거의 민주당 후보로 린든 B. 존슨이 공천되었다. 주도主都 오스틴이 포함된 비중 있는 선거구였다. 존슨은 30세도 되기 전인 젊은 나이에 연방하원의원이 되었다. 루즈벨트 대통령은 뉴딜 정책 문제로 크고 작은 갈등이 있던 텍사스 출신의 가너 부통령을 견제하는데, 텍사스 출신의 젊은 하원 의원인 존슨을 적합한 인물로 보아 존슨은 든든한 지원자 역할을 했다. 1940년, 그의 정치적 스승인 샘 레이번이 권력 서열 3위인 하원 의장 자리에 오르면서 린든 B. 존슨은 레이번의 측근으로도 승승장구하게 된다.

1963년 11월 22일, 케네디 대통령이 암살될 때 린든 B. 존슨도 자리에 있었다. 당시 존슨의 출신 주이기도 한 텍사스 주지사와 상원의원 간의 불화를 해소하고 텍사스 민주당의 단결을 도모하기 위해 대통령과 부통령은 텍사스 주를 방문했다. 이들은 텍사스 주요 도시를 순회하고, 마지막에 존슨의 텍사스 지역에서 휴식을 취할 예정이었다. 댈러스의 거리에서 차량 행진을 할 때, 케네디 대통령은 텍사스 주지사와 존슨 부통령 그리고 상원의원과 함께 차를 타고 있었다. 그러다가 케네디 대통령이 탄 차량에 저격이 가해지면서 케네디 대통령이 사망하며 세계를 충격과 공포에 빠지게 하였다.

모든 일정이 중단되고 케네디 대통령의 시신을 실은 에어 포스 원 공군기가 워싱턴 D. C.를 향해 운항하는 가운데, 린든 B. 존슨은 이 비행기 안에서 케네디 대통령직을 승계하여 제36대 대통령 취임 선서를 했다. 일반적으로 미국 대통령 취임선서는 성경에 손을 얹고 하는데, 특이하게 린든 B. 존슨 대통령은 가톨릭 신자가 아니었음에도 불구하고 가톨릭 미사 경본에 손을 얹고 했다. 비행기 안에서 황망하게 취임선서를 해야 하는데 비행기 안에 아무리 찾아도 성경이 없었고, 독실한 가톨릭 신자였던 케네디 대통령이 사용했던 미사 경본만 있었던 것이다.

[Lyndon B. Johnson, 1908~1973, 미국 36대 대통령]

마더 테레사
Mother Teresa

테레사 수녀가 어느 날 가난한 아이의 손을 잡고 빵집으로 들어갔다.

"이 아이는 배가 고픕니다. 빵을 주시면 감사하겠습니다."

그러나 주인은 빵을 주기는커녕 테레사 수녀에게 침을 뱉었다.

테레사 수녀는 얼굴에 묻은 침을 닦아내며 이렇게 말했다고 한다.

"저에게 주신 선물에 감사합니다. 자, 이제는 이 아이에게도 뭘 주시지 않겠습니까?"

수녀님은 선물을 받긴 받았지만 껍데기만 받으신 겁니다. 물질로 된 껍데기만 받았을 뿐, 그 알맹이 '분노' 는 받지 않았으니까요. 만약 그 분노까지 받았다면 어떻게 그렇게 평온을 유지할 수 있었겠습니까.

또한 이것은 첫 번째 화살만 맞았지, 두 번째 화살은 맞지 않은 것이며, 어떤 일을 당하느냐보다 더 중요한 것은, 역시 어떻게 반응하느냐가 더 중요하다는 사실을 다시 한번 적나라하게 보여주는 일화이기도 합니다.

그래서 결과적으로 그 빵집 주인 덕분에 테레사 수녀의 사랑이 더 깊어지고 위대하게 되었으므로 나쁜 일로 보였던 사건이 오히려 좋은 일, 도움되는 일로 되었고, 나쁜 사람, 가해자로 보였던 주인이 훌륭한 조력자가 되었는데, 불교에서는 이런 존재를 '역행보살'이라고 합니다.

[Mother Teresa, 1910~1997, 마케도니아 수녀]

마르쿠스 아우렐리우스
Marcus Aurelius Antoninus

 마르쿠스 아우렐리우스는 로마 황제의 지위에 오른 뒤에도 원래 노예였던 스토아의 철인 에픽테토스의 훈계를 명심하여 마음속까지 황제가 되지 않도록 항시 자신을 돌아보고, 로마에 있을 때에나 게르만족을 치기 위해 진영에 나가 있을 때, 자계自戒의 말을 그리스어로 꾸준히 기록하였다.

여기에는 일체의 것이 끊임없이 생생유전生生流轉하고, 인생도 과객過客의 일시적 체제에 불과하여 우리를 지키고 인도하는 것은 오직 철학일 뿐, 그 철학이 인도하는 대로 자연의 본성에 알맞은 생활을 하는 것이 최선의 길이며 우리를 구제하는 길이라는 그의 신념을 주장하였다.

그의 저서는 명상록瞑想錄이다.

[Marcus Aurelius Antoninus, 121~180, 고대 로마 황제]

마르쿠스 포르키우스 카토
Marcus Porcius Cato

 마르쿠스 포르키우스 카토는 로마공화정 말기의 정치인으로 율리우스 카이사르와 대적하여 로마공화정을 수호한 것으로 유명하고 스토아학파의 철학자이기도 하다.

그는 당시 부패가 만연한 로마의 정치 상황에서 완고하고 올곧은, 청렴결백함의 상징적 인물로 유명하다.

아버지는 마르쿠스 포르키우스 카토, 어머니는 리비아 드루사였다.

부모님이 일찍 세상을 떠나자, 외삼촌인 마르쿠스 리비우스 드루수스의 집에서 성장했다. 드루수스는 카토가 4세 때 암살당했다.

어린 시절부터 완고하고 강직한 것으로 유명하였다고 한다. 술라 장군은 어린아이인 카토와 대화하기를 좋아했다고 전해진다.

유산을 상속받은 다음에 그는 삼촌의 집을 떠나 스토아철학과 정치학을 공부했는데, 중조할아버지가 대大 카토처럼 청렴하고 검소한 생활을 했다.

카토는 춥고 비 오는 날에도 최소한의 옷만 걸쳤고, 꼭 필요할 때만 음식을 사 먹고, 시장에서 값싼 포도주만 마셨다고 하는데, 충분한 유산이 있음에도 철학적인 실천 때문에 그렇게 검소하게 살았다.

기원전 72년 스파르타쿠스 노예 폭동이 일어나자 일개 병사로 참전했고, 기원전 67년 군사 호민관으로 마케도니아에서 복무했는데, 그곳에서도 언제나 솔선수범하고 병사들과 함께 동고동락하면서 복무했다.

기원전 65년 로마로 돌아와 재무장관이 되었고 이때도 강직함으로 유명했는데, 전임자들의 부정부패를 고발하고 특히 술라 장군의 독재관 시기에 악명 높았던 부하를 공금 횡령으로 고발하여 정치적으로 어려움을 겪기도 했다.

원로원에 진출한 카토는 한 번도 회의에 빠지지 않는 성실함과 꼼꼼한 의정 활동을 했고, 원래는 술라의 부하의 모임이었던 원로원파를 공화정을 수호하는 정치집단으로 만드는데 일조했다.

마르쿠스 카토는 언제나 가난했지만 아리스티데스와는 다르게 매우 엄격해서 아내를 뒤에서 껴안았다는 이유로 어떤 한 원로원의 자격을 박탈한 일화도 있다.

그리고 이 카토가 닮고 싶어 하는 인물은 마니우스 쿠리우스인데, 이 사람이 순무로 끼니를 해결했다고 해서 집을 짜개 나무로 만들고 매일 순무로 때웠다고 한다.

[Marcus Porcius Cato, B.C. 95~B.C. 46, 고대 로마 정치인, 철학자]

마르틴 하이데거

Martin Heidegger

하이데거가 태어난 독일 바덴의 메스키르히는 마을 주민들이 모두 가톨릭 신자였고 매우 보수적이었다. 독일 남부의 반유대주의 정서는 이곳에도 스며들어 있었고 하이데거 사유의 보수성도 이 마을의 보수성과 연관이 있다.

하이데거는 이곳 마르틴 성당의 종을 치던 아이였다. 그는 메스키르히 초등학교를 졸업한 뒤, 1903년 감나지움 중학교에 입학한다. 그는 가톨릭교회의 장학금을 받으며 학교를 다녔다. 1916년까지 지급된 장학금은 그가 장차 사제가 된다는 조건이 달려 있었다.

1909년 감나지움을 졸업한 하이데거는 예수회에 들어가지만 부적합 판정을 받았다. 예수회 신부가 되기에는 몸이 약하다는 이유였다. 하이데거는 대신 일반 신부가 되기 위해 1909년 바덴주 프라이부르크대학 신학과에 입학했다.

1911년 그는 학업을 졸업하고 철학으로 진로를 바꾼다. 그 시절 하이데거는 가톨릭 잡지 등에 여러 편의 서평을 실었다.

1915년에는 철학사 강사가 되었고, 다음 해부터 후설에게서 현상학을 배웠다. 제1차 세계대전에 종군한 후, 후설의 조수를 겸하면서 현상학을 강의하였다.

　1927년 현상학의 기관지에 '존재와 시간' 을 발표하여, 독일 철학의 1선에 등장하였다.

[Martin Heidegger, 1889~1976, 독일 실존 철학자]

마릴린 먼로
Marilyn monroe

 마릴린 먼로는 타임지가 선정한 '20세기 가장 영향력 있는 인물 100인', 스미스소니언이 선정한 '미국 역사상 가장 중요한 인물'에 오른 역사적인 인물이면서 대중문화의 상징적인 인물이다.

할리우드의 황금기였던 클래식 시대의 1950~1960년대 초에 배우, 가수, 모델로 활동하면서 문화, 패션, 미술계에 큰 영향을 끼쳤다.

20세기 대중문화를 대표하는 인물 중 한 명이자, 역사상 가장 유명한 아티스트 중 한 명이며, 섹스 심볼로 불리며 화려한 이미지의 페르소나를 지녔으나 동시에 불운한 자기 파멸적 사생활로 동정을 함께 얻는 인물이다. 또한 젊은 나이에 의문을 남기며 사망하면서 많은 뒷이야기를 낳았다. 금발 미녀 하면 떠오르는 대표적인 인물이다.

이름 자체가 브랜드인 인물이라서 상표로 많이 사용된다. 2020년 기준, 그녀의 이름과 이미지는 샤넬, 돌체 앤 가바나, 베어브릭, 레고 등 100개 이상의 글로벌 브랜드에서 사용되고 있다. 무수한 배우, 뮤지션들에게 영감과 창의력을 주며 사후 60년간 매년 '포브스 대중문화인 사후 수입 순위' 10위 안에 들어가고, 이 순위에서 거의 유일하게 들어가는 배우이기도 하다.

영국의 여론조사기관, 유고브가 전 세대에게 조사한 인지도 순위에서 미국, 영국 모든 국가에서 고전 배우 중 인지도 순위 1위에 선정되었다. 고전 배우 카테고리를 제외하고 현 시기의 배우들과 비교해도 최상위권의 순위이며, 배우로 한정하지 않은 문화계에서도 최상위권의 인지도를 기록하고 있다.

마릴린 먼로는 21세 되던 해에, 짐 도허티와 첫 번째 혼인을 했다. 그러나 4년 후인 1946년 이혼한다. 그 무렵 먼로는 모델 활동을 하다 영화계의 거물인 하워드 휴즈의 눈에 띄게 된다.

하워드 휴즈는 PKO 필름의 소유주로 먼로의 연기를 테스트했지만 그녀는 우여곡절 끝에 20세기 폭스사와 계약하게 되어 '쇼킹 미스 필그림', '데인저러스 이어즈'의 단역으로 출연했으나 해고되었고, 이어 콜롬비아사와도 계약하여 몇 번의 영화를 촬영했으나 해고되었다. 모델 스쿨로 돌아갔다 복귀하기를 몇 차례 반복하던 그녀는 유나이티드 아티스트사의 1949년 '러브 해피'에 출연하면서 캘린더 걸로 차츰 인기를 얻기 시작했고 플레이보이 매거진의 표지모델을 맡으면서 유명해졌다.

[Marilyn monroe, 1926~1962, 미국 배우, 가수]

마쓰시타 고노스케

松下幸之助

경영의 신으로 불리우는 마쓰시타 고노스케가 기로에 섰던 마쓰시타 전기산업을 구하게 된 계기도 사죄였다. 지난날의 사과를 되돌아보며 사과의 마음가짐을 밝힌다.

1964년, 도쿄올림픽이 있었던 이 해는 창립 102년의 파나소닉 역사에서도 특별한 의미를 갖는다. 시즈오카현 아타미 온천에 전국 170개 판매회사 대리점 사장을 초청해 개최한 아타미회담, 사흘간의 격론 끝에 마쓰시타 고노스케가 가진 사과가 세간의 분위기를 확 바꾸어 놓는다.

먼저 당시 시대 배경에 대해 설명해 보자. 고도 성장기, 흑백 TV, 냉장고, 세탁기가 3종 신기로 불렸던 1950년대 후반을 거치면서 컬러 TV, 에어컨, 자동차의 앞 글자를 딴 3C가 풍요의 상징이 돼가고 있었다.

하지만, 소비자의 동경이 실현되어 가면 판매량은 춤추는 장소에 들어가 마쓰시타 전기의 판매망에는 과잉 현상이 생기고 있었다. 그 결과, 많은 판매점의 경영이 어려워지고 있었다. 실제로 어디까지 심각한 형상인가. 그것을 아는 것이 고노스케가 아타미에 '전관계자' 를 모은 이유였다.

막상 회의가 시작되자 논란은 분규였다. 판매 측은 '마쓰시타의 사원은 상대의 입장이 되어 생각하는 것을 잊고 있다.' 등 비판을 거듭해 마쓰시타 측도 "파는 쪽의 경영 자세에 응석이 없는 것인가?"라고 다그친다.

고노스케는 사전에 '공존경영' 이라고 쓴 색종이를 참가 인원수만큼 준비하고 있었지만, 대화는 서로의 주장을 부딪치는 형태로 평행선을 걸었다.

그리고 마지막 날에 뛰쳐나온 것이, 고노스케의 사죄였다. 원인은 우리에게 있다. 마쓰시타 전기의 몰골은 죄송한 불미스러운 일이다. 보은하는 마음으로 불타 올라 경영 일체를 바로잡아야 한다. 가끔 손수건으로 눈시울을 닦고, 띄엄띄엄 말하는 '경영의 신' 의 모습, 회장이 숙연한 분위기에 싸였다고 참가자들의 소리도 모아서 작성한 동사의 백년사는 전하고 있다.

'당초 사죄한다고 하는 줄거리는 없었다. 그럼 왜 고노스케는 고개를 숙였는가. 회의의 목적은 제조 판매가 마음을 하나로 하는 것으로, 고노스케의 결의에는 그 힘이 있었다.' 라고 자료 만들기를 통괄하는 파나소닉 역사 문화 매너지먼트실의 나카니시 마사코는 생각한다. 진심 어린 사과가 결과적으로 양측의 앙금을 풀고, 연대감 같은 것이 생겼다는 것이다.

[松下幸之助, 1894~1989, 일본 마쓰시타 전기산업 창립자]

마크 트웨인
Mark Twain

【죽음의 집】

　미국의 현대 문학은 마크 트웨인으로부터 나왔다고 말할 정도입니다. 그는 '톰 소오여의 모험', '왕자와 거지', '허클베리 핀의 모험' 등을 써서 지금도 큰 영향을 미치고 있습니다. 그런데 그가 살던 집이 유령의 집이라는 소문이 있어서 이야깃거리가 되곤 합니다.

　다만, 마크 트웨인이 진짜 유령을 경험했다든지 하는 것이 아니라 그가 살았던 집이라는 것이 포인트일 뿐입니다. 마치 A라는 최고 연예인이 이 시간 후 그 집에 불이 났다는 것이 화제가 되듯이…

　그리니치 빌리지의 14 웨스트 10번가의 건물은 마크 트웨인이 살았던 집으로 알려져 있습니다. 트웨인은 이 건물에 1900년과 1901년 사이에 잠깐 살았다고 합니다. 이 건물은 미국 남북 전쟁 때인 1850년에 지어졌습니다.

　그 후 이 집에서 22명이 죽었습니다. 하지만 이 건물에는 100년 넘게 뼈가 차가운 유령들이 나오는 건물로 사람들에게 알려졌습니다. 트웨인이 이 집에 1년 정도밖엔 살지 않았는데, 다만 그런 유명인이 살았다는 것이 오히려 유명한 이야기가 됩니다.

　우선 첫 번째 목격은 흰색 양복을 입은 유령이 1층 계단 근처였습니다. 1930년대에는 한 모녀가 창가 근처에서 마크 트웨인의 유령을 봤다고 해서 난리가 났습니다. 유령 목격은 멈추지 않습니다. 미국의 여배우 안 브라이언트 바텔과 그 남편은 1957년에 최상층 아파트로 이사했습니다. 이사한 바로 그날 안은 뒤가 솟아 있는 괴물 같은 그림자가 움직이는 것을 보았다고 합니다. 안은 몇 년 후 회고록을 출간했는데, 목 뒤쪽을 간지럽히는 무언가를 느꼈고, 아파트 전체에서 썩어가는 냄새가 났다고 썼습니다.

그 후 한 심령가를 불렀는데, 심령가는 그녀에게 손을 뻗어 그것을 만져보라고 했다고 합니다. 그녀는 아무것도 없지만 무언가를 만졌다고 합니다. 쌀쌀하고 축축한 습지의 안개를 만지는 것 같은 느낌이 있었다고도 합니다.

율리시스 그랜트 미국 대통령은 자서전을 완성하여 출판한 바 있다. 마크 트웨인 자신이 자서전에서 밝힌 바에 따르면, 말년에 경제적 곤란을 겪게 된 그랜트가 몸까지 아파서 가족들에게 유산이라도 남겨주기 위해 자서전을 집필해 헐값에 팔아치우려고 했는데, 사연을 들은 트웨인은 끼어들어 자서전 완성을 도우며 그랜트 일가에 저작료가 많이 갈 수 있는 방향으로 출판 계약을 도와주었고, 덕분에 그랜트는 사후 유족에게 20만 달러 상당의 인세를 유산으로 남길 수 있었다고 한다.

[Mark Twain, 1835~1910, 미국 소설가]

마키아벨리
Niccolò Machiavelli

 마키아벨리는 군주가 국가를 통치 · 유지하기 위해서는 무엇보다도 권력에 대한 의지 · 야심 · 용기가 있어야 하며, 필요하면 불성실 · 몰인정 · 잔인해도 무방하고, 종교까지도 이용해야 한다고 주장하였다.

이 저서는 후세에 '마키아벨리즘'이라 불리게 된 권모술수주의權謀術數主義를 주장하였다 하여 비난의 대상 및 위험한 서적으로 취급되었다. 그러나 당시 분열과 외국의 간섭으로 인한 정치적 혼란 상태에 빠진 이탈리아를 강력한 군주에 의하여 구하고자 한 저자의 애국심의 발로라고 보는 견해가 유력하며, 근대 정치학을 개척한 획기적 문헌으로 높이 평가되었다.

[Niccolò Machiavelli, 1469~1527, 이탈리아 정치 이론가]

마틴 루터
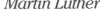
Martin Luther

그 당시 그는 우울한 얼굴로 가족과 식탁에서 축복을 위한 기도를 했고 가족들의 가정생활을 힘없게 만들었습니다.

어느 날, 그의 아내가 장례식에 가는 것처럼 온통 검은색으로 차려입고 나타났습니다.

마틴이 그녀에게 누가 죽었는지를 묻자, 그녀는 대답하기를, "당신이 최근에 행동하는 것을 보고 나는 하느님이 돌아가셨다고 생각했어요. 그래서 하느님의 장례식에 가려고 준비하는 거예요." 라고 했습니다.

그녀의 부드럽지만 날카로운 비난이 루터의 마음에 곧장 들어와 그 교훈의 결과로 이 위대한 개혁가는 다시는 결코 세속적인 근심, 분노, 우울, 낙담, 혹은 그를 패배시키는 그 어떤 좌절도 허락하지 않았습니다.

[Martin Luther, 1483~1546, 독일 종교개혁자, 신학자]

마틴 루터 킹
Martin Luther King Jr

유명한 일화인 버스 타지 않기 운동이 있습니다. 흑인 인권운동에 앞장서고 그 공로를 인정받아 노벨 평화상도 받았습니다. 미국 남부 1900년대 초 흑인이란 이유로 차별이 많았습니다.

개와 흑인은 가게에 들어올 수도 없고, 화장실도 사용할 수가 없었으며, 백인과 흑인이 사용하는 화장실은 따로 있었습니다. 흑인이 좋은 차를 가지고 양복을 입고 있으면 바로 경찰이 검문합니다.

피부색이 희든 검든, 돈이 많건 적건 인간이라면 적어도 평등하고 존중받아야 하지만 백인들은 여전히 흑인들을 노예로 생각하고 있었습니다.

링컨 대통령이 노예해방을 남북전쟁이라는 피와 땀으로 1863년 선언했지만 불평등과 인종차별은 여전히 팽배했습니다.

버스 타지 않기 운동은 이렇게 시작됩니다. 1955년 한 흑인 여성이 버스를 탔는데, 이미 백인 전용 좌석은 만석이었습니다. 운전기사가 흑인 여성에게 자리를 양보하라고 명령했지만, 흑인 여성은 당당하게 자기 권리를 행사하고 이를 묵살하고 심지어 경찰에 잡혀가고 말았습니다. 이 소식을 듣고 킹 목사는 외쳤습니다. 백인들을 위한 법은 말도 안 되며, 우리 흑인들도 존중받고 평등하게 대우받을 권리가 있습니다.

킹 목사와 뜻을 함께한 흑인들도 버스 타지 않기 운동에 동참합니다. 출근시간에 버스가 왔지만 정말로 흑인들은 어느 누구도 버스에 올라타지 않습니다. 몇 달째 이런 일이 반복되자, 버스회사에서 킹 목사를 영업방해로 고발해 경찰에 체포되는 사건이 일어나고 맙니다.

경찰을 향해 당당하게 외쳤습니다. 나를 잡아가도 감옥에 가둬도 괜찮습니다. 내가 없다고 이대로 끝이 아닙니다. 버스 타지 않기 운동은 계속될 것이며 반드시 승리할 것입니다. 이 사건으로 더욱더 유명해져 몇 개월 뒤 연방 법원으로부터 백인 전용 버스는 헌법에 위배되며 인종차별은 금지되어야 한다는 판결이 나옵니다.

이런 미국 법원의 판결에 킹 목사와 함께 뜻을 같이했던 모든 흑인들은 기뻐했습니다. 킹 목사가 이겼어! 인종 차별 없는 세상을 우리가 만들었어. 미국 만세! 킹 목사 만세!

[Martin Luther King Jr, 1929~1968, 미국 목사, 신학자, 시민사회운동가, 인권운동가, 1964년 노벨 평화상 수상]

마호메트
Mahomet

마호메트는 압둘라와 아미나의 외아들로, 아비시아가 패주한 지 두 달 후에 메카에서 태어난다. 하지만 아주 어렸을 때 할아버지와 부모를 잃는다.

부유한 가문이었으나 숙부가 많았기 때문에 그가 받은 유산은 낙타 다섯 마리와 에티오피아 출신 하녀뿐이었다고 한다. 하지만 숙부 아부 탈리브는 어린 마호메트의 안내자와 보호자가 되어 마호메트의 성장을 도왔을 뿐만 아니라 마호메트가 예언자로서 살아갈 때도 가장 가까이에서 그와 함께 한다.

마호메트가 25세에 메카의 부유한 귀족 미망인인 하디자를 위해 일하게 되었고, 그의 충성심에 반한 하디자와 혼인한다. 그들의 혼인 계약서에는 마호메트와 하디자가 서로 사랑함을 밝히고 숙부로부터 금 12온스와 낙타 20마리를 혼인 지참금으로 얻었다고 명시되어 있다.

이 혼인으로 마호메트는 충실한 아내를 얻었고 조상들의 옛 지위를 회복할 수 있었다. 마호메트는 열 명이 넘는 아내가 있었지만, 단 한 명을 제외하고는 하디자처럼 연상의 과부였다고 한다.

마호메트는 아버지를 닮았는지 외모가 출중하여 말을 하기도 전에 청중들을 사로잡았다고 한다. 마호메트의 외모를 묘사하는 문체도 현란하기 그지없다.

당당한 체구, 위엄 있는 외모, 꿰뚫는 듯한 시선, 우아한 미소, 흘러내리는 턱수염, 영혼의 모든 감각을 생생하게 묘사하는 표정, 모든 언어적 표현에 힘을 싣는듯한 몸짓.

마호메트는 꼼꼼하고 예의가 발랐다. 부유한 권력층에는 공손하고 빈민층에게는 겸손과 친절을 보였다. 기억력이 좋고 상상력이 뛰어났으며 판단력이 빨랐다. 생각과 행동 모두에 용기가 있었다.

아라비아 언어로 교육을 받았고 유창한 언변으로 웅변 능력이 뛰어났다고 하는데 문맹이었다고 한다. 읽고 쓰는 법을 전혀 배운 적이 없었다는데, 당시에는 일반적인 경향이었다고 한다. 오히려 글을 배우지 않았기 때문에 자연과 인간이라는 책을 접하고, 풍부한 상상력이 가미될 수 있었을지도 모른다.

그리고 세계 각지에서 순례자들이 모여드는 메카가 그의 배움에 좋은 토대가 되었을 것으로 본다.

[Mahomet, B.C.570~B.C.632, 이슬람교 창시자]

막사이사이
Ramón Magsaysay

한때 필리핀은 아시아에서 가장 민주주의를 실천하는 모범적 선진 국가였다. 그 중심에는 막사이사이 대통령이 있었다.

가난한 고학생 출신인 그가 하숙집 주인의 운전기사로 일하며 야간대학을 마쳤다는 이야기는 유명한 일화이다.

일본의 필리핀 침략에 자원입대하여 게릴라전에 참여한 그는 탁월한 리더십을 발휘해 명성을 쌓고 전후 지역의 군정장관을 거쳐서 국방장관에 올랐다.

국방장관 재임 시에는 부패한 군 지휘관을 숙청하고 정직한 군인을 우대하였다. 공산 반군의 거점인 후크발라합 지역의 게릴라들을 진압할 때는 귀순자들에게는 토지와 농기구를 마련해 주고, 정부군에게는 그들을 무시하지 말고 정중하게 대하도록 명령했다. 농민의 성원 없이는 어느 것도 이룰 수 없다는 것을 깨달은 것도 이즈음이었다.

1953년에 대통령선거에 출마해 압도적인 지지로 당선된 그는 대통령 취임식에 관용차인 트라일러 리무진을 거절하고 중고차를 빌려 타고 입장했다. 대통령의 거처인 말라카낭궁을 일반인들에게 개방해 서민들이 직접 대통령을 찾아와 어려움을 호소할 수 있게 하고, 가족과 친지들에게는 어떠한 혜택도 거절하였으며 도로, 교량, 건물들에 자신의 이름을 붙이지 못하게 했다.

가난한 농민 위주의 토지 개혁안이 부유층의 대변자였던 의회의 반대로 무산되자, 그는 반대파들을 일일이 찾아다니면서 설득했다. 이렇게 시민을 위한 그의 행보는 끝이 없었다. 손수 차를 몰고 다니다가 눈에 띄는 시골 이발소에서 머리를 자르는 대통령의 모습은 흔히 목격되었다.

아직도 필리핀 곳곳에는 '막사이사이 우물'이 있는데, 모두 그가 빈민가와 낙후된 지역을 다니면서 설치한 공동우물의 이름이다. 국민의 절대적인 지지와 사랑을 받던 그가 사망한 이후 필리핀의 국격은 급전직하로 떨어졌다. 이후 정치 지도자들의 부패와 무능, 그리고 국민을 무시하는 행태 때문이었다.

일본이 필리핀을 침략했을 때 막사이사이는 자원입대하였다. 비록 전쟁에서는 졌지만, 일본군과의 전투에서 그는 리더십을 유감 없이 발휘하였다. 막사이사이가 이끄는 게릴라 부대는 사기가 넘쳤다.

1946년 그가 처음으로 하원의원 선거에 출마했을 때, 옛날 게릴라 부대 동료 대원들이 선거운동에 필요한 자동차를 구입하는데 보태 쓰라면서 성금을 보내왔지만, 그는 '호의는 좋으나 이는 결코 나를 돕는 것이 아니다.'라고 하면서 단호하게 거절했다.

[Ramón Magsaysay, 1907~1957, 필리핀 대통령]

막스 베버
Max Weber

'좌파의 마르크스, 우파의 막스 베버'라고 대립시키는 경우가 많은데, 이러한 도식은 후대에 왜곡되어 만들어진 해석일 뿐이다. 사실 베버는 현대 우파의 기준에서 보면 상당히 좌파적 시각을 가졌고, 우파가 가장 자주 인용하는 사회학자는 에밀 뒤르켐이다. 사실 뒤르켐도 우파라고 보기에는 어려운 사람이라, 차라리 우파 쪽에선 사회학자가 아니라 경제학자인 슘페터를 끌고 오는 게 나을 지경이다. 또한 카를 마르크스가 런던에서 사망할 당시, 막스 베버는 대학생이었으므로 직접 학자로서 두 사람이 마주칠 일이 없었다. 베버는 이후에도 마르크스의 연구를 어디까지나 학문상 연구하고 비판하는 사회학자나 철학자로서 마땅히 할 일을 했을 뿐이다.

베버는 '마르크스와 니체를 부정하는 학자는 정직하지 못한 학자'라고 이야기를 한 바 있으며, 베버 본인도 당대부터 이미 좌파로 분류하고 있었다. 그렇다고 마르크스를 무조건적으로 인정했느냐 하면 그건 또 아닌 비판적 계층에 가깝다. 정치활동을 했을 때도 자유주의와 사회민주주의를 결합한 노선을 바탕으로 하고 있었다.

주의해야 할 것은, 베버는 당초 가능론자가 아니다. 당장 '사회란

것은 실재하지 않는다. 개인의 행동과 동기가 중요하다.' 라고 주장하는 사람이 '사회 각 부분은 전체적인 기능을 위해 존재한다.' 라는 사상의 대변자일 리가…. 그럼에도 불구하고, 마르크스와 베버를 대적점에 있는 것처럼 비교하여 설명하다 보니 '마르크스=갈등론, 베버=기능론' 식으로 어설프게 엮어 이해하는 경우가 많다.

베버의 '계층론'이 마르크스의 '계급론'과 대조점이 있기는 해도, 그렇다고 해서 계층론과 기능론이 같은 맥락을 공유하지는 않는다. 사회문화 시간에도 베버를 기능론자로 분류하지는 않는다. 거시적 사회이론에 속하는 기능론/갈등론과는 달리, 베버의 행위이론은 미시적 사회이론에 속하기 때문에, 결국 '베버=기능론' 인식은 잘못된 지식이 기형적으로 퍼져 있다는 반증이라고 볼 수 있다. 아이러니하게도 이런 현상 역시 베버의 사상에 부합하는 것처럼 보인다.

결국 집단의 인식이란, 집단 구성원 모두가 참여하는 과정이 아니라 영향력을 지닌 소수의 의도에 의해 주도되는 것에 불과한 것이다.

[Max Weber, 1864~1920, 독일 사회학자]

막심 고리키
Maxim Gorky

 막심 고리키가 사회민주노동당의 위탁을 받고 당의 활동자금 조달을 위하여 미국에 갔을 때 탈고한 장편소설이 [어머니]이다.

작품의 기저에는 1902년의 유명한 소르모브의 시위행진과 그 지역의 당의 활동상황이 깔려있다.

가난한 노동자의 아내 펠라게야 닐로브나 블라소바는 남편이 죽은 후, 혁명운동에 뛰어든 아들 파벨에 대한 어머니로서의 사랑으로 아들의 정신과 사업의 정당성을 이해하여 예전의 인종忍從과 불안한 생활에서 탈피하고, 아들의 동지 혁명가들에게 공감하여 그 활동에 가담, 여성 혁명가로 성장한다.

작가는 이 당시 아직 일방적이 아닌 국부적인 한 사건을 취급하면서 성장 발전하는 혁명운동의 현실을 묘사하는 데 성공하였다.

[사회주의 리얼리즘]을 개척한 기념비적 작품이다. 고리키는 제정 러시아의 밑바닥에서 허덕이는 사람들의 생활을 묘사하여 프롤레타 문학에 선구가 되었다. 희곡 [밤 주막]이 특히 유명하며, 한때 볼셰비키 당에 들어가 소설 [어머니]에서 혁명가의 전형을 창조하기도 하였다.

1905년 혁명으로 투옥된 뒤 외국으로 망명, 1936년 6월 8일 폐렴으로 죽었다.

　일설에는, 1930년대 후반의 대숙청 때 정적에게 독살되었다는 말
도 있다.

[Maxim Gorky, 1868~1936, 러시아 작가]

맥아더

Douglas MacArthur

더글라스 맥아더 장군이 몇 살 때 한국전에 참전했는지 아십니까? 그는 1880년생으로 1950년 한국전 때, 그의 나이는 70세였습니다.

그가 집무실 벽에 걸어놓고 즐겨 읽은 '청춘' 이란 시를 옮겨봅니다.

청춘/ Samuel Ullman

청춘은 인생의 어떤 시절이 아니라 마음의 상태이다. 그것은 장밋빛 볼, 붉은 입술, 그리고 유연한 관절의 문제가 아니다. 그것은 의지와 상상력의 우수성, 감성적 활력의 문제이다.

청춘은 욕망의 소심함을 넘는 용기와 타고난 우월감과 안이安易를 넘는 모험심을 의미한다. 청춘은 때때로 20세의 청년보다 70세의 노인에게 아름답게 존재한다. 단지 연령의 숫자를 늙었다고 말할 수 없다. 우리는 황폐해진 우리의 이상적 사고에 의해 늙게 되는 것일 뿐이다. 세월은 피부를 주름지게 하지만, 열정을 버리는 것은 영혼을 주름지게 한다.

고뇌! 공포! 자기 불신은 마음을 굴복시키고 흙 속으로 영혼을 되돌아가게 한다. 70이든 16이든 모든 인간의 마음속에 경이로운 것에 대한 매혹, 무언가에 대한 끊임없는 욕망, 삶 속의 환희가 존재한다면 —

희망! 희열! 용기와 힘의 메시지를 갖는 한, 그대의 젊음은 오래도록 지속되리라. 안테나가 내려지고 그대의 영혼이 냉소의 문과 비판의 얼음으로 덮이면 육신이 20세일지라도 이미 늙은 것이다. 그러나 안테나를 올리고, 낙관주의의 물결을 잡는다면 그대 80일지라도 청춘으로 살 수 있으리라.

맥아더는 6.25 한국전쟁에서 우연히 말단 병사를 만나 이렇게 물었습니다.

"전세가 이렇게 밀리고 있는데, 당신들은 왜 도망 안 가느냐?"

한국 병사는 "후퇴하라는 명령이 없습니다."

감동한 맥아더가 말합니다.

"지금 내가 들어줄 수 있는 소원을 하나 말하라."

"충분한 실탄과 총을 지원해 주십시오."

자신을 이 벙커에서 빼달라는 대답을 예상했던 맥아더에게 이 한국군 병사의 뜻밖의 말은 충격적이고 감동이었습니다.

이 말단 병사의 말 한마디에 감탄한 맥아더는 부대로 돌아와 즉시 이렇게 지시했다고 합니다.

"우리는 전력을 다해 이 나라(한국)를 지켜주어야 한다."

그래서 그 목적이 무엇이건 간에, 다른 나라가 한 나라를 위해 수만 명이 죽었다는 것은 미국 역사와 기록은 물론 한국 역사에서도 전례가 없는 일입니다. 미국과 한국은 혈맹보다 더 진한 우정으로 맺어준 인연이 되게 한 게 바로 6.25전쟁입니다.

[Douglas MacArthur, 1880~1964, 미국 장군]

맹사성

孟思誠

맹사성의 할아버지인 맹유는 며느리가 해를 삼키는 태몽을 꾸었다는 이야기를 듣고, 절에 가서 공부하는 자식 맹희도에게 부친이 위독하다는 급전을 띄워 집으로 불러들인 후 며느리와 동침하게 한 결과가 맹사성의 탄생이라고 한다.

어느 날, 최영 장군이 낮잠을 자고 있는데 용 한 마리가 집 앞 배나무를 타고 승천하고 있는 꿈을 꾸었다. 놀라 깨어 밖으로 나가보니 어린 맹사성이 배를 따고 있었다고 한다. 최영이 꾸짖는 척하며 동태를 살피니 보통 아이들처럼 울거나 도망하지 않고 예의를 갖추어 잘못을 고하는 모습에서 범상치 않음을 보고 손녀사위로 삼았다.

이후 최영이 그 집을 맹사성에게 물려주었는데, 준 집이 지금 충남 아산시에 있는 맹씨행단孟氏杏壇이다.

조선 초 맹사성이 19세에 장원급제하여 파주군수로 부임 자만심이 가득한 청년이었을 때, 무명 선사의 스님을 찾아가 어떻게 하면 고을을 잘 다스릴 수 있는지를 물었다.

스님이 말씀하시기를, "나쁜 일 하지 않고 좋은 일만 하면 됩니다."

"그건 삼척동자도 압니다."

맹사성은 못마땅하여 자리를 박차고 나가려고 했다.

스님은 "어린아이도 다 알지만, 실천에 옮김은 80 노인도 어려운 일이지요."라고 말하고 나서 "차나 한 잔 들고 가시지요."라며 스님이 차를 따르는데, 가득 넘쳐 방바닥을 적시고 있었다.

이에 맹사성이 "스님 찻물이 넘쳐흐릅니다."라고 하자, "찻잔이 넘쳐 방바닥을 적시는 것은 알고, 어찌 지식이 넘쳐 인격을 망치는 것은 모르십니까?"

그 말을 들은 맹사성이 부끄러움에 자리에서 일어나 방을 급히 나오는데 문틀에 머리를 부딪치자 스님이 말씀하셨다.

"몸을 낮추면 머리를 부딪칠 일이 없지요."라며 자신의 선지식을 뽐내고 싶은 젊은 혈기에 겸손의 의미를 일깨워주었다.

맹사성은 그 일로 깊이 깨닫고 그 후 자만심을 버리고 겸손한 청백리가 되어 후대에 이름을 남기는 정승이 되었다. 겸손이란 남을 대할 때 거만하지 않고 공손한 태도로 제 몸을 낮추는 것이며 남을 높이는 것이다.

뿐만 아니라, 자기의 유익을 구하지 아니하고 다른 사람의 유익을 생각하는 마음이며, 남을 대할 때 거만하지 않고 공손한 태도와 낮은 자세로 임하는 것이다.

[孟思誠, 1360~1438, 조선시대 문신, 정치인, 유학자]

맹자

孟子

맹자에 나타난 그의 행적과 사상들을 보면, 요순을 공경하고 공자의 사상을 추존했다.

맹자는 안연顔淵의 말을 인용하여 "순은 어떤 사람이며, 나는 어떤 사람인가. 훌륭한 일을 하는 자는 또한 순임금과 같다."고 했고, 마침내 "요순과 일반 사람은 같다."라고 하며, 누구나 성현이 될 수 있음을 확신했다.

맹자는 양주楊朱와 묵적墨翟을 적극 비판했다. 아버지의 존재를 무시하고 군주의 존재를 무시하는 자들이 그들이라며 비판의 고삐를 늦추지 않았다. 그는 묵자의 공리주의가 천박한 편의주의와 다를 바 없다고 하면서, 정치는 의義에 의해 나아가야 하며 이利에 의해 끌려다녀서는 안 된다고 했다.

그러나 나라를 이끌어가는 군주는 도덕적인 사람이어야 함을 역설하여, 어떠한 군주도 도덕적인 인물임을 보여줄 수만 있다면 평천하가 가능하다고 했다.

이것이 바로 맹자가 밝힌 왕도정치이다. 곧 군주는 도덕성을 강조하여 인의로 백성을 다스리는 왕도정치를 통해서 덕을 베푸는 일이 중요하다고 했다.

역성혁명의 주장으로 인해 맹자는 당시대에 권력층에 의해 금기시되었고, 송나라에 와서야 그의 저술이 서서히 반열에 오르게 된다.

맹자는 공자의 가르침을 이어받아 다시 이를 부연 발전시켜 유교의 정통을 전했는데, 공자의 인仁 사상에 이어 맹자는 인의仁義를 강조했다. 공자가 살신성인을 말하고, 맹자가 사생취의捨生取義를 밝힌 것이 이와 관련된다.

맹자가 본 진정한 세상은 도덕이 주제가 되는 인문세계이다. 따라서 맹자에게 인의는 인간에게 있어 본유의 특성으로 나타나며, 이렇게 해서 인간을 도덕적으로 분명히 규정한 것은 맹자가 처음이었다. 그에 의하면, 인간은 자기 수양을 통하여 인의를 확충해 간다면 도덕적으로 훌륭한 사람이 될 수 있다는 것이다.

맹자는 선한 성품을 간직하기 위해 부동심不動心을 강조했다. 이러한 부동심은 존심양성存心養性을 지향하는 바, 이를 구체적으로 말하면 구방심求放心·과욕寡慾 등으로 사단의 도덕심을 온전히 확충하는 것이다. 인간의 욕망은 감각기관에서 요구하는 여과되지 않은 욕심으로 이에 구애되는 사람을 소인이라 했다. 소인을 벗어나는 도덕적 인품의 전형으로 맹자는 성인, 대인, 군자 등을 제시했다.

이를테면, 대인은 항심恒心·항산恒産을 할 수 있는 자로 묘사된다. 맹자의 성선설과 관련되는 법어로 소태산 대종사는 사람의 성품이 정한즉 선도 없고 악도 없으며, 동한즉 능히 선하고 악하다고 하여 성품의 융통성을 강조하고 있다.

[孟子, B.C.372~B.C.289, 중국 전국시대 철인,
공자의 사상을 계승한 유교의 성인]

모제스 멘델스존
Moses Mendelssohn

 　　모제스 멘델스존 하면 독일의 유명한 철학자로 대표적 낭만주의 작곡가이며 '한여름 밤의 꿈', '이탈리아 교향곡', '엘리아' 등 다수의 유명한 작곡가로 알려진 펠릭스 멘델스존의 조부이다. 그는 불행하게도 체구가 작은 데다 곱사등이었다고 한다.

　　어느 날, 멘델스존이 함부르크에 있는 상인의 집을 방문했다가 그 집 딸 프롬체를 보게 되자 한눈에 반하고 만다. 그런데 프롬체는 모제스 멘델스존에게 눈길 한번 주질 않는다.

　　그렇지만 모제스는 포기하지 않고 그녀에게 접근을 시도하여 다음과 같은 말을 건다.

　　"당신은 혼인할 배우자를 하늘이 정해준다는 말을 믿습니까?"라고 묻자, 그녀는 "그래요, 당신도 그말을 믿는가요?"라며 되물으니, "네, 저도 그 말을 믿습니다. 어떤 남자가 세상에 태어나는 순간 하늘은 그에게 장차 신부가 될 여자를 정해주는데, 제가 태어날 때 하나님께서는 "너의 아내는 곱사등이 될 것이다."라고 말씀하셔서 저는 소스라치게 놀라면서 "절대 안 됩니다. 차라리 저를 곱사등으로 하시고 제 신부는 아름다운 모습이 되게 해주십시오!"라고 간청을 했더니, 하나님께서는 "그리해주겠다."라고 해서 지금 저와 그대가 탄생한 것이라고 하자, 프롬체는 그 말에 감동하여 모제스 멘델스존과 혼인을 하게 되었다는 재미나는 일화가 되었다.

[Moses Mendelssohn, 1729~1786, 독일 계몽 철학자]

모차르트
W. A. Mozart

로마 교황청 바티칸궁전의 예배당에는 비밀 곡이 있다. '미제레레를 불쌍히 여기소서'라는 제목의 이 곡은 9성 부로 이루어진 총 11분짜리 2부 합창곡이다. 이 노래는 반드시 예배당 안에서만 불러야 하고 악보 또한 밖으로 가지고 나오면 안 된다.

그런데 14세의 모차르트가 예배당에서 이 곡을 듣고 나와 밖에서 정확하게 그 곡을 오선지에 옮겼다. 이를 들은 로마 교황은 어린 천재에게 벌을 주기는커녕 '황금 박차 훈장'을 수여했다. 모차르트야말로 신의 은총을 받은 진정한 천재임을 사제도 인정할 수밖에 없었던 유명한 일화다.

이렇게 뛰어난 천재이지만 여자 보는 눈은 없었는지, 그의 아내 콘스탄체는 악처라고 알려져 있다.

만년의 모차르트는 더욱 생활이 어려워져 주변의 여러 친구에게 진 빚 속에 허덕였다. 이를 도와준 음악가가 당시 최고의 클라리넷 주자였던 안톤 슈타틀러다.

슈타틀러는 모차르트를 물질적으로 도왔을 뿐만 아니라 작곡 의뢰도 하여 그에게 힘을 실어주었다. 이렇게 고마운 슈타틀러를 위해 모차르트가 클라리넷을 위한 곡을 2곡 작곡했다. 하나는 클라리넷 5

중주이고, 다른 하나는 그가 죽기 전 불과 두 달 전에 작곡한 클라리넷 협주곡이다.

[W. A. Mozart, 1756~1791, 오스트리아 작곡가]

모택동

毛澤東

1949년, 모택동은 중국 인민의 지지를 받아 국민당을 중국 대륙에서 몰아내는 쾌거를 이루었다. 중국 인민의 뜨거운 지지를 받았던 모택동, 그는 항상 경제안정책을 강조했고, 1950년 이후 식량 확보와 증대를 위해 고심했다.

하지만 1958~1962년, 이 기간에 무려 4천만 명의 중국인이 아사하는 충격적인 결과로 나타났다.

1958년, 모택동은 식량증산계획을 위해 농촌을 방문했다.

모택동은 참새가 벼 낱알을 주워서 먹는 것을 보고, 참모들에게 참새를 가리키며 말했다.

"참새가 쪼아먹는 쌀알만 지켜내도 수확량은 증가한다."

그리고 그날 이후 대대적인 참새 박멸 운동에 들어간다.

모택동의 말 한마디에 참새 박멸 명령이 전국에 하달된 것이다. 농민들에 의해 참새는 씨가 마를 정도로 죽임을 당했다.

전국서 무려 20.1억에 달하는 참새가 박멸되었다.

[毛澤東,1893~1976, 중국 혁명가, 국가 주석]

모파상

Guy de Maupassant

우리가 잘 아는 모파상의 이야기인데, 그도 다른 지식인들과 마찬가지로 그 '철골 덩어리'에 대한 혐오가 상당했던 모양이다.

그런데 어느 날, 에펠탑 내의 식당에서 식사를 하고 있는 것이 목격되었다.

이게 웬일인가 싶어 당연히 질문을 했을 것이다.

"에펠탑을 그토록 싫어하시는 분이 어째 여기서 식사를 하고 계시는지요?"

"파리시에서 에펠탑이 보이지 않는 유일한 곳이 바로 여기니까요."

그러니까 보기 싫은 건 안 본다는 말인데, 누가 들어도 궤변 이상이 아니다. 뭐 나처럼 별 특별한 것도 없는 사람이 그랬으면 별 미친 놈하고 한마디 들었을 터이다. 그가 모파상이다 보니 그 일조차 일화로 전해지는 모양이다.

정말로 모파상은 에펠탑이 싫어서 그랬을까? 아니면 정말 좋은 그곳을 일부러 찾았을까? 그 후의 이야기는 전해진 것이 당연히 없을 것이다. 그게 해프닝이었을 테니까.

어떻든 탑이 완공이 되고 난 후에는 새로운 예술을 추구하는 사람들에게 많은 지지를 받았고, 오늘날에는 황금알을 낳는 파리의 랜드마크가 되었다. 아이러니도 이런 아이러니가 없다.

[Guy de Maupassant, 1850~1893, 프랑스 소설가]

몰리에르
Moliere

몰리에르가 어느 날 여러 친구들과 함께 만찬회를 갖게 되었다. 술에 취하자, 이들은 큰소리로 철학을 논하고 인생을 늘어놓더니, '이 귀찮은 세상, 사는 것보다 차라리 깨끗이 센강에 몸을 던져 죽는 것이 얼마나 시적詩的인가!' 하고 드디어 죽음을 찬미하기 시작했다.

이에 주정뱅이 문인과 철학자들이 일제히 와! 하고 함성을 올렸다.

그때 누군가가 말했다.

"자 그럼 우리 이렇게 떠들고만 있을 것이 아니라 모두 센강으로 가서 일제히 투신자살할 것을 만장일치로 가결합시다."

억제할 수 없이 감격한 그 주정뱅이들은 이의 없이 만장일치로 가결하고 모두 센강으로 달려가고자 서둘렀다.

몰리에르는 당황했다. 감격으로 흥분한 이들이 정말 투신하고야 말 것 같았다.

그는 손뼉을 쳐서 전원의 주위를 집중시키고 나서, "이렇게 숭고한 일을 결행함에 있어서 우리들끼리만 해치워 버린다면 후세 역사에 남을 근거가 없소. 그러니 날이 밝은 후 여러 사람들이 보는 가운데 강에 뛰어들기로 하고 술이나 마십시다." 하고 말했다.

주정뱅이들이 생각하니 그것도 또한 옳은 일이었다.

"옳소! 그럽시다."

이것도 만장일치로 가결되었다.

이튿날 아침, 술이 깨자 그들은 엊저녁 일들을 꿈속인 양 잊어버렸다.

[Moliere, 1622~1673, 프랑스 배우, 극작가]

몽테스키외
Montesquieu

1708년 보르도 대학을 졸업하고 보르도 고등법원의 변호사, 평정관을 역임하고 유럽과 페르시아를 풍자한 '페르시아인의 편지'를 낸 뒤 파리에 나가 수다한 문인들과 사귀고, 1728년 프랑스를 발표하고, 1748년에 20여 년을 전심한 저서 '법의 정신'을 발표하여 대성공을 거두고 2년 동안 22판을 거듭했다.

이 책에서 그는 법학의 연구에 처음으로 역사 법학적·비교법학적·사회학적 방법을 적용하여 법학의 발전에 기여하고 3권 분립설·입헌군주 제도론 등을 전개하는 한편, 전제주의를 극력 공격하면서 법은 각국의 제반 환경에 적합한 고유의 것이어야 한다고 주장, 정치사상에 커다란 영향을 끼쳤다.

1750년 일부의 비난에 대하여 '법의 정신의 변호'를 내어 답변하였다. 그는 디드로, 달랑베르 등이 편찬한 백과전서에도 협력하는 등 프랑스혁명의 사상적 토대를 만드는데 공헌하여 혁명이 시작되자, 그의 사상이 실현되는듯했으나 3권 분립론을 제외하고는 그 영향력을 잃고 말았다.

[Montesquieu, 1689~1755, 프랑스 법리학자, 계몽사상가]

무솔리니
Benito Mussolini

베니토 무솔리니의 아버지는 극심한 아나키즘 활동도 했다고 한다. 아나키즘은 정치적·철학적 사상으로 사회를 아나키의 상태로 만들려는 것이다.

쉽게 말하면, 사회적, 경제적, 정치적 지배가 없는 상태를 의미한다. 다른 말로는 무정부 상태, 지도자가 없는 혼란한 상태다. 그는 아들의 이름까지 사회주의 흔적을 남긴다고 하여 우리는 흔히 '베니토 무솔리니'라고 알고 있었다. 하지만 그의 이름은 매우 길다.

베니토는 멕시코의 인디언 출신으로, 멕시코 대통령까지 지냈던 사회주의적 혁명가의 '베니토 후아레즈'에서 따온 것이다.

안드레아는 이탈리아 사회주의자 '안드레아 코스타'의 이름을 따온 것이다. 베니토 안드레아 무솔리니.

[Benito Mussolini, 1883~1945, 이탈리아 정치인]

묵자

墨子

춘추전국시대 초나라에 공수반이라는 사람이 있었다. 그는 천민 출신인데도 기술이 뛰어나서 공수반은 아무리 높은 성에도 쉽게 올라갈 수 있는, 구름까지 닿을 만큼 사다리를 제작해 놓고 송나라를 공격하려 했다.

제나라에 있다가 이 소식을 들은 묵자는 발에 물집이 잡히도록 꼬박 열흘을 걸어 초나라로 갔다.

"선생은 무슨 일로 이 먼 곳까지 오셨습니까?"

"북쪽 지방에 사는 어떤 사람이 나를 귀찮게 하는데, 당신이 그 사람을 없애주었으면 합니다."

이 말을 들은 공수반은 아주 불쾌해 했다.

"그렇게 해주면 천금을 드리지요."

"나는 의기가 있는 사람이라서 남을 죽이지 않습니다."

묵자는 마음속으로 비웃으면서도 겉으로는 탄복했다는 듯이 자리에서 일어나 공수반에게 두 번 절했다.

"좋습니다. 그런데 듣자 하니 당신이 구름사다리를 만들어 송나라를 공격하려 한다던데, 송나라가 무슨 죄를 지었지요? 땅과 백성이 남아돌 정도로 많으면서 땅도 좁고 백성도 적은 나라를 공격하는

것은 지혜롭지 못합니다. 그런데 임금에게 그만두라고 말하지 않는
다면 충성스럽지 못한 것이고, 잘못임을 지적하면서도 임금을 끝내
설득하지 못한다면 강직하다고 할 수 없습니다. 당신은 한 사람도
죽일 수 없다고 하면서, 왜 많은 송나라 사람을 죽이려 합니까?"

묵자의 말을 들은 공수반은 잘못을 뉘우쳤다. 하지만 이미 구름사
다리 공격 계획을 왕에게 보고한 뒤라 이제 와서 취소할 수는 없다
고 난감해 했다. 묵자는 공수반과 함께 초나라 왕을 만났다.

묵자가 말했다.

"좋은 것을 많이 가지고 있으면서도 남이 가진 보잘것없는 것을
훔치는 사람이 있다면 그는 어떤 사람일까요?"

"도벽이 있는 사람이겠지요."

"제가 보기에 넉넉하고 풍요로운 초나라가 가난하고 약한 송나라
를 공격하는 것은 도벽과 다를 게 없습니다. 더구나 임금께서는 포
악하다는 비난만 듣게 될 뿐 전쟁에서 승리할 수 없을 것입니다."

"하지만 공수반은 내게 구름사다리를 만들어주면서 반드시 송나
라를 이길 수 있다고 장담했소."

묵자는 허리띠를 끌러 원형으로 둘러놓고 그 안에 들어가 선 다음,
품속에서 첩이라는 이상한 도구를 꺼냈다. 그리고는 공수반더러 구
름사다리를 이용해 공격해 보라고 했다. 공수반이 아홉 가지 방법을
써서 공격했지만 묵자는 다 막아내었다. 공수반의 공격 기술이 바닥
이 났는데도 묵자에게는 아직 쓰지 않은 방어 기술이 남아 있었다.

공수반이 묵자에게 퉁명스럽게 말했다.

"내가 선생을 물리칠 수 있는 방법을 알기는 하지만 말하지 않겠소."

"나도 당신이 얘기하는 그 방법이 무엇인지 알지만 얘기하지 않

겠소."

두 사람의 이야기를 듣고 있던 왕은 궁금해서 물었다.

"공수반의 생각은 저를 죽이면 된다는 것입니다. 지금 이 장리에서 저만 죽여 없애면 송나라를 이길 수 있다는 것이지요. 하지만 지금 송나라에선 제자 300명이 이 도구로 무장한 채 기다리고 있습니다. 그러니 저를 죽여봐야 소용이 없습니다."

결국 초나라 왕은 공격을 포기하고 말았다.

묵자는 전국시대의 사상가이다. 성은 묵墨이고 이름은 적翟인데, 이름 외의 신상에 대해서는 이설이 분분하다. 오형 중 죄인의 얼굴에 문신을 새기는 묵형을 받은 인물이라고 불렸다는 설이 있고, 혹은 피부가 검은, 즉 노동자 출신 또는 외국인이라는 주장 이외에 먹줄을 긋는데 쓰는 도구를 묵이라 했으니 목수 등 장인이 아니었겠느냐는 말도 있다. 또는 묵가 학파 사람들이 검고 거친 옷을 입으며 강력한 규율을 가진 집단이었다는 일면에서 협사俠士나 멸망한 나라의 군인 출신이 아니냐는 주장도 있다.

그의 생존 연도에 대한 정확한 정보는 없지만 그의 사상에 대해 그의 제자들이 남긴 묵자와 전후의 다른 사상가들과 선비들의 언급으로 그는 아마도 공자 사망 전후에 태어났고, 맹자가 본격적으로 활동하기 이전에 사망한 것으로 보인다.

[墨子, B.C. 480~B.C. 390, 중국 춘추전국시대 철학자, 발명가]

미겔 데 우나무노
Miguel de Unamuno

　신을 믿는다는 것은 필연적으로 갈등을 유발한다. 왜냐하면 신의 기준에 나의 기준을 끼워 맞추어야 하기 때문이다.

　끼워 맞춘다는 표현보다는 신의 기준으로 '회복'이라는 말이 더 적절할 것 같다.

　나의 선택은 신보다 지혜롭지 못하고, 정의롭지 못하며, 정직하지 못하다. 이런 나의 선택을 지혜롭고, 정의롭고, 정직한 신의 선택에 맞추려고 하니 어려움을, 갈등을 겪을 수밖에 없다.

　반대로 신을 믿는다 해서 갈등이 없다는 것은 신을 자신의 마음대로 하기 때문이다. 내가 원하는 대로 신을 재단하니 불편함이 있을 수 없는 것이다.

　신을 믿는다는 것은 신을 따라가고 닮아가는 것이다. 그러기에 신과 거리가 있는 우리는 갈등을 겪을 수밖에 없다.

　조금 어려운 말로 표현하면, 유한은 무한을 담아낼 수 없다. 그러기에 갈등을 겪을 수밖에 없다. 신을 믿는다는 것은 유한한 우리가 무한을 담아내려는 시도이기에.

[Miguel de Unamuno, 1864~1936, 스페인 철학자, 소설가]

미야모토 무사시
宮本武藏

무사시가 검술가이라기보다는 전술가에 가깝다고 주장하는 사람도 있다. 분명 무사시가 남긴 병법서 오륜서는 현대에도 교훈으로 통하는 명저이기는 하다.

"천일千日의 연습을 단段이라 하고, 만일萬日의 연습을 련鍊이라 한다. 이 단련이 있고서 만이 승리를 기대할 수 있는 것이다."

같은 문구 등을 보면, 현시대에서도 배울 만한 점이 많이 있다. 그러나 병법서라고 해서 무사시를 손자, 오자 같은 병법가로 생각하면 안 된다. 우리가 말하는 병법은 일본에선 군략軍略이라 한다.

군략이라는 단어 자체는 일본식 한문이 아니고 한국과 중국에서도 쓰인 한문이다. 그리고 일본에서 병법이란 통상 무구, 즉 병기를 다루는 기술이다.

오륜서를 살펴보면, 무사시는 병법이라는 용어를 이 둘을 포괄하는 의미로써 사용하고 있다. 따라서 무사시가 무술가가 아닌 전술가에 가깝다는 주장은 아예 틀린 것이고, 검술가이면서 검술이나 군략도 염두에 뒀다는 지적이 적절하다. 이러한 오류가 생긴 것은 무사시 시대, 즉 에도 막부 초기의 시대상을 간파한 데서 생겨난다.

일본의 병법은 철저히 무사계급에만 한정된 것이며, 개인으로 봐

서는 무예가인 무사시가 전쟁에 임해서는 중급 내지 상급 지휘자로
전투를 지휘하게 된다.

[宮本武藏, 1582~1645, 일본 에도시대 무사]

미켈란젤로
Michelangelo

미켈란젤로가 다비드상 조각을 마쳤을 때, 피렌체 공화국의 수장 피에르 소데리니가 '다비드의 코가 조금 크게 보인다'고 했다.

그는 비계飛階에 올라가 미리 준비한 대리석 가루를 흘리며 끌로 조금 깎는 시늉을 했다.

그러나 소데르니가 하는 말이 "이제야 조각에 생생한 삶을 불어넣었소."

괜한 시비에 신묘한 대응이다.

미켈란젤로는 거부할 수 없는 부당한 평가를 재치 있게 넘기며 르네상스시기를 대표하는 기념비적 조각 작품을 남겼다.

시비是非는 한자로 옳을 시, 아니 비이다. '옳고 그름을 뜻하는 시비를 걸다'와 같은 부정적인 말로 쓰여 '옳고 그름을 따지는 말다툼' 혹은 '시시비비'나 '왈가왈부'라는 뜻으로 이해한다.

[Michelangelo, 1475~1564, 이탈리아 화가, 조각가, 건축가, 시인]

미테랑
Francois Mitterrand

눈길을 끄는 현상은 숨겨났던 딸 마자린이 왕성하게 활동하고 있다는 사실이다. 본부인과 아들, 둘째 부인은 한발 물러나 앉아있고, 마지린이 마치 미테랑 정신의 계승자로 언론의 조명을 한몸에 받고 있다.

오르세 박물관 조각 담당 큐레이터로 일하는 마지린의 어머니 팽조는 베일 속 생활을 하고 있었다. 국립대 철학교수인 마지린은 최근 낳은 아이에게 '팽조 미테랑' 이라는 성을 붙였다.

팽조는 본래 미테랑 고향 친구의 딸이었다. 야당 사무총장이자 대선후보였던 미테랑이 50대 중반 때 처음 만났다. 당시 팽조는 여고생, 두 사람 사이의 나이 차는 30년 이상이었지만 미테랑은 첫눈에 반한 팽조와 사랑에 빠졌다. 두 사람이 밀회를 즐긴다는 소문이 친구 귀에까지 들어가자, 친구는 미테랑을 못 만나도록 딸을 집에 가두다시피 했다.

그러나 사랑에 불붙은 미테랑이 친구 집을 찾아가 동네가 떠나갈 정도로 소리치며 대문을 두들겨대는 바람에 친구가 항복하고 말았다는 일화가 있다.

미테랑의 이중생활은 엘리제궁에 입성하면서 더욱 복잡하게 되었다.

엘리제궁 출입 기자가 숨겨 놓은 부인과 딸을 언급하자, "그래서 어떻다는 거요?"라며 되받아쳤다고 한다.

재임 기간 내내 이 사실을 대중은 물론 본부인에게까지 철저하게 비밀에 부쳤다는 것은 불가사의한 일이다.

미테랑은 왜 이혼을 안 하고 이중생활을 했을까? 사람들은 가톨릭이 국교인 프랑스에서 여론으로부터의 비판을 두려워했으리라는 것과 두 번째 대권 꿈 때문이었을 것이라고 분석한다.

팽조 미테랑은 초등학교 때 '미테랑 대통령이 내 아버지' 라고 떠들고 다녀 과대망상증 환자 취급을 받았다. 미테랑의 딸 사랑은 지극정성이었던 것으로 전해진다. 그는 사망 직전 팽조와 마자린만을 데리고 베니스와 이집트를 여행하며 죽음을 준비했다. 송년의 밤과 새해맞이는 본부인, 아들과 시골집에서 보냈다.

최근 새롭게 밝혀진 사실은, 미테랑이 중요한 국책사업을 결정하면서 팽조와 마자린의 영향을 많이 받았다는 것이다. 르몽드 기자에 따르면 루브르 박물관의 피라미드 구조물, 바스티유 오페라, 라데팡스 개선문, 미테랑 도서관 건립 등 4대 대형 건설사업 결정 때 팽조의 조언이 크게 작용했다. 고교생들의 교육개혁 반대 시위 때 미테랑이 학생 대표들을 엘리제궁으로 불러 면담한 것은 마자린의 요구 때문이었다는 것이다.

1991년 미테랑은 주치의만 지켜보는 가운데 영면했다. 장례식장에서 처음으로 본처, 아들, 후처, 딸이 나란히 함께 참석한 것은 프랑스인들이 오늘도 잊지 못하는 장면 중의 하나다.

[Francois Mitterrand, 1916~1996, 프랑스 정치가, 대통령]

미하일 바쿠닌
Mikhail Aleksandrovich Bakunin

미하일은 수많은 명문을 남긴 것으로도 유명하지만, 한편으로는 '신과 국가'를 제외하고는 책을 제대로 완결한 적이 없다. 이는 바쿠닌이 이론가보다 행동가라는 점에서 기인한다. 아쉽게도 이러한 연유로 그의 서술 중 한국어로 완역된 것은 없다.

대신 에드워드 카가 지은 '미하일 바쿠닌' 평전이 한글로 번역되어 있다. 문제는 에드워드 카가 원래 대중들을 대상으로 책을 쓰는 게 아닌 사람인 것도 있고, 분량도 번역된 책 기준 700쪽이 넘기 때문에 시간적 여유가 되지 않으면 완독하기 버겁다.

미국 캘리포니아의 AK 프레스에서 미하일 바쿠닌의 글들을 영어로 번역하여 8권 분량의 전집을 출간하는 프로젝트를 진행했다. 다시 말해서, 아직도 그의 저서들이 영어로 번역, 정리가 제대로 안 되어 있다. 다만 이는 영어권에서 바쿠닌을 무시해서가 아니다. 바쿠닌이 강경 반유대주의라서 미국 학계에서 무시당한다고 생각하는 사람들도 있지만, 그보다는 후술할 이유가 더 크다.

쉽게 말해서, 바쿠닌은 라이벌 마르크스와 성격상 공통점이 많았다. 바쿠닌도 마르크스처럼 글을 잘 쓰는데, 글을 잘 정리해서 책으로 출간하는 일을 못하는 편이었다. 그나마 마르크스의 경우 그의 친구 엥겔스가 수십 년 동안 마르크스가 쓴 글을 일일이 꼼꼼하게 편집하고 정리라도 해주었다. 바쿠닌은 이리저리 떠돌아다니는 동안 장기간 체계적으로 그의 글을 편집, 정리해 줄 수 있는 친구도 없었고, 그의 제자들도 싸우고 다투는 일이 많았다. 만약에 바쿠닌이 엥겔스 같은 친구를 만났다면, 그 역시 '자본론' 시리즈 비슷한 저작물을 출간할 수 있었을지도 모른다. 다른 한편으로 마르크스가 엥겔스를 만나지 못했다면, 마르크스 역시 바쿠닌처럼 파란만장하게 살면서 이런저런 단편적인 글들만 남기고 갔을지도 모른다.

바쿠닌이 1849년 드레스덴에 있을 때, 바그너가 지휘하던 공연을 봤고 그들은 평생 친구가 되었다. 특히 바쿠닌은 바그너가 지휘하는 베토벤의 9번 교향곡을 좋아했고, 바그너에게 '전 세계에 불이 일어나 지금까지 만들어진 모든 음악이 사라져야 한다고 해도 이 교향곡은 목숨을 걸고서라도 구하려면 맹세를 해야 한다.' 고 선언하기까지 했다. 웬만해서는 무던한 성격을 지녔던 바그너도 우람한 성격에 남을 압도하는 모습을 지닌 이 야만인 곁에 서있으면 자신이 너무나 보잘것없이 느껴질 정도로 위압감을 느꼈다고 술회한다.

제1인터내셔널에 가담하던 시기인 1869년에 '공산당 선언' 의 러시아어 초판본을 발간하기도 했으며, 이는 1882년에 발간된 게오르기 플레하노프의 번역본보다도 이른 것이다.

[Mikhail Aleksandrovich Bakunin, 1814~1876, 러시아 철학자, 혁명가]

민영환

閔泳煥

알다시피 민영환은 을사조약에 항거하여 자결함으로써 꿋꿋한 절개와 애국심을 보여 준 인물이다.

한편으로는 민씨 척족의 일원으로 민씨 대표 탐관오리였던 민경호의 아들이다.

하지만 그는 아버지와 다른 행보를 걸었으며, 그가 자결하자 많은 선비들과 백성들이 슬퍼하며 애통해했다.

민영환의 친척인 악명 높은 탐관오리 민영휘가 장례식에 얼굴을 내밀자, 어떤 사람이 그에게 욕을 퍼부었다.

"아니, 당신도 호상護喪을 하러 왔소? 당신의 성이 민씨 아니오? 그런데 어떤 민씨는 죽고, 어떤 민씨는 죽지 않는 것이요? 당신은 지금 나라가 망했는데 마땅히 죽어 속죄를 하지 않고 충정공의 영구를 따라 감히 여기까지 오다니, 하늘이 두렵지 않습니까? 속히 이곳을 떠나시오! 그렇지 않으면 뾰족한 내 군화에 차여 죽을 테니까"

민영휘는 얼굴이 벌게져 그 자리에서 떠났고 사람들은 고소하게 생각했다.

[閔泳煥, 1861~1905, 구한말 예조, 병조, 형조 판서, 순국지사]

바이런
George Gordon Byron

케임브리지 대학 재학 시절 시험문제로 다음과 같은 것이 나왔습니다.

'물을 포도주로 만든 예수님의 기적에 대하여 영적, 종교적 의미를 서술하라.'

바이런은 딱 한 줄짜리 답을 내고 최고점을 받았습니다.

'물이 그 주인을 뵙고 얼굴을 붉히다.'

중용을 찾아볼 수 없는 바이런의 성격은 비단 육체적인 면에 한정되어 있지 않았다. 바이런은 학교를 다니며 만난 메리 채워스와 사랑에 빠졌는데, 채워스는 1803년 9월 바이런이 하러우로 돌아가는 것을 거부한 이유였다.

바이런의 어머니는 아들을 두고 '그는 내가 알다시피 몸은 불편하지 않았으나, 내 생각으로는 병들 가운데 가장 나쁜 병인 사랑, 극단적인 사랑을 가졌다. 요컨대, 이 아이는 채워스 양을 심란하게 사랑하고 있다.' 라며 썼다.

이후 바이런의 회고에서는 '메리 채워스는 바이런의 성숙한 성적 감정의 첫 대상으로 그려진다.'

[George Gordon Byron, 1788~1824, 영국 시인, 정치인]

박목월

朴木月

1952년 6.25전쟁이 끝나갈 무렵, 피난지인 대구의 교회에서 박목월을 따르던 두 자매가 있었다. 그런데 그중 장녀가 깊은 감정으로 다가오자 목월은 거절한 후 서울로 상경하게 되고, 그녀는 결국 단념하고 혼인을 했다.

그런데 서울에서 명문여대를 다니던 동생은 박목월을 포기하지 못해 다시 만난 그에게 자신의 감정을 고백했고, 박목월은 그 여대생과 사랑에 빠져 서울대 국문과 교수 자리도, 가정도, 명예도 모두 내던지고 연인과 함께 종적을 감췄다.

얼마 뒤 시간이 지나고 박목월의 아내 유익순은 그가 제주도에 살고 있다는 것을 알게 되어 남편을 찾아 나섰다.

막상 두 사람을 마주하게 되자, 아내는 "힘들고 어렵지 않느냐?"며 돈 봉투와 추운 겨울을 지내라고 두 사람의 겨울옷을 내밀고 서울로 사라졌다.

박목월과 그 연인은 이 모습에 감동하여 그 사랑을 끝냈고, 목월은 가정으로 돌아왔다.

그의 시인 '이별의 노래'에는 두 사람의 사랑과 이별 이야기가 담겨있다고 한다.

이별의 노래

기러기 울어예는 하늘 구만 리,

바람은 싸늘 불어 가을은 깊었네.

아 아 너도 가고 나도 가야지.

[朴木月, 1915~1978, 한국 시인, 교수]

박정희

朴正熙

"육사 교관으로 있을 때 형님 친구(이제복) 되는 분이 찾아와 다음 일요일 모 장소에서 향우회가 있다면서 나더러 꼭 참석해 달라는 거야. 처음엔 거절하려다 사관학교 교관 생활이 따분하기도 하고 해서 거길 갔었지. 그런데 그게 화근이 될 줄이야. 그날 향우회에 참석한 사람들은 모두 빨갱이였어. 나는 거기서 남로당 입당원서에 사인하거나 도장을 찍은 적은 없지만 그 일로 김창룡한테 끌려가 모진 고문을 받고 재판도 받았지."

경부고속도로 공사 당시, 박정희가 현장을 지휘하던 정주영 회장을 호출해서 만났는데, 정 회장이 하도 피곤해서 대통령이 이야기하던 중에 졸았다고 한다.

하지만 박정희는 이를 탓하지 않고 오히려 "정 사장 내가 미안하구려."라며 피곤한 사람을 잡아두었다고 사과했다고 한다.

이런 일과 달리 박정희가 조선소 건립을 지시했는데, 정 회장이 기술과 자본 문제로 난색을 보이자, "현대가 정 회장 개인 거요?"라고 호통을 치기도 했다고 한다. 다만 일방적으로 까라면 까라는 식은 아니었고, 조선소 건립 외자 유치에 있어 정부가 보증을 서주기로 약속했다.

❖ 이회소 박사에게 보낸 편지

　안녕하십니까? 박사님을 뵌 지 벌써 4년이나 되었습니다. 그동안 박사님의 소식은 이곳에서도 자주 듣고 있습니다. 그리고 박사님께서 본인이 선포한 유신에 반대한 것 때문에 저대로 많은 고민도 했습니다. 본인은 언제까지 대통령직에 있지는 않을 것입니다. 이제 본인이 대통령을 그만두느냐 계속하느냐 하는 것은, 모두 국방에 달렸다고 사료됩니다. 지금 나라는 어지럽고, 국방은 허술하고, 언제 공산화가 될지도 모르는 상황에서 대통령직을 내놓을 수도 없게 되었습니다. 이 박사님도 아시다시피 우리 정부에는 한 마디의 상의도 없이 이미 미군 철수가 시작되었습니다. 미사일 부대는 이미 철수를 끝낸 단계이고, 지상군 1만 7천 명이 철수를 시작했습니다. 이것은 월남에서와 같이 한국이 공산화되어도 좋다는 전제의 신호이기도 합니다. 이제 얼마 후면 한국에 남아 있는 핵도 철수할 것입니다. 이 것은 시간문제입니다.

　본인도 미국 정부 측에 몇 번 자제를 호소하고 부탁도 해보았지만, 더 이상 구걸하는 것도 추한 꼴이 되었습니다. 이제 더 이상 초라한 모습을 보이기도 무엇하지만, 그래도 애원해서 들어줄 희망이라도 보인다면 본인은 어떠한 일이라도 할 각오입니다. 이 박사님도 아시다시피 본인이나 한국 정부가 요구해서 들어줄 단계도 이미 지났습니다. 가능성도 없는 구걸 행각으로, 국가의 이미지만 손상을 보는 추한 모습을 또 보고 싶지도 않습니다. 언젠가는 이런 때가 오리라는 생각으로, 박사님도 아시다시피 저는 독자적으로 유도탄 개발과 핵무기 개발을 추진하고 있었습니다. 재미 과학자들을 본국에 초청한 것이나 귀국시킨 것도 이런 저의 뜻의 일부입니다. 박사님을 초대하거나 모시지 못한 것은, 박사님을 초대한다는 것은 미국에 선전포고를 하는 결과나 마찬가지라는 중론에 못 이기어 못하고 있었던 것입니다.

본인은 사실 박사님의 능력을 추앙하고, 박사님이 한국 사람이라는 사실에 무한한 자부심과 긍지를 가지고 있습니다. 지금 조국은 위태로워졌고 사정은 급박하여졌습니다. 이미 카터와의 싸움은 시작되었고, 여기서 비굴하지 않고도 우리는 승리해야 할 입장이 되었습니다. 그 사람은 비굴한 기운만 보이면 깔고 뭉개는 묘한 도덕정치를 하는 사람이라고 합니다.

이제는 의존하던 시대에 종막을 고할 때라고 사료됩니다. 우리 자체가 독자적으로 미사일 개발, 핵무기 개발, 인공위성 개발까지 해서 감히 누구도 우리를 넘볼 수 없도록 해야겠습니다.

다시는 6.25의 쓰라린 경험 같은 것을 맛보지 않게, 우리 백성들이 전쟁으로 살상되는 비극이 다시는 없도록 이 박사께서 도와주셔야겠습니다. 이 박사님, 조국을 건져주십시오.

74년엔가 박사님을 처음 뵈었을 때, 저는 "이 박사를 보호하기 위해서는 60만 대군이라도 동원하겠다."라고 했습니다.

이것은 지금도 진심입니다. 우리 민족이 사느냐 죽느냐 하는 문제는 지금 이 박사 마음에 달려 있습니다. (이휘소 참조)

미국에서 돈을 얻어 홍릉에 KAIST를 설립한 박 대통령은 어느 날 그곳을 순시하면서 배순훈 기계공학과 교수가 MIT 박사라는 얘기를 듣고 이렇게 부탁했다.

"연탄 온돌방에서 가스로 목숨을 잃는 사람이 많은데, 해결 방법을 좀 연구해 주시오."

대통령의 지시를 받은 배 교수는 KAIST 안에 집을 짓고 연탄가스 문제 해결방법을 찾았으나 결국 실패했다. 무색 무취의 연탄가스를 막을 방법은 현실적으로 없다는 보고서를 제출해야 했다.

그 보고서를 본 박정희는 이렇게 말했다.

"안 되는 이유를 설명하지 말고 되는 방법을 제시하시오!"

배 교수는 다시 연구를 시작했고, 결국 온수로 방을 데우는 온수 온돌 방법을 찾아냈다. 이것이 지금 대한민국 모든 가정이 쓰는 온수온돌의 시작이 된 것이다.

[朴正熙, 1917~1979, 한국 5~9대 대통령]

박종화

朴鍾和

　소설가로서 기반을 닦고, 문단 시평이나 문단 회고담을 계속 발표하였으며 대전大戰 이후의 문예운동이라는 문제의 비평을 쓰기도 하였으나 당시 비평계의 논쟁에는 참여하지 않았다.

　'금삼錦衫의 피'와 '대춘부待春賦'로부터 역사소설로 전환하였으며, 단편 '아랑의 정조', '전야前夜' 등과 장편 '다정불심多情佛心'을 잇달아 발표하여 역사소설가로서 재량을 인정받았다. 1942년에는 수필집 청태집靑苔集을 발간하였다. 광복 뒤의 감격과 흥분 속에서 쓰여진 '민족'은 앞선 '여명', '전야'와 함께 3부작에 해당하는 작품이고, '홍경래'와 '청춘승리' 및 단편 '논개'를 통해서도 민족적 울분을 토로하였다.

　1954년 서울신문사 사장을 사임하고 '임진왜란'을 쓰기 시작하면서 전란과 공무로 잠시 중단되었던 창작 생활을 다시 계속한다.

　임진왜란을 조선일보에 전 946회 연재하였고, 단편 황진이의 역천과 장편 '벼슬길', '여인천하' 등을 거의 같은 무렵에 연재하여 인기를 모았다.

　1961년 회갑기념으로 월탄시선月灘詩選을 출간하였다.

[朴鍾和, 1901~1981, 한국 시인, 소설가, 비평가]

박지원

朴趾源

연암燕巖 박지원이 '술 낚시'로 감투를 얻은 이야기는 유명하다.

연암은 집이 가난하여 좋아하는 술도 제대로 마시지 못했다. 손님이나 와야 아내는 겨우 두 잔의 탁주를 내놓을 뿐이었다.

그래서 연암은 그럴듯한 풍채의 인물만 보면 가짜 손님으로 끌어다가 술 마시는 미끼로 삼았다.

하루는 자기 집 앞을 어슬렁거리고 있는데, 마침 4인교를 타고 지나는 분이 있었다.

연암은 무작정 길을 가로막으며 가벼운 음성으로 말했다.

"영감 누추한 집이나마 잠시 들렀다 가십시오. 저의 집이 바로 여기올시다."

"나는 지금 입직入直하는 길이라 틈이 없소."

"홍! 임금을 모시는 분이라 도도하군. 담배나 한 대 피우고 가라는데. 그렇게 비싸게 굴 것까진 없잖소."

연암은 도리어 호령조로 말했다.

4인교를 탄 사람은 이승지였다. 선배에 대한 예의는 아는 인품이어서 연암의 뒤를 따라 방으로 들어갔다.

"손님이 오셨으니 술상 내오너라."

탁주 두 잔과 안주로는 김치가 나왔다. 연암은 자기 잔의 술을 쭉 들이키고는 손님 잔의 술까지 마셔버렸다.

이승지는 물끄러미 연암을 바라볼 수밖에 없었다.

"영감 뭐 이상히 여길 것 없소. 오늘은 영감이 내 술 낚시에 걸려들었소. 하하하."

"도대체 당신은 누구시오. 그리고 술 낚시란 무슨 뜻이오?"

연암은 그제야 술 낚시에 대한 내력을 이야기했다.

그날 밤, 이승지는 정조에게 이 이야기를 하였다.

이 선비가 누구인지 모르고 하는 이승지의 얘기를 듣자, 정조는 "그 사람은 분명히 연암 박지원이다. 자기 재주를 믿고 방약무인이 지나쳐 벼슬을 안 주었는데, 그다지도 궁하다니 참으로 안 됐군."

그리고는 곧 초시初試를 시키고 1년 내에 안의安義 현감을 시켰다.

당시 청나라를 오랑캐 나라로 생각했던 많은 실학자들의 생각과는 달리 북경과 열하를 방문한 그는 엄청난 충격을 받게 된다.

수레를 본 그의 일화가 대표적이라고 할 수 있다.

'무릇 수레라는 것은 하늘이 낸 물건이로되 땅 위를 다니는 물건이다. 이는 물 위를 달리는 배요 움직이는 방이라 할 수 있을 것이다. (중략) 우리 조선에도 수레가 전혀 없는 것은 아니다. 그러나 그 바퀴가 완전히 둥글지 못하고 바큇자국이 궤도에 들지도 못한다. 그러므로 수레가 없는 것과 마찬가지다. 어떤 사람들은 우리 조선은 산과 계곡이 많아 수레를 쓰기에 적합하지 못하다고 한다. 그래도 사방의 넓이가 몇천 리나 되는 나라에 백성들의 살림살이가 이다지도 가난한 까닭은 대체 무엇이겠는가? 한마디로 말하면, 수레가 나라에

다니지 않는 탓이라 할 수 있다.'

[朴趾源, 1737~1805, 조선 후기 실학자, 문장가, 열하일기 저자]

박팽년

朴彭年

　꿈에 그리던 단종의 복위를 이루지 못한 박팽년은 옥에서 상왕인 단종의 복위를 모의한 것을 자복했는데, 평소 그의 재주를 높이 산 세조가 마음을 바꾸어 나를 섬긴다면 목숨을 구할 수 있을 것이라고 말했지만 박팽년은 아무 말 없이 웃고는 세조를 그저 나으리라고 불렀다고 합니다.

　자신은 상왕의 신하지 나으리의 신하는 아니라면서… 충청도 관찰사로 있던 1년 동안 장계와 문서에 스스로 신하라고 일컬은 적이 한 번도 없었노라고 하였습니다.

　신하 신巨자 대신 클 거巨자를 적었다고 하는데요, 예전에는 글을 쓸 때도 임금을 칭하는 글자는 크게 쓰고 신하를 칭하는 글자를 적게 썼다고 하니, 붓으로 작은 글씨를 썼다면 유의해서 보지 않으면 구별하기가 어려웠을 듯합니다.

　그는 관직생활을 하면서 받은 녹봉으로 생활하며 남에게 신세 지지 않기 위한 방편으로 서울 근교에 조그만 전답을 마련했다.

　이를 알게 된 친구가 하루는 박팽년을 찾아가 '녹봉만으로도 먹고 살 수 있는데, 어찌하여 전답까지 필요한가?' 라고 물었다.

　이에 크게 부끄러워하며 바로 그 전답을 처분하였다.

[朴彭年, 1417~1456, 한국 조선시대 문신, 사육신]

발렌티노
Rudolph Valentino

영화 역사상 최초의 남성 섹스 심볼인 루돌프 발렌티노의 삶과 죽음에 관한 이야기는 전설과 일화, 미스터리로 가득하다. 어떤 이야기는 시시콜콜하고, 어떤 이야기는 폭로적이다.

어떤 이야기는 수수께끼 같지만, 모두 발렌티노가 대중의 상상력에 미쳤거나 지금도 미치고 있는 영향력을 정확하게 보여주고 있다.

우울하고 시무룩한 지중해풍 외모와 꿰뚫을 것 같은 눈빛, 그리고 유혹적인 자세를 지닌 그는 진정한 의미에서 팬 군단을 거느린 최초의 남성 스타였다.

그의 추종 세력과 몇 년 사이 혼인과 이혼을 두 번씩 하고 이중 혼인으로 유죄 판결을 받았으며 폴라 네그리와 간헐적으로 염문을 뿌렸다는 사실은 그가 너무 '이성적'이며 신비주의를 신봉하고 마약 중독자라는 비난을 비롯한 그의 격정적인 사생활에 끊이지 않는 의혹과 추측을 낳았다.

그러나 영화 밖의 발렌티노에 관한 평판이 그의 연기 생활에서 이룬 성취를 가릴 수는 없다. 순회 서커스단 출신 수의사의 아들인 발렌티노는 몇 군데의 학교와 군사학교에서 퇴학을 당한 후 농대에서 농학 과정을 수료했다.

　파리에서 1년을 보낸 후 18세에 미국으로 옮겨갔고, 거기서 탱고 댄서와 좀도둑 따위의 다양한 일로 전전했다.

[Rudolph Valentino, 1895~1926, 이탈리아 영화배우]

발타자르 그라시안
Baltasar Grasián

예술과 자연, 고전적인 기독교의 인류학에서 본시 이해하는 인간이란 예술작품이다. 즉 대우주를 반영하여 예술적으로 구성된 소우주로서, 그것에 따라 창조주 하나님의 이미지와 유비Gleichnis가 형성되며, 은유적으로 조물주 아니면 도공Topfer과 비슷한 존재로 기술된다.

자연은 인간을 '전체 자연의 극치' 로 설정하며, 예술은 취미와 오성에 관련된 익숙한 훈련과 교양을 통해서 인간을 우주로 형성시켜 내야 한다. 즉 예술은 자연을 완성시키며, 그렇기에 제2의 존재이다. 예술이 없다면 자연은 언제나 저속할 뿐이다.

인간은 아름다움, 유용성을 통해서 창조주 하나님의 활동을 증거하는 세계 안에 놓이게 된다. 창조주 하나님은 자연의 질서를 완전한 방식으로 창조했다. 언제나 인간이 활동을 통해서 덧붙이는 것은, 여전히 불완전한 조각일 뿐이다. 다른 한편 이러한 질서 자체는 반대들의 조화이기도 하다. 인간은 우주적인 일치를 방해하고, 전도하고, 심지어 파괴할 수도 있다.

인간은 'engano' 라는 가상에 빨려 들어가며, 평생 동안 기만적인 이미지, 수수께끼 같은 기호, 위장된 가면에서 헤어나지 못한다. 인간이 자연을 통해서 세계의 전도를 꿰뚫어보는 것과 존재와 가상을 구별하는 것을 익히고 난 후에야, 처음으로 죽음은 망상으로부터 해방되기에 이른다. 시각은 가장 고상한 감각기관이다. 이러한 존재론적이고 이론적·인류학적이고 인식론적인 배경에서 예술이 산출될 뿐만 아니라 예술을 이해하고 그것에 의미를 부여하게 된다.

【아름다움과 인격】

자연과 예술 사이의 긴장에 날것의 질료와 형상화된 작품 사이의 긴장이 대응한다. 즉 예술은 자연이 앞서 제시한 것을 고귀하게 변형한다. 그 결과 예술은 '자연의 귀론'이 된다. 예술의 완성은 인공적인 것이 아니라 예술적인 것에 있는 것이다.

예술적인 정체의 과정은 기품이 있으며 완성된 상태에 있는 고귀한 존재 영역 위에서 예술 자체를 다시금 자연으로 지각하게 이끈다. 아름다움은 언제나 기교의 도움을 필요로 한다. 예술적인 노력에 의해서 겉으로 보기에 별로 다듬지 않은 듯이 자연성이 획득되는 것으로서, 보통은 전력을 기울여 난관을 극복해가며 인식하려고 하지 않는 것이다. 가장 고귀한 정신적인 통찰과 수단의 훌륭한 통제에서 형성되는 애쓴 흔적이 없는 예술적 숙련이 아니면 힘들이지 않은 예술은, 진실한 인격을, 다른 말로 언어와 행동에서 훌륭하게 드러난 인격의 청출어람靑出於藍을 강조한다.

그것에 근거해 개별 존재와 일반 대중이 구별되는 셈이다. 따라서 추함과 아름다움을 분리하는 것은 윤리적으로 성숙하며 분별력을 겸비한 인격과 우둔을 구별하는 것이기도 하다.

[Baltasar Gracián y Morales, 1601~1658, 스페인 소설가]

방정환

方定煥

어느 날, 방정환 집에 강도가 위협하며 돈을 요구했다. 방정환은 순순히 서랍에서 390환을 내어주었다.

그러자 강도는 돈을 쥐고 막 나가려고 했다.

이때 방정환은 그를 불러 세운 뒤 "아니 여보시오, 돈을 가져가면서 '고맙다' 는 말이나 하고 가져가야지 않겠소?"라고 말했습니다.

강도는 어이가 없던지 "그래 고맙다." 하고는 사라져 버렸습니다.

그러나 얼마 지나지 않아 경찰이 그 강도를 붙잡아 방정환의 집으로 데려왔다.

"이 사람이 선생님의 돈을 훔쳤지요?"

고개를 숙인 채 아무 말도 못 하는 강도의 모습을 보며 방정환은 말했다.

"아니요, 나는 이 사람에게 돈을 빼앗긴 일이 없소이다."

경찰도 강도도 어리둥절해졌다.

"아니 이놈이 여기서 390환을 훔쳤다고 얘기했습니다."

경찰은 의아해하며 다시 물었다.

그러나 방정환은 강도를 향하여 말한다.

"원, 이 사람도! 아니 내가 390환을 주니까 당신은 고맙다고 하지 않았소! 빼앗았다면 고맙다고 했을 리가 없죠?"

경찰은 방정환의 말에 하는 수 없이 강도를 결박했던 포승을 풀어 주었다.

그 후 도둑은 방정환 선생님의 깊은 마음에 감동을 받아 방정환의 곁에서 열심히 일하는 사람이 되었다.

[方定煥, 1899~1931, 한국 아동문학가]

백거이

白居易

백거이의 음주 습관은 두보와 다르다. 두보는 집안이 가난하여 항상 술을 마실 수 없는 형편이었고, 그와 함께 술을 마셨던 사람들은 주로 물고기를 잡거나 땔나무를 하거나 밭을 경작하던 시골 사람들이었으며, 술을 마신 곳도 들이나 나무 밑이었지만, 백거이는 비록 어렸을 때 집안이 무척 가난하여 온갖 풍상을 겪어야 했지만, 그가 장성하여 집안을 일으킨 후로는 항상 집안에 미주를 빚어 놓았으며, 술을 마실 때는 반드시 악사들로 하여금 음악을 연주하게 했고, 기녀들을 불러 시중을 들게 하였으며, 함께 술을 마신 사람들도 당시의 사회 저명인사들이었다.

백거이가 술을 마시지 않은 날이 없고, 술에 취하지 않은 날이 없었기 때문에 소위 알코올성 약시弱視에 걸렸다고 한다.

그는 자신의 눈병에서 '공중에서는 무수히 눈이 흩어져 날리고, 물체는 마치 얇은 비단을 두른 듯 몽롱하게 보인다. 맑은 날의 경치가 마치 안개 낀 것처럼 흐릿하니, 봄이 다시 와서 꽃을 피고 있는 것은 아닌지.' 라고 썼는데, 눈병을 치료하기 위해 명의를 찾아 치료하고 좋다는 약은 다 써보았으나 효과가 없었다.

[白居易, 772~846, 중국 당나라 시인]

백낙준

白樂濬

미국에서 공부를 마치고 귀국한 뒤 조선 YMCA기독교 청년회에 가입하여 YMCA 이사가 되고, 조선기독교서회 이사에도 선임되었다.

1927년 유억겸의 추천으로 연희전문학교의 문과 교수가 되었으며, 같은 기독교계 학교인 이화여자전문학교에도 출강하며, 당시이 학교 학감이던 김활란 등과도 교분을 쌓게 된다.

같은 해 연희전문학교 문과 학과장에 임명되었다. 백낙준은 이 밖에 당시 보성전문학교를 경영하고 있던 인촌 김성수와도 친분을 쌓았다. 그리고 근화여자실업학교에도 문과 교수로 출강하였다.

1938년에는 영국 왕립역사학회 회원이 되고, 영국 왕립아시아학회 한국지부 이사에도 선임되었다.

1939년 여름 강연을 마치고 귀가하다가 종로경찰서에 체포, 투옥되었다가 풀려났다.

투옥 중 연희전문학교와 보성전문학교, 이화여자전문학교 교수직을 모두 사임한다.

[白樂濬, 1895~1985, 한국 교육가, 정치인]

버나드 쇼
George Bernard Shaw

어느 날, 뚱뚱한 친구가 깡마른 친구인 버나드 쇼에게 농담을 했다.

"사람들이 자네를 보면 영국이 대기근에 시달리는 줄 알 거야."

그가 대꾸했다.

"자네를 보면 그 기근이 누구 탓인지도 알게 될 걸세."

미국의 대통령 존 F. 케네디가 영국을 방문해 버나드 쇼에게 물었다.

"미국이 장차 세계를 주름잡을 수 있을까요?"

그런데 그는 케네디의 영어 발음이 귀에 거슬렸던 모양이다.

그는 또박또박 이렇게 답변했다.

"그럼요, 미국인들이 영어를 제대로만 한다면."

어느 날 버나드 쇼가 밤새 집필 작업을 마치고 새벽녘에 잠이 들었다.

그의 부인이 들어와 원고를 읽고는 이렇게 말했다.

"당신 글은 쓰레기에요."

잠에서 깬 버나드 쇼는 능청스럽게 답했다.

"맞아. 하지만 일곱 번 교정한 후에는 완전히 달라져 있을 거라고."

어느 예쁜 무용가가 버나드 쇼에게 사랑 고백을 했다.

"선생님의 두뇌와 나의 외모를 가진 아이가 태어나면 멋지겠죠?"

그가 바로 되받았다.

"반대로 외모가 당신의 두뇌를 가진 아이라면 끔찍하겠지요?"

[George Bernard Shaw, 1856~1950, 영국 문학인]

버트런드 러셀
Bertrand Russell

버트런드 러셀이 영국 케임브리지 대학에서 초청 강연을 할 때 한 학생이 던진 질문이 있었다.

그것은 '1+1=2'가 왜 참인지를 증명해 달라는 것이다. 그만큼 케임브리지 대학생들의 수준은 높았다. 왜냐하면 1+1=2가 참, 즉 진릿값이 되지 않을 때, 모든 수학적 공리와 수학공식은 의심받거나 폐기되어야 하므로 러셀은 그 질문에 '귀납적 방법'으로 증명해 보였다.

즉, 이러한 과정을 통하여 2진법으로 수학의 모든 연산이 가능하다는 것을 알게 되었고, 그것을 사물로 표현한 것이 컴퓨터다.

컴퓨터는 곱셈과 나눗셈이 없다. 그것을 2진법의 특수한 형태로 처리하며 우리에겐 그 결과만 보일 뿐이다. 컴퓨터의 동영상 음악도 마찬가지다. 모든 사운드카드나 그래픽카드 등을 거쳐 2진법 계산기가 소리와 동영상으로 변화되어 표현되는 것이다.

이러한 수학적 증명 과정과 철학적 논증이 없었다면 단순한 덧셈 뺄셈이 아닌 매우 복잡한 수학과 물리학의 공식들이 계산 결과를 어떤 근거에서 '참'과 '거짓'으로 나눌 수 있는가에 대한 논리적 증명이 없기 때문에 과학자들은 언제나 모호함에 처할 뻔하였다.

하지만 위와 같은 가장 기본이고, 가장 핵심적인 수학, 즉 '1+1=2' 와 같은 것을 증명하였고 컴퓨터가 2진법 계산 체계를 통하여 수학과 물리학 등 공식의 값을 컴퓨터가 계산하였을 때, 그것의 참과 거짓을 판단할 수 있는 것이다.

모두가 알 듯 자판을 두드리는 순간, 그것은 이미 2진법의 계산 영역으로 들어간다. 컴퓨터에 곱셈과 나눗셈은 없다. 컴퓨터는 그러므로 엄밀한 의미에서 공학에서 발전한 기계는 아니다. 그것은 수학의 논리 증명 과정을 통하여 발명된 것이다.

러셀은 '지겨운 사람들에 관한 연구' 라는 글에서 밝히기를, 지겨운 사람이 되는 갖가지 방법과 그것을 피하는 방법들을 정리해 일곱 권으로 된 학술논문을 쓸까 생각 중이며, 그 일곱 가지 부류 중, 1) 계속되는 변명으로 지겹게 하는 사람, 2) 지나친 근심으로 지겹게 하는 사람, 3) 스포츠 이야기로 지겹게 하는 사람에 관한 연구는 아직 미완성이라고 했다.

러셀이 그 세 가지 유형에 대한 연구는 아직 미완성이라고 한 것은, 딴에는 그것을 살아가는 지혜의 한 가지라고 생각하며 변명을 일삼는 사람은 말할 것도 없고, '걱정도 팔자' 라거나 '군대 가서 축구한 이야기' 라는 속담이나 우스개가 있듯이, 이 세 가지 유형은 아무래도 연구를 할 필요조차도 없는, 따로 언급할 가치가 전혀 없는 부류라는 것을 뜻하는 것이 아닌가 여겨진다.

[Bertrand Russell, 1872~1970, 영국 수학, 철학자]

베르길리우스 마로
Publius Vergilius Maro

고대 그리스 미술에서 에로스는 주로 날개 달린 젊은이로 등장한다. 그리고 점차적으로 헬레니즘 시대에 날개 달린 이야기가 활과 화살로 묘사된다. 신화에서 에로스의 황금 화살은 정욕을 불러일으키고, 납 화살은 혐오감을 일으키며, 신들과 사람들의 마음을 걷잡을 수 없는 욕망에 휩싸이게 한다. 에로스의 이 능력은 고대부터 많은 작가들과 예술가들을 사로잡기에 충분하였다.

고대 로마 시인 베르길리우스 마로와 오비디스의 '메타모르포스'에서 에로스는 사랑의 중재자로 등장하고, 루키우스 아풀레이우스의 소설 '황금 당나귀'의 일화에서 그는 결국 아름다운 여인 프시케와 사랑에 빠지는 주인공으로 활약한다.

사랑에 신의 이야기가 흥미롭지 않을 수 없다. 내용은 이것입니다.

한 왕국에 세 명의 유명한 아름다운 공주가 있었는데, 막내 프시케는 너무나 아름다워서 비너스 미녀에 비견될 정도였다. 사람들은 그녀와 여신의 제단을 향해 발걸음을 돌려 그녀의 정신을 보러 갔고, 그녀는 그녀의 아름다움을 칭찬했습니다. 그러자 매우 화가 난 여신은 그녀의 아들 쿠피도를 불러 프시케를 세상에서 가장 나쁜 남자의 사랑에 빠지게 하라고 명령했다. 어머니의 명령에 복종하기 위해 곧바로 프시케의 집으로 날아간 쿠피도는 그녀의 아름다움에 취해 못생긴 남자에게 쏜 화살에 상처를 입었다. 그들의 운명적인 사랑이 시작되었었다. 여전히 아름답지만 누구의 구애도 받지 않는 딸을 걱정한 프시케의 부모는 아폴로의 신탁을 부탁하고, 곧 프시케는 산 정상에 사는 괴물 같은 신랑을 만나야 한다는 말을 듣는다.

그녀의 거역할 수 없는 신탁에 따라, 프시케는 혼인 준비를 하고 산꼭대기로 향했다. 그 후, 산 위에 홀로 남겨졌으며 그녀는 서풍 제피로스에 의해 그녀의 호화로운 궁전으로 옮겨졌고, 프시케는 하녀들의 도움으로 화장을 마치고 어둠 속에서 그녀의 신랑을 만난다. 그의 손에는 사랑이 가득했지만 이상하게도 좀처럼 얼굴을 내밀지 않았다. 그는 항상 한밤중에 들어와 밝기 전에 나가면서 한 번만 보여달라고 했지만 소용이 없었다. 그녀는 감히 그를 쳐다보지 못했지만, 그녀의 대답은 그를 믿고 사랑하라는 것이었다.

그는 그녀가 자유롭게 해를 입힐 수 있도록 그녀의 언니들을 그녀의 정신에 초대하도록 허락했다. 하지만 그녀의 언니들에게 넘어가지 말아달라는 그녀의 요청과 함께.

자매는 프시케의 사치를 보고 질투의 부러움을 느꼈고, 그녀가 끔찍한 괴물이 아닌지 확인하기 위하여 남편을 확인하라고 권했다.

[Publius Vergilius Maro, B.C. 70~B.C. 19, 고대 로마 최고 시인]

베토벤

Ludwig van Beethoven

베토벤과 괴테Goethe가 어느 날 같이 걷고 있을 때의 일이다.

저쪽에서 궁정 고위 관리들의 한 떼가 걸어오고 있는 것을 보고 괴테는 길가에 비켜서서 모자를 벗고 공손한 태도로 허리를 굽혀 일행이 지나가기를 기다렸다.

그러나 베토벤은 뒷짐을 지고 똑바로 그들 앞으로 걸어갔다. 그랬더니 오히려 대공大公들은 모자를 벗고, 대공비大公妃들은 인사를 하였다.

베토벤은 인간의 존엄성을 지위나 명예로 측정할 것이 아니라고 생각했으나, 괴테는 베토벤의 이러한 태도를 보고 다음과 같이 말했다.

"베토벤은 재주는 좋으나 성격이 매우 무절제하다. 그가 현세를 미워하고 싫어하는 마음은 알겠으나, 그런 생각으로 살아간다면 자신을 위해서나 타인을 위해서나 이 사회를 한층 좋게 만들 수는 없지 않은가."

[Ludwig van Beethoven, 1770~1827, 독일 작곡가, 피아니스트]

벤저민 디즈레일리
Benjamin Disraeli

19세기 빅토리아 시대를 전성기로 이끈 전 영국 총리, 그는 총리를 두 차례 지내면서 보수당을 이끌고 토리 민주주의와 제국주의 정책을 폈다.

1831년경 벤저민 디즈레일리는 정계에 진출하기로 결심하고 가족들이 살고 있는 워컴 근처의 버킹엄에서 의원직에 무소속으로 도전했다. 그러나 급진적 주장을 내세운 탓에 하이워컴에서 1832년과 1835년에 2번 낙선했다. 정당 가입의 필요성을 느낀 디즈레일리는 자신의 급진주의 견해와 어느 정도 일치하는 토리주의를 독특하게 해석했다.

디즈레일리가 수상이 된 후 보수당은 1974년 선거에서 확실한 승리를 거두었다. 이후 사회개혁 면에서 디즈레일리는 마침내 토리 민주주의가 구호뿐이 아니었음을 보여주었다. '기능공 및 노동자 주거 개선법'을 통해 빈민가를 깨끗이 할 수 있었으며, 1875년의 '공중보건법'으로 공중보건에 관한 복잡한 법을 성문화했다.

이에 못지않게 노동 착취를 방지하기 위한 '공장법'과 노동자 단체의 법적 지위를 명확하게 해준 2개의 노동조합법 제정도 역시 중요한 성과였다. 자유당의 윌리엄 글래드스톤과 함께 빅토리아의 정당 정치를 대표하는 인물이다. 또한 소설가로도 활약했다.

인간관계에서 상대방의 호감을 얻는 일은 아주 중요합니다. 그 이유는 호감을 통해 상대방의 협력을 얻기 쉽다는 것입니다. 어떤 일이든지 무언가를 하고자 한다면 사람들의 협력이 필요하기 마련입니다. 또 하나의 이유는 적을 만들지 않는 것입니다. 좋아하는 이상, 적이 될 리는 없습니다.

이처럼 남에게 호감을 갖도록 하는 것은 중요합니다. 그런데 호감을 얻기가 쉽지 않습니다. 그래서 어떻게든 노력해서 호감을 사려고 도와주거나 이익이나 메리트를 공여해서 호감을 사려고 애를 씁니다. 그러나 모든 사람들에게 일일이 그렇게 하기는 불가능합니다.

그때 디즈레일리의 명언이 필요합니다. 바로 상대방의 이야기를 잘 들어주는 것입니다. 디즈레일리 자신도 그렇게 해서 재상의 자리까지 올라갔습니다.

디즈레일리는 또 하나의 거스를 수 없는 조류인 선거권의 확대에 관해서도 적극적인 입장이었다. 이 문제를 둘러싼 당 내분으로 자유당 정부가 붕괴하자, 디즈레일리는 보수당 소수정부의 각료로서 당초 자유당이 제안했던 것보다 더 폭넓은 선거권 확대를 담은 1867 개혁법의 입법과 의회 통과를 주도했다.

물론 이런 행보에는 다음 선거 때 도움이 될 것이라는 계산이 작용했다는 분석도 있다. 그러나 재산과 관계없이 누구나 선거권을 갖는 것이 역사적 당위라는 확신이 없이 단순히 정치 공학적 셈법으로만 이런 선택을 한다는 것은 쉽지 않았을 것이다.

[Benjamin Disraeli, 1804~1881, 영국 정치가]

벤저민 프랭클린
Benjamin Franklin

벤저민 프랭클린이 1736년, 주 의회의 서기로 뽑혔을 때 어느 한 의원이 다른 후보자를 응원하기 위하여 긴 연설로써 프랭클린이 서기가 되는 것을 방해했다. 그러나 그는 그 사람에게 보복하기보다는 상대의 적의를 없애고 나아가서는 다른 사람이 자기에게 호의를 갖도록 마음을 썼다.

그 의원의 집에는 진귀한 책이 많았으므로, 그 사람에게 편지를 써서 4, 5일 책을 빌려 볼 수 없겠느냐고 부탁하여 보았다. 그러나 곧 책을 보내주었으므로, 읽은 후 독후감을 써서 고마운 마음에 감사하다는 편지를 써 보냈다.

그 후 주 의회에서 만나 말을 주고받았다. 그 의원은 반대 연설을 하였을 때와는 전혀 반대로 친근한 태도로 대해주었다. 그런 일이 있고 난 후 그 사람과 죽을 때까지 절친한 친구로 지냈다.

[Benjamin Franklin, 1706~1790, 미국 계몽사상가]

보조국사(지눌)

普照國師(知訥)

수심결修心訣은 지눌이 지은 저술이다. 고려의 지눌知訥은 신라의 원효元曉(617~688)와 더불어 한국 불교사상사에 가장 빛나는 분이다. 지눌의 속성은 정鄭씨, 자호는 목우자牧牛子, 시호는 불일보조국사佛日普照國師이며, 황해도 서홍 출신이다.

당시 고려 사회는 '무신의 난동' 등으로 정변이 이어지고 사회적 혼란이 걷잡지 못할 때였다. 불교는 교敎, 선禪 갈등이 심한 가운데 거대한 부와 권력을 가진 큰 사찰들은 고리대금업에다 양조장까지 경영할 정도로 세속화되어 있었다. 그리하여 막대한 재산을 지키기 위해 사찰에서 사병을 길렀고, 이를 계기로 군사행동을 통해 권력을 직접 장악하려 나서기도 했으며, 기득권을 확장하려고 무신단의 주역들과 거래도 했다.

그리하여 불교 정신은 위태롭게 흔들렸고 진리의 등불은 위험한 상태에 있었다. 따라서 '더 이상 구원은 없다'는 말세의 비관론이 불교계에 만연하게 되었다. 그러할 때 지눌 선사가 나타나 조계 선종의 중홍을 이루어 한국 불교 정통인 조계종을 확립하기에 이르렀다.

지눌 선사는 고려 불교를 바로잡기 위해 정혜결사定慧結社운동을 일으켰고 평생을 일관해 수심 불교의 기치를 높이 들었다. 그러므로

'수심결'은 말 그대로 수심의 바른길을 명쾌하게 제시한 역저이다. 따라서 수심결은 일찍이 국내외 불교인들의 관심과 주목의 대상이 돼, 명·청나라의 중국판 대장경, 일본의 대정신수대장경'에 수록됐을 뿐만 아니라 한국에서도 가장 많이 읽히는 선서 중의 하나이다.

지눌 선사가 '수심결'을 지은 연대는 분명하지 않으나 41세 이후로 추측된다. 서문에서 인간은 번뇌의 세계에서 고통을 겪고 있으며, 이를 벗어나려면 자기 마음이 바로 부처라는 사실을 깨닫고 마음을 다스려감으로써 부처가 돼야 한다는 것이다.

본론에서는 마음을 닦는 방법으로 돈오점수頓悟漸修와 정혜쌍수定慧雙修를 제시했다. 이는 지눌 선학의 중심사상으로 한국 선종의 수행 지침이 되어 후대에 큰 영향을 미친다. 수심결에서 결訣은 '핵심'이라는 뜻인데, 그 제목에 걸맞게 그리 길지 않고, 스타일 또한 소크라테스처럼 문답식으로 돼있다. 맨 처음 제시한 것은 그 첫머리에 실린 선禪의 강령에 해당하며 거기에 이어진 글은 이 강령에 놀란 사람들의 의혹과 그 해명으로 구성되어 있다.

지눌은 타성화 되어 있던 불교에 맞서, 수행을 통해 불교의 근본 진리를 회복하는 것을 삶의 목표로 삼았고, 그 평생의 고투가 새로운 불교 전통을 만들었다.

[普照國師(知訥), 1158~1210, 고려시대 승려]

볼프람 폰 에셴바하
Wolfram von Eschenbach

볼프람에 관한 사료는 아무것도 전해진 것이 없다. 다만 작품에 등장하는 화자 내지 서술자의 언급 등을 통해서 그는 프랑켄 지방의 안스바하 근처에서 태어난 것으로 추정된다. 대부분의 서사시인들이 그런 것처럼 그는 봉토를 하사받지 못한 종신 신분으로서 오직 영주와 같은 후원자들에게 생계를 의존해야 했던 존재이다. 그럼에도 불구하고 볼프람은 슈타우펜 왕조 문학기의 대표적인 세 서사시인들 가운데 가장 특이한 인물로 꼽힌다.

그는 궁궐 기사들이 타락했다고 보았고, 대개 성직자들이 담당한 기사교육에 대해 회의적인 입장을 취하는가 하면, 라인마르의 연기문학에 대한 비판에서 나타나듯 고전적 여인 봉사도 거부한다. 또 그는 자의식이 강한 문외한의 태도로 전통적인 교회의 가르침과도 일정한 거리를 유지한다. 이처럼 볼프람은 막강한 언어적 상상력과 생동하는 유머감각 및 반어와 역설로 문체를 구성함으로써 때로는 문학 현실과의 냉철한 논쟁을 통해 '공훈귀족' 신분의 자존심에 걸맞은 면모를 자신의 작품 속에서 유감없이 드러냈다.

독일의 시인, 중세 궁정 시인의 제1인자. 당시의 중심적 궁정인 튜린지아의 헤르만 후侯의 궁정에 들어갔다. 품성이 극히 호방하고 유머가 풍부하였다. 그의 걸작은 이르토우스 왕과 성배聖杯 전설을 취급한 '파르치발' 로서, 프랑스의 것을 개작했다고 하지만 사상적으로도 심오하며, 구성도 정교하고 당시의 작품 중에서 군계일학群鷄一鶴을 이루고 있다.

칼 라호만의 기념비적인 편집, 출판 이래 총 16권의 방대한 규모로 전해지고 있는 이 궁정서사시는 당시의 궁정 영애 시문학인 민네장과 마찬가지로 원천적으로 독서문학이 아니다. 그것은 크고 작은 궁정의 청중 앞에서 직접 작가나 서술자가 연사나 가인歌人의 자격으로 낭독 내지 낭송하는 구연 문학에 속한다. 따라서 문학의 실현 상황은 오늘의 인쇄 매체와는 전혀 다른 전제에서 출발한다.

에셴바하는 독일 중세의 대표적인 문학 작품으로, 이 서사시 문학의 미완성으로 남은 다른 서사시 '빌레할름', '타투엘' 과 더불어 당시의 미학적 규범의 주도적 지침들을 뛰어넘어 자기 나름의 독창성을 펼쳐보인 독보적인 인물로 평가된다.

이런 맥락에서 적지 않은 동시대의 작가들은 에셴바하의 '파르치팔' 을 선구적인 문학 작품으로 인정하는데 인색하지 않았고, 또 이를 시샘하면서 혹독하게 비판하는 작가도 생겨나기까지 했다.

[Wolfram von Eschenbach, 1170~1220, 독일 작가, 시인]

부치 오헤어
Butch O'Hare

1941년 12월 7일, 일본 해군이 선전포고도 없이 진주만을 기습해 태평양전쟁이 시작됐다. 부치 오헤어 중위는 태평양전쟁 당시 미 해군 전투기 조종사로서, 남태평양의 렉싱턴 항공모함에 배치되어 있었다.

어느 날 그가 속한 비행기 중대가 업무 수행 명령을 받았다. 전투기의 이륙 직후, 오헤어 중위는 연료 계기판을 보고 정비사가 연료 탱크를 꽉 채우지 않은 것을 알았다. 임무를 마치고 돌아올 연료가 충분하지 않아 오헤어는 이를 편대장에게 보고했고, 결국 오헤어는 항공모함으로 돌아가라는 지시를 받았다. 혼자 모함으로 돌아가고 있던 중 오헤어는 뭔가를 발견하고 소스라치게 놀랐다. 적국인 일본의 대규모 비행편대가 모함을 공격하려 저고도로 날아가고 있었던 것이다.

아군 전투기들은 모조리 출격해 남아 있는 게 없으니 모함은 거의 무방비 상태였다. 소속 편대에 연락해 함대를 구하도록 소속 편대에 돌아가 함대를 구하도록 할 시간도 없었다. 심지어 모함 함대에 위험이 닥치고 있다는 경고도 할 수 없을 정도로 긴박한 상황이었다.

오헤어가 할 수 있는 것은 단 한 가지, 어떻게든 모함함대로 향하는 일본 비행편대의 기수를 돌리게 하는 것뿐이었다.

그는 주저할 틈도 없이 일본 비행편대를 향해 하강해, 날개에 탑재한 50인치 기관포를 내뿜었다. 기습에 놀란 적기를 한 대씩 차례로 공격했다. 적의 무너진 진영 사이를 누비며 탄알이 다 떨어질 때까지 될 수 있는 한 많은 적기에 총탄을 퍼부었다.

오헤어는 필사적으로 일본 비행편대가 미군 함대에 이르지 못하도록 모든 방법을 다 동원했다. 마침내 상황이 좋지 않다고 판단한 일본 비행편대는 기수를 돌렸다.

오헤어는 안도의 한숨을 내쉬며 누더기가 된 전투기와 함께 항공모함으로 겨우 돌아갈 수 있었다.

도착하자마자 그는 상황을 자세히 보고했다. 오헤어가 탄 비행기에 탑재된 카메라의 필름이 사건의 전모를 구체적으로 밝혀주었다. 오헤어 중위 혼자 모함과 거기에 승선해 있던 장병 2,800명을 구해낸 것이다. 적기 9대를 혼자서 물리치고 항모에 착함한 오헤어의 오일드 캣 주위로 몰려온 장병들이 몰려들어 환호했다. 오헤어가 몰았던 F-15호기는 좌측 날개에 총알 구멍 하나만 있을 뿐, 기체가 멀쩡했던 것이다.

오헤어는 이 공로로 전쟁 영웅으로 인정받아 여러 개의 훈장을 받고 소령으로 특진했다.

오헤어의 고향인 시카고 시민들은 2차대전의 가장 위대했던 영웅 중 한 명을 영원히 기억하기 위해 1949년 9월 19일에 미국 중서부에서 가장 큰 국제공항인 시키고의 오차드Orchart 디포트Depot공항을 오헤어 국제공항으로 이름을 바꾸었다.

[Butch O'Hare, 1914~1943, 미 해군 전투기 조종사]

비스마르크
Otto Von Bismarck

비스마르크가 괴팅겐에 소재한 대학에 입학한 후 그가 한 일은 술에 절어 살았고 '총과 주먹' 과 함께 시간을 허비하며 지냈던 그런 '루저' 인생이었다고 한다. 그래서 그에 대한 악명이 자자했던 것으로 알려져 있다.

결국 도박과 사치에 빚이 쌓이자 대학을 스스로 자퇴하고, 부친의 도움으로 간신히 베를린 대학교에 편입한다.

비스마르크는 베를린 대학을 졸업한 뒤 법원 서기가 되었지만 외교관 자리에 흥미가 생겼고, 이에 그는 외교관 시험을 본 후 합격해 프랑크푸르트의 독일연방 외교관으로 활동을 했다. 하지만 여전히 모자랐던 이 인간은 꽃뱀에게 낚여서 전 재산을 날리질 않나, 17세 영국 귀족 처녀를 스토킹하고 다녀서 프로이센 외교관 망신은 이 인간이 다 시키고 다닌다는 소리를 듣는 등 문제투성이 외교관이었다.

게다가 비스마르크는 군복을 입는 것을 좋아했지만 군대 자체는 매우 싫어하여 육군 소위로 비록 임관했지만 엄청나게 불성실한 군대 생활을 보낸 것으로 유명하다.

[Otto Von Bismarck, 1815~1898, 독일 정치가, 철혈재상]

빅토르 위고
Victor Hugo

레미제라블은 빅토르 위고의 작품인데, 첫 출간 이후 오랜 세월 동안 그 인기를 잃지 않은 몇 안 되는 작품 중의 하나이다. 축약판, 개정판, 영화, 그리고 세계적으로 유명한 뮤지컬까지 나와 있지만, 역시 빅토르 위고의 진정한 역량을 이해하려면 아무래도 원전을 읽어야 한다.

톨스토이의 '전쟁과 평화' 처럼 이 소설 역시 시대를 정의하는 역사적 사건 속에서 개인의 삶이 어떻게 뒤바뀌는지에 초점을 맞추고 있다.

[역사]란 무엇인가? 하고 위고는 독자에게 묻는다. 누가 [역사]를 만드는가? 그 [역사] 속에서 개인은 어떤 역할을 하는가? 따라서 [레미제라블]의 주인공은 장발장이 될 수밖에 없다.

장발장은 탈옥한 죄수로 양녀인 코제트를 통해 필사적으로 자신의 과거를 속죄하려는 인물이다. 유능한 경감 자베르는 가혹하게 법을 집행하겠다는 의지로 장발장을 뒤쫓지만, 불가피하게 장발장의 운명에 휘말리게 된다. 이러한 사냥꾼과 사냥감의 인간 드라마가 혁명기 파리의 혼란 속으로 던져지고, 코제트가 과격한 이상주의자 마리우스와 사랑에 빠지면서 장발장은 자신이 유일하게 사랑하는 딸을 잃을까 전전긍긍한다.

이 소설은 필적할 데 없는 생생한 묘사로 파리의 정치와 지리, 그리고 위고 특유의 세계관, 워털루전투, 마침내 놀라운 대단원까지 독자를 이끈다.

파리의 건축물이나 시내 전경에 대한 묘사들을 읽으며, 빅토르 위고는 진정 프랑스를 사랑하는 작가이구나. 너무 사랑한 나머지 고성당들의 다양한 사회적 작품들이 망가져 가는 모습을 애통해하는 글을 씀으로 해서, 많은 성당들의 원형을 복원하는 공사들이 시작되었다고 한다.

그런 연유로 지금까지도 고딕풍의 건축물을 파리 시내에서도 손쉽게 볼 수 있는 것이라 생각된다. 이러한 그의 애국적인 면때문에라도 프랑스 시민들은 그에게 그리도 열광한 모양이다.

영화 '까미유 끌로델'을 보면서 의아했던 점이 영화 장면 중 '호외'를 통해 빅토르 위고 사망 소식이 전해지자, 시민들은 그 자리에 주저앉은 채 망연자실해하며 대성통곡하는 장면이 꽤 인상 깊었었다. 그의 장례 행렬에 셀 수 없는 시민들이 뒤따라 애도했다는 일화는 유명하다.

[Victor Hugo, 1802~1885, 프랑스 시인, 소설가, 극작가]

빈센트 반 고흐
Vincent van Gogh

1888년 봄, 고흐는 파리에서 인상주의를 경험하며 그림에 변화를 겪었고, 판화의 아름다움도 알게 되었다. 사람들과 잘 지내지 못해 외롭고 그림을 인정받지 못해 그리워한 그는 결국 파리를 떠난다. 고흐는 오래전부터 밤하늘의 별을 그리고 싶었다.

프랑스 아를이라는 작은 도시에 도착한 그는 파리의 우중충하고 어두운 청회색과는 다른 아를의 강렬한 태양이 고흐는 마음에 아주 쏙 들었다. 따스한 햇살은 고흐의 마음을 어루만져 주었다. 해가 많이 비치지 않는 네덜란드에서 자란 고흐는 밝은 빛을 좋아했다.

날마다 그림을 그리려 밖으로 나갔고, 햇살에 반짝이는 생생한 풍경들을 곳곳에서 그렸다.

밤이면 보석처럼 빛나는 별들을 올려다보며 동생 테오에게 편지를 썼다.

'테오야, 별이 반짝이는 밤하늘을 보면 꿈을 꾸게 돼. 지도에서 도시나 마을을 가리키는 검은 점을 보면 그곳에 가고 싶다고 꿈꾸게 되듯이 말이야. 우리는 왜 지도 위에 표시된 곳으로 가듯이 하늘에서 반짝이는 저 별까지 갈 수 없을까? 다른 도시에 가려면 기차를 타야 하듯이 별까지 가려면 죽음을 맞아야 해. 죽으면 기차를 탈 수 없듯, 살아있는 동안에는 별에 갈 수 없겠지.'

[Vincent van Gogh, 1853~1890, 네덜란드 화가]

빌 게이츠
Bill Gates

서민층 출신인 스티브 잡스와는 다르게 빌 게이츠는 전형적인 상류층 집안에서 태어났다. 아버지는 저명한 변호사였으며, 어머니는 미국 은행 임원이었다. 게이츠도 전형적인 모범생으로 자랐지만, 은근히 반항아 기질이 있었다.

23세의 게이츠는 자신의 포르쉐 911을 과속으로 몰다가 체포되어 머그샷(범인 식별 사진)에 찍혔다. 그 사연은 MS 사무실이 뉴멕시코 앨버커키에 있었는데, 워낙 시골이어서 외부로 출장을 자주 가야 했다. 그래서 MS 직원들은 공항에서 가장 빨리 차를 몰고 가는 내기를 하곤 했다. 게이츠도 이 내기를 즐기곤 했는데, 속도위반으로 경찰에게 자주 단속되었다. 너무 바빠서 과속하던 게이츠는 정지하라는 경찰의 요구를 거부해 경찰에 체포된다.

빌 게이츠는 애플 컴퓨터 '애플 II'를 위한 소프트웨어를 만들며 스티브 잡스와 만났다. MS는 자신의 스프레드시트 프로그램인 '엑셀'을 매킨토시에만 독점 제공할 정도로 우호적이었다.

애플 II의 경쟁사인 IBM PC가 더 잘 팔리기 시작했고 MS 입장에서도 소프트웨어를 개발하는 게 더 이익이었다. 빌 게이츠는 IBM PC를 위한 운영체제를 개발했다.

'윈도우즈'였다.

이에 잡스는 격노했다. 그는 MS와 애플이 맺은 독점 계약을 MS가 일방적으로 파기했다고 생각했고, 윈도우즈가 매킨토시의 GUI를 베꼈다고 생각했다. 잡스는 게이츠를 만나서 항의했다.

그러나 게이츠는 잡스가 컴퓨터 회사 제록스의 GUI를 베꼈던 것을 지적하며 다음과 같이 말했다.

"우리들에겐 제록스라는 부유한 이웃이 있었어. 나는 텔레비전을 훔치려고 그 집에 침입했다가, 당신이 이미 훔쳤다는 사실을 발견했을 뿐이지."

빌 게이츠와 멜린다 게이츠는 1987년 뉴욕에서 열린 MS 언론 홍보행사에서 사장과 직원 사이로 처음 만났다. 둘은 1988년부터 비밀 연애를 시작한다. 게이츠가 항상 빈 지갑을 들고 다녀 멜린다가 항상 커피값을 내곤 했다. 전형적인 사업가였던 게이츠는 멜린다를 만나면서 많은 기부를 했다.

여기에는 게이츠 어머니의 공로도 있는데, 혼인식 전날 밤 게이츠 어머니는 멜린다에게 편지를 썼다.

그녀는 '부부가 되어 나은 세상을 위해 노력할 것. 막대한 부에 따르는 고유한 책임에 충실할 것.'을 충고했다.

25년의 나이를 뛰어넘은 워렌 버핏과 게이츠의 우정도 어머니가 게이츠에게 참석을 권유한 기업인 모임에서 시작되었다.

[Bill Gates, 1955~, 미국 기업인, 마이크로소프트 고문]

사마천

司馬遷

　　원봉 3년은 사마천의 아버지 사마담이 세상을 뜬 지 3년째 되던 해이다.

　　사마천은 아버지의 뒤를 이어 태사령太史令에 임명되었다. 38세의 나이로 태사령이 된 이후 사마천의 생활은 오로지 일뿐이었다.

　　조정에서의 직무에 충실한 한편, 아버지의 유훈에 따라 역사서 편찬을 위한 준비에 박차를 가했다. 그리고 전과 다름없이 한 무제를 수행하여 지방을 순시했고 기원전 104년 새로운 역법, 태초력을 개정하기도 했다.

　　사마천은 낭중으로 출사하였을 때부터 자기의 일에 충실했다. 전심전력으로 관직의 일에 매진하여 한 무제의 총애를 받기 원했기 때문이다.

　　그런 중에 뜻밖의 일이 터졌다. '이릉'의 일이 생긴 것이다. 이 사건으로 사마천은 부형의 참사를 당해 '사기' 저술이 중단될 위기에 처했다.

　　이릉의 화를 당한 것은 사마천의 입장에서 치명적이었다. 그는 지금까지의 모든 것을 다시 생각했다. 삶과 죽음의 경계에서 고통스러운 고뇌와 선택을 강요받았고 수도 없이 자결을 생각했다. 사마천은 초인적인 인내심으로 수치와 고통을 극복하고 제도와 세상과 역사에 대한 균형감을 체득했다.

이런 경험 이후로 그는 모든 사실을 근거 위에서 검토하며 부당한 권력을 비판하고 약자를 옹호했다. 칭찬받을 것은 칭찬했고 비난받아 마땅하면 비난했다. '이릉의 화'는 사마천의 인생을 바꾸고 '사기'의 저술 방법을 근본적으로 바꿔버린 사건이었다. '사기'는 지배자의 역사서에서 민중의 역사서로 거듭났다.

재물만이 없는 사람이 빈자이며, 재물도 없고 세상의 이치도 모르는 사람이 졸자이다. 교자敎者가 되기 위해서는 세상의 이치에 밝아야 한다.

세상의 이치에 어두운 졸자들은 어떤 잘못을 어떤 환경이나 대상 탓으로 돌린다. 그래서 환경을 바꾸려 하고, 대상을 가르치려 하고, 주변을 가르치고 훈계하려고 한다.

반면에 세상의 이치를 아는 교자들은 자신의 경험과 학식을 문제 삼고, 자신을 변화시키려고 한다. 이런 사람들은 교자들 중에서도 격이 다른 사람이라 한다. 격이 다르다는 것은 세상과 자연과 물질과 인간을 보는 관점이 다른 사람이다.

밖보다는 안을 보고, 가까이보다는 멀리 보고, 아래보다는 위를 본다. 남의 눈에는 안 보이지만 돈의 길이 보이고, 장사의 길이 보인다.

세상의 어리석은 사람들은 밖으로 드러나는 것으로 모든 것을 판단한다. 그러나 세상의 이치는 밖으로 드러나는 양이 5%이고, 구름 속에 숨어 그 실체가 드러나지 않은 음이 95%이다. (사마천의 화식열전)

[司馬遷, B.C.145~B.C.91?, 중국 전한 시대 역사가]

새뮤얼 리처드슨
Samuel Richardson

새뮤얼 리처드슨은 세 편의 서간 소설로 가장 잘 알려진 영국의 작가 겸 인쇄업자이다. 파멜라, 또는 덕트 보너스, 클라리사, 또는 젊은 숙녀의 역사와 찰스 그래드슨 경의 역사도 있다.

그는 런던의 서점가 앤드류 밀러와 주기적으로 일하고 있는 저널과 잡지를 포함하여 거의 500개의 작품을 그의 삶에서 인쇄했다.

리처드슨은 프린터의 견습생으로, 그 주인의 딸과 결국 혼인했다.

그는 다섯 아들과 함께 그녀를 잃었으나 재혼하여 성인이 된 네 딸을 낳았지만 인쇄소를 이어갈 남자 상속자는 없었다. 그것이 끝나면서 그는 51세의 나이에 첫 소설을 썼고, 그의 당대의 존경받는 작가들과 합류했다.

그가 알고 있는 대표적인 인물로는 새뮤엘 존슨과 사라 필딩, 내과 의사 베메니스트와 조지 샤인, 신학자 겸 작가 윌리엄 로 등이 있으며, 그의 저서를 출판했다. 법률의 요청에 따라 리처드슨은 존 바이론의 시를 몇 번 인쇄했다. 문학에서 그는 헨리 필딩에게 열광했다. 두 사람은 서로의 문학 스타일에 반응했다.

[Samuel Richardson, 1689~1761, 영국 소설가]

새뮤얼 버틀러
Samuel Butler

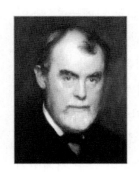

'만인의 길'을 비판하는 이들은 대부분 그 신랄한 풍자의 야만성을 지적하곤 한다. 하지만 어찌되었건 이 작품은 강압적인 아버지와의 관계에 바탕을 둔, 소설을 흉내만 낸 버틀러의 자서전이다.

이 작품이 쓰여진 것은 1873년부터 1883년 사이로, 계급주의와 예의범절로 대표되는 빅토리아 시대의 가치가 절정에 달해 있을 때였다. 자연히 독자는 어느 정도 절제된 문체를 기대하겠지만 그 기대는 여지없이 박살이 나고 만다.

버틀러는 전통적인 가치를 사랑한다고 목소리를 높이는 이들의 독선적인 위선을 까발리는 것을 무엇보다 좋아했던 것이다. 그러니 버틀러가 이 작품을 자신의 사후에 출간할 것을 고집한 것도 놀랄 일이 아니다.

실제로 '만인의 길'은 1903년까지 세상 빛을 보지 못했다. 영국의 문인 프릿쳇이 이 책을 '시한폭탄'이라 부른 일화는 유명하다.

이 책은 새뮤얼 버틀러의 책상 서랍 속에 30년 동안 먼지를 뒤집어쓰고, 빅토리아 시대 가족상과 빅토리아 시대 소설의 위대하고도 장엄한 체계를 한방에 날려버릴 기회만을 주어지기를 기다리고 있었다.

'만인의 길'은 폰티펙스 家의 3대를 조명하는데, 특히 손자인 어니스트에 초점을 맞추고 있다. 어니스트의 부친과 조부는 모두 명망 높은 성직자였으며, 어니스트 역시 같은 길을 가리라 기대하고 있었다. 그러나 신앙의 위기가 찾아오면서 어니스트는 안정된 진로를 버리고 불확실한 미래를 선택한다. 거만한 설교 외에는 할 줄 아는 것이 별로 없는 그의 아버지가 특히 충격을 받는다.

새로운 삶을 쌓아 올리려는 어니스트의 노력은 연달아 좌초한다. 알코올 중독자인 아내, 이혼, 사업 실패로 거의 파멸 직전까지 가지만, 어니스트는 끈질기게 재기하여 마침내 과거의 역할에서 벗어나 새롭고, 그리고 근대적인 인간으로 다시 태어난다.

폰티펙스 집안사람에 대한 이야기이다. 목수이며 교구 서기이기도 한 증조부, 출판업을 하는 이모부 밑에서 일을 배우고 나중에는 사업을 물려받은 조지 폰티펙스라는 할아버지가 있고, 그의 둘째 아들 시어봉드가 아버지가 되고, 그리고 이 소설의 주인공인 어니스트가 있다. 아버지라는 양반은 목사인데, 19세기라는 시대로 보자면 당연한 일이겠지만, 가부장적으로 아이들을 대했을 것인데, 그게 문제여서 어니스트가 제대로 성장하지 못했다는 뉘앙스를 품고 있다. 그래서 우유부단한 성격이 되어서 인생이 망가졌다는 듯이, 하지만 냉정하게 말하면 스스로 아무것도 제대로 해내지도 못하는 자신의 나약함을 탓해야 한다.

어찌되었건, 자신이 망가졌을 때 도와줄 수 있는 대부가 있고, 자신에게 유산을 물려준 고모가 있었으니, 감지덕지하고 살 일이다.

[Samuel Butler, 1835~1902, 영국 소설가, 시인]

서산대사

西山大師

조선 선조 37년 당대 우리나라 불교계의 대종사가 입적하기 전에 그의 제자 사명당 유정대사와 뇌묵당 처영 스님에게서 자신의 가사와 발우를 해남 두륜산에 두라고 했다고 하는데, 불가에서 가사와 발우를 전한다는 것은 자신의 법을 전한다는 뜻입니다.

왜 그런 외진 곳을 택하셨는지 궁굼해 하는 제자들에게 세 가지 이유를 들어 설명하면서, 그곳은 만세토록 허물어지지 않을 땅이며 종통이 돌아갈 곳이라고 말했다고 합니다.

대흥사는 신라 진흥왕 5년 아도 화상이 창건한 역사 깊은 사찰이지만 그동안 큰 인물이 드러나지도 않았고 외진 곳에 있는 작은 사찰이라 알려지지 않았던 사원인데, 서산대사가 입적하면서 자신의 가사와 발우를 전하면서 당대 불교계의 주목을 받으며 조선 후기를 통해 큰 사찰로 발전하게 된 것 같습니다.

그만큼 임진왜란 때 승병을 조직하여 관군을 지원하고 왜군을 물리치는데 앞장을 서면서 호국불교로 국민의 인정을 많이 받았던 것 같습니다.

서산대사는 국민과 불교계의 절대적인 지지 속에 수많은 불법과 일화를 남기신 고승입니다. 서산대사의 법을 이어받으면서 대흥사의 위상도 나날이 커지면서 제22교구 본사로 수많은 고승대덕과 대종사를 배출할 수 있었나 봅니다.

[西山大師, 1520~1604, 조선시대 승려, 의병장]

서재필

徐載弼

조선에서는 일본의 입김이 거세지는 가운데 갑오개혁이 단행되었다. 이 과정에서 갑신정변의 주동자들은 사면령이 내려졌다.

1895년 박정양 내각이 설립되자 실세였던 박영효는 서재필에게 계속 귀국을 종용하였다. 서재필은 갑신정변의 실패와 이를 역적시하는 고종, 가족들의 멸문지화, 미국에서의 인종차별 등으로 조선을 완전히 혐오하는 수준이었다. 박영효를 워싱턴 시에서 10년 만에 만나고 조선을 한번 바꿔보겠다는 결심으로 귀국하였다.

그의 귀국길은 장안의 화젯거리였다. 당시는 백인 여성을 보는 것도 쉽지 않았는데, 서재필이 백인 여성과 혼인을 하고서 귀국하였기 때문이다. 서재필은 조선의 모든 것에 냉담해져 있었다.

그는 귀국 후 항상 영어를 사용하였으며 한국어는 사용하지 않았다. 그의 오랜 친구 윤지호 등이 왜 영어를 쓰냐고 하자, 한국어는 까먹었다고 하였다. 하지만 그는 해방 후 연설에서 한국어를 사용하였으므로 이것은 거짓말이었다.

서재필은 조선인으로서 관직을 받는 것을 거부하고 총리대신과 같은 월급인 월봉 300원의 중추원 고문으로 임명되었다. 이것은 그가 미국인이었기 때문이다.

　서재필이 고종을 알현하러 궁궐에 갔을 때였다. 당시에는 왕 앞에서 안경을 벗는 것이 관례였다. 임금 앞에서 안경을 끼면 불경죄로 다스리던 시대였다. 궁궐 입구에서 안경을 벗으라고 하였으나 서재필은 거절하였다. 궐 앞에 이르러 나인들이 다시 저지하였다. 임금 앞에서는 안경을 쓸 수 없으니 안경을 벗으라고 하지만 서재필은 다시 거절했다.

　서재필은 미국에서 막노동, 가구점 알바 등등 극한의 환경에서 일하다가 존 홀렌벡 등의 후원으로 고등학교에 입학하여 역사, 철학, 과학 등 서구 학문을 배운다. 이후 조선 선교사로 가라는 홀렌벡의 통보를 거절하여 후원이 끊겼지만 하트 교수 등등의 후원으로 타 대학 입학과 중퇴 이후 그는 컬럼비아 대학교 의학과에 입학 후 한인 최초로 미국 의사가 된다.

　그는 이때 미국 시민권을 따고, 이름을 '필립 제이슨'으로 개명한다. 그는 뮤리엘 메리 암스트롱의 과외 가정교사를 하였는데, 이것을 인연으로 연애를 시작하게 된다. 뮤리엘은 오랜 이국 생활과 인종차별로 지친 그에게 친절하게 대했고 그의 고충을 들어주기도 하였다. 이런 인간미에 반한 그는 뮤리엘에게 청혼하였다.

[徐載弼, 1864~1951, 한국 독립운동가]

석가모니

釋迦牟尼

 니이다이라는 노예는 당시 인도의 노예 가운데서도 가장 천한 노예로서 똥을 치우는 일을 하던 인물입니다.

니이다이는 인도 땅에 석가모니라는 위인이 당시 인도의 사회제도를 부정하면서 '사람은 원래 신분을 타고나는 것이 아니다. 그 사람의 행실이 신분을 규정한다.'라고 가르친다는 말을 풍문으로 들었습니다. 하여 꼭 그분을 만나기를 간절히 바랐습니다.

그런데 어느 날, 석가모니가 오신다는 말을 듣고 그분을 뵈려고 하였으나 워낙 많은 사람이 석가모니를 에워싸고 있었고, 또한 자신은 다른 노예와도 만날 수 없는 천민 중의 천민인지라 멀리서 그분을 지켜보고만 있었습니다.

그런데 석가모니는 니이다이의 그러한 심정을 '신통'으로 알아내시고 대중을 헤치고 니이다이에게 다가갔습니다. 많은 이들에게 존경을 받는 성자 석가모니가 자신에게 다가오자, 니이다이는 겁을 먹고 뒤로 주춤주춤 물러섰습니다. 뒷걸음치다가 니이다이는 메고 있던 똥지게와 함께 넘어졌습니다. 똥이 사방에 튀고 석가모니도 그 똥을 맞았습니다. 사람들은 니이다이를 죽이고자 하였습니다.

물론 니이다이도 죽었다고 생각했겠지요.

이때 석가모니는 니이다이에게 "두려워 말라, 나와 함께 강에 들어가 몸을 씻자." 하며, 그의 손을 잡고 강으로 이끌었습니다. 후에 니이다이도 석가모니의 제자가 되었습니다.

한 남자가 석가모니와 만나기로 약속했습니다. 그 남자의 의도는 평온하고 침착하기로 소문난 석가모니를 화나게 만드는 것입니다.

석가모니를 만나자마자 그 남자는 즉시 석가모니에게 욕을 퍼붓기 시작합니다.

그는 석가모니의 외모와 주변 환경과 먹고 마시는 음식에 대해서까지 트집을 잡습니다.

이윽고, 석가모니가 그에게 물었습니다.

"여보게, 내가 한 가지 질문을 해도 되겠나?"

그 남자는 자신이 석가모니를 화나게 만들어 호된 꾸지람을 들을 것이라 생각했습니다.

"좋소, 해보시오."

그러자 석가모니가 물었습니다.

"만일 자네가 나에게 선물을 주는데, 내가 그것을 받지 않으면 그 선물은 누구의 것인가?"

그 남자는 잠시 생각하더니 말했습니다.

"내 것이겠지요."

그러자 석가모니는 고개를 끄덕이며 다시 물었습니다.

"그러면 자네가 나에게 욕을 하는데, 내가 그것을 받지 않는다면 그것은 누구의 것인가?"

[釋迦牟尼, B.C. 560~B.C. 480, 인도 불교의 교조, 창시재]

세네카

Lucius Annaeus Seneca

'Art is long, life is short' 라는 말은 통상 [예술은 길고 인생은 짧다]로 번역된다. 예술가의 일생은 짧지만, 그가 남긴 작품의 생명은 오래간다는 뜻이다.

이 말의 원 출처는 세네카의 [인생의 짧음에 대하여]라는 문장에서, 그리고 세네카보다 앞서 산 그리스의 코스Kos섬 출신이며 [의학의 아버지]로 불리는 히포크라테스가 말한 데서 의거한 것 같다.

히포크라테스가 말한 아르스ars란 의술 등 기술을 의미했는데, [사람의 일생은 짧고 기술을 배우는 데는 장시간이 걸린다. 그러므로 노력해야 한다]는 뜻이다.

달리 말하면, Art is lasting, time is fleeting(예술은 길고 세월은 쏜살같다)와 같은 뜻으로 사용했던 것이다.

[Lucius Annaeus Seneca, B.C. 4~A.D. 65, 고대 로마제국 정치인, 사상가, 문학가]

셰익스피어
William Shakespeare

셰익스피어의 4대 비극은 [햄릿Hamlet], [오셀로Othello], [리어왕King, Lear], [맥베스Mcbeth]이다. 대표적인 4대 비극 중 가장 먼저 쓴 [햄릿]은 하나의 복수 비극으로, 주인공인 왕자의 인간상은 사색과 행동, 진실과 허위, 양심과 결단, 신념과 회의 등의 틈바구니에서 삶을 초극해 보려는 한 인물의 모습이 영원한 수수께끼처럼 제시되고 있다.

두 번째 작품 [오셀로]는 흑인 장군인 주인공의 아내에 대한 애정이 악역 이아고Iago의 간계에 의해 무참히 허물어지는 과정을 그린 비극이나 심리적 갈등보다는 인간적 신뢰가 돋보이는 작품의 하나이다.

세 번째 작품 [리어왕]도 늙은 왕의 세 딸에 대한 애정의 시험이라는 설화적 모티프를 바탕으로 깔고 있으나 혈육 간의 유대의 파기가 우주적 질서의 붕괴로 확대되는 과정을 그린 비극이다.

마지막 작품인 [맥베스]에서도 권력의 야망에 이끌린 한 무장武將의 왕위찬탈과 그것이 초래하는 비극적 결말을 볼 수 있다.

여기서도 정치적 욕망의 경위가 아니라 인간의 양심과 영혼의 절대적 붕괴라는 명제를 집중적으로 다뤘기 때문에 주인공 맥베스는 악인이면서도 우리에게 공포와 더불어 공감을 나누게 해준다.

[William Shakespeare, 1564~1616, 영국 극작가, 시인]

세종대왕

世宗大王

태조실록에 따르면 "이도(세종)는 성질이 고약해 형제들 사이에서 무시당했다."고 기록돼있다.

세종대왕은 어린 시절 당시 세자(양녕대군)의 자리를 위협한다는 의심을 받으며 언제 죽을지 모르는 처지였다. 이로 인해 역사학자들은 이도가 극심한 스트레스를 받아 틈만 나면 짜증을 부리고 성을 냈을 것이라 예상하고 있다.

태종은 열일곱 살이 되는 세종대왕에게 "너는 세자가 아니어서 따로 할 일이 없으니, 편안히 즐기기나 하여라."라며 여러 악기를 하사했다. 이때부터 세종대왕은 거문고와 가야금에 몰입하여 형들을 가르쳐 줄 수준까지 이르렀다.

실록에 따르면, 사이가 틀어졌던 세종대왕과 양녕대군이 다시 화합하는 계기는 악기를 서로 가르치고 배우면서였다.

고기를 너무 좋아했던 세종은 농사 중 배가 너무 고파 농사짓던 소를 잡아먹었다는 일화가 있다.

조선에 연이은 흉년으로 백성들의 삶이 피폐해지자 세종대왕은 고통을 함께하고자 했다. 세종대왕은 경회루 동쪽에 백성들의 집과 똑같은 초가집을 지어 무려 2년간 검소한 생활을 이어갔다.

이를 염려한 신하들이 세종대왕 몰래 초가집 바닥에 짚더미를 넣었는데, 이를 알고 크게 꾸짖었다.

세종대왕은 궁에서 일하는 노비 여성이 임신을 하자, 출산 전 한 달의 휴가를 부여해 만삭의 몸으로 일하지 않도록 했다. 뿐만 아니라 아이를 낳고는 100일의 출산휴가를 제정했다. 그만큼 세종은 시대를 앞선 왕이었다.

남자 노비들 역시 아내가 아이를 낳으면 30일간의 휴가를 부여해 육아를 도울 것을 명했다. 지금 봐도 남다른 안목을 가지고 있었다.

세종대왕은 안질로 인해 일상생활이 불편할 정도로 시력이 손상됐다.

세종실록에는 "내가 눈병을 얻은 지 10년이나 됐으므로"라는 문구가 기록돼 있다.

세종대왕은 재임 기간 32년 가운데 20여 년 동안 시각에 장애를 느꼈고, 임종하기 전 8년 동안은 거의 앞을 보지 못했다.

세종대왕은 아내 사랑마저 남달랐다. 아내 소현왕후가 임신을 하자 경복궁에 '건강하게 순산하길 바란다'는 뜻의 '건순각'이라는 분만실을 선물했다.

[世宗大王, 1397~1450, 조선시대 제4대 왕]

소노 아야코

浦知壽子

책은 가볍고 각 주제마다 글도 길지 않다. 제목이 '약간의 거리를 둔다'인데, 이 역시 한 장의 소제목에 불과한 것을 책 제목으로 쓴 것뿐이다.

그냥 저자의 가치관이랄지 세상사에 대한 잣대를 아주 짧게 서술해놓은 메모에 불과하다고나 할까, 각 장의 내용보다는 한 문장씩 적혀있는 장 제목들이 더 낫다고 생각했으니, 말 다 했다.

저자 약력을 보면 꽤나 유명한 작가인가 본데, 그 유명세를 업고 자기 이름을 브랜드로 해서 가벼운 책 한 권 뚝딱 쉽게 냈다는 느낌이다. 한국 출판사에서 어떤 식으로 편집을 했는지 몰라도.

운명은 거스를 수 없다는 태도도 그렇고 글들이 퍽 마음에 와닿거나 맘에 들거나 한 것은 아니라서 조금 슬렁슬렁 읽기는 했는데, 어쩔 수 없이 슬렁슬렁으로 밖에 읽히지 않는 책이기도 하다.

알고 보니 소노 아야코라는 이 작가는 열심히 야스쿠니 신사참배를 다니는 등 우익 중의 우익이라고 한다. 게다가 이런저런 일화를 듣자니 가관도 아니다. 책에서 정치색은 보이지 않지만, 정치 성향을 떠나 앞으로 소노의 책을 거르면 걸렀지 알고 읽지는 않을 것 같다.

[浦知壽子, 1931~, 일본 소설가]

소식

蘇軾

신종이 죽고 구법당이 집권하면서 소식은 예부상서로 정계에 복귀하였으나, 이미 신법의 유효성 여부는 안중에도 없어 권력 쟁탈의 별미로만 이용하는 조정의 상황에 눈살을 찌푸렸고, 특히 당연히 세를 부리려던 성리학자들과 사이가 나빠져 또 귀양을 당했다. 훗날 성리학을 숭상하는 이들이 이런 사실과는 상관없이 소식의 시를 추앙한 것을 생각하면 참으로 아이러니하다.

참고로, 이때 유배된 곳이 해남인데, 소식 덕분에 해남에 학문이 전해졌다고 한다. 이전까지 해남 출신들은 과거를 본다는 것 자체도 생각지 못했는데, 소식이 가르친 제자들 몇이 해남 최초로 과거에 급제했다고 한다.

그 뒤 휘종이 즉위하면서 사면 받아 상경하던 도중 병으로 객사하였다.

그가 신법에 반대했던 사실을 두고 여러 가지 얘기가 난무하다. 왕안석을 지지하는 측은 그가 지방을 전전하는 과정에서 신법의 필요성을 절감하여 전향했노라 하는가 하면, 반대로 사마광을 지지하는 측은 오히려 지방 생활 중에 신법의 폐단을 보았으며 왕안석 일파의 위선을 두고 분통을 터뜨렸다고 주장한다.

그러나 그는 정확히는 어느 쪽에도 속하지 않고 그저 예술가로서, 또한 백성을 위해 일한 관리로서 모든 부분에 자신이 생각하는 반대로 움직였을 따름이다.

시인뿐만 아니라 서예가로도 당대 제일로 평가받아 미불米芾, 황정견黃庭堅, 채경과 함께 북송 사대가로 손꼽히기도 한다. 서예는 처음 '난정서'를 배우고 안진경의 서예에서 인간성의 발로를 발견하였으나 후에 고인(안진경)의 모방을 배척하고 일가를 이룬다. 당시 唐詩가 서정적인 데 대하여 그의 시는 철학적 요소가 짙었고, 새로운 시경詩境을 개척하였다. 대표적인 적벽부赤壁賦는 불후의 명작으로 널리 애창되고 있다.

한반도를 비롯한 다른 주변 지역에도 큰 영향을 미쳤는데, 이규보는 "학자들이 과거科擧 공부할 때는 풍월에 눈 돌릴 틈이 없다가 급제하고 나서 시 짓는 법을 배우는 과정에선 소동파의 시에 푹 빠져버린다."라고 했다.

당쟁에 의하여 혜주 경주로 유배되었다가 휘종의 대사면으로 일시 장안에 돌아와 벼슬을 하였으나 상주에서 객사한다. 송대의 4대가의 한 삶이다.

서예 작품은 '황주한식시권', '장규각비', '이태백선시권' 등이 유명하다. 저서로는 동파 전집이 있다. 또한 소식에 얽힌 고사는 화제畵題가 되어 '전.후 적벽부'에 의한 '적벽도'가 있으며, 장쑤성 진강 금산사에서의 불인선사와 문답에 의한 '동파해대, 유대도' 해남도의 고사에 의한 '대리입리도'가 있다.

[蘇軾, 1037~1101, 중국 북송 시대 시인]

소크라테스
Socrates

고대 그리스에서 소년에 대한 사랑은 일종의 관습이었다. 전해 내려오는 도자기 그림 등을 보면 물론 소년에 대한 사랑에는 육체적인 접촉도 있었다.

따라서 소년에 대한 사랑은 넓은 의미에서 일종의 남성 간의 동성애였다. 다만 명망 있는 학자가 장래가 촉망되는 어린 소년을 데려다 교육시킨다는 의도가 강했다.

소년에 대한 사랑에는 몇 가지 꼭 지켜야 할 원칙이 있었다.

첫째, 소년을 사랑하는 사람은 반드시 혼인한 성인 남자여야 한다. 둘째, 소년은 육체적 접촉에서 적극성을 보이면 안 된다. 셋째, 소년이 성인이 되면 집으로 돌려보내야 한다.

'향연'을 보면, 잔치 막바지에 알키비아데스라는 인물이 술이 거나하게 취해 소크라테스 일행에 합류한다.

그는 동료들에게 큰소리로 전에 소크라테스와 있었던 일화를 소개한다.

"나는 이분과 단둘이만 있게 되었기 때문에, 이분이 마치 사랑하는 사람이 자신의 연인과 외딴곳에서 나눔직한 대화를 나와 나눌 것이라고 기대하며 즐거워하고 있었다네. 그러나 기대했던 일은 일어나지 않았고, 오히려 보통 때와 마찬가지로 이분은 나와 대화를 나누고 하루를 함께 지낸 다음 집으로 되돌아가셨다네."

이러한 일이 있고 난 다음에, 나는 이분을 레슬링 연습에 초대했고 그가 초대에 응하자, "나는 이번에야말로 어떤 성과를 얻을 것이라고 기대하면서 이분과 함께 연습했지요."

알키비아데스는 제자였기 때문에 당연히 소크라테스보다 나이가 훨씬 어렸다. 그러나 이번에도 '기대했던 일'이 일어나지 않자, 알키비아데스는 더 노골적인 태도를 보였다.

그는 어느 날 소크라테스를 저녁식사에 초대했다. 밤이 이슥하여 소크라테스가 자리에서 일어나려고 하자 자고 가라며 그를 만류했다. 소크라테스는 그의 성화에 못 이겨 마침내 그날 밤 그와 동침했다. 그러나 이번에도 알키비아데스가 기대했던 일이 일어나지 않았다. 알키비아데스는 동료들에게 이때의 일을 자세히 설명하며 외적인 것에 전혀 흔들리지 않는 소크라테스의 인품을 치켜세웠다.

소크라테스는 여러 차례 큰 전투에 참가했다. 군대에서는 시민인 병사들이 필요한 장비를 자기 돈으로 사서 갖추어야 한다. 돈이 많은 사람은 말을 사서 기병으로 출전했다. 그보다 못한 중산층은 갑옷과 투구를 사서 중장갑 보병으로, 그것도 살 돈이 없는 사람은 돌팔매질하는 병사로 전쟁에 나갔다. 소크라테스는 주로 중장갑 보병으로 전투에 참가했다.

이 사실에 미루어 볼 때, 맨발에 초라한 옷차림으로 유명한 소크라테스의 고유 복장은, 가난이 아니라 욕심 없는 생활 태도에서 비롯된 듯하다.

[Socrates, B.C.470~B.C.399, 고대 그리스 철학자]

소포클레스
Sophocles

극작가 소포클레스는 노년이 한창일 때, 비극 작품을 지었다. 그가 이에 열중하여 가족에 소홀한 것처럼 보였으니, 자식들이 그를 고소하여 법정에 세웠다. 실로 로마의 풍습이 부모로서의 의무를 제대로 다하지 않는 것을 금하였으니, 노망났다고 할 수 있는 그가 가족의 일을 다스리지 못하도록 재판관들이 명하였던 것이다.

그때 소포클레스가 지은 지 얼마 안 되어 손에 들고 있던 바로 그 작품 '콜로노스의 오이디푸스'를 재판관들 앞에서 낭독하였고, 노망난 자가 그러한 시를 지을 수 있겠느냐고 되물었다고 전한다. 작품이 낭독되자, 재판관들은 무죄를 판결하여 그를 석방하였다.

[Sophocles, B.C. 497~B.C. 406, 고대 그리스 극작가]

손문

孫文

손문은 흙수저로 태어났지만 중국의 총통이 된 입지전적 인물이다.

중국의 혁명적 민주주의자로, 자는 일선逸仙, 호는 중산中山, 홍콩에서 의학(박사)을 공부하였다.

반청 혁명을 목표로 하여 1894년 홍중회興中會를, 1905년 중국혁명동맹회를 설립했고, 1911년 신해혁명에서 임시 대통령에 추대되어 다음 해 중화민국의 설립과 동시에 대통령에 취임하였지만, 원세개袁世凱에게 부득이 양보하고 사임하였다.

그 후에 여러 번 망명생활을 하다 일본에서 지내기도 하였다.

1917년에는 광동군 정부를 만들어 대원수에 취임, 1918년 상해에서 중국 국민당을 만들어 1924년 북벌군을 일으켰으나 다음 해 북경에서 사망하였다.

그의 사상은 객관적으로는 부르조아적 민주주의였지만 스스로 사회주의자라 자칭했으며, 혁명적 민주주의, 자본주의의 길을 거치지 않는 사회개혁, 그리고 막연하지만 토지개혁도 목표로 했다.

그의 삼민주의는 민족주의, 민권주의, 민생주의인데, 1905년에 그 기본 구상이 이루어지고 1924년에 완성되었다. 1917년에 러시아 혁명의 영향을 받는 동시에, 1924년 소련, 중국 공산당의 원조 아래 연소聯蘇, 용공容共, 노농원조勞農援助의 삼대 정책을 세워 제1차 국공합작을 실현하였다. 삼민주의도 최초의 구상에서 '신 삼민주의' 에로의 경과를 거치고 있다. 철학적 입장은 유물론적이지만, 중국의 뿌리박힌 유교사상 때문에 사회에 대하여서는 관념론의 영역을 벗어나지 못하고 있다.

손문보다 더 흥미로운 것은 부인 쪽 세 자매 이야기이다. 그 유명한 송경령과 송미령 자매! 손문의 혁명동지로 '송가수' 가 있는데, 그에겐 딸이 3명 있었고, 이들이 중국의 근현대사를 쥐락펴락하게 된다.

세 딸은 어려서 모두 미국 조지아로 유학 간 유학파인데다가 미모가 뛰어났다. 장녀 송애령, 차녀 송경령, 3녀 송미령이다. 장녀 송애령은 중국 최고의 갑부에게 시집가서 평생 호의호식한다. 차녀 송경령은 손문의 3번째 부인이 되고 훗날 중국 본토의 부주석이 된다. 반면 송미령은 장개석의 두 번째 부인이 되어 대만의 국모로 남게 된다.

이런 집안이 또 역사에 있을까 싶다.

[孫文, 1866~1925, 중국 정치인, 삼민주의 주장]

손자

孫子

'손자병법'은 중국 고대 군사사상에서 빛나는 한 페이지를 수록했다. '손자병법'은 2000년 전의 군사 이론을 계통적으로 연구한 저서이다. '손자병법'은 군사지리학, 군사 후근보장학, 군사심리학 등 여러 군사 분야의 지식을 망라하고 있다.

세계적으로 지금까지도 '손자병법'을 지혜의 결정체로 인정해 오고 있는 그 까닭은 '손자병법'의 바탕으로 되고 있는 철학성이 심후하고 정치 경향성이 진보적이기 때문이다. 손자는 선인들의 진보적인 유물주의 전통을 계승 발양發揚했으며, 군사 활동 자체의 특징에 근거해 자신의 소박한 유물주의 입장과 태도를 손자병법을 통해 천명했다.

손자는, 천도는 일종의 자연적인 현실에 지나지 않는다고 했으며, 전쟁을 객관 물질 운동의 현상으로 대하면서 전쟁 활동의 자체 특성에 따라 실사구시實事求是적으로 전쟁 실천을 지도해 나갈 것을 주장한다. '손자병법'에서 군사문제에 대한 손자의 이성적인 인식은 민본주의 정신에 그 기초를 두고 있다. 민본주의 사상은 '손자병법'의 또 하나의 철학사상이다.

손자는 현명한 정치와 백성의 이익은 전쟁 활동을 진행함에 있어서의 정치적인 전제라 했다. 그는 전쟁 중 결책과정에서 백성의 이익을 돌보는 기초에서 적합한 결책을 내려야 하며 가장 적은 대가로 승리를 거두어야 한다고 주장했다. 손자가 군졸들을 사랑하고 포로를 우대하며 상과 벌을 평등하게 내려야 한다고 주장한 것은, 손자의 민본주의 정신이 군사정책면에의 집중적인 구현이라고 볼 수 있다.

변증법적이고 능동적인 사유방식은 '손자병법'의 영혼이다. 손자의 병법 사상은 일찍부터 그 영향이 군사 범위를 초월했다. 각국의 정치가, 외교가, 경제가와 과학, 체육계 인사들도 '손자병법'에 대해 절찬을 아끼지 않고 있다. 프랑스의 해군 상장 라크스트는 '손자병법'의 모략은 '전쟁에 적응될 뿐만 아니라 중대한 정치적인 결책에도 도움을 주고 있다.'고 했다.

일본의 경제학자들은 10권에 달하는 '손자병법 경영총서'를 펴냈는데, 이 책은 경제 분야에서 큰 반향을 일으켰다. 미국의 학자 죠지는 '손자병법'은 오늘의 군사 지휘관과 현대 경영학자들이 참담게 연구할 명작이라고 하면서 손자병법은 여전히 그 가치를 가지고 있다고 했다.

[孫子, B.C.600~B.C.500?, 중국 전국시대 제나라 병법가]

솔로몬
Solomon

성경 속 솔로몬은 '지혜의 임금'으로 불린다. 현명한 판단력과 결단력으로 이스라엘의 태평성대를 이끈 임금이다. 열왕기 상 3장에 나오는 한 아기를 두고 다툰 두 어머니에 대한 판결은 솔로몬의 지혜를 압축해 보여주는 일화다.

같은 집에서 같은 시기에 낳은 두 여인은 한 아이가 죽자, 산 아이를 서로 자신의 아이라고 우기며 싸우다 솔로몬에게 찾아왔고, 솔로몬의 현명한 판결로 친모를 밝혀낸 사건이다.

'솔로몬의 심판'은 많은 화가들에게 인기를 끌었고, 17세기 바로크 미술의 최고 화가였던 페테르 파울 루벤스와 그의 공방에서도 1617년경에 이 주제를 화폭에 담았으며, 이 작품은 현재 코펜하겐 국립미술관에 소장되어 있는데, 활력 넘치는 붓 터치와 화려한 색상, 연극적인 화면 구성 방식은 바로크 양식의 특징을 잘 보여주고, 이 장면은 성경의 내용을 있는 그대로 묘사했다.

임금은 "칼을 가져오너라." 하고 말하였다.

시종이 임금 앞에 칼을 가져오자, 임금이 다시 말하였다.

"그 산 아이를 둘로 나누어 반쪽은 이 여자에게, 또 반쪽은 저 여자에게 주어라."

그러자 산 아이의 어머니는 제 아들에 대한 모성애가 솟구쳐 올라 임금에게 아뢰었다.

"저의 임금님! 살아 있는 아기를 저 여자에게 주시고, 제발 그 아기를 죽이지 마십시오."

그러나 다른 여자는 "어차피 내 아이도 너의 아이도 안 된다. 자나누시오." 하고 말하였다.

그때 임금이 이렇게 분부하였다.

"산 아기를 죽이지 말고 처음 여자에게 내주어라. 저 여자가 그 아기의 어머니다."

내 출생에 관해서는 사람들의 입을 타고 나도는 말도 많았다. 어디까지 사실이고 허구인지는 나에게 그다지 중요한 일이 아니다. 내가 막 태어났을 즈음에, 그녀의 정서 상태가 어땠는지 중요한 부분을 놓치고 있다.

어머니는 나를 낳고 나서 무의식에 묻어둔 죄책감이 올라왔을 것이다. 나에게 젖을 물리며 자신의 욕망이 원인이 되어 세상을 떠난 나의 형과 전 남편을 생각하며 괴로워했을 것이 틀림없다. 내 성격의 기초가 형성되는 중요한 시기에 어머니는 형의 엄마였고, 전 남편의 아내였고, 왕의 아내였으며, 일부만 나의 엄마였다. 그런 어머니를 의존해야 했던 유아기부터 무의식 안에 '슬픔'을 쌓아두어야 했다.

글을 읽고 쓰기 시작해서도 나는 반사적으로 엄마의 눈 속에 담긴 슬픔을 확인하는 아이가 됐다. 그때의 절망감은 한 마디로 '헛되다'이다. 엄마는 그 슬픔을 내개 주지 않으려고 많은 노력을 했겠지만,

나는 엄마의 노력보다는 엄마의 감정 상태에 많은 영향을 받았다.

내가 쓴 것으로 기록된 전도서의 핵심 주제가 '헛되다' 이다. 엄마의 슬픈 눈동자가 있었기에 헛됨의 지혜를 세상에 내놓을 수 있었다.

[Solomon, ?~B.C.932?, 이스라엘 왕국 3대 왕]

쇼펜하우어
Arthur Schopenhauer

쇼펜하우어는 선천적으로 공포심과 의심이 많았고, 자주 불길한 마음에 사로잡히곤 하였습니다. 금화를 잉크병 속에 감추어 두거나 지폐를 침대 밑에 숨겨두기도 했고, 또 이발할 때는 목덜미 면도를 못하게 했으며, 권총에 탄환을 장전해 침대 옆에 두고 잤다고 합니다.

서재에 칸트의 반신 초상과 청동 불상이 있을 정도로 칸트와 석가를 존경하던 쇼펜하우어는 6년간에 걸쳐 매일 2시간씩 썼던 수상을 1851년 출판하는데, 이 책으로 비로소 세계적인 명성을 얻게 되었습니다.

1848년 시민혁명이 실패로 막을 내리자, 자유주의 운동에 대한 탄압이 심해지고 사람들은 환멸을 느꼈습니다. 쇼펜하우어의 주장은 이러한 시대적 상황에서 이해와 공감을 얻었고, 그의 인기는 헤겔 철학을 압도하고도 남았습니다.

[Arthur Schopenhauer, 1788~1860, 독일 철학자]

슈만
R. A. Schumann

슈만은 46세를 살았고, 그의 마지막 2년은 정신병원이라는 공간에서 보냈습니다.

그는 교향곡, 관현악곡, 실내악곡, 피아노곡, 가곡과 함께 1곡의 오페라를 작곡하였으나 최후 2년간에는 단지 몇 곡의 작업만 했을 뿐 많은 작품을 남기지 않았습니다.

슈만은 처음에 법률을 공부했으나 음악과 문학을 마음에 품고 있었으며, 음악가의 삶을 살았고 작곡가뿐만 아니라 문필가로서 프랑스를 널리 알리는데 큰 역할도 했습니다.

그는 아내 클라라에게 혼인 기념으로 가곡집을 선물하려고 하였으며, 그녀와 혼인하기 위해 장인과 법적 다툼을 벌인 유명한 일화도 있습니다.

라이프치히, 드레스덴, 뒤셀도르프를 거친 슈만의 삶은 그리 길지 않았으나 그의 생이 짧았다 해서 짧은 몇 줄로 묘사하기에는 너무나 부족한 느낌이 듭니다.

그가 남긴 음악을 듣고 있으면 슈만의 삶과 정신은 그리 간단하지 않았음을 감지하게 되는데, 그의 바이올린 소나타, 어린이의 정경, 피아노 5중주, 피아노 협주곡, 교향곡, 그리고 이 밖의 많은 피아노 독주곡을 듣다 보면, 단지 이는 음악 나열이 아니라 하나의 시, 하나의 정신, 하나의 마침표나 쉼표를 보는 것 같습니다.

[R. A. Schumann, 1810~1856, 독일 작곡가]

슈멜케
Samuel Shmelke

현인賢人으로서 유명한 랍비 슈멜케는 어느 마을에서 지도자가 되어달라고 초대되었다. 그는 그 마을에 닿아 여관에 들자 방안에 들어박혀 몇 시간이 되어도 나오지를 않았다. 환영회의 시간은 되어가고 그 환영회의 절차에 대해서 의논할 일도 있고 하여 그 마을의 대표가 걱정이 되어 방으로 찾아갔다.

문 앞에 서자, 랍비는 방안을 이리저리 왔다 갔다 하며 뭔가 소리 높이 외치고 있는 것 같았다.

잘 들어보니까, "랍비 슈멜케, 당신은 훌륭하다! 랍비여, 당신은 천재다! 당신은 평생의 지도자다!"라고 자기 자신에게 소리치고 있었다.

10분쯤 듣고 있다가 그 마을의 대표는 방 안으로 들어갔다. 그리고는 랍비가 어째서 이러한 기묘한 행동을 하고 있는 것인지에 대해 물어보았다.

랍비는 대답했다.

"나는 나 자신에 대해 빈말이라든지 추켜세우는 말에 잘 알고 있소. 오늘 밤은 최대의 찬사로써 나를 추켜세울 것이오. 그러므로 그에 익숙해져야 하는 것이오. 게다가 누구라도 자기가 자기를 칭찬하는 우수꽝스러움은 알고 있는 법이오. 그러므로 지금 말하고 있는 것과 같은 것을 오늘 밤 또 듣게 된다면, 그것을 그대로 받아들이지 않아도 될 것이 아니겠소."

[Samuel Shmelke, 1726~1778, 폴란드 랍비]

슈바이처
Albert Schweitzer

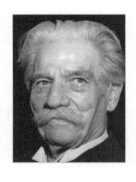

슈바이처는 어릴 적부터 파이프 오르가니스트였던 할아버지와 목사였던 아버지의 영향을 받아 음악, 철학, 신학에 다재다능함을 보였다. 특히 아프리카로 떠나기 전에 쓴 '예수 생애 연구사'는 20세기 출간된 신학 서적 중 가장 영향력 있는 책으로 평가받았으며, 바흐의 오르간곡 연주에서 세계 1인자로 손꼽힐 정도였다.

1894년 스트라스부르크 대학교에 입학하여 신학과 철학을 공부하고, 졸업한 후에는 파리와 베를린에서 칸트의 종교 철학에 관한 연구로 철학박사 학위를 취득하기도 했다.

슈바이처는 음악가이자 철학자로서 명성을 뒤로 한 채, 생명 존중을 위해 아프리카에서 평생을 봉사자로 보냈는데, 사람들은 슈바이처에게 왜 아프리카에 가게 되었는지 물을 때마다 그는 이렇게 대답했다고 한다.

"나의 주님 예수 그리스도가 나를 보냈다."

이외에도 니체 등의 다양한 사상가들의 말을 인용하여 설명하기도 하지만, 가장 시초가 되는, 즉 슈바이처가 생명경외의 개념을 깨달았을 때는, 그가 1915년 아프리카의 오고웨 강을 거슬러 200킬로

미터에 달하는 바지선 여행을 하고 있을 때이다. 신의 창조 상태를 그대로 지닌 원시림과 온갖 경외의 경치를 간직한 그 장엄하고 경이로운 아프리카 밀림 지역을 보고 생명에 대한 경외심이라는 영감이 떠오른 것이다.

슈바이처는 생명에 대한 경외심은 인간과 세계 사이의 관계에 관련된 현실적 문제를 해결해 준다고 보았다. 세계에 대해 인간이 아는 것은 존재하는 모든 것이 인간 스스로와 마찬가지로 생명 의지의 현상일 뿐이므로, 인간은 이 세계와 수동 또는 능동의 관계를 맺고 있다는 것이다.

이러한 사상은 자연 속에 던져진 우리의 생존이 뜻이 있는 무언가를 승화시키는 계기를 제공하며, 자그마한 생명이라도 소중히 여겨야 한다는 경각심을 불러일으킨다.

그의 자서전인 '나의 생애의 사상' 에서도 생명 외경 사상이 드러나는데, 슈바이처는 생명을 소중히 여기지 않는 현대사회에 분노하는 순수한 이가 있을 때 역사가 바뀔 수 있다고 보았다.

[Albert Schweitzer, 1875~1965, 독일계 프랑스 의사, 사상가,
1952년 노벨 평화상 수상]

스탈린
Joseph Stalin

스탈린은 그루지아의 고리Gori에서 구두 직공의 아들로 태어나 어려서 아버지를 잃고 어머니 손에서 자랐다.

일찍이 비밀결사 메사메 다지Mesame Dazi 에 가담하여 티플리스의 그리스도 정교도 회 신학교에서 추방당하고, 1901년 직업적 혁명 가가 되어 카프카스에서 지하활동을 하였다.

이후 10년간에 체포 7회, 유형 6회, 도망 5회의 고초를 겪었다.

〈마르크스주의와 민족문제〉라는 논문으로 인정을 받아 1912년 당 중앙위원이 되었고, '러시아 뷰로'의 책임자로서 처음으로 스탈 린이란 필명을 사용하였다.

레닌은 유서에서 그의 재능을 평가하였으나 한편으로는 성격적 결함도 지적하여 당 서기장직에서 경질할 것을 나타냈으나, 그는 이 미 KGB(비밀경찰)와 당 기구를 통하여 1만 5천 명 이상의 자기 부하 를 전국에 배치하고 있었기 때문에 1924년 제13차 당 대회 때 유임을 인정받았으며, 이 사이 1936년 이른바 스탈린 헌법이 제정되었다.

1939년 제18차 당 대회에서 그는 사회주의에서 공산주의로의 이 행문제를 제기하여 소위 '일국一國 사회주의론'을 제기하였고, 제2차 세계대전 전야의 긴박한 국제정세 하에서 나치 독일과 불가침조약을 맺어 파시즘의 총구를 일시 서유럽 쪽으로 돌려놓았다.

1941년 V. M. 몰로토프 대신에 인민위원회 의장을 겸하여 비로소 정치 정면에 나섰는데, 그로부터 1개월 후에 독일의 기습을 받아 독. 소 전쟁에 돌입했다.

또 테헤란·얄타·포츠담 등의 거두회담에 참석, 연합국(미국·영국)과의 공동전선을 굳혀, 독일을 굴복시키는데 일익을 담당하였다.

1945년에 대원수가 되어 그 명성은 레닌을 능가하였고, 동구東歐 제국에 대해 헤게모니를 잡고 미국과 대항함으로써 냉전의 중심 인물이 되었다.

그가 죽은 뒤, 1956년 제20차 당 대회에서 N. S. 후르시초프의 '스탈린 비판'은 복잡한 반응을 일으켜 '중·소 논쟁', '헝가리 사건' 등을 유발하였고, 국제공산주의 운동을 심각한 혼란 속에 몰아넣었다.

특히 1991년 소련 정변 이후 스탈린에 대한 인민들의 평가는 종전의 신적 숭배에서 독재자로 격하되었다.

[Joseph Stalin, 1879~1953, 러시아 정치가, 혁명가, 군인, 작가, 시인]

스탕달

M. H. B. Stendhal

'적과 흑'의 저자 프랑스 작가 스탕달은 1817년 이탈리아 피렌체 산타크로체 성당에서 베아트리체 첸치의 초상 작품을 감상하고 심장의 맥박이 빨라지고 다리에 힘이 풀리는 기이한 경험을 하게 되었다고 전해진다. 그는 한 달여가 넘도록 치료를 받았으며 이 경험을 일기에 기록하게 되면서 역사적인 일로 세상에 알려지게 된 것이다. 빼어난 예술작품을 감상하고 느끼는 순간적인 압박감이나 정신적 충격의 여러 현상을 가리켜서 '스탕달 신드롬'이라 일컫는다.

그 말이 있고 난 후, 피렌체를 방문한 관광객 중에서도 여러 사람에게서 미술 작품을 관람한 뒤 스탕달과 비슷한 증상에 시달렸다는 사례가 쌓이게 되었다고 한다. 훗날 이탈리아의 정신 의학자 그라지엘라 마르게니는 1989년 자신의 연구 저서에서 스탕달이 겪은 증상과 비슷한 증상들을 그의 이름에서 따온 '스탕달 증후군'으로 이름 붙이게 된다.

유사한 경험을 하였다는 사람들 중에는 빈센트 반 고흐도 있다. 그는 렘브란트가 그린 유대인 신부란 작품을 보고 그림에 매료되어 한동안 자리를 뜨지 못하고 계속하여 그 그림을 응시하고 있었다고 한다. 함께 간 친구가 미술관 관람을 다 마치고 돌아왔음에도 여전히 그 자리를 벗어나지 못하고 서있었다고 한다.

심지어 그림 앞에 앉아서 보름만 보낼 수 있게 해준다면, 자신의 '남은 생명 중 10년이라도 떼어줄 수 있다'고 말했다는 일화가 전해질 정도다.

중용中庸에서는 '작은 일도 무시하지 않고 최선을 다해야 한다. 정성스럽게 되면 겉에 배어 나오고, 겉에 배어 나오면 겉으로 드러나고, 겉으로 드러나면 이내 밝아지고, 밝아지면 남을 감동시키고, 남을 감동시키면 이내 변하게 되고, 변하면 생육된다.'

중용 23장은 지극 정성을 다하는 사람은 세상을 변하게 할 수 있다는 요체를 잘 설명해 주고 있다. 이것은 곧 욕망과 감정을 이겨내고 예로 돌아간다는 '극기복례'와도 연결된다.

공자의 제자 안회顔回는 평생 꼭 한번 스승에게 질문하였다고 알려진다.

"인仁이란 무엇입니까?"

의미심장한 이 질문에 대한 스승의 대답은 매우 간결했다.

'극기복례克己復禮'네 글자뿐이었다. 자기를 이기고 예를 회복하라. 즉 가장 적절한 상태로 되돌아가라는 뜻이다.

[M. H. B. Stendhal, 1783~1842, 프랑스 소설가]

스티브 잡스
Steve Jobs

스티브 잡스는 본인이 만든 회사에서 1985년에 쫓겨나, 12년 후인 1997년에 임시 CEO로 복귀한다. 당시 세상 어디에 내놓아도 될 전문경영인은 애플을 파산 직전까지 몰고 갔지만, 잡스는 2001년 아이팟, 2007년 아이폰, 2010년 아이패드를 연달아 출시하고, 2011년 건강상 이유로 대표직에서 물러난다.

그 성과는 2012년부터 애플을 세계 시가총액 1위 기업으로 올리고, 엑슨모빌과 엎치락뒤치락하다 14년부터는 거의 매년 1위를 달리고 있는 것으로 확인된다.

아이폰이 세상에 처음 소개될 때, 아이폰의 완성도는 불과 50%의 수준에 불과했고, 이를 숨기기 위해 잡스는 여러 대의 아이폰을 발표하는 강단에 청중들 몰래 준비해 여러 앱을 한 기계 당 하나씩 실행하며 부족한 기술을 커버하는 놀라운 쇼를 펼쳤다.

[Steve Jobs, 1955~2011, 미국 기업가, 애플사 창업재]

스피노자

Baruch de Spinoza

스피노자는 1632년 포르투갈에서 가톨릭 교회의 종교 재판과 유대인 탄압을 피해 망명한 유대계 상인의 아들로 태어났습니다.

부모는 유대인의 전통에 따라 암스테르담의 유대인 회의 출생 기록부에 '바뤼흐 스피노자' 라는 이름으로 올렸습니다. 하지만 이후에 스피노자 자신은 라틴어 이름 베네딕투스를 즐겨 썼습니다.

스피노자는 안경알을 깎는 일로 어렵게 생계를 유지했습니다. 생전에 교수직을 비롯하여 보수나 명예를 거부하였고 가족의 유산은 누이에게 주었습니다.

스피노자는 자연 실체와 도덕적 본질을 합일하였는데, 이 작업은 고대 스토아학파의 사상을 근대식 의미로 부활시킨 것이라고 할 수 있습니다.

19세기의 철학자이자 혁명가인 프리드리히 엥겔스는 스피노자가 '자기원인' 으로서의 자연을 규명한 것과 동시에 이것이 세계 만유(존재성) 및 인간성과 분리된 것이 아니라는 점을 밝혔다는 점에서 그가 당대 종교성으로 대표되는 중세기적 몽매蒙昧주의로부터 인간을 해방할 수 있는 단초를 제공하였다고 하였습니다.

또한 도덕적 특성과 철학적 성취를 두고 20세기의 철학자 질 들뢰즈는 스피노자를 '철학의 왕자' 라고 칭하기도 했습니다.

[Baruch de Spinoza, 1632~1677, 네덜란드 철학자]

신숙주
申叔舟

수양대군이 왕이 된 후, 그는 종종 신하들과 술자리를 즐겼습니다.

"경들은 들으시오. 오늘만큼은 모든 걸 잊어버리고 마음껏 드시오."

"네, 전하. 성은이 망극하옵니다."

세조는 어린 조카인 단종을 몰아내고 왕위에 올랐던 터라 신하들의 속내가 자못 궁금했습니다. 그래서인지 이따금 술자리를 만들어 그들의 속마음을 들춰보려고 노력했습니다.

하루는 세조가 한명회, 신숙주 등과 술자리를 갖자, 대뜸 신숙주에게 이렇게 말하는 것이었습니다.

"신 대감, 술도 마셨으니, 우리 팔씨름 한번 겨뤄보는 게 어떻겠소?"

그러자 신숙주가 당황스런 표정으로 말했습니다.

"전하, 감히 전하의 옥체에 어찌 불경을 저지를 수가 있겠사옵니까?"

"어허, 그러지 말고 재미로 하는 것이니, 잠시 이리 와 보시오."

마지못해 신숙주는 세조와 팔씨름을 하기에 이르렀습니다. 취기가 잔뜩 오른 둘은 이내 서로의 팔을 붙잡기 시작했습니다. 세조는 무예적武藝的 기질이 뛰어났던지라 손쉽게 신숙주를 이겨버렸습니다.

그리고는 신숙주의 의중을 떠보려 이렇게 말했습니다.

"허허허, 경의 힘이 고작 그 정도란 말이오. 아이들 팔씨름도 이것보다 쉽겠소." 하자, 자존심이 상한 신숙주가 왕에게 말했습니다.

"다시 한번 기회를 주십시오."

그러자 세조가 흔쾌히 허락했습니다. 그러면서 신숙주가 왕의 손을 느슨히 잡는 척하더니 순식간에 그의 팔을 확 꺾어버리는 게 아니겠습니까? 술기운에 얼마나 세게 비틀었던지 세조가 '악' 하고 비명을 지를 정도였습니다.

갑자기 분위기가 싸늘해지자, 신하들이 세조의 눈치를 살피기 시작했습니다.

순간 정신이 번쩍 든 신숙주가 무릎을 꿇으며 말했습니다.

"전하, 소신을 죽여주시옵소서."

"허허, 다 짐의 장난 때문에 벌어진 일이니 너무 염려치 마시오."

"하오나 전하, 신이 술에 취한 나머지 그만 불경을 저질렀습니다."

차마 화를 낼 수 없었던 세조는 애써 웃음을 지으며 말했습니다.

"정말이오. 나는 괜찮으니 개의치 마시오."

이 광경을 유심히 지켜본 세조의 책사 한명회는 갑자기 불안함을 느꼈습니다.

'어허 저러다 뭔 사단이라도 나겠구먼. 이를 어쩐다?'

한명회는 왕이 신숙주의 충심을 의심하는 순간 피바람이 불 것이라 내다본 것입니다. 한명회는 어떻게 해결해야 할지 한참을 고민하다가 불현듯 좋은 아이디어가 떠올랐습니다.

그러면서 옆에 있는 한 하인을 조용히 불렀습니다.

'너는 지금 당장 신 대감의 집으로 곧장 달려가라. 도착하거든 재빨리 신 대감의 침실로 향해야 한다. 단 명심할게 하나 있다. 아무도 모르게 방으로 들어가되, 반드시 신 대감 방 안에 있는 촛대들을 전부 치워버려야 한다. 알겠느냐?'

하인이 얼떨떨한 표정으로 대답했습니다.

'네, 대감님, 명심하겠습니다.'

한편 신숙주에게 팔이 꺾인 세조는 술자리 내내 머릿속이 복잡했습니다. 신숙주가 정말 술에 취해 실수한 것인지, 아니면 자신을 능멸하러 일부러 그렇게 한 것인지, 한참 동안 그의 행동을 떠올리며 의심하고 또 의심했습니다.

그러더니 술자리가 끝나자마자 곧바로 내시를 불러들여 조용히 말했습니다.

"여봐라, 넌 재빨리 신숙주의 집으로 가거라. 집에 도착하거든 담 너머로 그의 일거수일투족을 관찰하고, 정말로 그가 술에 취했는지 살펴보고 오너라."

"네, 전하. 알겠습니다."

그 길로 내시는 곧장 신숙주의 집으로 향했습니다. 그러고는 담을 넘어 신숙주가 기거하는 방문 앞에 다다르자, 이내 창호지를 뚫어 컴컴한 방 안을 살폈습니다. 그러자 신숙주 대감이 술에 취해 코를 골며 깊은 잠에 빠져있는 것이 아니겠습니까.

내시는 하룻밤을 꼬박 새운 뒤, 곧바로 세조에게 달려가 이 사실을 고했습니다.

그러자 세조가 흡족한 표정을 지으며 말했습니다.

"그럼 그렇지. 신 대감 같은 충신이 감히 나를 능멸할 리가 없지."

[申叔舟, 1417~1475, 조선시대 병조판서, 좌의정]

신일철

申一徹

전 고려대학교 교수 신일철은 그의 수필 '수묵화의 행복론' 의 서두를 '달콤한 사탕을 먹은 입으로 사과 한 입을 베어 물어보면 심심하고 밍밍한 것이 영 맛이 없다.' 고 시작한다. 평소 맛있게 먹었던 사과라도 더 진한 향신료 끝에 먹게 되면 형편없어지기 때문이다.

진한 양념으로 둔감해진 입맛, 말초신경을 자극하는 쾌락에 탐닉하게 된 현대인들은 결코 채워질 수 없는 조금 더, 조금 더 강력한 자극을 원하게 되기 마련이다. 그는 이를 빗대어 인생의 진정한 즐거움이나 행복도 느끼지 못하는 '돌덩어리' 가 되어가고 있다고 표현한다.

신일철은 진정한 자아 찾기를 위해서는 사탕 맛 대신 사과 맛, 진한 향신료 대신 자연적 감칠맛과 강렬하고 현란한 쾌감을 추구하는 대신 자연을 감상할 수 있는 섬세한 감각을 기를 것을 권하고, 권태감이나 무료함을 잊기 위하여 도박이나 오락보다는 학습할 수 있는 잔잔한 지적 만족감을, 그리고 쇼핑의 찰나적 행복이나 TV의 현란함이나 도시 밤거리의 휘황찬란함 대신 검정색 하나로 그 짙고 옅음을 달리하는 수묵화를 통해 느끼는 진정한 행복감을 찾기 위한 수양의 절실함을 역설하고 있다.

일찍이 연암 박지원朴趾源 선생도 그의 '일야구도하기一夜九渡河記'에서 중국으로 가는 사신 일행을 따라나섰다가, 마부가 발을 말에 밟혀 다치자, 그를 마차에 태우고 폭우로 불어난 압록강을 하룻밤에 아홉 번이나 말 등에 탄 채 거친 강을 배로 건너야 했던 일화를 말한다.

'마음을 차분하게 다스리면 아무리 거친 물결이나 우레 같은 물소리도 능히 이를 이겨낼 수 있다.'

다만, 그 소리나 모양을 자세히 듣고 보게 되면 그럴수록 병이 된다고 하고 있다.

눈으로 보고, 귀로 듣는 것에만 탐닉하다 보면 진정한 아름다움이나 진리를 놓치고 허황한 것에 사로잡혀 진정한 자아를 망각한 채 방황하게 된다. 수묵화처럼 차분한 마음으로 우리 스스로를 돌아볼 때이다.

북한에서 1.4후퇴 때 남한으로 피난 나온 신일철은 그를 투철한 반공 사상가로 만들었다. 그는 '사상계' 주간을 맡았던 양호민 한림대 석좌교수와 함께 공산주의 사상과 북한의 주체사상을 정밀하게 비판해 온 대표적 학자로 꼽힌다. 1993년 출간된 '북한주체철학연구'는 그 대표작이다.

영미 철학을 바탕으로 한 자유주의 철학에 대한 깊은 이해와 공산주의에 대한 준열한 비판 의식은 시장경제를 옹호한 경제철학자 하이에크의 철학연구로 발전해 '사상의 철학'을 집필했다.

[申一徹, 1931~2006, 한국 철학교수]

신채호

申采浩

신채호는 당대 지식인답게 외국어에도 관심이 많았던 것으로 보인다. 굉장히 독특하게 영어를 공부했는데, 그래서 웃긴 일화가 있다.

처음에는 김규식한테서 영어를 배웠다고 한다. 하지만 신채호의 발음이 영 안 좋았는지 김규식이 계속 발음 가지고 태클을 걸었다고 한다.

결국 화가 난 신채호는 "나는 외국인과 대화할 것도 아니고 책만 읽으면 된다고 하지 않았소!" 하면서, 그 뒤로는 이광수한테서 영어를 배웠다고 한다.

외국의 역사와 사상에 관심이 많았지 회화에는 별 관심이 없었던 것으로 보인다.

다른 일화로는, 어느 날 변영만이 신채호가 영어 읽는 모습을 보았는데, 신채호는 neighbour를 '에이그후바우어'라고 읽고 있었다 한다. 변영만은 신채호에게 "단어 안에 묵음默音이 있으니 '네이버'라고만 발음하시오."라고 했다.

그런데 신채호는 오히려 당당하게 "그건 영국인의 법이겠지요. 내가 그것을 꼭 지킬 필요가 무엇이란 말이요."라고 대답했다.

[申采浩, 1880~1936, 한국 독립운동가, 사학자, 언론인]

심훈

沈熏

농촌 계몽소설 '상록수'는 조선일보의 문자보급운동을 소재로 한 작품이다. 심훈이 신문기자 시절 문자보급운동의 전 과정을 직접 지켜보았을 것으로 추정된다.

소설의 주인공인 농림학교 학생 박동혁과 여자신학교 학생 채영신은 모 신문사 주최 학생 계몽운동 귀환 보고회 석상에서 처음 만나게 된다.

두 사람은 연인의 감정과 동지적 결속을 느끼며 학교를 자퇴하고 박동혁은 한곡리로, 채영신은 청석골로 내려가 야학과 조합을 설립해 일제 강점기 농촌 현실을 고발하고 고리대금업자와 일제의 간섭 등 부조리와 맞선다.

작품 말미에 박동혁은 일경에 수감돼 있는 동안 채영신은 과로로 쓰러져 끝내 세상을 떠나고 만다. 끝까지 싸워달라는 그의 유언을 가슴에 새기며 현곡리로 돌아왔을 때, 박동혁을 가장 먼저 반긴 것은 농우회관 낙성식 때 심은 상록수였다.

그는 상록수를 탈고한 후 영화화하기 위해 동분서주하다 장질부사에 걸려 사망했다.

[沈熏, 1901~1936, 한국 소설가, 시인, 영화인]

아나톨 프랑스
Anatole France

파리 센 강변의 고서 노점상은 예로부터 파리의 명물로 꼽혔는데, 20세기 초 노점상들이 도시계획으로 철거되려고 하자, 프랑스의 지식인들은 구명운동을 펼쳤고, 그는 자신의 많은 작품 속에 낡은 외투를 걸치고 모자를 쓴 채, 역시 낡은 책들을 지키고 있는 고서상들의 모습을 간직하며 만년에는 일주일에 한 번은 꼭 노점상들이 있는 센 강변으로 산책을 나섰습니다.

어느 날 그는 노점 좌판의 책들을 돌아보며 산책을 하는 길에 한 고서상과 눈이 마주쳤는데, 낡은 옷차림과 구부정한 허리에 가난하고 늙은 고서상의 모습에 이끌려 가장 팔리지 않을 것 같은 책 몇 권을 골라, 마치 자신이 구하려던 책인 것처럼 사서 그 산책길에 만나는 다른 고서상에게 그 책을 나누어주었습니다.

아나톨 프랑스는 '나무가 있고 책이 있는 센 강변은 세계에서 가장 아름다운 장소이다.' 라고 말하곤 했습니다.

사람들은 그렇게 책을 사랑하고 가난한 고서상을 배려하는 따뜻한 마음을 가졌던 한 작가를 위해 그 강변의 일부 구간을 '아나톨 프랑스 강변' 이라고 이름을 붙였습니다.

[Anatole France, 1844~1924, 프랑스 시인, 소설가, 평론가, 1921년 노벨상 수상]

아낙사고라스
Anaxagoras

아낙사고라스는 식물들은 사실 동물이며, 즐거워하고 슬퍼한다고 말하면서 나뭇잎들의 쇠락을 그 증거로 제시했다.

데모크리토스와는 사이가 안 좋았다고 한다. 데모크리토스가 자신의 이론을 비판했기 때문에 그와 혹 부딪치는 일이 있어도 토론은 절대 하지 않았다고 한다.

아낙사고라스는 감옥에 갇혔을 당시 감방 벽에 (원의 면적과 똑같은 면적의 정사각형을 찾는 문제)를 풀려고 전력을 기울였다고 전해진다.

그는 순전히 자와 목탄으로만 이 문제를 해결하려고 했지만 실패했다. 후대에 레오나르도 다빈치도 인체의 비율을 통해 원적문제를 구하려고 했는데, 정사각형에 내접하는 인체에서 정확히 어깨 끝을 중심으로 원을 그리면 가장 근사치가 된다는 것을 보이기도 했다.

이 문제에 대한 답은 이후에 파이(π)가 무리수라는 것이 밝혀지면서, 원의 면적과 똑같은 정사각형은 애초부터 그릴 수 없다는 것이 밝혀졌다.

[Anaxagoras, B.C. 500~B.C. 428, 고대 그리스 철학자]

아니타 로딕
Anita Roddick

동네에서 차린 가게가 잘 되자, 아니타 로딕은 사업을 확장하려고 은행에 대출을 받으러 간다. 하지만 같이 데리고 간 아이와 평범한 차림새 때문에 단칼에 거절당한다.

이후 자신이 거절당한 이유를 생각해 보고 방법을 바꾼다. 옷도 잘 차려입고 사업에 대해서 설명할 자료도 챙긴다. 남편도 동행해서 아내의 대출을 돕는다. 두 번째 도전은 성공하고 이후 사업은 성장 가도를 달린다.

어린 왕자를 읽다 보면 허름한 옷차림 때문에 인정받지 못하는 천체학자 이야기가 나온다. 하지만 이건 이야기로서 받아들여야 할 부분이고, 예나 지금이나 처지가 아쉬운 사람은 상대방에게 신뢰를 줄 수 있게 자기 자신을 꾸며야 한다.

무엇보다 실제의 삶도 정돈된 채로 살아가는 것이 낫다. 마구잡이로 살다가 갑자기 '있는 척' 하려면 쉽지 않기 마련이다. 아쉬울 때 누구에게 당당하게 도움을 구하려면 평소에 착실히 내공을 쌓아두는 것이 가장 쉬운 길이다.

[Anita Roddick, 1942~2007, 영국 여성 기업인, 사회운동가]

아리스토텔레스
Aristoteles

시작이 반이다.

어떤 일을 도모하고자 할 때 빨리 실행에 옮길 것을 다짐하는 이 말은 우리가 흔히 쓰는 말 같지만, 사실은 그때 그리스의 정치철학가 아리스토텔레스가 한 유일한 명언이다.

그의 철학은 지금까지 누구도 하지 못한 체계적이고 방대한 주제에 관한 연구 과제를 우리에게 물려주었다. 그러나 실천철학과 윤리학이라는 지배적 연구 경향에 가려진 아리스토텔레스의 정치철학은 아직도 연구해야 할 많은 학문적 과제를 남기고 있다.

아리스토텔레스는 그리스 북쪽 스타케이로스라는 마을에서 태어났다. 그의 아버지 니코마코스는 마케도니아의 왕이었던 아민타스 3세의 친구이자 주치의였다.

아리스토텔레스는 왕자 필리포스와 어릴 적부터 친구로 궁전에서 자랐다. 17세 때 플라톤의 학원 '아카데미아'에 들어가기 위해 아테네로 유학을 떠나 플라톤이 죽을 때까지 그곳에서 수학했다.

플라톤은 아리스토텔레스를 아카데미의 정신이라 부르며 칭찬했다.

[Aristoteles B.C. 384~B.C. 322, 고대 그리스 철학자]

아서 웰링턴
Arthur W. Wellington

명예를 존중하지 않는 세상은 희망이 없는 세상이다. 명예는 국어사전에 '세상에 널리 인정받아 얻은 좋은 이름이나 평판'이라 설명되고 있다. 명예를 가지려면 타의 모범이 되어야 한다. 어릴 때부터 가정에서 가르쳐야 한다. 명예로운 부모가 명예로운 자식을 만든다. 명예로운 상사가 명예로운 부하를 만든다.

다음의 일화는 대영제국 군인의 명예에 대한 일화로서 큰 감동을 준다.

영국의 총리까지 지낸 군인이자 정치가인 아서 웰링턴은 1815년 워털루 전투에서 승리했다. 이를 기념하기 위한 승전 만찬회를 개최하였을 때 작은 소동이 일어났다. 만찬회를 즐기던 중 웰링턴은 다이아몬드가 박혀있는 자신의 지갑이 사라졌다는 것을 알게 된다.

결국 손님들의 주머니를 검사하게 되자 순간 분위기가 가라앉아 버렸다.

그때 볼품없는 옷차림으로 구석에 앉아있던 한 나이 많은 부사관이 화를 벌컥 내며 주머니를 검사하는 것은 손님의 인격을 모독하는 것이라며 반대했다.

주머니가 두툼해 의심을 받았지만, 그는 결백을 주장하며 주머니 내용물을 끝까지 검사받지 않겠다고 버텼다.

사람들은 그가 범인이라고 의심했다.

만찬회의 주인으로서 입장이 몹시 난처해진 웰링턴은 손을 내저으며 없었던 일로 하자며 검색하던 군인들을 만류하고 그렇게 해서 만찬회는 끝이 난다.

해가 바뀌어 또다시 만찬회를 개최한 웰링턴은 전에 입었던 만찬회의 옷을 입어보니, 그 옷의 주머니에서 잃어버린 다이아몬드 지갑을 발견하고 깜짝 놀란다.

아무 잘못도 없는 부사관을 의심했던 자신이 몹시 부끄러워진 웰링턴은 그 부사관을 찾아 그때 일을 사과하고 용서를 구하며 물었다.

"나는 자네가 지갑을 훔쳤다고 생각했다네. 정말로 미안해. 그런데 의심을 받으면서도 왜 그렇게 몸수색을 거부했나?"

그러자 부사관은 마침내 참았던 울음을 터트리며 말한다.

"부끄럽습니다. 그때 제 주머니에는 만찬회 음식이 들어 있었습니다. 배불리 먹어보지 못한 자식들에게 주려고 그랬지만, 대영제국의 군인이 만찬회 음식에 손댔다는 말이 알려지는 게 싫었습니다."

그는 명예를 지키기 위해 도둑의 누명까지 감내한 것이다. 그 말을 듣고는 웰링턴도 부사관을 붙잡고 함께 울음을 터트렸다.

[Arthur W. Wellington, 1769~1852, 영국 군인, 정치가, 수상]

아이스킬로스
Aeschylos

아이스킬로스는 70~90편의 비극을 쓴 것으로 알려졌다. 그중 오늘날 남아 있는 것은 7편뿐이다. 그는 종종 비극의 아버지라 불리기도 한다. 그리스 연극에서 아이스킬로스가 이루어낸 가장 큰 혁신은 제2의 배우를 도입한 것이다. 이로써 두 배우 간의 얼굴을 맞댄 갈등의 장면이 가능해진 것이다.

그의 작품 중 가장 유명한 것은 ① 아가멤논Agamemnon, ② 제주祭酒를 나르는 여인들, ③ 에우리메니데스Eurimenides와 더불어 '결박된 프로메테우스'가 있다.

아가멤논은 그리스인들의 원형이라 할 수 있는 아케이아인들의 왕 아가멤논이 아르고스의 궁으로 돌아오면서 시작된다. 그는 트로이를 점령해 불태우고 개선하는 길이었다.

한편 그의 왕비 클리타임네스트라는 아가멤논에 의해 죽임을 당한 그들의 딸 이피게네이아를 위한 복수를 계획한다. 아가멤논은 트로이 출정 전에 동에서 불어오던 바람의 방향을 바꾸기 위해 자신의 딸을 바다의 제물로 바친다. 바람은 여신 아르테미스에 의해 아케이아 해군의 항해를 막고 있었던 것이다. 아가멤논이 출정을 떠나자, 아르고스의 장로들 역을 맡은 코러스가 트로이 정복 이후 벌어질 파괴와 살육, 그리고 이피게네이아의 죽음에 관한 이야기들을 들려준다.

이 두 가지 이야기는 아가멤논의 잔인성과 관련된다. 즉 딸을 죽일 수 있는 그가 벌이는 트로이에서의 잔인한 살육으로 이어지는 것이다. 바람의 여신 아르테미스는 바람의 방향을 바꾸어 트로이 전쟁을 가능케 하였지만 전쟁 이전부터 이피게네이아의 희생과 아가멤논의 잔인성을 증오하고 있다.

트로이를 함락하고 아르고스로 돌아온 아가멤논은 아내 클리타임네스트라와 그녀의 정부 아이기스토스에 의해 살해된다. 또한 아가멤논이 전리품으로 데려온 트로이의 카산드라 공주 역시 살해당한다. 그녀의 죽음은 극 중 가장 통렬한 부분을 이룬다. 서쪽에서 불어오는 바람을 얼굴에 맞으며 카산드라는 궁으로 들어가 왕비에 의해 살해된다.

아이스킬로스는 황당한 사고로 사망한다. 맹금류 새 한 마리가 그의 머리를 매끈하고 둥근 돌이라고 착각하는 바람에 등딱지를 깨서 먹으려고 살아 있는 거북이 머리를 내리친 것인데… 그것이 아이스킬로스의 죽음이었다고 한다.

[Aeschylos, B.C.525~B.C.456, 고대 그리스 비극 시인]

아이아코카
Lee Iacocca

아이아코카는 1924년 이탈리아 이민자의 아들로 태어나 프린스턴대학교 공학석사를 마치고 포드에 취직해 32년 동안 근무, 머스탱의 대성공으로 승진 가도를 달리는 포드의 황금시대를 위해 자신은 연봉 1달러만 받겠다고 선언한다.

이러한 피나는 노력으로 정부 보증 대출 15억 달러를 얻어 크라이슬러 재건 작업을 시작한 아이아코카는 공격적인 경영으로 헤쳐 나간다.

1983년, 드디어 5년 만에 정리 해고한 근로자들을 다시 불러들였고 5% 삭감했던 근로자들의 연봉도 원래 수준으로 올려놓았다. 엄청난 흑자를 기록하며 상환 기간이 7년이나 남은 상태에서 정부 대출금을 모두 갚아버린다. 이렇듯 파산 직전의 크라이슬러는 아이아코카를 통해 기적적으로 되살아난다. 재계는 물론 정계에서도 그에 대한 러브콜이 많았다. 유력한 대통령 후보로 거론되기까지 했던 그는 겸손하면서도 자신 있게 제안을 거절한다.

이민자의 아들로 태어난 아이아코카는 자유는 단지 치열한 경쟁에 참여할 수 있는 입장권일 뿐, 살아남기 위해서는 대가代價가 뒤따라야 한다는 사실을 뼈저린 경험을 통해 깨우쳤다.

전 세계 젊은이에게 용기와 희망을 전하면서도 그는 시종일관 유머를 잃지 않았다.

[Lee Iacocca, 1924~2019, 미국 실업가]

아이젠하워
Dwight D. Eisenhower

미국 34대 대통령 아이젠하워가 제2차 세계대전 중 연합군 최고사령관으로 있을 때 겪었던 일화로, 그가 긴급 군사회의에 참석하기 위해 차를 타고 사령부로 가고 있었는데, 그날은 폭설로 인해 길이 미끄러워 위험했으며 날씨 또한 엄청 추웠습니다.

그때 그는 길가에서 추위에 떨고 있는 프랑스 노부부를 발견하고 즉각 참모에게 어떤 상황인지 확인해 보도록 하였습니다.

참모가 "사령관님, 우리는 급히 사령부에 가야 합니다. 이런 일은 경찰이 처리하도록 하시지요." 하고 말했지만, 아이젠하워는 "지금 경찰을 기다리면 저 노부부는 추운 날씨에 얼어 죽고 말 걸세. 얼른 알아 오게."라고 다시 지시하였습니다.

파리에 있는 아들을 찾아가기 위해 길을 나섰다가 차가 고장 나서 누구의 도움도 받지 못해 어쩔 줄 모르고 있었던 노부부의 사연을 전해 들은 아이젠하워는 그들을 차에 태워 배웅하고 난 후 사령부로 가서 회의를 마쳤습니다.

그런데 나중에 알게 된 기막힌 사실이 있었습니다. 노부부를 돕던 날, 그를 암살하려는 작전이 계획되어 아이젠하워를 태운 차량이 가는 길에는 독일 저격병이 매복해 있었던 것입니다. 보상 같은 건 전혀 생각지 않았던 아이젠하워의 선행은 실로 엄청난 보상을 받은 셈이 되었던 것입니다.

야구를 굉장히 좋아했다. 웨스트포인트에 입학하기 전에 가명을 써서 급여를 받고 마이너리그에서 경기를 뛰었다는 의혹을 받았다. 이는 생도 규정 위반으로 퇴학이 될 수도 있는 사안이라 이 논란에 대해 영문 위키에 따로 문서가 있을 정도이며, 대통령 선거 당시와 당선 후에도 기자들에게 '진짜 마이너리그에서 뛰었느냐' 라는 무수한 질문 세례에 시달렸다.

에벌린 고등학교 시절 야구팀에서 중견수로 활약했지만 웨스트포인트에서는 야구팀에 들어가지 못해서 미식 축구팀에서 활동했으며, 야구팀에 들어가지 못한 것을 매우 아쉬워했다. 그래서 학교가 끝나고 당시 웨스트포인트 야구팀 스타이자 동기생이었던 오마 브래들리와 함께 야구를 했다고 한다.

대통령 시절 조지프 매카시 견책 결의안에 서명하면서 '매카시이즘은 이제 매카시였음이라' 는 유머를 남기기도 했다.

[Dwight D. Eisenhower, 1890~1969, 미국 군인, 정치가, 34대 대통령]

아인슈타인
Albert Einstein

물리학자치곤 수학이 꽤나 약해 주변 연구자의 도움을 받아야 했다거나, 그가 초기에 내놓은 이론에 나오는 공식 계산은 전부 아내인 밀레바가 했다는 이야기가 있다.

그녀와 아인슈타인은 같은 대학에서 수학과 물리학을 전공했다. 이 때문인지 광양자 이론은 둘이 공동 연구한 것이라는 주장도 있고, 실제로 스위스 베른 소재 아인슈타인 박물관의 전시물 중에는 아인슈타인이 그녀의 공적을 훔친 것 아니냐는 주장도 있다는 언급이 소개되어 있으나, 초기 논문의 아인슈타인 마리치는 공동 저자를 표시한 것이 아니라 스위스의 관습적인 서면 방식을 사용한 것이며, 밀레바가 어떤 도움을 줬을 것이라는 증거나 증인이 하나도 없다고 결론지은 바 있다. 애당초 밀레바는 독자적으로 학문적인 활동을 한 이력이 없다.

하지만 어디까지나 세계적인 이론 물리학자치고는 수학의 최신 분야를 못했다는 것이지, 이미 중학교 때 미적분학 교재를 풀던 사람이었다.

[Albert Einstein, 1879~1955, 독일 물리학자]

아쿠타가와 류노스케

芥川龍之介

나는 역사를 뒤넘길 때마다 유취관遊就館 (일본 야스쿠니 신사神社 안의 무기武器 박물관)을 상기하지 않을 수 없다. 과거의 복도에는 어두컴컴한 속에 갖가지 정의正義가 진열되어 있다.

청룡도와 비슷한 것은 유교가 가르치는 정의일 것이다. 기사騎士의 창칼과 비슷한 것은 기독교가 가르치는 정의일 것이다. 여기에 굵다란 곤봉이 있다. 이것은 사회주의자의 정의일 것이다.

나는 그러한 무기를 바라보면서 수많은 전쟁을 상상하고는 절로 심장의 고동이 높아지는 수가 있는데, 그러나 아직 행인지 불행인지, 나 자신이 그 무기의 하나를 손에 잡고 싶어 한 기억은 없다.

[芥川龍之介, 1892~1927, 일본의 단편 소설가로서 많은 작품을 남기고 35세에 투신자살하였다.]

안데르센
Hans Christian Andersen

 덴마크의 시골 오덴세에서 구두수선공 아버지와 세탁부 어머니 사이에서 태어난 안데르센은 14세 되던 1819년 코펜하겐으로 상경한다. 당시 교양인들의 관심사는 예술과 문학이었고, 특히 코펜하겐 중산층의 오페라와 연극에 대한 관심은 지대했다.

안데르센 역시 흐름대로 배우의 꿈을 품고서 무작정 상경했던 터다. 그러나 현실은 만만치 않았다. 배우로서의 교육을 전혀 받지 못했다는 것이 첫 번째 걸림돌이라면, 그보다 더 심각한 걸림돌은 외모였다. 안데르센 자신이야말로 한 마리 '미운 오리 새끼'였던 것이다. 배우의 꿈을 접고 그가 만약 오덴세로 돌아갔다면, 우리는 '빨간 구두'나 '성냥팔이 소녀'를 읽는 행운을 누릴 수 없었을 것이다. 그러나 그는 이야기를 지어내는 자신의 상상력과 시적 재능으로 무언가 해볼 것이 있다고 여겼다. 마침 코펜하겐에서 문학은 성공으로 가는 지름길이었다.

영국이나 프랑스 등 다른 유럽 국가의 지식인들이 정치와 혁명에 열을 올리는 사이 덴마크 지식인들이 집중할 거리는 예술이 전부였기 때문이다. 덕분에 못생기고 배운 것 없는 미운 오리도 코펜하겐의 예술과 문화에 동참할 수 있었다. 그러나 그것도 만만치 않았다.

발표한 글마다 혹평을 받아 칭찬에 굶주린 그에게 두고두고 큰 상처가 되었다.

또한 출세작 '즉흥시인'이 조국 덴마크보다 해외에서 더 많은 인기를 누린 탓에 안데르센은 덴마크가 자신에게 모종의 편견을 가지고 있다고 여기기까지 했다. 그러나 이는 절반의 진실이다. 사실 코펜하겐에는 보잘것없는 저 어린 남자를, 그저 가능성이 있다는 이유만으로 후원하고 기다려준 이들 또한 많았기 때문이다.

안데르센은 좋은 선생을 추천받았으며, 학교에도 새로 입학할 수 있었다. 이러한 인복에 힘입어 그는 '외다리 주석 병정'처럼 녹아 사라지지 않고 길이 남을 동화 등을 써낼 수 있었다.

욀렌슐레게르는 비평가들이 나를 인정사정없이 몰아붙일 때 내 편이 되어 함께 분노하며 그들과 맞섰다.

거듭되는 악평과 노골적인 경멸 속에 풀이 죽어 있던 어느 날, 욀렌은 "그딴 소리 신경 쓰지 말게. 진심으로 하는 말인데, 자네는 진정한 시인이네."

누군가 내 작품을 비평하면서 철자법 틀린 죄의 심각성을 알지 못한다며 나와 내 작품을 깎아내리자, 그가 흥분해서 고함을 질렀다.

"그게 뭐 어때서, 그럴 수도 있는 거고, 그게 안데르센인데! 그런 걸로 시인을 평가하지 말라고!"

[Hans Christian Andersen, 1805~1875, 덴마크 동화 작가]

안병욱

安秉煜

"한자엔 철학이 있지. 성인聖人의 성聖자를 보면 듣고(耳) 나서 말(口)을 해야 으뜸(王)이 란 뜻이지. 훌륭한 지도자는 영혼의 소리까지 듣고 자기 얘기는 삼가야 해."

수필가이자 철학자인 안병욱 전 숭실대 교수는 '산다는 것', '안병욱 명상록' 등 수많은 저서를 통해 현대인의 타락하고 혼탁한 정신 생활을 예리하게 분석하고 현대 지성의 방향과 모럴을 제시해 왔다.

서울 아차산 기슭에 자리 잡은 안씨 자택을 찾았다. 아파트 현관 문이 빼곡하게 열려 있었다.

"선생님" 하고 불렀더니, "그냥 들어와."라고 한다.

고서의 냄새가 잔뜩 풍기는 서재에서 마주 앉았다.

먼저 '도산 아카데미 포럼'에 가끔 참석한다고 인사말을 건네자, 주저 없이 '일제 때 많은 사회적 박해를 받았지만 홍사단만큼 100년 가까이 시종일관 원칙과 사상을 견지해 온 단체도 없을 것이라'고 했다.

도산 아카데미의 설립 대표이기도 한 안씨는 "도산 선생은 기러 기 정신으로 홍사단을 설립했다면서 기러기는 9만 리 하늘길을 날아 도 방향 감각이 확고하며 질서정연하다."고 강조했다.

협동정신이 강하고 신용과 신의, 죽는 날까지 일부일부一夫一婦를 지키는 것 또한 기러기의 세계라고 부언했다.

아울러 마하트마 간디의 말을 인용하면서 현대문명의 일곱 가지 병, 즉 도덕 없는 상업, 인격 없는 교육, 인간성 없는 과학, 근로 없는 재산, 양심 없는 쾌락, 희생 없는 신앙, 원칙 없는 정치 등을 꼬집었다.

근황을 물었더니 "현대인에게 좋은 인생과 가치관을 심어주기 위해 4년째 월간지 '한글+한자문화'에 무료로 글을 게재하고 있다."면서 한자철학은 알수록 흥미롭다고 했다.

예를 들어, 낙樂을 상형적으로 원래 어린이가 책상에 앉아 양손으로 뭔가 배우는 모습이며, 어미 모母는 쪼그려 앉아 기다리는 여자의 모습에 젖꼭지 두 개를 쿡 찍어 형상화했다는 것이다.

안병욱은 흥사단 활동을 통해 소년 시절부터 받았던 안창호의 영향을 받아 사상적으로 다시 전파하고, 그 뜻을 조직을 통해 이어가려 했다. 문학 소년이던 중3 시절에는 이광수의 '무정'을 읽고 감동받아 정신적 눈이 뜨임을 경험했다.

그때의 감격을 안고 그는 춘원에게 직접 편지를 보내어 이 세상을 어떻게 살아야 할지 질문을 던졌다.

놀랍게도 춘원은 그에게 한 장짜리 길지 않은 답신을 보내어 "군자신이 성인이 돼라. 성인이 되는 뜻을 세우라."는 격려의 말을 써주었다.

안병욱은 어린 시절 춘원의 책을 통해 삶이 무엇인가, 어떤 삶을 살아야 하는가 등의 질문을 하게 되고 철학의 길로 들어가게 되었다.

[安秉煜, 1920~2013, 한국 철학교수, 수필가]

안수길

安壽吉

　　재만 조선인 문학은 시, 소설, 수필, 희곡 등 장르에 걸쳐 다양한 사상 예술적 경향을 지니고 있다. 비교적 폭넓게 전개되었다. 하지만 조선인 개척민의 개척사와 정착사, 그들의 운명과 진로를 집요하게 추구하고 형상화한 작가는 안수길이다. 우리는 그의 소설문학을 통해 이 시기 조선인 문학의 기본적인 흐름과 그 역사적 변화 과정을 볼 수 있다.

　　말하자면, 안수길은 적어도 1930년대 중반 동인지 '북향' 시절부터 1945년 그의 장편소설 '북향보'를 발표하기까지 이 땅의 조선인 개척민들과 동고동락하면서 그들의 개척사와 정착사에 주안점을 두고 소설 창작을 통해 이른바 '북향' 건설을 꾀하였는바, 그는 재만 조선인 문학의 계보를 대변하고 그 주요한 주제의식을 집요하게 추구한 작가로 우리 앞에 나타나고 있다.

　　안수길은 1911년 함경남도 함흥시에서 태어났고, 그의 아호는 남석南石이다. 안수길은 1921년 아내와 둘째 아들만 데리고 장사꾼으로 간도에 살고 있는 삼촌을 따라 이민을 왔다. 1926년 간도중학교를 졸업하고 다시 함흥으로 돌아가 함흥고보에 입학한다. 그러나 함흥고보 2학년 때 동맹휴학 사건으로 그 주동자로 지목되어 학교를 자퇴하게 된다.

1928년 서울에 올라가 경신학교 3학년에 편입하고, 1929년 광주 학생운동이 일어나고, 그 여파로 경신학교에서도 만세운동이 일어 난다. 안수길은 또 만세운동의 선두에 선 까닭에 일본 경찰에 체포 되어 15일간의 구류 생활을 치르게 되고 끝끝내 이 사건으로 퇴직당 하게 된다. 1930년 일본으로 건너가 교토(京都) 료요(兩洋)중학교에 들어간다. 그 이듬해 졸업하고 동경에 옮겨가 와세다대학 고등사범 부 영어과에 입학한다. 하지만 한 해도 채우지 못하고 집안 사정으 로 학업을 중단하고 귀국한다.

1932년 간도에 돌아온 안수길은 소학교에서 교편을 잡으면서 문 학 공부에 전념한다. 1935년 그의 단편 '적십자병원 원장' 과 콩트 '붉은 목도리' 가 조선 문단지의 현상공모에 당선된다.

그해 그는 소학교시절의 동창인 김현숙과 혼인한다. 1935년 그의 집에 기숙을 하고 있던 광명중학교 영어교사 이주복과 함께 해란강 기슭을 산책하다가 뜻을 모아 '북향회' 라는 문학동인회를 만들기로 했다. 간도는 조선인들의 제2의 고향이므로, 이 땅에 우리 문학을 심 자는 뜻에서 붙여진 이름이다.

그 뒤 안수길이 천주교 마을 팔도구 등지에 가서 소학교 교사로 약 1년 반가량 있는 동안 이주복은 용정에서 '북향회' 를 발족시켰 다. 그 구성원들은 용정지역의 남녀중학교의 교사들과 의사들이었 다. 안수길은 '북향' 에 소설 '장' , '함지장이 영감' 과 기타 번역 작 품들을 발표한다.

1936년부터 용정에서 발간되는 '간도일보' 의 기자로 근무한다. 1937년 간도일보와 신경의 '만몽일보' 가 병합되어 '만선일보' 로 발족하자 안수길은 신경으로 가서 근무한다. 당시 염상섭, 신영철, 송지영 등이 동료로 같이 일했다. 1941년 용정에 특파원으로 내려갔다가 태평양전쟁 말기에 본사로 돌아온다.

아무튼 안수길은 8년간 만선일보의 기자로 일했고 이 신문의 용정 특파원으로 있었던 1941년부터 1945년까지 문학 창작에 몰두해 자기의 독자적인 문학세계를 확립했다.

만선일보에 '새벽', '벼', '차중에서', '부엌녀', '4호실', '한여름밤' 등을 발표했다. 이어서 단편 '목축기'를 조선 국내의 문학지 '춘추'에, 단편 '원각촌'을 국민문학에 발표하고, 1943년 단편 '바람'을 발표한다.

해방 후 조선에 돌아온 안수길은 홍남시 과수원에서 요양하다가 1946년 가족과 함께 월남하여 경향신문사에 입사하여 문화부 차장, 조사부장을 역임한다.

1950년 6.25사변이 일어나자 대구로 피난하고, 1.4후퇴 시는 부산으로 피난하여 해군 정훈감실 문관으로 근무하다가 부산 용산고등학교 교사로 취직한다. 1954년 서라벌예술대학 문예창작과 과장으로 취직하고 두 번째 소설 '제3인간형'을 간행한다.

1955년에는 이 소설로 아시아 자유문학상을 수상하며, 세 번째 소설 '초련필담初戀筆談' 등을 발표한다. 1959년 이화여자대학교 국문과에서 소설 창작 강의를 맡으며, 1960년 국제 PEN 클럽 한국본부 중앙위원으로 피선된다.

1963년 네 번째 소설 '풍차'를, 1965년 다섯 번째 소설 '벼'를 간행한다. 1968년 서울시 문화상을 수상한다.

[安壽吉, 1911~1977, 한국 작가, 소설개]

안자

晏子

공자는 '안평중은 사람들과 잘 사귄다. 오래 사귀어도 경의敬意를 잃지 않는다.'고 했다.

다른 기록들에서도 공자는 안자를 높이 평가했다. 반면에 안자는 공자에 대해 그다지 호감을 갖지 않았던 것으로 보인다. 공자가 너무 말만 앞세운다며 비판하기도 했다. 그래서 혹자는 좋은 말은 공자가 다 했지만, 안자는 몸으로 실천함으로써 두고두고 본받아야 할 표준이 되었다고 평한다.

안자는 기원전 567년 제나라에 망한 래萊나라의 이유지방 출신으로 제나라에서 영공, 장공, 정공 세 국군國君을 섬겼다. 그와 관련된 일화가 '안자춘추'에 잘 실려 있다. 근검절약하고 힘써 일했기 때문에 제나라에서 크게 쓰였다. 재상이 된 뒤에도 식사 때는 고기반찬이 한 가지를 넘지 않았고, 안 사람에게는 비단옷을 입지 못하게 했다. 임금의 통치가 제대로 시행될 때는 명령에 순종했지만 그렇지 않을 경우에는 명령의 옳고 그름을 가려 실행하니, 세 명의 국군을 모시면서 제후들 사이에 크게 명성을 떨쳤다.

'사기'에는 기록되어 있지 않지만 '안자춘추'를 비롯한 다른 기록들을 살펴보면, 안자는 중국 역사를 통틀어 둘째가라면 서러워할 정도로 뛰어난 유머 러스트였다. 특히 통치자의 그릇된 행동이나 명령을 절묘한 충고로 바로잡는데 남다른 능력을 보였다. 그의 충고에는 지혜가 충만해 있었다.

또한 발랄하고 유쾌한 유머와 위트, 그리고 익살이 들어 있어 통치자가 마음 상하지 않고 흔쾌히 충고를 받아들이게 하는 힘이 있었다.

지혜 속에 번뜩이는 유머감각이라 할 수 있고, 유머 속에 번뜩이는 지혜의 칼날이라고도 할 수 있다. 이런 점에서 안자의 유머는 촌철살인이란 표현에 가장 잘 어울린다.

[晏子, ?~B.C.500, 중국 제나라 재상, 정치가, 외교가, 문학가]

안중근
安重根

안중근의 아버지는 평소 소중히 여기는 벼루 하나가 있었는데, 아들에게도 건드리지 말라고 신신당부할 만큼 아끼던 물건이었습니다. 하루는 아버지 몰래 그 벼루를 꺼내 쓰다가 그만 떨어뜨리고 와장창 깨져버렸습니다.

"어르신이 아끼시는 건데 큰일 났네! 도련님이 깼다고 하면 크게 혼날 테니 제가 청소하다 실수로 깨뜨렸다고 말할게요."

그러나 안중근은 고개를 저은 후 이후 아버지께 무릎을 꿇고는 "아버지께서 절대 손대지 말라 하신 벼루를 제가 그만 깨뜨렸습니다. 용서해 주십시오."

무척이나 엄했던 아버지는 벼루를 깨뜨린 벌로 회초리를 들었고 종아리에 피멍이 들 정도로 혼냈습니다.

어린 안중근이 다리를 절뚝거리며 방을 나오자, 하인이 부축하며 말했습니다.

"도련님 제가 깨뜨렸다고 하면 이렇게 매 맞지 않으셨을 텐데…. 왜 사실대로 말씀드렸어요?"

어린 안중근은 밝게 웃으며 대답했습니다.

"종아리가 아프기는 하지만 마음은 편합니다. 아프고 괴롭지만

마음이 편한 것, 이것이 정직 아니겠습니까?'

　조국의 독립을 위해 죽음까지 불사한 안중근 의사, 그가 지킨 어릴 적 정직과 용기가 이후에 강인한 독립운동의 정신이 되었을지도 모릅니다. 그만큼 정직은 모든 성품의 근본이 됩니다. 평소에 정직한 행동을 한다는 것은 그리 힘들지 않지만 위기의 순간에는 큰 갈등이 생깁니다. 정직을 선택할 것인지, 당장의 현실적 이익을 선택할 것인지. 빛이 있다면 그림자도 있듯이 동학농민운동의 잘못된 모습에 대한 기록도 찾아볼 수 있다. 우국지사 황현의 '매천야록' 과 독립운동가 박은식의 '한국독립운동 지혈사' 가 대표적인 예시이다.

　이토 히로부미를 사살하고 순국한 안중근도 비슷하게 생각했던 것 같다. 옥중 자서전 '안은칠 역사' 에 '동학당은 외국인을 배척한다는 평계로 군현을 가로지르며 관리들을 죽이고 백성의 재산을 약탈했다.' 라고 적었다.

　나의 아버님(안태훈)은 동학당의 폭행을 참기 어려워 동지들을 모으고, 포수들을 불러 모으는 한편 처자들까지 행렬에 편입시켰다. 이렇게 해 모인 정병 일흔 명은 청계산에 진을 치고 항거했다.

　안중근도 참여했다. 동지 6명과 함께 전투에서 과감하고 용감하면서도 한편으로는 무모한 면이 있는 안중근의 모습을 살펴볼 수 있다.

　여기서 안중근의 아버지에 대해서도 짚고 넘어가고자 한다 독립운동사 · 친일반민족사연구가 김삼웅은 저서 '안중근 평전' 에 안태훈은 일찍이 개화파 세력에 가담한 경력이 있다고 하며 이후의 일이지만 천주교로 개종하고 적극적으로 전도 사업을 벌일 만큼 서구문물 수용에 앞장섰던 개화파였다.

[安重根, 1879~1910, 한국 독립운동개]

안지추

顔之推

세계적으로 유명한 명문가의 가훈 중에 대표적으로 들 수 있는 오래된 것으로 안씨가훈顔氏家訓을 들 수 있다.

안씨가훈은 중국 역사상 보기 드문 난세를 살아간 한 지식인이었던 안지추顔之推가 자손들에게 남긴 훈계서다. 이 가훈은 책 한 권 분량으로 방대하다.

중국 남북조시대의 후반기인 양나라와 수나라의 통일 초까지 산 안지추의 이 가훈서는 종손에게 남긴 훈계인 동시에 자신의 일대기이며, 다양한 체험담과 일화를 담고 있어서 당시 사회의 시대상을 이해하는 역사서 역할까지 한다.

보통 집안의 가훈은 대체로 입신이나 처세 치가治家 등에서 지켜야 할 도리를 간단한 글귀로 제시하는데 비해, 안씨의 가훈은 일상적인 생활에서의 지켜야 할 점은 물론 고전을 고증하는 서증書證, 음운학 발달사와 음운 비교를 적은 음사音辭, 서예, 회화, 군술, 신술, 바둑 등에 관한 기록인 잡예 등과 같이 전문적 분야에 이르기까지 그 영역이 방대하고 자상한 것이 특징이라고 할 수 있다.

[顔之推, 531~591, 중국 육조시대 문학가]

안창호

安昌浩

　도산은 상해에 있을 때 소년들을 무척 좋아해서 여러모로 소년단을 도와주었다. 어느 날 한 소년이 소년단 5월 행사에 쓸 돈이 필요하다고 도산에게 도움을 청했다. 하지만 그때 도산은 돈을 가지고 있지 않아서 4월 26일에 돈을 갖다주겠노라고 약속했다. 그리고 그 약속을 지키기 위해 그날 돈을 준비해서 소년의 집을 찾아갔다.

　그날은 바로 독립투사 김구 선생님의 지도하에 윤봉길 의사가 상해 홍구공원에서 일본 백천대장에게 폭탄을 던진 의거를 일으킨 날이었다. 일본 경찰은 독립운동을 하는 한국 애국지사들을 체포하기 위해 곳곳에 잠복하고 있었는데, 소년과의 약속을 지키기 위해 소년의 집에 갔다가 잠복한 일본 경찰에게 붙들려 한국으로 압송되어 재판을 받고 대전에서 3년 반의 옥고를 치르게 되었다. 이처럼 신의가 두터웠던 도산의 생활신조이자 행동 원칙은 '약속을 지키라' 는 것이다.

　도산은 질서와 정돈을 대단히 중요하게 생각했다. 도산은 만년에 평양 근처 대보산에 송태산장을 짓고 살았는데, 그 산장은 언제나 청결했다.

어느 날 도산은 그 마을 사람의 혼인잔치에 초대를 받았다. 집안에 들어서니 문지방 앞에 여러 켤레의 신들이 아무렇게나 어지러이 놓여있자, 도산은 그 신들을 하나하나 빈듯하게 정돈을 하고 방으로 들어갔다. 나중에 손님들이 밖으로 나올 때 신들이 반듯하게 정돈돼 있는 것을 보고 도산이 그렇게 한 것을 알고는 감동을 받았다. 이처럼 도산은 이래라저래라 말하기 전에 손수 모범과 본보기를 보여 사람들로 하여금 깨닫게 했다.

도산은 큰일에 정성을 다하였음은 물론이고 지극히 작은 일에도 온갖 정성을 다했다. 화분 하나를 사도 합당하게 생각되는 가격이 아니면 사지 않았는데, '그 돈이 어떤 돈이기에' 라는 생각 때문이었다. 즉 자신이 쓰는 돈은 흥사단 동지들이 피땀으로 모아준 것을 알아 한 푼도 낭비해서는 안 된다고 여겼다.

도산의 건강은 말년에 많이 쇠약해졌다. 대전 감옥생활로 그의 숙환인 소화불량이 더욱 악화되었고 폐와 간도 나빠졌다. 임종 시의 병명은 '간경화증 만성기관지염 위하수증' 이었다.

도산은 글자 그대로 온몸이 병투성이가 되고 뼈와 몸이 가루가 되도록 나라의 앞날을 걱정하고 동포의 운명을 걱정했다. 그는 죽음도 두려워하지 않았으며, 오로지 자신이 계획하던 민족자립의 방안을 실천에 옮기지 못하고 가는 것을 안타깝고 한스러워할 뿐이었다.

[安昌浩, 1878~1938, 한국 독립운동가, 사상가]

안티스테네스
Antisthenes

안티스테네스는 연설가 고르기아스의 제자였으나, 이후 소크라테스의 제자가 되었다. 소크라테스의 가르침에 푹 빠져서 매일 7.4킬로나 되는 길을 걸어가서 소크라테스의 이야기를 들었다.

안티스테네스는 자신의 제자들에게 엄격했는데, 그를 따르던 제자가 얼마 되지 않는 이유가 은 지팡이로 그들을 다 쫓아버리기 때문이었다.

왜 제자들을 그렇게 혹독하게 다루냐고 누군가가 묻자, 그는 "의사도 환자에게는 그렇게 한다."고 말했다.

견유학파의 창시자답게 기행도 많이 저질렀는데, 병을 앓고 있는 플라톤을 찾아가 플라톤이 토하면 대야 속을 들여다보면서 이렇게 말했다.

"이 안에 담즙만 보이고, 자만이 보이지 않는군."

안티스테네스는 폐병으로 죽음에 이르렀을 때, 마침 마찬가지로 병들어 있던 제자 디오게네스가 찾아와서, "혹시 친구가 필요하지 않은가?"라고 말했다.

안티스테네스는 디오게네스에게 "누가 나를 이 고통으로부터 구해줄까?"라고 묻자, 디오게네스는 단검을 보이면서 "이것이"라고 말했다.

그러자 안티스테네스는 "내가 고통으로부터 라고 말했지, 삶으로부터 라고 말하진 않았네." 라고 침착하게 반박했다.

[Antisthenes, B.C. 445~B.C. 365, 고대 그리스 철학자]

안티파네스
Antiphanes

그리스 중기 희극은 B.C. 400~336년간 전개되고 안티파네스 작품은 260~360편으로 다양한 주제를 다루고 있으며, 모두 단편이고 특징이 있다면 연극용이 아닌 낭송을 위한 희곡이 많다.

고대 그리스 문명은 철학과 사상, 조각과 건축과 더불어 문학에 이르기까지 인류 문명사에서 찬란하게 빛나는 시대를 꽃피웠다. 특히 그 당시의 문학이 오늘날까지 전하고 지금의 문학 수준에서도 정수나 다름없어 더욱 가치가 있다.

그리스 문학에서는 호메로스, 헤시오도스, 사포, 이솝, 아이스킬로스, 소포클레스, 에우리피데스, 헤로도토스, 투키디데스, 아리스토파네스, 크세노폰, 폴리비오스 등이 대표적인 인물로 활약했다.

더러는 그리스 로마 문학가에 역사가들도 포함하고 있는데, 당시에는 역사와 문학이 함께 어우러져 있어 역사를 서사시로 쓰기도 하고, 역사서를 서사시에 영향받아 쓰기도 했기 때문이다.

그리스 문학은 B.C. 800년경 이후 B.C. 5세기 중반 아테네의 패권이 확고해지면서 발전했다. 처음에는 우주와 신 – 영웅 등을 힘차게 노래한 방대한 서사시를 비롯해 교훈적이지만 시인의 주관이 담긴 서정시의 전성기를 꽃피우며 마무리 되었다.

이후 B.C. 5~4세기 아테네가 전성기를 구가하면서 비극과 희극이 완성되는 한편 산문도 확립되었다. 하지만 B.C. 3~1세기에 걸쳐 아테네의 몰락에 이어 헬레니즘 문학으로 다시 자극을 받았다지만 알렉산드리아 중심 시대가 되면서 그리스 문학의 시대는 마감돼 로마의 흥기와 맞물려 로마 문학이 기지개를 켜면서 완전하게 쇠퇴했고, 4세기 초 콘스탄티누스 황제가 기독교를 공인하던 시절에는 고전 그리스 문학이 완전히 사라진다.

서사시의 주제와 내용은 신화와 역사를 주제로 삼았지만, 최초의 시이자 서사시의 대표적인 호메로스의 시처럼 수준 높은 시작 기법과 운율의 아름다움이 살아 있다. 하지만 B.C. 6세기 무렵 점차 사라져갔고, 호메로스의 시를 빼면 잊혀졌다. 이후 최초의 서정시이자 자연을 읊은 헤시오도스의 대표작인 '노동과 나날' 및 '신통기' 등을 통해 서정시의 역사가 비롯됐다.

그리스는 서사시와 서정시에 이어 극시를 발전시켰다. 먼저 비극부터 시작되었는데, 그 기원은 아테네의 독재자 페이시스트라토스가 B.C. 534년경 디오니소스 축제에서 최초로 경연대회를 열 때 첫 우승자인 테스피스가 쓴 디오니소스 신화를 디어니소스의 종자인 사티로스 복장을 한 합창대가 노래한 다튜림보스에서 시작되었다고 본다.

[Antiphanes, B.C. 405?~B.C. 332, 고대 그리스 시인, 극작가]

안회

顔回

안회는 배움을 좋아하고 항상 진실하였으므로, 공자가 가장 아끼는 제자 중의 한 명이었다. 어느 날 안회는 공자의 심부름으로 시장에 들렀는데, 한 포목점 앞에 많은 사람들이 모여 언쟁이 붙었다. 호기심이 생겨 가보니 가게 주인과 손님이 시비가 붙은 것이다.

포목을 사러온 손님이 큰소리로 주인에게 따졌다.

"3×8은 분명히 22인데, 왜 나한테 24전을 요구하느냐 말이야?"

안회는 이 말을 듣고서는 그 사람에게 먼저 정중히 인사를 한 후 "3×8은 분명히 24인데, 어째서 22입니까? 당신이 잘못 계산을 한 것입니다."라고 말했다.

포목을 사러 온 사람은 안회의 코를 가리키면서 "네가 누군데 나와서 참견하고 떠드느냐? 도리를 평가하려거든 공자님을 불러와라! 옳고 그름은 그 양반만이 정확한 판단을 내릴 수가 있다."

안회는 그 손님의 말을 듣자, 회심의 미소를 짓고 "그럼 좋습니다. 그럼 만약 공자께서 당신이 졌다고 하시면 어찌할 것인지요?"

그 손님은 당당하게 "그러면 내 목을 내놓을 것이다. 그런데 너는 무얼 걸겠느냐?"

안회도 지지 않고 "제가 틀리면 관冠(모자)을 내놓겠습니다."

두 사람이 내기를 걸고 공자를 찾아갔다.

공자는 사유의 전말을 다 듣더니, 안회에게 웃으면서 하는 말이 "네가 졌으니 이 사람에게 네 관을 벗어 주거라."

안회는 순순히 관을 벗어 포목을 사러 온 사람에게 내주고 말았다. 안회는 스승이신 공자의 판결에 대해 겉으로는 내색할 수 없었지만 속으로는 승복할 수밖에 없었다.

그는 자기 스승이 이제 너무 늙었고 우매해졌으므로 이분에게는 더 이상 배울 게 없다고 생각했다. 밤잠을 설치고 고민하던 안회는 고향으로 돌아가서 다른 스승을 찾아보리라고 다짐하고, 다음 날 안회는 오랜만에 고향의 부모님을 찾아뵙겠다며 공자에게 고향에 잠시 다녀오겠다고 하니, 공자는 아무 얘기도 하지 않고 고개를 끄덕이면서 허락했다.

모든 개인 물건을 챙기자, 공자는 가능한 한 바로 돌아와 줄 것을 당부하면서 안회에게 글을 쓴 죽간을 주었는데, 거기에 두 마디 충고가 새겨져 있었다.

천년고수막존신千年古樹莫存身

살인불명물동수殺人不明勿動手

안회는 작별 인사를 한 후 착잡한 마음으로 고향에 가다가 길에서 갑자기 소나기를 만나 잠시 비를 피하려고 급한 김에 길옆에 오래된 고목나무 밑으로 뛰어들어간 순간 스승의 첫마디인 천년고수막존신, 즉 '천년 묵은 나무에 몸을 숨기지 말라'는 말이 떠올랐다.

그래도 그동안 사제의 정을 생각해서 스승이 당부해 주시는 충고

한 번쯤은 들어줘야지 하며 그곳을 다시 뛰어나왔는데, 바로 그 순간에 번쩍하면서 그 고목이 번개에 맞아 불이 붙으며 산산조각이 나버렸다.

'스승님의 첫마디가 적중되었으니, 그렇다면 두 번째의 충고는 살인을 어떻게 할 것인가?

안회는 고향 집에 도착하니 이미 늦은 심야였다. 집안으로 들어간 그는 부모님을 깨우지 않으려고 건너편 자신의 방으로 향했다. 그리고 조용히 보검으로 아내가 자고 있는 내실 안에서 손으로 천천히 더듬어 만져보니 웬일이란 말인가? 침대 위에 두 사람이 자고 있는 것이 아닌가?

아내가 불륜을 저지르다니 순간 화가 치밀어 검을 뽑아 내리치려는 순간 두 번째 말이 떠올랐다.

'명확지 않고서는 함부로 살인하지 말라.'

얼른 촛불을 켜보니 침대 위에 한쪽은 아내이고, 또 한쪽은 자신의 누이동생이 자고 있지 않은가.

"허허 참~ 스승님은 천문을 꿰뚫어보고 계시는 건가? 아니면 점쟁이란 말인가?"

다음날, 안회는 날이 밝기 무섭게 공자에게 되돌아갔다. 스승을 만나자마자 무릎을 꿇고 하는 말이 "스승님이 충고한 두 마디 말씀 덕분에 제가 벼락을 피했고, 제 아내와 누이동생을 살렸습니다. 어떻게 사전에 그런 일이 일어날 수 있다는 것을 알고 계셨습니까?"

공자가 안회를 일으키면서 하는 말이 "안회야! 첫째는 어제 날씨가 건조하여 무더워서 다분히 천둥 번개가 내릴 수 있을 것이므로 벼락을 끌어들이기 쉬운 고목나무를 피하라고 했던 것이며, 둘째는 네가 분개한 마음을 풀지 못하였고, 또한 보검을 차고 떠났기에 너를 조그만 작은 일에도 반응할 것을 걱정했기 때문이다. 조금만 깊이 생각해 본다면 누구나 그런 상황을 미리 예측할 수 있을 것이다."

공자는 이어서 말하길, "사실 나는 이미 다 알고 있었단다. 네가 집에 돌아간 것은 그저 핑계였고, 내가 그런 판정을 내린 것에 대해 내가 너무 늙어서 사리판단이 분명치 못해 더 이상 배우고 싶지 않았기 때문에 그런 것이 아닌가? 하지만 안회야! 한번 잘 생각해 보아라. 내가 $3 \times 8 = 22$가 맞다고 하면 너는 지게 되어 그저 머리에 쓰는 관하나 내준 것뿐이지만, 만약에 내가 $3 \times 8 = 24$가 맞다고 하면 그 사람은 목숨 하나를 내놓아야 하지 않겠는가? 안회야 말해보거라. 관이 더 중요하더냐? 사람 목숨이 더 중요하더냐?"

안회가 비로소 이치를 깨닫게 되어 "쿵" 하고 공자 앞에 다시 무릎을 꿇고 큰절을 올리면서 말을 했다.

"부끄럽기 짝이 없습니다. 스승님의 대의를 중요시하고 보잘것없는 작은 시비를 무시하는 그 도량과 지혜에 탄복할 따름입니다."

그 이후부터 공자가 가는 곳에서 안회가 그의 스승을 떠난 적이 없었다고 합니다.

[顔回, B.C.521~B.C.491, 중국 노나라 공자의 수제자]

알렉산더 대왕
Alexandros the Great

알렉산더는 어렸을 때 16세까지 아리스토텔레스의 지도를 받았다. B.C. 336년 필리포스가 암살된 후, 그는 아버지를 계승하여 강력한 왕국과 경험 많은 군대를 물려받았다. 알렉산더는 그리스의 지휘권을 수여받았으며, 이 권한을 사용하여 페르시아 정복에서 그리스인을 이끌 필리포스의 범 그리스 프로젝트를 시작했다.

B.C. 334년, 그는 아케메네스 제국을 침공하고 10년 동안 지속되는 일련의 정복 활동을 시작했다. 아나톨리아 정복 이후 알렉산더는 결정적인 전투, 특히 아수스와 가우가멜라 전투에서 페르시아의 힘을 깨트렸다.

그는 이후 페르시아의 왕 다리우스 3세를 정복시키고 아케메네스 제국을 완전히 정복했다. 그 시점에서 그의 제국은 아트리아 해에서 베아스강까지 확장되었다.

알렉산더는 '세계의 끝과 대외大外 해海'에 도달하기 위해 노력했고, B.C. 326년에 인도를 침공하여 히다스페스 전투에서 파우라바스에 대한 중요한 승리를 거두었다. 그는 결국 향수병에 걸린 군대의 요구로 돌아섰고, B.C. 323년에 아라비아 침공으로 시작될 계획된

캠페인을 실행하지 못하고 자신의 수도로 세울 예정이었던 바빌론에서 죽었다.

[Alexandros the Great, B.C. 356~B.C. 323(재위 B.C. 336~B.C. 323),
고대 마케도니아 왕]

알베르 까뮈
Albert Camus

까뮈는 부조리한 삶을 살아가는 인물들에 대한 고찰로 2부 '부조리한 인간'을 시작하는데, 도스토옙스키 소설 '악령'의 일부분을 차용해서 2부의 시작을 알린다.

그는 돈후안주의자와 연기자, 그리고 정복자라는 세 가지의 인물 유형을 제시하고 가장 부조리한 인물인 창조자에 대해서는 3부 '부조리한 창조'를 할애한다.

먼저 시작하기에 앞서 까뮈는 철학자가 아니라는 것을 명시해 두고 싶다. 그는 시지프 신화가 출간되고 얼마 뒤의 인터뷰에서 말한 바가 있다.

"나는 철학자가 아니다. 나는 어떤 체계를 만들 만큼 충분히 이성을 믿지 않는다. 나의 관심은 모럴이다."

여기서 모럴이란? '인생이나 사회에 대한 태도 또는 어떤 행위의 옳고 그름의 구분에 관한 태도'를 의미한다고 한다.

돈후안주의자: 돈 후안은 유럽에 사회적인 인물로 엽색가였다. 여자들을 차례로 편력한 뒤에 버린 그 죗값으로 마을의 성직자에 의해 처형되었는데, 까뮈는 그에 대한 또 다른 관점을 제시한다.

[Albert Camus, 1913~1960, 프랑스 소설가, 극작가, 1957년 노벨상 수상]

앙겔라 메르켈
Angela Dorothea Merkel

베를린 중심이라는 위치 때문에 이 슈퍼에는 그동안 메르켈뿐만 아니라 현직 재무부 장관, 하원 의장, 야당의 거물 정치인이 일상적으로 찾아와 장을 봤다. 그러나 독일과 유럽연합을 쥐락펴락하는 인사이더들의 장바구니를 정작 독일인들은 크게 신경 쓰지 않았다. 특별한 일이 아니었기 때문이다.

오렌지, 루콜라, 가지, 양배추, 로션, 주방용 타월, 크림치즈, 레드와인, 초콜릿, 밀가루, 토마토소스…. 기자가 엿본 메르켈의 쇼핑 카트 안에는 실제로 별다른 게 없었다. 기사를 쓴 이후 예상치 못한 파급 효과가 있었다. 여러 외신이 최근까지도 메르켈의 단골 슈퍼에 데려가 함께 장을 본 일화도 새삼 주목을 받았다.

가장 뜻밖의 일은 2017년 5월이다. '퇴근길 마트에서 장을 보는 메르켈 총리'에 큰 감동을 받았다는 우리 대선 주자가 나타난 것이다. 당시 문재인 더불어민주당 후보는 방송 연설에서 본 기자를 언급하고 '저 역시 때때로 계란이나 햇반 같은 것을 사러 동네 마트를 찾는다.'고 했다. 이어 '국민과 함께 출근하고 퇴근길에는 시장에 들러 소주 한잔 나눌 수 있는 대통령이 되겠다.'고 했다.

진심이었을 것이다. 하지만 당선 이후 벌이는 온갖 '쇼통 행보'를 보면서 마음이 무거웠다. 각본과 연출에 따라 행동하는 게 뻔히 보이는 '쇼통'에 인터넷에선 '쇼 끝은 없는 거야' 같은 말이 확산됐다. 차기 대선이 얼마 남지 않은 시점에서 또 얼마나 많은 쇼를 시청해야 할지 걱정이다.

메르켈은 자신을 내세우지 않는 총리였다. 정치인 중에는 어떻게든 자신을 강하게 부각시키려는 사람들이 많지만, 메르켈은 갈등 상황에서도 자신의 입장이나 생각을 잘 드러내지 않았다. 이런 태도에는 개인보다는 집단을 중시하는 동독 출신이라는 점도 일정 부분 영향을 끼친 것으로 보인다.

이런 메르켈을 두고 독일 뒤스부르크대의 정치학자 코르테는 '영웅적 면모라고는 눈을 씻고 찾아봐도 없는 사람'이라고 평하기도 했다. 특별한 것이 없는 것 자체가 특별한 사람이라는 뜻이다.

정치 경험이 없는 무명인이 정계 입문 15년 만에 정부 수반이 된 것도 이례적이고 그 주인공이라는 사실은 더더욱 전례가 없다. 메르켈이 그것을 해냈다. 같은 세대 서독 여성이었다면 불가능했을 일을, 이것 하나만 보더라도 그녀의 정치 역정은 한 시대의 상징이 되기에 충분하다.

[Angela Merkel, 1954~, 독일 정치인, 물리학자, 총리]

앙드레 말로
Andre Malraux

【공상 미술관, 복제 미디어에서의 예술작품의 수용】

공상미술관은 앙드레 말로의 '예술의 심리학'에서 처음 언급된 개념이다. 첫머리에 19세기란 수많은 미술관을 양식으로 삼고 살았다. 우리도 아직 그렇게 살아가고 있다고 되어 있듯이 거기서는 시대의 상징인 미술관이 논란의 중심에 서있다.

미술관은 예술작품이 모여 전시되는 곳으로, 우리는 그 자리를 빌려 예술작품을 감상한다. 말로는 그렇게 미술관이 감상이란 형식의 시각 제도 아래 있고, 그에 힘입은 바 있다는 점에 주목했다.

한편, 말로의 '공상미술관'은 복제 미디어의 발달에 의해서 유지되어 온 개념이기도 하다. 아시다시피 19세기 중엽, 비약적으로 발전한 사진 기술은 예술작품과 마주하는 우리의 눈길에 큰 변화를 가져왔다. 이후 복제 미디어는 우리의 예술 체험의 버팀목으로 불가결한 것이 되었다.

본론에서는 말로의 '공상미술관' 개념을 통해 '복제'의 감상이라는 새로운 예술작품 수용 형태의 지반을 마련했음을 지적하고, 그 의의에 대해 살펴보고자 한다.

【미술관의 역할】

말로는 미술관에 대해 논함에 있어 미술관이 얼마나 친숙하고 중요한 존재인지를 먼저 지적하고 있다. 예술작품과 우리 관계에서 미술관의 역할은 매우 크다. 우리 곁에 미술관이 존재하게 된 지 2세기도 지나지 않았다고 보기는 어렵다. 우리는 미술관에서 그곳에 놓인 예술작품을 감상한다. 그러한 예술 감상이라는 '예술작품과 우리의 관계'를 맺는 장으로서의 미술관의 역할을 말로는 중시하고 있는 것이다.

미술관이 존재하기 이전, 우리에게 예술작품은 단순한 감상 대상이 아니라 어떤 수단으로 여겨졌다. 즉 말로에 의하면, 원래 로마네스크의 책형 십자가는 조각으로 간주되지 않았다.

제1차 세계대전 직후 청춘을 맞이한 앙드레 말로는 혈기왕성한 그 시대 문학청년들이 흔히 그랬듯이 새로운 풍조인 다다이즘과 초현실주의의 영향을 받았고, 한때는 질서와 전통을 옹호하는 모리스 같은 사람들의 생각에 동의하기도 했다. 하지만 말로는 그보다도 동양과 그 고고학적 미술 세계에 흠뻑 빠져 있었다. 그는 그 무렵 인도차이나였던 베트남으로 건너가 고대 크메르 문화유적 발굴 작업에 손을 댔다.

이 때문에 도굴 혐의자로 체포되었지만, 앙드레 지드를 비롯한 많은 친구들의 노력으로 풀려나 1924년 파리로 돌아온다.

그리고 프랑스로 돌아오는 길에 중국에 들러, 그 무렵 공산당과 제휴하고 있던 광동의 국민당 정권에 협력하였다.

[Andre Malraux, 1901~1976, 프랑스 소설가, 정치인]

앙드레 지드
Andre Gide

고등학교 재학 때 철학 공부에 열중했고 이때부터 작가가 되기로 결심합니다. 1891년 파리 대학 철학과에 진학했으나 곧 그만두었으며 점차 문학과 글쓰기에 집중했어요.

자신의 초년 시기 이야기를 많이 담아낸 첫 작품 '발테르의 수기'를 익명으로 발표했지만 별 반응은 없었다고 합니다.

고등학교 때 서로 수석을 앞다투며 지냈던, 훗날 역시 작가가 된 친구 피에르 루이스를 통해 당시 상징주의 문학을 주도하고 있던 시인 말라르메의 문학 모임에 합류하게 되며 상징주의 미학에 매료되기도 했지요.

어릴 때부터 썩 건강하지 못했던 작가는 이 시기 의무였던 군 복무를 위해 입대했으나 다시 폐결핵을 진단받아 곧 제대합니다.

그리고 이듬해인 1893년, 그의 인생에 큰 영향을 끼친 북아프리카 여행을 떠나게 되었어요. 종교적이며 보수적인 프랑스의 사회 규범에 늘 짓눌려 억압받는 듯한 갑갑함을 느끼던 작가는 전혀 다른 아랍 문화를 접하며 큰 해방감을 느끼게 됩니다.

여행 중에 폐결핵이 재발해 죽음의 근처까지 다녀온 그는 삶을 새로운 시선으로 바라보게 되었고, 이 시기 자신의 동성애 성향도 알

게 되며 기존 사회적 틀을 깨고 주어진 욕망에 충실하게 사는 개인
의 행복 추구에 대해 진지하게 고민하고 주장하기 시작했어요.

[Andre Gide, 1869~1951, 프랑스 소설가]

앙리 베르그손

Henri Bergson

1922년에 파리에서 있었던 프랑스 철학회에서 베르그송은 알베르트 아인슈타인의 강의에 청중으로 참가했다. 이 강의에서 상대성 이론의 시간 개념에 대하여 질문하면서 논쟁이 있었다.

서로 결론 없이 헤어진 후 아인슈타인이 남긴 말은 '과학자의 시간과 철학자의 시간은 서로 다른 모양이다' 이었다. 물론 여기서 베르그손이 지적한 시간 개념은 적어도 베르그손 자신의 철학적 맥락에서는 옳은 말이었다. 하지만 그 개념을 과학적 연구를 통해 그 업적을 객관적으로 전달하는 강의에서 굳이 주장했어야 하는지에 대해 논란이 있었다. 이런 오해를 풀기 위해 베르그손은 얼마 있지 않아 '지속과 동시성' 이라는 아인슈타인의 상대성 이론의 시간에 대한 비판적인 저서를 내놓는다.

물론 그 비판이라는 게 물리학적으로 아인슈타인을 논박한다는 얘기가 아니라, 칸트의 이성 비판에서 비판처럼 그 한계와 효과를 명확히 정한다는 얘기, 철학과 과학 사이에서 아주 매니악한 떡밥이다.

이 책은 베르그손의 시간 개념인, 시계의 시간과도 다르고 심리적 시간과 가깝기는 하지만 같지는 않은, 살아 있다는 것 자체의 필연적인 시간인 '절대 지속'의 특유함을 비교적 쉽고 상세하게 밝히고 있다. 하지만 아인슈타인을 설득하려 열을 올리는 과정에서, 철학자가 아닌 사람을 이해시키려 함에도 불구하고 베르그손 자신만의 독특한 철학적 개념과 용어들을 사용한다. 베르그손이 이럴 수밖에 없었던 이 지속 개념은 베르그손 철학의 핵심이기 때문이다. 어찌 생각하면, 본인이 이것을 인류에게 설득하려 평생을 두고 철학을 펼쳤으니 그럴 수밖에.

베르그손은 감정이입을 통해야만 가장 중요한 통찰이 이루어진다고 주장했다. '절대로'의 도달은 오직 '직관'에 의해서만 가능하다. 반면 그 나머지 지식은 분석으로부터 나온다. 우리는 여기서 직관을 공감sympathy이라고 부를 수도 있는데, 그것을 이용해 우리는 자신을 어떤 대상의 내부로 옮겨놓을 수 있으며, 거기서 우리는 대상의 말로 표현할 수 없는 특질과 공존하게 된다고 주장한다.

우리는 기억과 함께 봅니다. 내 기억은 당신의 기억과 다르기 때문에, 우리가 같은 장소에 서있다 하더라도 우리는 같은 것을 보지 않습니다. 우리는 각기 다른 기억을 갖고 있습니다. 그러므로 각기 다른 요소가 작용합니다. 이전에 어떤 장소에 가본 적이 있는지, 그곳을 얼마만큼 잘 알고 있는지 등이 당신에게 영향을 미칠 것입니다. 객관적인 시각이라는 것은 실상 존재하지 않습니다.

[Henri Bergson, 1859~1941, 프랑스 철학자, 교수]

애거사 크리스티
Agatha Christie

어느 날 갑자기 날아온 초대장, 장소는 소유주에 대해 소문만 무성한 외딴섬, 그러나 그들을 초대했다는 주인은 늦겠다는 전언만을 남긴 채 나타나지 않고, 충실한 하인 부부만이 손님을 맞이한다. 그리고 하인 부부까지 모두가 모인 저녁식사 자리에서 열 사람 각각이 과거에 저지른 살인을 폭로하는 목소리가 들려오고, 폭풍우로 섬과 육지를 잇는 배가 끊긴 가운데 인디언 섬의 사람들은 인디언 소년 노래에 나오는 방식대로 한 사람씩 죽어가기 시작한다.

이 소설은 소위 [고립된 곳에서의 연속 살인, 범인은 우리 안에 있다]의 원형이라 할 수 있는 작품이다. 이 테마가 각종 추리소설, 영화, 드라마에서 그토록 무한 변주되는 것은 진부함에도 불구하고 여전히 인간의 공포를 가장 자극하는 코드일 것이기 때문이다. 폭풍우로 고립된 섬, 이어지는 살인, 그 속에서 서로를 의심할 수밖에 없는 등장인물들, 사람들의 죽음마다 너무나 적절하게 맞아떨어지는 인디언 소년의 노래.

저택의 식탁 위에 놓여있던 열 개의 인디언 인형 등 등장인물들이 죽어감에 따라 하나씩 사라져간다. 고립 스릴러의 모든 클리세cliche

는 이 작품에서 시작되었다고 해도 과언이 아니다. 범인은 누구인가? 갇혀 있다는 느낌, 몽환적인 무대장치, 인디언 섬, 마지막 신뢰의 대상이었던 탐정도 없다. 믿을 수 있는 사람은 죽은 자들뿐.

그러나 그들은 말이 없다. 게다가 모두는 떳떳지 못하다. 그래서 자신의 죄에 대한 심판이 분명히 일어나게 될 것이라고 무의식적으로 믿고 있다. 이것은 신의 역사이므로 도망칠 곳은 아무 데도 없다.

작가 크리스티의 절정기라 할 수 있는 1939년에 발표된 이 작품은 크리스티의 작품치고는 다소 차갑고, 그래서 더 섬뜩하다. 살인의 트릭이나 기술보다는 그 살인의 원인이 되는 인간성 자체에 집중하는 크리스티의 특징은 이 작품에서도 여전하다. 마지막 범인이 밝혀지는 부분은 특히 인간성의 또 다른 측면을 애거사 크리스티 특유의 시선으로 보여준다고 할 수 있다.

[Agatha Christie, 1890~1976, 영국 추리소설가]

애덤 스미스
Adam Smith

스코틀랜드 항구도시 커칼디에서 태어난 애덤 스미스는 14세에 글래스고 대학에 진학하였고, 17세에 옥스퍼드 발리옹 칼리지에 들어가 6년간 신학, 법학, 철학, 윤리학을 공부한 수재이다.

28세의 나이에 글래스고 대학 논리학과 교수로 임명되어 8년 후에 '도덕감정론'을 출간하고, 17년 후인 1776년 '국부론'을 저작 발행함으로써 철학자 애덤 스미스가 경제학자 애덤 스미스로 거듭나게 되었다. 경제학을 배운 적도 가르친 적도 없는 애덤 스미스는 '국부론'을 발표하고 영국 최초의 경제학자가 되었다.

몽상가로 불리던 젊은 시절 기이한 행동을 한 일화들이 많다. 한밤중에 일어나 무의식중에 16마일을 걸은 이야기, 글래스고를 방문한 하원 의원을 피혁 공장에 안내하면서 이야기 도중 하수구에 빠진 이야기 등등 괴짜였던 애덤 스미스는 말년에 스코틀랜드 세관장을 역임하였으며 평생을 독신으로 살았다.

그러나 그는 매우 달변이었고 현실주의자로서 정치가, 은행가, 그리고 상인들과 많은 교류를 하면서 시장을 알아가고 있었다.

1764년 상아탑의 고루한 분위기에 염증을 느낀 스미스는 귀족 자녀의 가정교사가 되어 교수 봉급 두 배 이상의 보수를 받고 프랑스를 여행하면서 '국부론'을 구상하고 집필하기 시작하였다.

미국이 독립을 선언한 1776년 출간되어 국부론을 경제학의 독립선언이라고도 비유되었으며, 6개월 만에 초판이 매진되는 성공을 거두었다. 국부론의 원제는 '국가 부의 성격 및 원인에 대한 연구'로서 모두 950쪽 5권으로 구성되어 있다.

국부론 제1권에서 중요한 두 가지 명제가 소개되었다. '보이지 않는 손'과 '판공장 이야기'다. 보이지 않는 손은 자유경쟁 시장에서 결정되는 가격 선호에 의해 자원 배분이 이루어지는 시장 원리를 설명하고 있다. 보이지 않는 손의 논리는 수확체감의 세계로 흘러들어 신고전주의 경제학의 기초이론으로 발전하게 된다.

그러나 우리의 관심의 초점은 수확의 체증의 세계로 인도하는 바로 판공장 이야기이다. 판공장을 가본 적이 없다는 애덤 스미스는 풍부한 상상력으로 판공장의 예를 들어 특화와 노동의 효율성을 설명하고 있다.

18세기 영국은 세계에서 가장 잘 사는 나라로 막대한 부를 축적하였다. 애덤 스미스는 이러한 부의 축적을 노동 분업에 의한 특화에 기인한다고 보았으며, 특화과정을 판공장 예를 들어 설명하고 있다.

[Adam Smith, 1723~1790, 영국 정치 경제학자]

앤드루 카네기
Andrew Carnegie

카네기가 어린 시절 엄마를 따라 가게에 가게 되었다. 엄마가 물건을 사는 동안 그는 가만히 서서 체리를 파는 할아버지 옆에 놓인 체리 상자를 바라보았다.

그러자 주인 할아버지가 "먹고 싶으면 한 줌 집어 먹으렴." 이라고 말했다.

하지만 그는 말없이 가만히 할아버지만 바라볼 뿐이었다. 그러자 할아버지가 체리를 한 줌 집어 그에게 내밀었다. 그는 그제서야 고맙다고 말하며 두 손으로 체리를 받았다.

집으로 돌아가며 어머니는 카네기에게, 왜 할아버지가 집어주기 전까지 가만히 있었는지 물었다.

카네기 왈, "할아버지 손이 저보다 훨씬 크니까요."

철강왕으로 알려진 앤드루 카네기의 사무실에는 커다란 액자 하나가 걸려 있습니다.

카네기는 이 낡은 액자를 아꼈는데, 썰물에 떠밀려 갯벌에 버려진 듯이 박혀 있는 볼품없는 나룻배가 그려진 그림이 전부였다고 합니다.

유명한 화가의 작품도 아니고 예술적 가치가 남달랐던 것도 아닌데, 왜 카네기는 이 액자에 애정을 쏟았을까요?

어느 날 청년 시절 카네기는 외판원으로 물건을 팔러 다녔는데, 어느 노인의 집에서 이 그림을 보고서 바로 그림을 샀다고 합니다.

이유는 그 그림에 '반드시 밀물 때가 오리라' 라고 적혀 있었기 때문이었습니다. 그림을 통해 청년 카네기는 희망과 용기, 그리고 자신감을 얻었습니다. 현재의 고통보다 미래의 희망을 바라볼 수 있는 여유가 생겼기 때문이었습니다.

카네기는 그림 하나를 통해 밀물 때가 오는 날을 기다리며 준비하는 자세를 깨달았습니다.

어느 날, 카네기는 토끼를 잡았다. 그런데 공교롭게도 그 토끼는 새끼를 배고 있었다.

얼마 지나지 않아 수많은 새끼 토끼가 작은 토끼집에 가득 찼다. 자연히 먹이가 모자랐다.

그때 기발한 생각이 떠올랐다. 이웃 아이들에게 토끼풀을 많이 뜯어오면 이름을 토끼에게 붙여주겠다고 약속했다. 물론 그의 계획은 어김없이 들어맞았다.

카네기는 이때의 일을 결코 잊지 않았다. 그는 후일 이러한 인간의 심리를 사업에 응용하여 거대한 부를 얻을 수 있었다.

카네기는 펜실베이니아 철도회사에 강철 레일을 팔고 싶었다. 당시 그 철도회사 사장은 에드거 톰슨이라는 사람이었다. 카네기는 피츠버그에 거대한 제철공장을 세운 다음, 그 공장의 이름을 '에드거 톰슨 제철소' 라고 명명하였다.

펜실베이니아 철도회사가 레일을 어디서 구입했는지는 뻔하지 않은가?

[Andrew Carnegie, 1835~1919, 미국 기업인, 자선사업가]

앤디 워홀
Andy Worhol

【전화 구술 일기】

현대 예술 그 자체라 해도 무방한 앤디 워홀은 일기마저 남달랐다. 그는 매일 아침 자신의 작업실에서 타이핑을 하는 동료이자 가장 친한 친구인 팩 해켓에게 전화를 걸어 일기를 불러주었다.

무엇을 먹었고, 택시비가 얼마였고, 전날 어떤 일이 있었는지 등 일상을 자세하게 말해주었다. 팩 해켓은 앤디 워홀의 전화 내용을 모두 받아 적어 일기로 기록했으며, 이런 작업은 엔디 워홀이 사망하기 5일 전인 1987년 2월 17일까지 약 10년 간 지속되었다.

【뉴욕 예술계의 이면】

10년 동안 총 6,907쪽의 막대한 분량을 남긴 그의 일기에는 미국 거물급 인사들과 즐긴 끊임없는 파티, 연예인들과의 관계, 화려한 뉴욕 생활이 자세히 담겨 있다.

그의 일기에는 당대 최고 유명 인사가 총출동한다. 스티븐 스필버그, 실베스터 스탤론, 마이클 잭슨, 아놀드 슈왈제네거 등 1970년대

~80년대 전 세계를 열광시킨 슈퍼스타들에 관한 이야기가 모두 들어 있다.

[Andy Worhol, 1928~1987, 미국 팝아트, 영화제작자, 작가]

양사언
楊士彦

　'맹모삼천지교孟母三遷之敎'를 생각하면 당연한 일이겠지만, 여성은 아들의 출세를 위하여 헌신한다. 아들을 교육시키고 출세시키려는 어머니의 노고는 많은 자료집에 남아 있다.

　이 가운데 가장 흥미 있는 이야기 한 편은 '계서야담'에 있는 양사언의 모친 이야기다. 양사언은 '태산이 높다 하되 하늘 아래 뫼로다/ 오르고 또 오르면 못 오를 리 없건마는/ 사람이 제 아니 오르고 뫼만 높다 하노라'라는 시조의 작가이기도 하다.

　양사언의 아버지 양승지가 유람하다가 어떤 시골집에 들른다. 집에 다른 사람은 없고 열대여섯쯤 된 소녀가 있었다. 말 먹이나 먹이고 가려고 한다고 말하자, 소녀가 말여물 한 통을 주었다. 그러고는 산 채로 정갈하게 밥상을 차리고 나와서 승지는 잘 먹었다.

　그리고 소녀에게 물었다.

　"나는 말이나 먹여달라고 하였는데, 사람에게까지 공양하는 것은 어쩐 일이냐?"

　"말이 이미 피곤하거늘 사람이 어찌 시장하지 않겠습니까? 어찌 사람에게 낮게 하고 짐승을 귀히 하겠습니까?"

　승지가 그녀에게 밥값을 주고자 했지만 받지 않아서 부채고리의 장식을 다는 향을 주고 떠났다. 이후에 그녀는 다른 곳으로 시집가기를 거부해서 부모가 승지를 찾아가 부탁해 그의 소실이 되었다.

그녀는 아들을 둘 낳는다. 그리고 자하동紫霞洞에 집을 지어 달라고 요청했다.

하루는 성종이 자하동에 거동해서 꽃구경을 하는데 갑자기 비가 퍼부었다. 그래서 이 집으로 피신하게 되고, 이 집이 양승지의 서자들이 사는 집인 것을 알게 되었다. 곧 용모가 수려한 아이들이 나와서 절을 했다. 학업에 대해 질문했는데, 어느 신동 못지 않게 대답을 잘했다.

이후에 성종은 갖은 정성을 다한 진귀한 음식을 대접받았다. 급기야 성종은 마음에 드는 두 아이를 데리고 환궁한다.

그리고는 동궁에게 이렇게 말한다.

"내가 이번 행차에 두 신동을 얻었으니, 너를 보필할 신으로 삼으라."

이들은 궁궐에서 동궁과 함께 머물면서 두텁기 그지없는 은총을 받는다.

그 후 소실은 집을 거두어 다시 큰집으로 돌아와 여생을 마친다. 그녀의 아들은 모두 벼슬을 했으며, 양사언은 특히 선정을 베푼 관료이자 문필가로 이름을 높였다.

양사언 형제들은 서얼임에도 우연한 기회에 성종에게 발탁된다. 그런데 어디서부터 우연일까? 그녀가 자하동에 자식들을 데리고 나가 살게 된 것? 성종이 자하동에 꽃구경을 하게 된 것? 아무것이라도 좋다.

[楊士彦, 1517~1584, 조선시대 문신, 서예가]

에드먼드 버크

Edmund Burke

이 장소적 차이에 보다 민감하게 반응할 필요가 있다. 겉보기에 18세기 영국 의회는 왕당파이자 지주 귀족들로 이뤄졌던 토리당 Tories과 부르주아적 방식으로 질서 재편을 원했던 휘그당Whigs의 격전장이었던 것처럼 보이지만, 이들이 프랑스대혁명 때인 만큼은 보수적으로 결집했던 것을 적극 떠올려야 한다. 그러니까 18세기 영국에서 제3신분은 설득의 대상이 아니었고, 정치는 당원들의 무대였다. 마찬가지 맥락에서 휘그당 당원이었던 버크가 '자신만만하게 고양된 영혼' 의 실세를 탐구하고자 했을 때, 그 숭고 개념을 종교나 도덕적인 전제들이 아니라 오롯이 감각적인 경험 위에서만 고찰하고자 한 것은 단순히 경험주의 전통이 강한 영국인이라서가 아니다. 겨냥했던 것은 휘그당의 맞수인 토리당, 그리고 뒷배였던 왕권이었다.

가령 버크가 '규모의 거대함은 숭고의 강력한 원인이다' 라고 적고 있을 때 떠올려야 할 것은 바로크이다. 바로크 예술과 왕권은 불가분의 관계였기 때문이다. 런던 대화재 이후 크리스토퍼 렌Christopher Wren을 필두로 지어졌던 바로크식 대성당들의 배후엔 완전 복고의 주체였던 찰스 2세가 있었고, 마찬가지 맥락에서 바로크식 음악을 연주했던 헨리 피셀 역시도 찰스 2세의 런던 귀환을 경축하는 환영가로 유명했다.

대성당이 가진 거대함과 빛의 굴절을 고려한 바로크적 설계는 숭고함을 구현해 내는 장치였고, 거기서 제안된 숭고는 그 자체로 신비한 권위를 구현해 냈다. (바로크는 수사학이 아닌 건축학적으로 다시 적혀진 '숭고에 관하여' 이다.) 따라서 버크의 주된 목적은 그 숭고함을 탈신비화하는 데 있다고 추론해 볼 수 있다.

버크는 프랑스혁명 반성에서 루소를 '인간 본성의 괴짜 관찰자'라고 불렀지만 그의 침투를 부정하려고 시도하지는 않았다.

그는 이미 동정심도 없이, 인간에게 내재된 그 기막힌 사랑으로 놀기 위해, '정치와 도덕에 새롭고 예상치 못한 획을 그었다'고 썼다. 그러나 그는 게네베 철학자에게 레위보다 못한 것에 대해 공로를 인정해 주었다. 그는 한가한 청중의 관심을 불러일으키기를 열망하는 이야기꾼이 그의 상속자들의 신빙성을 충족시키기 위해 거인과 요정들을 환기시키는 정신에서 정치적, 사회적 모순을 제기했다.

버크는 관대하게도 '나는 루소가 살아 있었다고 믿는다. 그러나 그의 명쾌한 간격 중 하나는 그의 한가한 자들의 광적인 광기에 충격을 받았을 것이다. 그는 비굴한 모방자들이다. 그리고 심지어 그들의 믿음에서조차 암묵적인 신앙을 발견한다.' 라고 인정한다.

[Edmund Burke, 1729~1797, 영국 정치인, 철학자]

에라스무스
Desiderius Erasmus

16세기 북유럽 인본주의를 대표하는 에라스무스의 행복론을 정리하면 다음과 같다.

개인의 행복 추구에서 자기애, 자신의 이익을 극대화하려는 동기, 욕망 등을 배제할 수 없다. 다만 정당한 행복 추구는 타인에 대한 배려나 사랑을 전제하기 때문에, 개인의 행복 추구는 조화로운 공동체 속에서만 의미가 있다. 그러한 공동체는 예수의 가르침에 바탕을 두어야 한다.

행복에 대한 위의 입장은 에라스무스가 1509년에 완성하여 1511년에 출판한 '우신 예찬'에서 끄집어낼 수 있다. 위의 입장은 종교적 색채를 강하게 띠고 있지만 행복을 폭넓은 정치 철학 내로 포섭시키는 연결고리로 작용했다.

많은 철학자들이 간과한 이 점을 밝히려면, '우신 예찬'의 수사적 구성 방식을 살펴보기 전에 분명히 해야 할 세 가지가 있다. 그렇게 하지 않고서는 '우신 예찬'의 내용은 합리적 판단 능력을 무시하는 반지성주의적 작품으로 오독할 여지가 있기 때문이다.

첫째, 에라스무스는 자신을 철학자로 여기지 않는다. 심지어 여러 글에서 철학의 무용지물론을 강조한다. 에라스무스가 그렇게 강조한 동기를 알아야 한다.

둘째, 에라스무스는 스콜라 철학의 고유한 방법론과 전반적 흐름에 적대적인 태도를 숨기지 않는다. 그가 스콜라 철학을 혐오한 동기와 이유를 알아야, 그의 수사학적 방법론은 합리적 비판 능력을 무조건 멸시하는 것이 아님을 분명하게 할 수 있다.

셋째, 원죄에도 불구하고 현세의 인간은 행복을 추구할 수 있도록 축복받은 존재다. 이러한 르네상스의 관점이 형성되는 과정을 간략하게나마 살펴볼 필요가 있다.

이와 함께 에라스무스의 삶 자체가 현세의 인간은 진정한 행복을 추구할 수 없다는 아퀴나스의 어울릴 수 없는 것임이 드러날 것이다.

에라스무스는 당시 개신교 세력 주도의 종교혁명 운동에 동참하지 않았다. 그는 가톨릭 교리 체제의 권위를 인정했고, 외부로부터가 아닌 내부로부터의 온건한 개혁을 옹호했기 때문이다. 더욱이 오컴에서 보듯이, 14세기 이후 스콜라 철학자들 상당수는 이성과 신앙의 중재 가능성에 대해 비판적 입장을 취했다. 그러한 입장은 신학에 대한 에라스무스의 규정 방식에 힘을 실어줄 여지를 갖고 있다.

더욱이 그들은 교황에게 권력이 집중된 당시 정치적 세대에 대해서도 비판적이었다.

엄격한 성직자 교육을 받은 에라스무스가 모를 리 없다. 그렇다면 그는 적어도 그들에 대해서만큼은 우호적 태도를 견지했어야 하지 않을까?

[Desiderius Erasmus, 1466~1536, 네덜란드 인문학자]

에이브러햄 링컨
Abraham Lincoln

87년 전 우리 선조들은 자유라는 이념으로 이 땅에 새로운 나라를 세웠고, 인간은 모두 평등하게 태어났다는 믿음을 위해 헌신했습니다.

지금 우리는 엄청난 내전에 휩싸여 자유와 평등을 바탕으로 세운 이 나라가 존립할 수 있느냐 없느냐의 갈림길에 서있습니다.

우리는 내전의 격전지였던 이곳에서 모였습니다. 우리는 격전지의 한 부분을 자유와 평등의 나라를 위해 목숨을 바친 이들에게 영원한 안식처로 마련해주기 위해 모인 것입니다. 이 일은 우리가 마땅히 해야 할 일입니다. 그러나 넓은 의미에서 우리는 이곳을 신성화할 수 없습니다. 죽기를 무릅쓰고 여기서 싸웠던 용사들이 이미 우리의 미약한 힘으로는 더 이상 어떻게 할 수 없을 정도로 이곳을 신성화했기 때문입니다.

오늘 이 자리에서 우리가 하는 말은 별로 오래 기억에 남지 않겠지만 그분들의 희생은 결코 잊히지 않을 것입니다. 그러므로 살아 있는 우리는 그분들이 고귀하게 이루려다 못다한 일을 완수하는 데 전념해야 합니다.

우리는 여기서 우리에게 남겨진 위대한 과제, 즉 명예롭게 죽어간

용사들이 죽음을 두려워하지 않고 헌신했던 대의를 위해 우리도 더욱 헌신해야 한다는 것, 그들의 희생이 결코 헛되지 않도록 우리의 결의를 굳건히 다지는 것, 하느님의 가호 아래 이 나라가 자유롭게 다시 탄생하리라는 것, 그리고 국민의, 국민에 의한, 국민을 위한 정부는 이 세상에서 결코 사라지지 않으리라는 것을 다짐해야 합니다.

링컨이 막 취임사를 하려고 할 때, 건방지게 한 상원 의원이 갑자기 그의 말을 가로막았다.

"링컨, 당신의 아버지가 우리 가족을 위해 신발을 만들곤 했다는 것을 잊지 마시오."

청중은 그의 말에 웃음을 터트렸고, 그 상원 의원은 링컨 대통령을 웃음거리로 만드는 데 성공했다고 생각했다.

그런데 청중들의 웃음소리가 잠잠해지자, 링컨은 이렇게 말했다.

"의원님, 나는 내 아버지가 당신의 가족을 위해 당신의 집에서 신발을 만들곤 했다는 것을 압니다. 그리고 여기 있는 많은 분도 당신과 같은 경험이 있을 것입니다. 그러나 그의 신발을 만드는 방식 때문에, 나의 아버지와 견줄 수 있는 사람은 어디에도 없습니다. 그는 창조자였습니다. 그의 신발은 단순한 신발이 아닙니다. 그의 혼을 그 신발에 쏟아부었기 때문이죠. 물어보고 싶은 게 있는데, 그의 신발을 신으며 불편한 적이 있었나요? 왜냐하면 내가 신발을 직접 만들 줄 알기 때문에, 만약 당신이 불편했다면 내가 당신에게 다른 신발을 만들어 줄 수 있습니다. 그러나 내가 아는 한, 아무도 나의 아버지의 신발에 대해 불평하지 않았습니다. 그는 천재이자 위대한 창조자였으며, 나는 나의 아버지를 자랑스럽게 생각합니다."

[Abraham Lincoln, 1809~1865, 미국 제16대 대통령]

에픽테토스
Epictetus

에픽테토스는 원래 노예였다. 그는 기원후 55년에 현재 터키 지방인 프리기아의 하에로 폴리스에서 태어났다. 그의 주인은 부와 권력을 소유한 사회적 명사로, 훗날 에픽테토스의 탁월한 지혜를 인정해 노예에서 해방시켜 주었다.

그 시대에 이미 에픽테토스는 로마 황제 마르쿠스 아우렐리우스에게 깊은 영향을 주었으며, 황제는 그 영향에 답하듯 '명상록'이란 대작을 남기기도 하였다.

에픽테토스가 노예였던 시절의 일화가 하나 있다.

어느 날, 주인이 장난삼아 에픽테토스의 다리를 비틀기 시작했다. 그러자 에픽테토스는 평온한 미소를 지으며 주인에게 말했다.

"그렇게 계속 비틀면 다리가 부러집니다."

노예의 그런 태도를 건방지게 여긴 주인은 모른 척하고 계속 다리를 비틀었다. 그러자 마침내 다리가 부러졌다.

주인은 당황했지만 정작 다리의 주인인 에픽테토스는 평온한 태도를 잃지 않으며 주인에게 말했다.

"거 보십시오. 부러지지 않았습니까?"

[Epictetus, A.D. 60~A.D. 138, 고대 로마 스토학파 철학자]

엔도 슈사쿠
遠藤周作

　　1635년 예수회에서는 선교사가 배교했다는 소식을 접하자, 로드리고 신부를 선교사로 보낸다. 일본에 도착한 로드리고 신부는 다양한 군상들을 로마 가톨릭 공동체에서 발견한다. 대부분의 신도들은 박해 때문에 하나님 나라를 죽어서 가는 피안의 세계로 잘못 이해하고 있었고, 배교자라는 이유로 미움받는 기치지로는 자신의 나약함으로 고뇌한다.

　　관헌에 잡혀 끌려온 로드리고 신부는 [하나님은 거미줄에 걸린 나비]라면서 기독교 신앙을 저버린 선배 가톨릭 신부의 배교와 고문당하는 교우들을 위해 배교를 해야 하는지를 결정해야 할 상황 때문에 고뇌한다.

　　이때 그리스도가 그에게 말한다.

　　"너는 내가 교우들을 외면한다고 생각하지만, 그들과 같이 고통받고 있었다. 나를 밟아라. 나는 밟히기 위해서 세상에 왔다."라는 그리스도의 가르침에 따라 그는 겉으로는 성화상聖畫像 밟기로 배교하지만, 속으로는 기독교 신앙을 보전한다.

　　나는 일본의 유일한 가톨릭 사제라는 자부심을 갖고서, 17세기 일본 막부의 가톨릭 탄압을 소재로, [인간이 고통받을 때 하나님은 어디 계시는가?]라는 그리스도 교인으로서의 의문을 가졌다.

등장인물에 대한 세밀한 심리묘사가 정점이자 특징이다. 특히 고문당하는 교우들을 위해서 배교할 것인지 고민하는 가톨릭 신부 로드리고의 고뇌와 그리스도와의 대화 장면은 엔도의 작가로서의 실력과 기독교인으로서의 신앙이 잘 묘사된 장면이다.

인류의 동반자인 개나 고양이부터 슈사쿠가 병실에서 길렀던 구관조, 그리고 슈사쿠가 시골에 머물면서 마주치게 된 야생 너구리나 딱따구리, 지인 덕분에 보게 된 야생 원숭이와 프랑스 유학 시절에 만났던 원숭이, 그리고 뉴스로 접한 판다 등 동물에 대한 생각이 담긴 작품을 많이 썼다.

중국의 다롄에서 머문 시절, 슈사쿠는 검둥이라는 개에 강한 애착과 속죄의 감정을 가지고 있었다. 이 책에서 알게 된 사실이지만, 슈사크는 어렸을 때 아버지를 따라 중국에서 살았으나 부모 간의 갈등이 심했고, 부부가 이혼한 뒤에 어머니를 따라 일본으로 돌아왔다. 낯선 이국에서, 혼자인 슈사크가 의지할 수 있었던 것은 다롄의 검둥이뿐이었다.

이 개는 슈사쿠가 일본으로 귀국하면서 홀로 남게 되었다. 그런 유소년기의 기억이 슈사쿠의 내면을 형성하고 있는 근간으로 보인다.

[遠藤周作, 1923~1996, 일본 소설가]

엥겔스
Friedrich Engels

엥겔스는 1863년 사실혼 관계였던 아내 메리 번스가 사망했을 때, 마르크스에게 다음과 같은 편지를 보냈다.

"메리가 죽었다네. … 월요일 저녁까지는 아주 건강했는데, 지금 심정을 뭐라 말 못 하겠네. 불쌍한 여자, 정말 진심으로 날 사랑했는데."

이에 마르크스는 편지로 답장을 했다.

이 편지에서 마르크스는 "메리가 죽었다는 소식에 정말 놀랍고 슬펐다네. 정말 착하고 위트 있고 자네를 참 좋아했는데."라는 말로 애도의 편지를 그럴듯하게 시작했으나 그건 의례적인 말에 불과했고, 곧바로 아이들 학비와 집세 독촉으로 힘들다는 푸념을 주절주절 늘어놓고 다음과 같이 말하였다.

"내가 요즘 겪고 있는 이런저런 끔찍한 일들을 자네한테 말하는 건 너무 이기적이겠지. 하지만 그런 일도 자꾸 겪으니까 면역이 되더라고. 새로운 재난에 신경 쓰다 보면 이전 것은 잊혀지는 거지."

그리고 말미에 기운을 내라는 뜻으로 "건강하기를"이라는 인사까지 덧붙였다.

[Friedrich Engels, 1820~1895, 독일 사회주의자]

연산군

燕山君

연산군은 1494~1506년까지 13년간 재위하였던 조선의 제10대 왕이다. 사극이나 영화에서 많이 다뤄진 역사적 인물을 꼽으라면 연산군을 빼놓을 수 없을 것이다.

그가 재위 기간 내내 행했던 황음무도하고 엽기적인 행동들이 그의 어머니인 폐비 윤씨의 파란만장한 삶과 얽혀 한 편의 드라마를 쓰기에 충분한 소재들을 제공하기 때문이다.

조선왕조에서 반정으로 축출된 임금은 연산군과 광해군 두 명이 있다.

이들 두 임금은 조선시대 왕실의 족보인 '선원보략璿源譜略'에 묘호나 능호 대신 단지 왕자의 군호로 기록되었고, 이들에 대한 기록도 '실록'이 아닌 '일기'라고 명명된다.

광해군의 경우 그의 폐위가 단순히 개인의 도덕성 결여나 폭정에 의한 것뿐만 아니라 정치적 역학관계나 저항성의 차이에 의한 것도 있었다고 이해된다. 그러나 연산군의 경우 광해군과는 다르게 폐위의 원인은 일관되게 그의 실정과 타락에서 비롯된다.

그래서 당시 언관들이 연산군을 고대 중국의 대표적 폭군인 걸임금과 주임금에 빗대기도 하였다.

[燕山君, 1476~1506, 조선의 제10대 왕]

예수
Jesus Christ

많은 자유주의 신학자들이나 몰몬교를 비롯한 많은 이단들이 예수님께서는 어린 시절에는 자신이 메시아임을 몰랐지만 세례 요한의 세례를 받으신 후에야 자신의 정체성을 깨달았다고 주장한다.

몰몬교는 이런 예수님을 내세우며 특히 광야에서 수련을 통해 신적인 부분이 완성되었다고 주장한다.

하지만 예수님은 어린 시절에도 하나님을 아버지라고 하셨다. 그 당시에는 하나님의 이름조차 부르기 두려워하던 시대였음을 생각하면, 예수님께서 자신에 대해 모르셨다면 아버지라고 부를 수 없었을 것이다.

[Jesus Christ, B.C. 400~A.D. 30?, 이스라엘 기독교 창시재]

오다 노부나가

織田信長

　　노부나가의 성격이 급하고 잔혹하다고 알려져 있지만, 실제 그의 전략 및 전술은 매우 신중한 편이었다. 자신에게 계속 시비를 거는 다케다 신겐에게 성급히 맞서 싸우지 않고 끝까지 외교적 방책을 찾을 정도, 물론 무적이라 불리던 다케다 신겐의 기병을 상대함에 있어선 피하는 게 당연했지만, 그러다가 신겐이 죽은 뒤에 후계자 다케다 카츠요리와 나가시노 전투에서 대승리해 사실상 완전한 우위에 서게 된다. 일반적인 다이묘라면 군세가 완전히 무너져버린 다케다를 바로 무찌르러 갔을 테지만 일단은 다시 때를 기다렸다.

　　그 후 한동안 다케다는 경제적, 외교적인 실책으로 자멸에 가까운 지경에 이를 때가 되자, 바로 다케다에게 총공세를 시작했다.

　　결과적으로 나가시노 전투의 승리 후 7년 동안의 기다림 끝에 다케다는 완전히 고립되었고 호죠가 아군이 되었으며, 그리고 우에스기는 내분으로 움직일 수 없게 되는, 그야말로 관동 공략을 위한 최적의 상황으로 나타났다. 이런 점을 봤을 때 몇십 수 앞을 내다보는 참을성은 가히 경이롭다.

　　다만 노부나가의 야전 지휘관으로서의 능력이 당대 최고라고 보기는 어렵다. 흔히 노부나가보다 다케다 신겐이나 우에스기 겐신을 높게 보는 경우가 많으며, 특히나 노부나가 공적 기록 및 갑양군감 같은 역사적 사료에도 노부나가가 직접 군을 이끌었다가 패퇴하는 경우가 기술되어 있다. 게다가 오다군 자체에 대한 평가도 그리 높지 않다. 오다군의 병졸인 다케다 가나 호죠가, 도쿠가와 기술보다 훨씬 약하다는 기술들도 있었다.

허나 노부나가의 전술 능력이 비록 당대 최고는 아닐지는 몰라도, 충분히 비범한 것은 사실이다. 최고 지휘관의 몸으로 직접 말을 타고 선두에 달려 적을 격퇴한 적도 많다. 대표적인 경우가 오케하지마 전투이며, 아사쿠라 가문을 멸문시킬 때도 직접 선두에서 말을 몰았다. 노부나가군의 최대 장점으로 꼽는 것은 바로 참호를 만드는 등의 진지 구축 능력이다. 이 부분의 능력은 단연 으뜸이었다 한다.

또 한 명의 후대 오다 노부나가는 일본의 고문 장교이며, 1932년에 일어난 화장실 변기 폭파사건의 주범으로 알려져 있다.

이 사건은 당시 일본 군부의 강경파들이 일본 내각에 압력을 가하면서 벌어진 일로, 군부가 만족스럽지 않은 일본의 민주주의 성격을 교묘하게 비판하는 것을 목적으로 계획된 테러였다.

오다 노부나가는 군부의 지시를 받아 군사기지 근처 화장실의 변기에 폭발물을 설치한 뒤 폭파시켰다. 이 사건은 일본 내각의 대대적인 변화와 일본 군부의 지위 강화에 큰 영향을 주었다.

[織田信長, 1534~1582, 일본 전국시대의 무장]

오바마
Barack Obama

1961년 하와이 마노아대학교로 유학 온 케냐 출신 유학생 아버지 버락 오바마 시니어와 백인 어머니 스탠리 앤 던햄 사이에서 태어났다.

부모는 오바마가 2세 때 이혼하여 조부모 밑에서 자랐고, 1966년 경에 친모가 인도네시아 출신 유학생 콜로 수토로와 재혼하면서 자카르타로 옮겨 기독교 계열 초등학교를 졸업하고, 중학교 진학 뒤 1971년 미국 하와이의 조부모 집으로 보내졌다.

그의 아버지는 네 번이나 혼인해서 이복형제들이 여럿이며, 어머니 쪽으로도 이복 여동생이 있으며, 조부모 쪽으로도 재혼 관계가 있는 모양이라 윗대로 가면 가족관계가 복잡하다. 심지어 이복형제 중 한 명은 중국에서 꼬치집 체인점을 운영하고 있다.

인도네시아에 의붓아버지와 어머니 사이에서 태어난 이복 여동생 마야 소에토로 응이 2008년 민주당 전당대회에서 오빠에 대한 지지 연설을 하고, 미셸 오바마와 혼인할 때는 케냐까지 건너가 친할머니와 친족들을 만나 소개한 것을 볼 때 친가와 이복 형제자매들 간의 관계는 좋은 것으로 보인다.

취임식 때에는 여동생 마야가 오바마의 딸 말리아, 사샤와 함께 찍힌 사진이 뉴스에 올라오기도 했다. 친구나 가족들에겐 주로 배리 Barry라는 이름으로 불렸다. 부모의 이혼과 자신의 인종 정체성에 대한 혼란 등으로 고등학교 시절 마약을 하기도 했었고, 이것이 후의 정계 진출 이후에 발목을 잡혔지만 오히려 이를 숨기지 않아 정직한 정치인으로 인정을 받는 요소가 되었다.

흑인은 대개 무슬림 집안 출신이지만 성장 배경은 백인 및 아시아 계와 함께 독특한 점은 후에 그에게 상당한 이득이 되었다고 볼 수 있다. 게다가 미국 흑인 중 다수를 차지하는 서아프리카 출신이거나 그 후손도 아니다. 어머니가 백인이라고 흑인이 아니라고 주장하는 사람도 있는데, 백인 문화권과의 인종 구별은 백인과 유색인으로 나뉘며 혼혈 역시 유색인으로 백인 혼혈이라고 해서 유색인을 백인으로 분류하지는 않는다.

오바마의 어머니 던햄 여사는 미국 본토인 캔자스주 출신이지만, 인류학을 전공하여 하와이에서 공부하였고, 오바마의 아버지와 이혼한 뒤에는 재혼한 남편과 함께 인도네시아로 건너가 그곳에서 인류학자이자 사회운동가로서 일생을 보낸다. 어머니에 대한 오바마의 감정은 복잡하다고 할 수 있는데, 어머니와 함께 살았던 시간보다는 떨어져 있던 시간이 더 많았던 만큼 오바마의 어머니에 대한 짧은 회고를 들여다보면 어머니에 대한 그리움 못지않게, 어린 시절 어머니가 자신과 함께하지 않은 것에 대한 아쉬움도 큰 것으로 보인다.

그러나 외모부터 시작해서 인종과 국가의 틀에 얽매이지 않는 자유분방한 기질과 진보주의, 도전적인 사회운동가로서의 정신 등은 어머니로부터 물려받은 자산이라 할 수 있다.

[Barack Obama. 1961~, 미국 44대 대통령]

오비디우스

Ovidius Publius Naso

 오비디우스는 '변신 이야기'에서 그리스 로마 신화 속 250가지 변신 사건을 탁월한 문체로 묘사했다. 살아생전에 최고의 서사시인 이라는 명성을 얻은 베르길리우스와 오비디우스는 사후에 라틴 문학의 가장 높은 자리를 놓고 다투는 막강한 라이벌이 되었다.

라틴어가 문학 언어였던 중세시대에 오비디우스는 그리스 로마시대 작가들 가운데 단연 가장 많이 읽히는 사람이었다. 특히 12~13세기에는 '오비디우스 시대'로 불릴 정도였다. 마찬가지로 베르길리우스는 사후에 신적인 후광을 얻어 예언자 마법사로 불렸고, 시성詩聖의 지위에 올랐다. 그는 14세기 단테의 '신곡'에서 단테의 지옥과 연옥을 거쳐 천국의 문 앞까지 안내하는 사람으로 등장하기도 했다.

오비디우스는 초기에 연애 시로 인기를 얻었다. 어떻게 하면 여성의 호감을 살 수 있는지 속삭여주는 '사랑의 기술', 실연의 아픔에서 벗어날 수 있는 방법을 가르쳐주는 '사랑의 치료약' 같은 작품은 그에게 커다란 성공을 안겨주었다.

이런 명성을 발판으로 삼아 그는 시인으로서 승부를 거는 작품 창작에 들어가는데, 기원후 2년째부터 '변신 이야기'와 '로마의 축제들'을 함께 쓰기 시작했다. 그러나 기원후 8년쯤 아우구스투스의 명으로 난데없이 로마에서 쫓겨나 흑해 서안 오지로 유배당하고 말았다. 근대의 감각으로 말하면, 시베리아 유배에 해당돼 이 작품을 완성하지 못했다. 오비디우스는 유배지에서도 가필과 수정을 계속했지만 끝내 이 작품을 완성하지 못했다.

오비디우스는 유배지에서 10년을 보내다 거기서 삶을 마감했는데, 그 시절의 비참하고 쓰라린 거기서 쓴 '비탄의 노래', '흑해에서 보낸 편지'에 절절하게 담아 표현했다.

그리스 로마 신화에서 케레스Ceres는 곡물의 여신으로 인간에게 풍요로운 곡물을 선사해 주지만, 신화 속에서 케레스는 존재감이 거의 없다. 인간들은 유피테르나 다른 신을 더욱 경외하고, 케레스의 신전은 평소에 잘 관리되지 않는다. 이 여신이 유일하게 가장 존재감을 드러냈을 때는 딸인 츠로세르피나가 납치되어, 그 슬픔과 분노로 지면이 메말랐을 때다. 그로 인해 인간이 식량을 구하지 못하고, 신들도 인간에게서 제물을 받지 못한다. 신화 속에서 인간이, 그리고 인간이 섬기는 신마저도 가장 근본적인 위기에 봉착했을 순간이라고 본다.

일화마다 줄거리에 변형은 많으나 결론적으로 플루토와 합의하여 딸은 6개월은 지상에, 6개월은 지하에 있기로 하고, 다시 인간은 풍요로운 자연을, 신은 제물을 받을 수 있었다.

[Ovidius Publius Naso, B.C. 43~A.D. 17, 고대 로마 시인]

오소백

吳蘇白

오소백을 흔히 영원한 사회부장이라고 부른다. 이는 그가 여러 신문사에서 사회부장을 지냈기 때문이다.

그는 일선 기자, 데스크 시절을 모두 사회부에서만 보내며 한국 현대사의 중요한 현장을 충실히 기록하려고 애썼다. 또한 언론사적으로 중요한 사건들의 한복판에서 활동하기도 했다.

당연히 그의 사회부장으로서의 활동은 매우 의미가 크고, 이런 활동을 반드시 살펴볼 필요가 있다. 하지만 그의 사회부장 경력은 아무리 길게 잡아도 15년을 채 넘지 못한다. 반면 그의 언론학 교재 집필이나 언론학 교육자 경력은 40여 년에 걸쳐 계속된다.

본인 스스로 조선신문학원에서 언론인 양성 교육을 받았고, 언론인이 된 지 불과 7년 뒤부터는 대학에 나가 언론인 양성을 위한 교육에 앞장서기도 했다.

과거에 신문방송학과를 나온 사람치고 그의 책을 안 본 사람은 그리 많지 않을 것이다. 따라서 영원한 사회부장으로서뿐만 아니라 언론인 양성에 앞장선 언론인으로서도 오소백을 주목할 필요가 있다.

[吳蘇白, 1921~2008, 한국 언론인]

오쇼 라즈니쉬
Osho Rajneesh

언젠가 얼핏 오쇼에 대해서 '세상에서 가장 위험한 성자'라는 제목을 본 적이 있다. 나는 이 책을 보며 왜 그런지 알 것 같았다. 극단적이다. 하지만 옳다. 그런 그에게 책을 읽으며 빠져들었다. 나에게 있어서 내가 가리고 싶었던 나의 어두운 부분, 오쇼는 했지만 나는 못한, 그래서 내보이고 싶지 않은 곪은 살과 같은 그런 부분을 칼로 도려내는 듯한 그의 일대기와 그의 일화들, 아프고 두렵지만 함께하고 싶은 그런 영혼이었다.

그의 삶은 그의 주변 사람들에게도 영향을 주었고, 그가 세계적으로 영향력을 떨치기 시작했을 때 미국에도 그러한 영향력을 주게 되었다. 그는 인도에서부터 사람들의 진정한 자아를 깨울 수 있는 공동체를 만들어 그 영향력을 펼쳐나갔으며 미국에도 뿌리를 내리기 시작했다.

그가 알려지기 시작하자, 레이건 행정부는 너무 두려운 나머지 그를 온갖 이유로 추방하려 했지만 쉽지 않았다. 그렇지만 결국 추방하는데 성공했고 어떤 나라에도 그를 받지 못하게 압력을 넣었다.

혹자는 그런 요소의 말년의 모습을 보았을 때 불쌍하다고 생각이 들지 모르지만 책 속에 나오는 그의 모습은 그 속에서도 그는 여유가 넘쳤으며 자신이 하고자 하는 것들을 한 치도 흐트러짐 없이 수행해 나갔다. 그의 삶은 코미디언이면서 깨달음이고 포장된 많은 포장지를 벗겨내어 진정한 나를 바라보게 해주는 거울이다.

그의 어린 시절, 그의 할아버지와 외할머니는 그의 가능성을 보고 정형화된 교육이 아닌 그가 원하는 명상을 할 수 있도록 적극 지원해 주었다. 그리고 청소년일 때도, 청년이 되어서도 그러한 사람들이 그의 주위에 하나씩은 있었다. 자신의 민낯을 바라볼 수 있는 어마어마한 용기를 가진 사람들.

라즈니쉬는 지상의 칼로 기독교 믿음의 허구성과 기독교 전략의 기만성을 단호히 질타하고 있다. 뿐만 아니라 부활과 십자가 사건의 실상, 예수의 비밀, 성서와 교계의 숨겨진 비밀 등 이제까지 잘 알려지지 않은 실상들을 그의 해박한 지식과 재치 있는 예화를 곁들여 낱낱이 폭로하고 있다.

그런데 낯선 문구들과 문제의 뿌리까지 파고 들어가는 심오함이 약간은 과장되고 실제적이지 않은 이야기로 들릴지도 모르겠다. 그러나 라즈니쉬가 말하고 있는 대상이 일반인이 아니라 적어도 종교인이라는 점에서 진리의 근본을 논하고 집요하리만큼 옥석을 분별해 내는 철저함이 가히 무리는 아닐 것이다.

[Osho Rajneesh, 1931~1990, 인도 작가, 교수]

오스카 와일드
Oscar Wilde

19세기 후반 여러 편의 오스카 와일드 작품이 런던 웨스트 엔드에서 동시상연이 될 정도로 시대를 주름잡는 극작가로, 시인으로 명성을 날리던 그는 1895년 음란 풍기문란죄로 퀸즈베리 후작 9세에 의해 기소되었고, 재판 비용으로 고소득자였던 그는 파산을 하게 되고 2년의 강제노동 감형을 받게 된다.

레딩 감옥에서의 참혹했던 기억을 '레딩 감옥의 발라드The Ballad of Reading Gaol' 에 고스란히 옮겨 놓았고, 출옥 후 파리의 허름한 호텔에 묵고 있을 때, 건강 악화로 46세에 세상을 떠났다.

오스카 와일드가 투옥되어 강제 노동을 했던 레딩 감옥은 2013년까지 감옥소로 사용되었고, 지금은 이 건물의 미래 용도에 대해 검토 중인데, 뱅시의 '탈출' 벽화로 사람들이 이 건물에 관심을 갖게 되어 레딩시에서는 뱅시의 작품을 반겨하는 눈치다.

[Oscar Wilde, 1854~1900, 아일랜드 소설가]

오펜하이머
John R. Oppenheimer

【원자력 위원회의 출범】

오펜하이머를 비롯해서 맨해튼 계획을 수행하기 위해 모인 대부분의 과학자들은 유럽에서 파시즘을 종식시키고자 하는 한마음이었다. 스페인 내전이 발생하자, 프랑스 파시즘에 반대했고 독일에서 나치 정권이 들어선 후 유대인 추방과 박해가 이루어지자 이들을 돕고자 했다.

2차 세계대전이 발발하자 독일에 앞서 미국이 먼저 핵폭탄을 개발하는 것만이 세계에 평화를 가져올 수 있다는 절실함으로 맨해튼 계획에 협조했다. 핵 개발 완성을 목전에 두고 독일은 항복을 했으나 아직 태평양전쟁은 끝나지 않았다.

1945년 5월 8일, 독일이 무조건 항복을 선언한 후 오펜하이머, 페르미, 로렌스, 콤프턴 등 맨해튼 계획의 핵심 과학자들이 모여 일본에 핵폭탄을 투하할 것인가를 논의했다.

오펜하이머는 '배타적인 것이 상보' 한다는 보어의 상보성 원리를 내세웠다. 핵폭탄은 많은 사망자를 낼 것이지만 한편으로는 일본에게 항복을 받아내기 위해서 일본 영토에 상륙하여 전쟁을 치르자면 일본군의 강력한 저항에 의해 더 많은 미군 희생자가 날 것으로 생각했다. 원폭 투하로 희생될 사망자의 수는 어림잡아 2만 명으로 예측했고, 원폭을 사용하지 않을 때 사망하게 될 미군의 수는 50만 명에 이를 것으로 예측했다.

태평양전쟁에서 이미 수많은 전상자를 낸 정부로서는 일본 본토에 상륙해 더 많은 군인이 희생되는 것을 원하지 않았다. 일부 과학자들은 이미 개발된 핵폭탄 사용을 반대했지만 로스앨러모스 수뇌부들은 미군의 최소한의 희생으로 전쟁을 빨리 종식시키고 전후 미·소관계에서 주도권을 잡기를 바랐던 트루먼의 생각에 동의했다.

독일이 항복한 지 두 달이 지나 7월 16일 미국 뉴멕시코 사막에서 첫 핵실험이 이루어졌다. 핵폭탄 위력은 모든 사람들의 상상을 훨씬 뛰어넘었고, 핵폭탄이 쓰이게 될 전쟁은 상상하기조차 어려울 만큼 실로 끔찍한 일이었다. 오펜하이머는 탄식했다.

오펜하이머는 수소폭탄 개발에 강하게 반대했다. 단순히 반대 의견을 정부에 제출하는 것이 아니라 자신이 동원할 수 있는 모든 수단을 동원해 수소폭탄의 개발을 막으려 했다.

소련이 핵실험을 성공시킨 직후 GAC 멤버인 페르미와 라비도 '수퍼'는 군사적 목적을 훨씬 벗어나 엄청난 자연적 재앙을 일으키고 대량학살용 무기가 될 것이며, 미국을 반인륜적 국가로 내몰 것이라며 더욱더 강한 어조로 수소 폭탄 개발에 반대하는 보고서를 제출했다.

GAC가 1949년에 공개적으로 수소 폭탄 개발에 반대하는 입장을 표명하자, 이듬해 AEC 의장 릴리엔탈을 해임시켰다.

[John R. Oppenheimer, 1904~1967, 미국 이론물리학자]

오 헨리
O. Henry

【불운을 견디며】

남북전쟁이라는 역사적 소용돌이가 한창인 미국에서였다. 아버지 포터 박사는 유명 내과 의사였고, 어머니 역시 비교적 부유한 가정에서 태어나 대학을 우등으로 졸업한 재원이었다. 이후 직업으로서 오 헨리의 역사적 소양이라든지 예술가적 기질과 재치 있는 언변은 부모로부터 물려받았다.

그러나 오 헨리가 3세였던 1865년 남부의 패배로 전쟁이 끝나며, 아버지의 병원 운영은 악화되고, 어머니는 오 헨리를 낳은 지 6개월 만에 폐결핵으로 숨을 거둔다. 이러한 충격에 아버지 포터 박사는 알코올 중독에 빠지고 어머니의 동생이 살고 있는 집으로 이사한다.

이런 오 헨리는 고모가 운영하는 학교에서 글쓰기와 그림을 배워 17세 되던 1879년에는 숙부 클라크 포터가 운영하는 약국에 입사해 약제사 일을 시작한다.

이후 천식으로 고생하던 오 헨리는 텍사스의 건조한 기후가 치료에 도움이 될 것이라는 조언을 받아들여 1882년 텍사스로 이주한다. 조언을 건넸던 제임스 홀 박사의 후의로 첫 2년 동안 지인의 집에서 손님으로 머물며 독서에 골몰한다.

성경은 물론 호머와 셰익스피어의 고전에 이르기까지 다양한 책을 섭렵한 시절이었다. 이후 홀 집안의 사람들로부터 텍사스 오스틴에서 유력한 해럴 가문을 소개받게 되어 다시 한번 오스틴으로 거처를 옮긴다.

이후 3년 동안 조지프 해럴의 집에서 손님으로 머물며 글쓰기와 그림에 대한 관심을 이어갔고, 해럴 가문의 소개로 후에 오 헨리의 부인이 되는 애솔 에스테스를 만날 기회를 얻는다. 이후 오 헨리는 안정적인 직장에 취직할 요량으로 부동산 회계사를 거쳐 1887년 리차드 홀이 책임자로 있던 텍사스 국유지 관리국에서 제도사로 일한다. 그러나 부유한 상인이었던 애솔의 부모는 딸의 혼인 상대로 오 헨리를 탐탁지 않아 했다. 결국 오 헨리는 1887년 애솔과 사랑의 도피를 떠나 혼인한다. 그러나 불행한 가족력처럼 오 헨리의 혼인 생활에도 액운이 덮친다. 첫아들은 태어난지 몇 시간 만에 죽고, 아내 애솔은 폐결핵에 걸려 둘째 딸을 출산한 후 건강이 악화되기 시작한다.

오 헨리 역시 1891년 리차드 홈이 관리국 책임자 자리에서 물러나자 직업을 잃었고, 친구의 소개로 국립은행에서 행원으로 근무한다.

한동안 생활이 안정되는 듯했으나 '롤링스톤' 이라는 이름으로 8쪽짜리 주간 유머 잡지를 창간하고, 이것이 상업적 성과를 거두지 못하면서 재정 상태가 악화된다.

오 헨리와 그의 가정으로서는 안타깝게도 불행이 구덩이로 들어가는 일이 되었지만, 작가와 그의 독자로서는 오 헨리의 본격적으로 글을 쓰기 시작했다는 점에서 아이러니하게도 소중한 이력이 되었다.

[O. Henry 1862~1910, 미국 작가, 소설가]

올리버 골드스미스
Oliver Goldsmith

'웨이크필드의 목사' 는 제목이 말해주듯, 프림로즈 목사와 그의 대가족 이야기를 다루고 있다. 프림로즈 목사는 시골의 교구에서 전형적인 삶을 살고 있는데, 이러한 평화는 어느 날 닥칠 재앙으로 산산조각이 나고 만다.

그 뒤에는, 비록 플롯이 다소 빈약하기는 하지만 이루어지지 못한 혼인과 경솔한 행동거지, 잃어버린 아이들, 화재, 투옥, 갖가지 속임수와 가짜 정체 등 다양한 일화가 이어진다. 모든 등장인물들은 한두 가지씩 약점을 가지고 있는데, 예를 들면, 주인공 목사 자신은 선하기는 하지만 어리석고 세상 물정을 몰라 온갖 우스꽝스러운 아이러니를 연출한다. 이야기의 간격을 메우기 위해 저자는 여러 '이야기 속의 이야기' 를 삽입한다.

이 작품은 감상적인 구성을 따르고 있기는 하지만 전체적으로 매우 코믹하다. 등장인물들을 불운에 빠뜨리는 재난이나 드라마틱한 행운마저도 우습다. 이 작품의 가장 두드러진 특징은 다양성이다.

플롯은 매우 산만하고 옆길로 새기 일쑤지만 텍스트 자체는 시나 설교, 정치 평론 같은 논픽션적인 요소들을 포함하고 있다. 이것은 모두 작가의 다재다능함을 보여주는데 부족함이 없다.

골드스미스는 시인이고 극작가였으며 소설가였다. 하지만 생계를 이어나가기에도 빠듯한 생활을 해야만 했다.

아주 천천히 흘러가는 강물의 모습에서 사물의 무상함과 애수가 밀려왔다. 모든 것이 흘러갔지만 그것들이 지나간 흔적은 어디에 남아 있단 말인가? 키티는 모든 인류가 저 강물의 물방울처럼 어디론가 흘러가는 것만 같았다. 서로에게 너무나 가까우면서도 여전히 머나먼 타인처럼, 이름 없는 강줄기를 이루어, 그렇게 계속 흐르고 흘러, 바다로 가는구나. 모든 것이 덧없고 아무것도 중요하지 않을 때 사소한 문제에 터무니없이 집착하고 그 자신과 다른 사람까지 불행하게 만드는 인간이 너무나 딱했다.

그의 고집스런 허영심이 필사적으로 거부감을 일으킬 게 자명하다. 이제 유일한 기회는 어떤 예기치 못한 사건이 그를 무장해제시킬 때였다. 그렇게 되면 그는 자신의 분노의 악몽으로부터 해방시켜줄 감정의 분출을 환영할 것이라고 그녀는 생각하였다. 하지만 그의 딱한 어리석음 때문에 그는 온 힘을 다해 그것과 싸울 것이라는 생각도 들었다.

[Oliver Goldsmith, 1730~1774, 영국 소설가, 시인, 극작가]

올리버 웬델 홈스
Oliver Wendell Holmes

 홈스는 보스턴에 본거지를 둔 미국의 의사, 시인, 박식가이다. 난롯가 시인들 사이에서 그는 당대 최고의 작가 중 한 명으로 칭송을 받았다.

그의 가장 유명한 산문 작품은 '아침 밥상의 독재자'로 시작된 아침 밥상 시리즈이다. 그는 또한 중요한 의학 개혁가였다. 작가와 시인으로서의 일 외에도, 홈스는 의사, 교수, 강사, 그리고 발명가로 활동했고, 비록 그것을 실천하지는 않았지만 그는 법률에 대한 공식적인 훈련을 받았다.

매사추세츠주 캠브리지에서 태어난 홈스는 필립스 아카데미와 하버드대학에서 교육을 받았다. 1829년 하버드를 졸업한 후, 그는 잠시 법학을 공부한 후 의학계로 전향했다. 그는 어린 나이에 시를 쓰기 시작했다. 그의 가장 유명한 작품 중 하나인 'Old Ironsides'는 1830년에 출판되었고 USS 형법의 최종 보존에 영향을 미쳤다.

파리의 명문 의과대학에서 훈련을 받은 후, 홈스는 1836년 하버드 의과대학에서 의학박사 학위를 받는다. 그는 하버드로 돌아가기 전에 다트머스 의과대학에서 교편을 잡았고, 한동안 그곳에서 학장을 지냈다. 그의 오랜 교수직 동안, 다양한 의학 개혁의 옹호자가 되었고, 특히 의사들이 산욕열을 환자로부터 환자까지 옮길 수 있다는 논란이 많은 생각을 내세웠다. 홈스는 1882년 하버드에서 은퇴하여 사망할 때까지 시, 소설, 에세이를 썼다.

랄프 왈도 에머슨, 헨리 워즈워스, 롱펠로, 제임스 러셀 등의 친구들이 보스턴의 문학 엘리트들에게 둘러싸여 있다. 홈스는 19세기 문학계에 지울 수 없는 각인을 남겼다.

그의 많은 작품들은 그가 이름을 붙인 잡지인 '아틀란틱 머슬리'에 실렸다. 그의 문학적 업적과 다른 업적으로, 그는 전 세계의 대학에서 수많은 명예 학위를 받았다.

홈스의 글은 종종 그의 고향인 보스턴 지역을 기념했고, 그 대부분은 유머러스하거나 대화하기 위한 것이었다. 그의 의학 서적들, 특히 산욕열의 전염성에 관한 1843년 에세이는 그 시대에 헌신적인 것으로 여겨졌다. 그는 종종 하버드에서의 많은 기회를 포함하여 행사를 위해 특별히 쓰인 시, 또는 시를 발표하도록 요구받았다.

홈스는 또한 보스턴 브라만과 마취제를 포함한 여러 용어들을 대중화했다. 그는 미국 대법원의 올리버 웬델 홈스 주니어의 아버지였다.

[Oliver Wendell Holmes, 1809~1894, 미국 교수, 의사, 시인]

요시다 타다오

吉田忠雄

요시다 타다오는 일본 요시다 공업회사의 총재이다. 그의 회사가 생산하는 지퍼는 지구에서 달까지 두 번 왕복할 수 있을 정도로, 그는 '지퍼의 대왕' 이라고 칭송받고 있다.

요시다는 인의와 자비로서 다른 이들을 대하면, 다른 이들도 똑같이 보답할 것이라는 자신만의 독특한 경영 책략을 가지고 있다.

그는 기업의 이윤은 많으면 많을수록 좋으나, 이익은 다방면에서 협력한 성과이며, 자기 혼자서만 누려서는 안 된다고 생각한다.

따라서 요시다는 '이윤의 3분법' 을 채택하여, 회사의 모든 이윤을 세 개로 나눈다. 높은 품질과 저렴한 가격의 상품으로, 이익의 3분의 1은 소비자, 3분의 1은 대리점과 유통회사, 3분의 1은 회사 주식으로 주주와 노동자에게 주는 것이다.

이러한 경영원칙에 따라, 요시다는 직원들에게 저축계정을 만들게 하고, 회사가 은행의 정기예금보다 높게 지급하는 아주 매력적인 일을 했다.

연말 배당 지급 때, 요시다 본인은 15%, 그 가족은 25%, 나머지 60%는 회사 직원들의 몫으로 나누었다.

회사의 주식 구매 권장과 함께, 그의 규정에는 5년 이상 된 직원에게 매년 18%의 주식 배당금을 주었다.

　이러한 방법은 직원들의 투자 참여 의욕을 극대화하였다.

[吉田忠雄, 1908~1993, 일본 YKK 창업자]

우치무라 간조

內村鑑三

우치무라가 무교회주의를 주장한 이유도 기독교 신앙의 근거는 가시적인 교회, 즉 예배당이 아닌 성서뿐이라고 보았기 때문이다. 우치무라는 기독교 신앙의 유일한 근거는 성서뿐, 교회와 그 관습은 기독교를 담아내는 껍데기라고 하였다. 구안록에서는 죄인인 사람은 스스로 평안을 구할 수 없으나 예수께서 우리의 구원을 위하여 자신을 희생하였기 때문에 평안을 얻는다고 했다.

하지만 이러한 신학은 개신교계 주류에게 크게 비판받았다. 물질적인 장소로서의 교회, 신학, 전통, 관습을 무조건 버리는 것은, 형태의 교회는 역설적으로 성경에 대한 자의적, 이단적 해석을 용인하게 되고, 교회 자체가 자멸할 수 있는 치명적 단점이 있기 때문이다. 실제로도 우치무라 간조의 신학은 퀘이커교의 영향을 크게 받았으며, 그의 친구인 이나조는 확실하게 퀘이커이다.

오늘날 일본의 개신교가 힘을 쓰지 못하는 원인 중 하나로 우치무라의 실책이 지목된다. 그의 사상과 서구의 자유주의 신학의 영향을 함께 받은 개신교계가 결국 신사참배 등 비기독교, 반기독교적인 행위를 용인하고 타협하는 쪽으로 나갔기 때문이다.

유틀란트 반도는 한국의 중년층 이상 세대들에게 엔리코 달가스의 황무지 개간 일화로 잘 알려진 곳이다. 진작 덴마크 내에서는 그룬트비만 유명하고, 달가스는 아예 모른다고 하는 사람들이 대다수이다. 오히려 한국과 일본에서 더 유명해졌다고 볼 수 있는데, 아이러니하게도 우치무라 간조의 영향이 컸다.

우치무라는 1911년 덴마크 이야기란 강연에서 처음으로 위 일화를 언급했으며, 이것이 글로 퍼졌는데 이후 잊혀졌다가 태평양전쟁 패전 이후 재발견되어, 일본도 이런 식으로 재건할 수 있다는 메시지로 이용되었다.

그의 사상에 감화를 받아 아리시마 다케오도 1901년 삿포로 독립기독교회에 입회했고 기독교의 세례를 받았다. 다만 얼마 지나지 않아 기독교를 떠나게 된다.

우치무라 유시는 우치무라 간조의 아들로, 1962년부터 1965년까지 일본 야구기구 제3대 커미셔너를 지내기도 했으며 많은 야구 서적을 번역했다.

[内村鑑三, 1861~1930, 일본 철학자, 종교가]

워너 솔맨
Warner Sallman

미국 시카고에서 태어난 워너 솔맨은 미국이 자랑하는 화가 중 한 사람이다. 그는 'Head of Christ' 라는 예수님의 초상화를 그렸다. 1940년도에 500만 부 이상이 인쇄되었고, 오늘날까지 세계에서 가장 많이 알려진 예수 그리스도의 모습을 보여주고 있다.

이 그림으로 솔맨은 가장 인기 있는 화가가 되었다. 그런데 이 그림을 그리게 된 동기가 있는데, 1917년 솔맨이 혼인해서 얼마 안 된 젊은 나이에 중병에 걸렸다.

의사가 "당신은 임파선 결핵입니다."라고 진단하고, "당신은 길어야 3개월 살 것입니다."라고 알려줬다.

이 말을 들은 솔맨의 마음은 절망적이었으며, 유명한 가수인 그의 아내는 그때 임신 중이었으므로, 솔맨은 아내에게 더욱 미안하다는 마음을 갖게 되었고, 곧 태어날 아이를 생각하면 잠을 잘 수가 없을 만큼 괴로웠다.

그가 몹시 괴로워하며 매일 절망에 빠져 신음하고 있을 때, 그의 아내가 그를 위로하며 말했다.

"여보! 3개월 밖에 못 산다고 생각하지 말고, 3개월을 허락해 주셨다고 생각하며 감사하고 살아갑시다. 그리고 아무도 원망하지 맙시다. 3개월이 얼마입니까! 천금 같은 그 기간을 가장 아름답게 만들어 봅시다. 3개월이나 되는 기간을 살게 허락하신 하나님께 감사합시다."

솔맨은 아내의 말을 곰곰이 생각한 끝에 더 이상 원망과 불평의 말을 하지 않고, 아내의 말대로 남은 3개월 동안 오직 감사하며 살겠다고 다짐한다.

그때부터 그는 아주 작은 일부터 감사를 시작하면서 모든 것에 감사했다. 그러면서 자신의 생애에 마지막 작품이라고 생각하고, 'Head of Christ'를 감사하면서 그렸는데, 감사하는 그에게 놀라운 기적이 일어난 것이다.

3개월 시한부 인생이 3개월이 지났는데도 몸이 약해지기는커녕 오히려 몸이 더 건강해져서 병원에 가서 다시 진단해 봤더니, 임파선 결핵이 깨끗하게 사라진 것이다.

그의 주치의사인 존 헨리는 너무나 놀라며 도대체 3개월 동안 무슨 약을 먹었기에 이렇게 깨끗이 나았느냐고 물었다.

솔맨은 다른 약은 먹은 것이 없고, 굳이 약이라고 한다면 아내가 주는 감사하는 약을 먹었다고 하니까, 주치의는 박수를 치면서 "바로 그것이 명약입니다." 하면서, 감사는 최고의 항암제요, 해독제며 치료제라고 했다.

[Warner Sallman, 1892~1968, 미국 화가]

윌리엄 워즈워스
William Wordsworth

1793년에 '저녁의 산책'과 '소묘풍경素猫風景'을 출판하였는데, 시형詩形은 상투적인 영웅대운英雄對韻이지만, 곳곳에 생생한 자연 묘사가 돋보였다.

프랑스 혁명으로 영국과 프랑스 사이의 국교가 악화되자, 그는 공화주의적인 정열과 조국애와의 갈등 때문에 깊은 고뇌에 빠졌다.

그때 쓴 비극 '변경 사람들'에는 혁명과 고도원적인 합리적 급진주의에 대한 반성이 엿보인다.

1795년, 친구의 도움으로 누이 도로시와 레이스다운으로 옮겨 조용한 자연과 누이의 자상한 애정으로 마음의 안정을 되찾아갔다. 1797년 여름에는 올폭세덴으로 전거하여 가까운 곳에 살고 있던 콜리지와 친교를 맺으면서 그에게서 영향을 받았다.

1798년 이 두 사람은 공동으로 '서정가요집'을 출판하였다. 이 책에서 콜리지는 초자연의 세계를 워즈워스는 일상의 비근한 사건을 다룸으로써 새로운 시경詩境을 개척, 영문학 사상 낭만주의 부활의 한 시기를 결정짓는 시집이 되었다.

여기에는 그의 초기 대표시 '틴턴 수도원'이 포함되어 있다.

[William Wordsworth, 1770~1850, 영국 시인]

윌리엄 제임스
William James

미국에서 가장 영향력 있는 철학자이자, 심리학의 아버지라고 불리는 윌리엄 제임스는 미국 기능주의 심리학파의 창시자이며, 초창기 실험주의 심리학자로서 남다른 업적을 세웠다.

1869년 하버드 의과대학에서 학위를 받고, 1872년부터 하버드대학에서 평생 생리학과 철학을 가르쳤다. 1980년 발표한 '심리학의 원리'를 출간하여 세계적인 명성을 얻었다.

윌리엄 제임스의 조부가 남긴 엄청난 유산 덕분에, 가족은 평생 일하지 않아도 될 만큼 부유했다. 헨리 제임스 시니어(아버지)는 종교적으로 충실한 생활을 하면서, 자식들이 다양한 교육을 받을 수 있도록 배려하였다.

윌리엄 제임스는 동생 헨리 제임스와 함께 영국, 프랑스, 스위스, 그리고 독일 등의 유럽과 미국 등지에서 교육을 받았다. 윌리엄은 돌고 돌아 마지막으로 하버드에 이르렀다.

어릴 적 윌리엄은 그림 그리기와 자연과학에 흥미를 보였다. 1860년경, 윌리엄이 18세인 그는 전문적인 화가의 길을 모색하며 당시 유명한 예술가 윌리엄 모리스 헌트의 밑에서 그림을 배웠으나 스스로 재능이 없음을 깨닫고 포기하기에 이른다. 아버지가 친구로서 홈스나 에머슨과 교류했기 때문에, 헨리 제임스나 윌리엄 제임스에게 많은 지적 성장의 기회가 있었다. 하버드 이과대학 화학과에 진학했으나 이렇다 할 진전을 이루지 못했다. 3년 후 하버드 의과대학으로 옮겼으나 거기에서도 학업에 열중하지 못했다.

동생 헨리 제임스 역시 하버드대학에 입학했으나 1년 만에 중퇴하였고, 본격적으로 글쓰기에 돌입하여 1865년부터 소설가로서 이미 명성을 쌓기 시작한다. 여동생 엘리스 제임스도 일기 작가와 논픽션 작가로서 유명세를 치르기 시작하였고, 윌리엄만이 제자리에 머물러 있는 것 같았다. 하버드 의과대학에서의 연구를 중단하고, 1865~1866년에 박물학자인 루이 아가시스 교수의 보조 역할로서 브라질 아마존으로의 탐험에 착수한다.

윌리엄 제임스는 서양 철학의 역사를 본질적으로는 명목론과 실제론, 유물론과 유심론 사이의 다툼으로 판가름하고 있다. 그는 책 서두에서부터 본인은 실용주의라고 천명하고 있으므로, 그의 시각에서 본 철학 개괄이라고 봐야 맞겠다.

아이러니하게도, 어떤 상인이 빵도 굽지 못하는 철학을 왜 하는지, 다분히 비실용적인 이유로 비웃었던 일화를 이야기하면서, 그는 철학은 우리가 나아가야 할 길을 비춰주며 철학 없이는 사회적으로 중요한 변혁이 일어날 수 없다고 역설한 대목이 인상적이다.

[William James, 1842~1910, 미국 철학자, 교수]

윌리엄 포크너
William Faulkner

소년은 사악하고 거대하며 잔인한 곰을 사냥터이자 야영지가 있는 빅바텀 숲에 가기 전에 꿈에서 만났습니다.

사냥꾼들이 쏘아대는 총알에도, 달려드는 사냥개들의 위협적인 공격에도 장벽처럼 존재하며 공간을 지배하는 곰과의 마주침의 순간, 소년에게는 경이로움으로 숲도, 곰도, 사냥도 다가왔습니다.

그러나 이 모든 것이 그보다 훨씬 전에 시작되었음을, 소년의 나이가 두 자리 숫자로 바뀐 얼마 안 되는 어느 날, 친척 형 매캐슬린이 처음으로 그를 사냥꾼 야영지가 있는 큰 숲으로 데려가 주던 그날 이미 시작되었음을 나중에 깨달았습니다.

야영 둘째 주에 그들 곁에 드디어 모습을 드러낸 올드벤은 도망치지도 않고 사냥꾼들을 비웃듯 천천히 자신에게 쏠린 의식들을 즐기는 것처럼 숲의 침입자들을 바라보고는 유유히 사라졌습니다.

올드벤이 그런 행동을 하는 데에는 다른 곰들, 특히 어리거나 작은 곰들이 사냥꾼들을 피해 이동할 수 있도록 시간을 끄는 영리한 행동이었고, 이는 매년 반복되고 있습니다.

사냥총을 들고도 그렇게 잡고 싶다고 외친 올드벤을 왜 쏘지 않는지 이해를 못 한 소년의 목소리가 울리고 샘은 "우린 아직 개가 없다."라며 꼭 사람 같던 늙은 곰 올드벤을 사냥하기 위해선 피 냄새에도 흥분하지 않는 노새와 곰과 대적할 만큼의 용기를 가진 개가 필요하다는 말이 들려오지만, 어린 소년에게는 여전히 이들이 곰을 진짜 사냥하고자 하는 것인지 의문을 떨쳐버릴 수가 없을 뿐입니다.

기회가 된다면 윌리엄 포크너의 다른 작품을 읽어보고 싶어집니다. 서로를 바라보는 아이크와 올드벤의 교감, 탐험과 올드벤과의 조우를 위해 모든 것을 내려놓고 숲으로 들어서는 소년이 용기와 물질적인 상속을 거부함으로써 비로소 자유를 얻는 파격적인 대범함 등을 바라보며 다른 작품 속에 윌리엄 포크너의 생각들은 어떤 형태로 다가올지 무척 기대됩니다.

윌리엄 포크너가 일본을 방문했을 때, 그는 수천 명의 학생들이 모인 자리에서 이야기를 했다. 그의 말하는 것을 이해하는 사람은 거의 없었지만 모두가 존경하는 표정이었다.

포크너는 15분 동안 재미있는 이야기를 했는데, 그때 통역은 일본말로 번역해야겠다고 생각했다.

그는 20단어 이하로 말했는데, 청중은 폭소를 터뜨렸다.

"어떻게 그렇게 적은 말로 내 이야기를 전했습니까?"

포크너가 물었다.

"전혀 그 이야기를 하지 않았습니다."

통역은 솔직하게 말했다.

"다만 포크너 씨가 방금 재미나는 이야기를 했습니다. 웃어주시기 바란다고 말했습니다."

[William Faulkner, 1897~1949, 미국 소설가, 1949년 노벨상 수상]

유길준

俞吉濬

　　유길준은 1856년 세도정치 때 태어났다. 당연히 과거시험을 보려 했겠지만, 박규수를 만나면서 과거제도에 대한 반감이 생겼고 개화를 통해서 나라가 힘이 강해질 것이라는 생각을 하게 된다.

　　이후 고종의 개화 정책에 의해 일본에 새로운 문물을 배우러 가는 신사유람단에 합류하면서 나라와 백성을 위한 글을 쓰고자 마음먹었다. 일본에 도착해 보니 그동안 자신이 일본에 대해 가지고 있던 생각과 달리 매우 발전해 있음을 알게 된다.

　　당시 일본은 네덜란드와 교류한 지 200년 동안 그들을 오랑캐라고 여기며 대접해 주지 않았는데, 서양과의 교류가 다양해지자 본격적으로 장점을 취하기 시작하여 30년여 만에 발전한 모습을 보였고, 서양인들 역시 자신의 생각만큼 어리석지는 않다는 것을 깨닫게 된다. 아무튼 그는 그렇게 공부로만 하던 개화를 온몸으로 받아들이게 된다. 역사 인물들이 경험으로 깨달은 점은 책으로 하는 공부도 중요하지만 그렇게 얻은 지식을 폭발시켜 주는 것은 여행과 체험이라는 것이다.

　　그가 일본에 있는 동안 조선에는 임오군란이 일어나 귀국했다. 그리고 조선이 미국과 조미수호통상조약을 맺자, 이듬해 보방사에 합류하여 미국으로 건너가게 된다. 보방사는 미국에서 아서 대통령을 만나고 미국의 산업 기관들을 시찰하는 임무를 다한 후 조선으로 돌아왔지만, 유길준은 미국에 남아 학비를 지원받으며 공부를 한다.

이때 상투를 자르고 양복을 입었다. 1년여간 미국에서 공부를 하던 중, 조선에서 그와 뜻을 같이하던 개화파들로 인해 일어난 갑신정변이 실패하여 학비 지원이 끊겼다.

그는 미국에서의 공부를 중단하고 유럽 여러 나라를 돌아본 뒤, 지중해, 수에즈 운하, 홍해, 인도양을 지나 싱가포르, 홍콩, 일본을 거쳐 조선으로 귀국하자마자 체포당한다. 이때부터 서유견문을 집필하기 시작하여 1889년에 집필을 완료한다. 그는 집필을 마친 후 그의 저서를 친구에게 보여주었지만, 친구는 한글과 한자를 섞어 쓴 이유로 식견 있는 이들의 비방을 받게 될 것이라고 하였다. 그래서 그는 글을 조금이라도 아는 이들이 내용을 쉽게 이해함이었다고 밝히고 스스로 서유견문의 서문을 작성하였다.

1892년 유배생활에서 풀려난 그는 서유견문에 정리한 개화사상을 바탕으로 갑오, 을미개혁 때 근대 개혁의 일을 한다. 1896년 아관파천이 일어나 고종의 수배령을 피해 일본으로 망명하고, 조선으로 돌아오기 위해 의친왕을 세우는 혁명 작업을 하다 발각되어 일본에 의한 유배생활도 한다.

고종이 죽은 뒤 귀국하여 계몽 활동과 산업을 부흥하기 위해 노력하였지만, 결국 조선은 일본의 식민지가 되었고, 일본이 남작 지위를 내렸지만 거절하였다.

[俞吉濬, 1856~1914, 조선 말기 정치인, 개화사상가]

유치환

柳致環

해방이 되던 해, 내가 청마를 처음 찾아갔을 때 그는 마루 끝에 걸터앉아서 점심상을 받고 있었다. 곁에는 한 되짜리 청주 병이 놓였고 그는 반주로 대접에다 술을 따르고 있었다.

나도 별로 할 말이 없었거니와 그의 술 마시는 격식만 보고 이렇다 할 한마디의 말도 들어보지 못한 채 나는 그의 집 대문을 빠져나왔다.

빠져나오자 세상에 저런 답답한 사람도 다 있구나! 하고 나는 한숨을 다 쉬었다. 그런 바위 같은 모습이 청마의 것이다. 그러나 왠지 그의 신변에는 싸늘한 기운은 감돌지 않았다.

죽음과 실어증失語症에 시달리던 미당이 부산의 청마 집을 찾아왔다. 대마도가 보이는 임시 가거假居였다.

이 무렵의 정황은 그의 시 '청마우거유감'의 에필로그에서 경인동란庚寅動亂에 통영이 적군에 점령되자, 청마는 복병 산하에 우거해 있더니라.

삼면이 포위된 대구에 같이 있다가 발병한 미당이 여기 와서 정양하고 있으니, 때는 9.28 직전이라 내 잠시 여기 찾아와 셋이 함께 날을 보냈더니라고 적고 있다.

미당은 이때의 기억을 '그는 그의 부인과 딸들을 시켜 거의 날마다 장을 보아 오게 해서는 나를 칙사처럼 극진히 대접했다'는 것이다.

[柳致環, 1908~1967, 한국 시인, 교육가]

윤봉길

尹奉吉

❖ 강보에 싸인 두 병정에게

너희도 만일 피가 있고 뼈가 있다면 반드시 조선을 위하여 용감한 투사가 돼라. 태극의 깃발을 높이 들고 나의 빈 무덤 앞에 찾아와 한 잔 술을 부어 놓아라. 그리고 너희들은 아비 없음을 슬퍼하지 마라. 사랑하는 어머니가 있으니 어머니의 교양으로 성공자를, 동서양 역사상 보건대, 동양으로 학자 맹자가 있고, 서양으로 프랑스혁명가 나폴레옹이 있고, 미국에는 발명가 에디슨이 있다.

바라건대, 너의 어머니는 그의 어머니가 되고, 너희들은 그 사람이 되어라.

❖ 청춘의 제군에게

피 끓는 제군들은 아는가? 무궁화 삼천리 우리 강산에 왜놈이 왜 와서 우걸대나. 피 끓는 제군들은 모르는가! 되놈 돼와서 돼가는데, 왜놈은 왜 와서, 왜 아니 가나. 피 끓는 청년 제군들은 잠자는가? 동천에 서색은 점점 밝아오는데 조용한 아침이나 광풍이 일어날 듯, 피 끓는 청년 제군들이 준비하세. 군복 입고 총 메고 칼 들며, 군악

나팔에 발맞추어 행진하세. (윤봉길의 시)

　의거에 실제 사용된 폭탄은 도시락이 아닌 물통 폭탄이었음에도 불발된 도시락 폭탄이 왠지 모르게 윤봉길 의사 전용 유니크 아이템 이미지가 더 강해서 어린아이들이 도시락을 싸 들고 다니던 시절 도시락을 던지며 윤봉길 의사를 흉내 내는 장난을 종종 하곤 했다.

　이런 가짜 정보가 역사책에 아직도 실려서 편찬되고 있으며, 대부분의 사람들은 윤봉길 의사가 물통 폭탄을 의거에 사용했는지조차 알지 못한다.

　윤 의사가 사용한 폭탄은 독립운동가 김홍일 장군이 제작한 것이다. '백범일지'에 '왕웅'이라는 가명으로 나오는 김홍일 장군은 이봉창 의사가 사용한 폭탄도 제작했는데, 폭탄의 위력 부족으로 이봉창 의사가 실패하자 안타까워하면서 윤봉길 의사가 사용할 폭탄을 열심히 제조했다고 한다.

　윤 의사는 비록 현장에서 체포되었지만 그의 의거는 엄청난 파장을 몰고 왔습니다. 윤 의사 의거 후 당시 중국 중앙군 사령관 장개석은 '중국의 대군도 해내지 못한 일을 한국 용사 한 명이 해냈다'며 김구 선생에게 항일 무장 투쟁을 위한 지원을 약속하고 실천한다.

[尹奉吉, 1908~1932, 한국 독립운동가]

윤석중

尹石重

국립 대전현충원에 영면해 있는 석동石童 윤석중은 소파 방정환의 뒤를 이어 어린이 운동을 지켜냈고, 일생을 동요 동시 등 글짓기에 바쳤다.

1911년 서울에서 태어난 윤석중은 1922년 교동 보통학교에 재학하던 중 소년 문예단체 '꽃밭사'를 결성하고 동인지 '꽃밭'을 발간했으며, 1924년에는 '글벗사'를 만들어 동인지 '굴렁쇠'를 발간하는 등 일찍부터 소년문예운동을 일으켰다. 13세 때인 1924년 '신소년'지에 동시 '봄'으로 등단했으며, 1925년 '어린이'에 동요 '오뚜기'가 입선되었고, 이듬해인 1926년 중앙번영회 공모의 '조선물산장려가'가 당선되면서 천재소년예술가로 불렸다.

그는 전통적 정형률에서 벗어난 자유로운 형식의 동시와 동요를 썼다. 초기에는 반복과 대구를 사용한 정형화된 동요를 지었다가 점차 자유로운 형식의 동시를 개발하는 데 힘씀으로써 한국 아동문학 발전에 이바지했다.

1932년에 펴낸 '윤석중 동요집'은 한국 최초의 창작 동요집이다. 여기에 실린 '낮에 나온 반달', '퐁당퐁당', '도리도리 짝짝' 등은 우리에게 익숙한 동요다.

1933년에 펴낸 동요집 '잃어버린 댕기' 에는 기존의 3 · 4조나 7 · 5조의 음수율을 벗어난 동시가 여러 편 실려 있었는데, 그는 이 시집을 통해 글자 수를 맞춰 지은 것을 동요라 하고, 자유롭게 지은 것을 동시라 하여 동시의 문학적 성격을 규정했다. 해방 이전까지 동시집 '어깨동무', '새벽달', '초생달', '굴렁쇠', '아침까지' 등을 펴냈다.

1933년 방정환의 후임으로 '어린이' 주간을 맡았으며, 1934년에는 '소년중앙' 주간, 1936년 '소년' 주간을 역임한다. 이후 1955년에 조선일보 편집 고문, '소년조선일보' 고문, 서울시 문화위원, 한국문인협회 아동분과 위원장 등을 역임하며, 중앙대학교 성신여대 등에서 강의했다.

1946년 해방된 지 겨우 1년, 중앙청에 성조기가 나부끼고 미군 육군 중장이 38도선 이하의 남한 땅을 통치하던 무렵, 군정청 편수국장 직함을 갖고 있던 외솔 최현배 선생이 한 아동 문학가를 찾았다.

"여보게 석동石童, 노래를 하나 지어주게."

석동이라는 아호를 가진 이 사람의 이름은 윤석중이었다. 석동이라는 아호는 어느 신문에선가 그를 소개하면서 윤석동이라고 잘못 쓴 걸 보고 춘원 이광수가 "석동이라는 아호가 좋네, 누가 지어준 거요?"라고 칭찬하면서 그대로 아호가 되어버렸다고 한다.

"졸업식 할 때 쓸 노래가 마땅치 않소. 그래서 외국곡을 이것저것 가져다 쓰는 형편이니 석동이 하나 지어 줘야겠소."

윤석중은 해방 직후 '새나라의 어린이는 일찍 일어납니다 잠꾸러기 없는 나라 우리나라 좋은 나라' 를 작사하여 해방된 조선의 어린이들이 목청껏 새나라 우리나라를 부르게 해주었던 그 사람이다.

[尹石重, 1911~2003, 한국 아동문학가, 시인]

율리우스 카이사르
Gaius Julius Caesar

당시의 로마는 원로원 중심으로 한 공화정체였습니다. 시자는 갈리아 지방의 총독이었습니다.

시자는 그 지역에서 수많은 전쟁을 승리로 이끌며 정치적 영향력이 커졌습니다.

그러자 원로원에서는 시자를 두려워한 나머지 그를 제거하기 위하여 군대를 해산하고 로마로 돌아오라고 명령을 하였습니다.

하지만 시자는 원로원의 명령을 무시하고 홀로 로마로 갔다가는 죽을 게 뻔하다는 것을 알고 있었습니다.

결국 시자는 '주사위는 던져졌다' 라는 유명한 말과 함께 군대를 이끌고 루비콘 강을 건너 로마로 쳐들어가 정권을 장악하였습니다. 이러한 역사적 일화로 인하여 '루비콘 강을 건너다' 라는 말이 생기게 되었습니다.

[Gaius Julius Caesar, B.C. 100~B.C. 44, 고대 로마 장군, 정치개]

이고르 스트라빈스키

Igor Stravinsky

 스트라빈스키는 어린 시절부터 알고 지내던 사촌 예카테리나와 혼인한다. 둘은 네 명의 아이를 낳고 여기까지는 평범한 부부로 지낸다. 그러나 스트라빈스키가 작곡가로 명성을 얻기 시작하면서 예카테리나는 비극을 맞이하게 된다.

스트라빈스키는 평생의 연인 베라를 만나게 되는데, 둘은 모두 가정이 있었다. 불륜 중 최악의 경우로 세기의 로맨스를 시작했다. 스트라빈스키의 아내 예카테리나는 남편의 바람기에 평생을 앓으며 살았고, 결국 요양소에서 생을 마감합니다. 베라의 남편도 같은 경우였다고 한다.

스트라빈스키는 베라와 열애를 시작한 후, 모든 곳에 그녀와 함께 다녔습니다. 음악회와 여행 등 아내의 자리에 내연녀를 데리고 다닌 것이다. 그런데도 스트라빈스키는 예카테리나와 이혼하지 않았다. 깔끔하게 헤어지고 베라와 재혼하면 될 일인데도, 그는 대체 왜 이혼하지 않았을까?

스트라빈스키가 정말 못난 남편이었던 결정적인 것은 바로 생활비 문제였다. 바람은 피울지라도 먹고 살 돈은 제대로 전달했어야 한다고 생각하지만, 스트라빈스키는 운명의 여인 베라와 연애하느라 아내와 자식을 잊고 지냈다. 무려 네 명의 아이를 두었음에도 불구하고 제때 생활비를 보내지 않았다.

스트라빈스키의 아내가 아닌 네 아이의 이름으로 남편을 찾았다. 먹고 살 돈을 보내라고 편지와 전화를 했으나 그는 이러한 연락에 시큰둥하고 오히려 내연녀인 베라에게 연락하라는 망언을 했다. 자신의 남편과 자식들의 아버지를 빼앗아 간 여자에게 직접 돈을 구걸하라는 것이다. 불륜의 주인공들은 성공한 작곡가의 수입으로 호화로운 생활을 즐겼다고 한다. 이 정도면 스트라빈스키가 얼마나 못된 남편이며 아버지였는지 짐작이 간다.

그런가 하면 예카테리나는 남편과 내연녀의 심기를 거스르면 자식이 굶을까 봐 걱정하고 베라에게는 상냥한 태도로 일관하고 친구처럼 대했다고 한다.

그는 독설로 유명하다. 유명 작곡가나 음악가들에 대해서 거침없는 독설을 해댔다. 이름이 알려진 작곡가치고 그에게 비난받지 않은 작곡가는 본인을 제외하고는 거의 없을 정도다. 나름 친밀한 사이였던 힌데미트에 대해서도 음악적으로는 냉랭한 평가를 했고, 고국의 후배 격인 쇼스타코비치를 만나서는 "당신은 그만 말러를 넘어설 필요가 있다."라며 뼈 있는 농담을 던졌다고 한다.

[Igor Stravinsky, 1882~1971, 러시아 작곡가]

이광수
李光洙

"아버지와 한 지붕 밑에서 산 것은 10년이 었어요. 아버지는 늘 몸이 안 좋으셔서 일제 강점기에 병원을 드나들며 병마와 싸우면서 도 끊임없이 글을 쓰셨어요."

생사도 모른 채 헤어진 지 65년, 어느덧 80 을 넘긴 딸은 차분하게 아버지 춘원 이광수의 생애를 증언했다. 때론 솟구치는 육친의 정 에, 되살아나는 그리움에 잠시 호흡을 고르면서….

춘원의 막내딸인 이정화 박사가 저녁 워싱턴에서 '나의 아버지 이광수'를 주제로 6.25 당시부터 납북되기까지 가까이서 본 아버지 의 행적과 가족사 등을 사진과 함께 연대기 별로 들려주었다.

이 박사는 춘원의 오산학교 교사와 일본 유학시절, 도산 안창호, 육당 최남선, 벽초 홍명희 등 당대의 문사, 지사들과의 교류기, 상해 임정 시절에 대한 이야기와 함께 어머니 허영숙 여사와 사랑에 얽힌 일화도 소개했다.

"아버지는 1919년 일본 동경에서 '2.8 독립선언'을 주도한 뒤 상 해임시정부에서 독립선언문을 만들고 있었어요. 어머니는 홀로 상 해로 찾아가 아버지를 만났어요. 그런데 안 좋은 소문이 나자, 도산 안창호 선생님은 아버지에게 '허영숙을 보내고 자네는 미국으로 가라.'고 하셨답니다. 그러자 어머니는 유서를 남기고 양쯔강에 몸을 던지려고 했대요. 그런데 물이 너무 더러워서 자살을 못하셨다고 합니다."

그의 어머니 허영숙은 일본에서 간호사 유학 중에 이미 중매 혼인한 부인이 있던 춘원을 만나 훗날 혼인하게 된다. 허영숙은 춘원이 창작 활동과 요양에 전념할 때 산원을 열어 생계를 맡기도 했다.

그는 "아버지는 수양동우회 사건으로 구속됐다가 나오신 후에 43-44년 사릉에서 농사를 지으셨다."라고 하며 "아마 인생에서 가장 행복한 5개월의 자유생활을 하셨을 것이라."고 되돌아봤다.

이 박사는 아버지의 친일 행적에 대해서는 말을 아꼈다. 춘원은 해방 후 49년 반민특위에 의해 구속됐다가 석방된 후 1950년 6.25사변 중 납북돼 사망했다. 일부 세력들은 이광수의 친일이 어쩔 수 없었으며 동료 지식인을 구출하기 위한 행동이었고 이광수는 사실 거짓 친일, 실제는 독립 염원이라는 황당한 주장을 하면서 이광수는 민족의 양심수라고 옹호한다.

그들은 '학병을 나가지 않으면 학병을 나가서 받는 것 이상의 고생을 할 것 같기에 나가라고 했다.'는 발언을 했다고 주장한다.

실제로 일제가 학병에 나가지 않는 학생은 강제 제적하여 징병, 학병보다 전방에 배치하는 식으로 자발 지원을 강제한 면은 있지만, 그렇다고 정당화할 수 있는 건 아니다.

해방 후 이광수는 자기는 흥사단이 본업이고, 문학은 부업이라는 투로 어쩔 수 없었음을 말했지만, 많은 친일문학을 작성한 건 사실이다.

[李光洙, 1892~1950, 한국 소설가, 조선일보 부사장]

이병도

李丙燾

이병도의 일본 유학은 그의 역사관 정립에 결정적 영향을 미쳤다. 이병도에게 영향을 준 일본 학자는 요시다 도고吉田東伍, 쓰다 소우키치津田左右吉, 이케우치 히로시池內廣이다.

이병도는 자신의 생애에 가장 영향력을 많이 준 사람으로 요시다를 꼽았다. 이병도가 서양사를 전공하려다가 한국사로 바꾼 계기는 바로 요시다가 쓴 '일한고사당日韓古史斷'이었다.

요시다는 일본이 조선 국권 강탈 이전부터 식민사학을 준비하는 데 절대적인 구실을 한 인물이다. 이병도와 그의 선후배 한국 유학생들은 요시다에게 일본이 한국을 동화시키려고 하는데, 과연 그렇게 될지 질문을 했다고 한다.

이에 대해 요시다는 '단시일에 안 된다. 그러나 앞으로 50년만 이 상태가 계속되면 반드시 동화가 될 것이다.' 라고 자신 있게 답했다고 한다.

'식민사관을 계승한 이병도 사관', '청산하지 못한 역사'.

이병도는 요시다 후임으로 온 쓰다 소우키치 밑에서 강의를 들으면서 국사를 연구해 보겠다는 뜻을 굳히고, 쓰다의 지도 아래 역사 연구 훈련을 받았다. 그리고 쓰다의 소개로 동경제국대학 교수 이케

우치 히로시를 만나 사적인 지도를 받았다. 동경제국대학 사학과는 실증사학을 창시한 랑케의 제자 L. 리쓰를 초빙하여 창설한 학과이다. 그래서 자연스럽게 실증사학이 일본 사학계의 주류를 이루게 되었다.

이케우치는 만주를 일본 손에 넣기 위한 수단으로 만들어진 만철조사부라는 기관에 학문적으로 참여한 제국주의 사학자이고, 이병도를 조선사편수회에 참여하도록 추천하였다. 이병도가 제국주의 식민사관을 가진 일본 학자들에게 영향을 받은 데서 우리나라 근대 역사학의 비극이 시작된 것이다.

일제의 조선 병합 목적은 한마디로 이 지구상에서 조선인을 지워버리기 위해 뼛속까지 일본인으로 만들어버리는 것이다. 그러니 자기들처럼 천황을 신으로 모시라고 신사를 150군데나 지어놓고 참배시켰다. 그래서 한일병합 이후 가장 먼저 고서를 입수해 불태워버렸다. 단군을 없애고 그 자리에 천황을 세운 것이다. 그리고 조선사를 뜯어고치는 작업을 개시했다.

이완용의 조카인 이병도는 그의 도움을 받아 1925년 조선사편수회에 들어가 고조선 2000년사를 말살하는 작업에 20년간 종사했다.

[李丙燾, 1896~1989, 한국 역사학자]

이병철

李秉喆

어느 날 삼성 본사에서 각 지역 간부를 호출하였고, 호출을 했다는 것은 위급한 상황임을 말합니다.

개인적 호출 제외 각 지역의 간부들이 착석하고 등장하였고, 삼성의 넘버원 자리 지키기 위한 향후 비전에 대한 회의 시작이었습니다.

도중 비전의 초점이 몇 시간 만에 맞추어지고 스케일이 커진 프로젝트를 검토한 후, 다음 회의 때 보고 후 결정짓기로 하고 회의 참석자들은 해산을 하였습니다.

그 프로젝트 검토를 삼성의 상무에게 전담하게 하였고, 다시 무거운 긴장감 속에 각 지역 간부들은 호출받고 회의를 시작하였습니다.

그리고 상무가 거대한 프로젝트 보고를 마쳤고 마지막에 이런 말을 하였습니다.

"이번 드림 프로젝트는 성공할 수도 있지만 실패할 리스크도 많이 존재합니다."

간부들은 웅성거렸고 이병철 회장이 손바닥으로 탁자를 내리쳤고 시선집중이 되었습니다.

"삼성의 상무는 프로젝트를 꼭 성공시켜야 할 의무도 있지만 실패할 권리도 있습니다. 프로젝트 진행하세요!"

회장이 회사 직원을 믿음으로써 그 믿음에 답하고자 하는 직원의 능력은 배가 되었고 죽을힘을 다해 노력한 결과 프로젝트는 성공적으로 마무리되었고, 회장의 한마디가 아니라 그 믿음이 거대한 프로젝트를 성공적으로 마무리하였다고 합니다.

【삼성 경영 15계명】

1. 행하는 자, 이루고 가는 자 닿는다.
2. 신용을 금쪽같이 지켜라.
3. 사람을 온전히 믿고 맡겨라.
4. 업의 개념을 알아라.
5. 판단은 신중하게, 결정은 신속하게.
6. 근검절약을 솔선수범하라.
7. 메모광이 돼라.
8. 세심하게 일하라.
9. 신상필벌을 정확하게 지켜라.
10. 전문가의 말을 경청하라.
11. 사원들을 일류로 대접하라.
12. 부정부패를 엄히 다스려라.
13. 사원 교육은 회사의 힘을 기르는 것이다.
14. 목계의 마음을 가져라.
15. 정상에 올랐을 때 변신하라.

[李秉喆, 1910~1987, 삼성 그룹 창업자 초대 회장]

이솝
Aesop

이솝 우화로 잘 알려진 이솝은 노예였고, 게다가 평범한 외모가 아니라 가장 추하고 못생겼다.

탈무드에 지혜로운 랍비를 못생겼다고 비웃던 공주가 새 포도주를 항아리가 아닌 황금통 안에 담았다가 왕의 노여움을 사고 자신의 잘못을 뉘우친 이야기가 있다. 겉모습은 사람들의 손가락을 받을지언정 이솝의 이야기는 우리 아이들이 읽고 배울 만큼 여전히 지혜롭다.

외눈박이 사슴 이야기는 현실에서 일어나는 확증 편향에 관한 이야기가 꽤 흥미로웠고, 거짓말을 일삼던 양치기 소년 이야기에서는 공상허언증과 하우젠증후군, 리플리증후군 등을 예시로 들면서 구체적이고 전문적인 이야기들로 심리 분석을 한 내용도 인상적이다.

그리고 캥거루와 새끼 이야기는 이솝우화에 이런 이야기도 있었나? 싶게 내 기억에는 없던 이야기였는데, 자녀를 키우는 부모 입장에서 굉장히 크게 공감되고 와닿았던 이야기이기도 했다.

부모로부터 자립하지 못한 자녀가 어떻게 되는지…

[Aesop, B.C.620~B.C.550, 고대 그리스 비극 시인]

이순신
李舜臣

이순신 장군의 어린 시절, 그 당시에 동네에서는 남자아이들끼리 전쟁놀이를 하는 게 유행이었는데, 그때 지위가 매우 높은 대신이 그 길목을 지나려 했습니다. 아이들은 당연히 길을 비켜주었지만 이순신은 그 행차 길을 막은 것이었습니다.

이에 그 대신이 의아해하면서 "내가 너에게 무슨 잘못을 하였기에 이렇게 행차 길을 가로막는가?"라고 묻자, 이순신은 "비록 놀이이기는 하나 전쟁 중에 진 자는 그 누구도 함부로 허가 없이 통과할 수 없습니다. 다른 길로 가십시오."라는 당돌한 대답에, 그 대신은 이순신의 언행을 기특하게 여겨 행차 길을 돌렸다는 것이다.

이순신 장군은 젊은 시절 무과武科를 치르게 되었습니다. 활쏘기, 칼 쓰기, 체력, 말타기 대충 이런 종목이었는데, 그 시절 여진족과 외구의 침입이 심상치 않아 무인들을 많이 뽑던 차였습니다.

거의 웬만하면 통과하는 상황이었는데, 이순신은 그만 말을 타다 실수로 낙마를 하고 말았습니다.

떨어지면서 다리가 심하게 부러졌는데, 이순신은 신음 소리 한번 흘리지 않고 다리를 동여맨 후 시험을 다시 쳤으나 이미 낙마를 했기 때문에 시험에서는 낙방했고, 그 다음번 시험에서 다시 도전하여 합격했다고 합니다.

[李舜臣, 1545~1598, 조선시대 명장]

이승만

李承晩

【미군 대위가 본 이승만】

제임스 하우스만James Hausman(1928~1996)
이라는 미군 대위는 미군정 기간에 입국하여
1981년 퇴임까지 한국 정치사에 큰 영향을 준
인물이다. 국군의 모태인 국방경비대의 창설
연대장 및 대리 경비대장을 맡았고, 군사고문
단 참모장으로 여순 반란을 진압했다.

대한민국의 건국, 6.25전쟁, 5.16정변, 12.12사태를 현장에서 목격
했다. 이승만, 장면, 박정희, 전두환, 노태우와 모두 친분이 있었지만
특히 이승만의 각별한 신임을 얻었다.

워커 중장이 취임 후에 하우스만을 찾아와 "자네가 내가 한국군
을 지휘하려면 꼭 만나 봐야 한다는 그 대위인가?" 하고 물었다.

한미 군사 관련은 하우스만을 통하지 않으면 아무것도 안 되었다
는 일화이다.

하우스만이 임기가 다 되어 귀국해야 한다고 하자, 이승만은 "고
문관은 필요 없다. 내가 필요한 건 하우스만이다."라고 하여 35년을
한국에 붙잡혔다고 한다.

기본적으로 일본 것은 깡그리 없애버려야 한다는 한국 국민의 대
일 적개심이 온 천지에 가득했다.

이승만 대통령은 말끝마다 "저놈의 총독부 건물을 부숴버려야 해!"라고 말하곤 했다.

한번은 육군 병기감 엄영섭이 내게 와 "대통령께서 군의 모든 장비를 동원해 총독부 건물을 부수라는데 큰일 났다."

한국인들은 일본이라면 모두 이를 갈았다. 아마 36년간의 식민지 통치를 통해 대일 적대감은 민족성까지 변하게 했지 않나 생각된다. 한국인들은 식민지 통치 동안 사보타주가 일상생활이 될 정도였다.…

이런 극단적인 사보타주 정신은 광복 후에도 팽배했다. 한 가지 아쉬운 것은 이승만과 같은 대정치가도 반일 사보타주 정신을 교정하려들기보다는 이를 정치에 이용하려 했다는 것이다. 이것은 새 국가로 출발하는 대한민국의 비극이었다.

그러나 그는 이승만 박사를 당해내질 못했다. 하버드, 프린스턴, 컬럼비아, 조지 워싱턴 같은 대학을 두루 돌며 석사, 박사 학위를 따낸 이 대통령은 미국의 정치 철학이 어떻고, 헌법이 어떻고 하면서 로버츠 장군을 때로는 형편없이 몰아세우곤 했다.

6.25 직전의 일이었다. 애치슨 국무장관이 '한국은 미국의 방위선에 들어 있지 않다.'는 발언을 한 후 이것이 신문에 보도되자, 이 대통령은 로버트의 코 밑에다 흔들어대며 "이것을 당신이 제안했는가? 미국의 정책이 어떤 것인지를 당신이 해명해 봐!"라며 대단히 화를 내었다.

로버츠 장군은 신문 쪽지를 말아 연신 코밑을 쑤시는 이 대통령의 불같은 성화를 받으며 한마디 말도 못하고 버티었다.

이승만은 이때 이미 한반도의 위기를 절박하게 느꼈는지도 모른다. 무초 대사도 이승만 대통령에게 여러 번 면박을 당하는 것을 보았다.

[李承晩, 1875~1965, 1~3대 한국 대통령]

이승훈

李昇薰

남강 이승훈 선생은 1905년 을사늑약 이후 나라가 점점 망해가는 것을 보면서 교육과 산업을 일으켜야 나라가 살 수 있다는 것을 더 뼈저리게 실감했다.

이제 그의 나이도 40이 넘게 되자, 사업은 다른 사람들에게 맡기고 나라를 위해 무언가를 해야 한다고 생각했다.

마침 1907년 도산 안창호가 미국에서 돌아와 평양에서 수많은 대중이 운집한 가운데 "나라가 없이는 집도 몸도 있을 수 없고 민족이 천대받을 때 나 혼자만이 잘 살 수는 없다."라는 내용의 연설을 하였는데, 이승훈은 깊은 감동을 받았다.

그는 도산을 방문하고 나라를 위해 독립운동과 교육에 모든 것을 헌신하기로 합의하고, 고향 평북 정주의 오산면에 학교를 세우기로 했다.

우선 자신의 자금과 향교의 도움을 얻어 학교를 세웠다.

이승훈은 교사들과 학생들에게 밥을 해주기 위해 자기 집의 쌀을 갖고 왔고 학교 지붕에 비가 새면 자기 집 지붕의 기와를 뜯어 갖고 와서 이었다. 요즘 같으면 부인에게 이혼당할 가능성이 높은 위험한 행동이었다.

처음에 향교에서 토지와 자금을 보조해 주었는데 일제의 압력인지 향교에서 도로 달라고 하여 이승훈은 전 재산을 다 털어 향교에서 제공한 토지와 돈을 되돌려주고 누구의 간섭도 받지 않는 민족의 독립을 위한 학교로 운영하였다.

그는 학생들과 함께 청소하고 운동장의 잡초도 뽑으며 때로는 교실 뒤에 앉아 학생들과 함께 신학문을 공부하였다. 평북 정주는 겨울에 영하 30도 이하로 매우 추웠는데, 학생들이 대변을 보면 똥이 그대로 얼어붙었다. 변소는 얼은 대변으로 산이 만들어져 위는 산봉우리처럼 뾰족했다.

학생들이 대변을 보기 위해 엉덩이를 내리고 있으면 얼음 산봉우리에 항문이 찔려 대변을 볼 수가 없었다. 그런데 어느 날 변소에서 탕탕거리는 큰소리가 들려왔다. 학생들은 무슨 소리인가 하고 궁금하여 변소로 갔다.

이승훈 선생이 직접 도끼를 들고 땀을 흘리면서 얼음 대변을 깨부수고 있었다. 학생들은 자기들의 대변을 치우는 설립자 이승훈 선생에게 깊은 감동을 받았다.

학생들이 "선생님! 똥 얼음이 선생님 입에 들어가요."라고 외치며 눈물을 흘리자, 이승훈은 "자네들 똥인데 먹으면 좋지 않은가?" 하며 털털하게 웃었다. 학생들의 기쁨과 아픔이 그의 아픔이고 기쁨이었다.

이승훈은 3.1독립운동 민족대표 33인에 참가했다. 천도교를 중심으로 추진되던 독립운동 소식을 접한 그는 기독교 중심의 대규모 독립운동과 접목했다.

[李昇薰, 1864~1930, 한국 독립운동가]

이언적

李彦迪

　회재晦齋 이언적의 대표작인 임거십오영林居十五詠은 이언적이 자옥산 아래 독락당에 은거하던 1535년 제작한 작품으로 15수 연작으로 되어 있다. 이언적은 주자가 서재에 머물면서 철학, 윤리, 역사 등을 노래한 재거감흥齋居感興을 변용하되, 숲속에서 은자와 학자, 충신으로 살아가는 모습을 담아 산림에 물러나 사는 학자의 삶을 노래하는 전형을 만들었다.

　7년이 지난 1560년 이황은 이 시에 차분한 작품을 남겼는데, 이언적의 맑은 삶을 대체로 긍정하면서도 은자나 충신보다 학자의 이미지에 집중하였다. 특히 '임거'에서 수양의 공부를 하는 방식, 임금에 대한 태도 등에 대해 생각을 달리하면서 이언적의 지향을 우회적으로 비판하였다. 그리고 5년 후 다시 산거사시음山居四時吟을 지어 도산에서 살아가는 학자의 노래를 새로 제작하였다.

[李彦迪, 1491~1553, 조선시대 문신]

이율곡
李珥(栗谷)

율곡은 10만 양병설이 받아들여지지 않자 관직에서 물러 나와 세 가지 준비를 한다.

먼저 이순신을 찾아가서 두보의 시를 가르쳤다.

'독을 품은 용이 숨어있는 곳에 물이 곧 맑네.'

이런 내용의 시를 일천 번 읽으라고 했는데, 어떤 뜻인지는 가르쳐주지 않았다. 쿵~ 쿵~ 나무 자르는 소리가 귓가를 울리고 있을 즈음, 이순신은 순간 두보의 시가 떠올랐습니다. 그리고 물을 바라보니 매우 맑았습니다.

그래서 부하들을 시켜서 배 밑을 창끝으로 찌르게 했는데, 곧 붉은 피가 바다를 물들였습니다. 왜놈들이 배 밑에 숨어들어서 바닥에 구멍을 내고 있었던 것이다.

두 번째로 율곡은 오성과 한음으로 유명한 백사 이항복을 찾아가서 '서럽지 않은 눈물에는 고춧가루 주머니가 약이니라.' 하고 알려준다.

훗날, 명나라 이여송 장군이 군대를 이끌고 원군을 왔을 때 그들은 매우 거만했다. 그들에게 원군을 청하려고 가게 된 사람이 바로 이항복이고, 도움을 청하기 위해 슬픈 표정을 지어야 하는데 잘되지 않는다.

그때 문득 율곡 선생이 전해준 말이 생각나서 고춧가루 싼 주머니로 눈을 비벼서 슬픈 듯 눈물을 흘리면서 이여송 장군에게 나아가 원정을 청했다고 한다.

[李珥(栗谷), 1536~1584, 조선시대 문신, 학자]

이준

李儁

　　1859년 철종 9년, 함경남도 출신으로 종9품인 참봉직에 있다가 1895년 우리나라 최초 법관 양성소에 입학, 교육 이수 후 1896년 한성 재판소 법률가로 임명되었으나 33일 만에 면관을 당한다.

　　면관 이유는 이준 열사의 강직한 성품이 원인이었는데, 당시 부패한 고위 관직들과 정치적 세력을 처벌하려다 권세가들의 미움을 샀다.

　　당시 황족이었던 이재규가 친일 내각과 협잡하여 논밭 문서를 위조하고 백성의 토지를 강탈했던 일로 처벌하려 하였으나 황족이라는 이유로 처벌이 어려웠다.

　　이준 검사는 법조인의 신념을 위해 이재규에게 징역 10년을 구형했다.

　　또 법부 형사국장 고소 사건도 그의 신념을 잘 보여주고 있다. 법부란 구한 말 사법 행정, 사면 복권 따위의 일과 각 재판소를 감독하는 일을 관장하는 관아였다.

　　고종 황제가 아들 혼례를 앞두고 은사령을 명령했다. 법부에서는 은사 대상자 명단을 정해놓고 그대로 집행할 것을 요구하자, 이준 검사는 이를 거부한다. 당시 은사령 작성은 검사 고유의 권한이었기 때문이다. 그러자 이를 괘씸하게 여긴 법부에서 이준의 거부 명단을 황제에게 그대로 보고하자, 이준 당시 검사는 형사국장인 김낙현을 고소한 사건이다.

법부는 부하가 상관을 고소했다는 이유로 이준 검사를 체포하였으나 3일 만에 보석으로 석방되었는데, 그 이유는 당시 '애국계몽단체' 회원들과 백성이 석방을 요구하고 나섰기 때문이다.

이후 이준 검사는 반격에 나서서 다시 법무 대신과 평리원 재판장 이하 관리들의 면직과 처벌을 청원한다.

당시 이준 검사의 별명은 호법신護法神이라 불렀다. 호법신이라 함은 불교에서 불법을 수호하는 신이라 칭한다.

권력에 굴하지 않고 부정과 비리에 맞서 정의를 실현하고자 한 1세대 검사 이준이다.

재판정에 나온 이준은 무릎을 꿇고 우렁찬 목소리로 하나님께 기도하였다.

"아세아주 동반도 대한국 2천만 동포 가운데 한 사람인 이준은 2천만 동포를 대신하여 오늘 우리나라의 왕법을 옹호하여 변명하고자 하오니 거룩하신 하나님께서는 하감조림하사 우리나라의 왕법이 바로 서게 해주시며 동시에 우리 창생들이 이 왕법을 믿고 살 수 있게 하여 주시옵소서. 예수 그리스도의 이름으로 비나이다."

"이곳은 재판하는 평리원이요. 예배당이 아닌데 기도는 무슨 기도요?"라며 꾸짖는 재판장에게 이준은 "하나님은 특히 예배당에만 강림하실 것은 아닙니다. 만민 만물 만사 어디든지 강림하시는 줄 압니다."라고 대답할 정도였다.

[李儁, 1859~1907, 한국 독립운동가]

이중섭

李仲燮

　1916년 평안남도의 부잣집에서 태어난 이중섭은 20대까지 남부러울 것 없는 도련님으로 살았다. 1935년 일본으로 미술 유학길에 올랐고, 1940년부터 후배인 야마모토 마사코와 연애를 시작한다.

　전시장에 나온 '엽서화' 36점은 대부분 이즈음 이중섭이 야마모토에게 보낸 연애편지다. 이중섭은 글 대신 그림에 하고 싶은 말을 담아 보냈다. 발을 다친 야마모토에게 약을 발라주는 일화를 그린 그림, 환상 속 낙원을 표현한 듯한 그림이 대표적이다.

　이중섭은 태평양전쟁이 격해지던 1943년 귀국한다. '소년' 과 '세 사람' 등 연필화는 이 무렵 그린 작품들이다. 이중섭은 1944년 마침내 가족이 사는 원산으로 마사코를 데려와 전통 혼례를 올린다.

　6.25전쟁이 일어나자, 이중섭과 마사코는 부산으로 내려가 피난 생활을 한다. 평생 넉넉했던 이들은 졸지에 먹고사는 문제를 걱정하게 된다.

　이중섭 가족은 조카가 머물던 제주도로 향한다. 단칸방에 살며 게와 조개를 잡아먹었지만, 네 가족이 함께 지낸 삶은 행복했다.

[李仲燮, 1916~1956, 한국 서양화가]

이태백

李太白

평생의 반을 술에 취해 산 이태백의 시를 읽노라면 호방한 기백과 흔적 없이 깔린 신선의 기운이 관통돼 오래도록 감탄할 수밖에 없게 된다. 그런데 이태백이 남긴 불후의 명작들은 모두 술을 마신 뒤 써낸 것이다.

'이태백은 말술에 백 편의 시를 짓는다.'는 말이 있지 않는가.

이태백은 천성이 자유분방하고 술을 좋아했는데, 특히 거나하게 취한 상태에서 조정의 관리들을 조롱하길 좋아했다. 이태백이 세도가를 무릎 꿇기고 신발을 벗기게 했다는 일화도 전해진다.

'종 치고 북 치면서 산해진미 무얼 하나 취하면 그만이고, 안 깨면 더 좋은 걸 옛날부터 성현이란 모두 쓸쓸해 어찌 술꾼처럼 천고에 이름을 남기랴.'

이 같은 시구 구절만 보아도 이태백의 성격을 충분히 알 수 있다. 그런데 중국 과거에 술을 좋아한 문인은 이태백뿐이 아니다. 두보, 도연명, 구양수, 백거이, 소식 등 유명한 시인들도 모두 술과 끊을 수 없는 인연을 맺고 있었다.

현대에 이르러 사람들은 이미 과거 문인들이 왜 술을 즐겼고, 술을 마셔야만 좋은 작품을 써낼 수 있었는지 이해하지 못한다. 술을 마시면 시흥이 일고, 시를 써내면 또 술맛을 더한다는 등의 세속적인 해석이 난무하지만, 진실은 과연 어떨까?

[李太白, 701~762, 중국 당나라 시인]

이태영

李兌榮

이태영은 대한민국 최초의 여자 변호사이다. 지금은 여성들의 법조계 진출이 활발하지만, 이태영이 변호사의 꿈을 꾼 일제 강점기에는 여자는 그저 시집가서 애만 잘 낳으면 최고라는 남존여비 사상이 뿌리 깊었다. 일제 강점기에도 서구 풍조의 영향을 받아 남녀평등을 주장한 신여성들은 있었지만, 고난을 뚫고 자신의 뜻을 이룬 사례는 찾기 어렵다.

1936년 이화여전 가사과를 수석으로 졸업한 뒤, 평양여고에서 교사 생활을 하던 중 정일형 박사와 혼인한다. 당시 일제의 야만적인 탄압이 극심한 시기로, 그의 남편 정일형이 신학교 교수로 근무하던 1942년, 강의에서 '일본이 태평양전쟁에서 이길 확률은 희박하다.'라고 한 것이 국가원수 모독죄가 되어 감옥에 끌려갔고, 이태영은 생계를 꾸리기 위해 이불 장사를 한다.

이때 가위의 날이 들지 않아 '날이 잘 드는 가위 하나만 있으면…' 하는 것이 이태영의 소원이었다고 한다.

해방 후 이태영에게 이 이야기를 들은 정일형은 외무부장관 업무 및 국제의원연맹 참가 차 외국에 갈 때마다 가위를 하나씩 사서 이태영에게 '어려운 때를 잊지 말고 살자' 라는 말과 함께 선물했다는 일화가 있다.

1946년 32세 때, 그는 남편의 출소와 '당신이 하고 싶어 하는 법률 공부를 하라' 는 남편의 격려를 받으며, 여성으로는 최초로 서울대학교 법학과에 서울대학교 역사 최초의 여대생이자, 주부 학생으로 입학한다.

나이도 문제였지만, 지금도 애 엄마가 공부를 하려면 어려운데, 당시에는 얼마나 어려웠을까? 쉬는 시간이면 남의 눈길을 피해 아이의 젖을 먹이고 다시 수업에 들어가는 등 혼신의 힘을 다한 끝에 졸업을 할 수 있었고, 그런 뼈를 깎는 노력 끝에 사법고시에 합격한 첫 여성이 되었다. 하지만 이승만 대통령 시절 남편 정일형이 야당 인사라는 이유로 판사 임용이 되지 않자, 한국 최초의 여성 변호사가 된다.

정대철 의원 낙선 후 충격인지 1996년부터 알츠하이머병으로 고생하다가 세상을 떠났다.

사시 공부는 작정하고 방을 빌려서 열심히 공부했으며 남편인 정일형 박사가 응원해 주었다고 하는데, 이미 오랜 옛날 분들도 남자의 외조가 컸던 것 같다.

[李兌榮, 1914~1998, 한국 법조인, 여성운동가]

이황

李滉(退溪)

퇴계 선생 묘소 바로 아래쪽에 며느리 봉화 금씨 묘가 있는 이유가 있습니다. 그녀의 무덤이 남편 옆이 아니라 시아버지 곁에 있다고요?

이황이 21세에 맞이한 부인은 27세에 사별하고, 30세에 재혼했던 안동 권씨 부인과 또한 48세에 사별하게 됩니다. 그래서 이황이 늙어 만년에 봉화 현감으로 있던 맏아들 준의 부인 봉화 금씨가 시아버지를 지극 정성으로 모셨고, 퇴계 또한 그 며느리를 친딸처럼 아꼈다고 합니다.

며느리 봉화 금씨는 '자신이 죽으면 시아버지 무덤 옆에 묻어달라. 죽어서라도 정성껏 모시고 싶다.' 고 유언을 했고, 퇴계의 손자 이안도는 어머니의 유언대로 할아버지 무덤 아래 어머니의 묘를 모셨습니다.

퇴계는 손주 안도가 장가갈 때 이런 내용의 편지를 넣어주었습니다.

「부부는 남녀가 처음 만나 세계를 창조하는 것이다. 부부는 가장 친밀한 사이이므로 더욱 조심해야 하며 바르게 행해야 한다. 중용에서 '군자의 도가 부부에서 발단이 된다' 고 한 것은 이 때문이다.」

맏손주 이안도는 안동 권씨와 혼인하였는데, 손주며느리는 아들을 낳은 지 불과 6개월여 만에 다시 임신하였는데, 그나마 부족했던 젖이 나오지 않게 되어서 퇴계의 증손주(이안도의 아들)는 굶주려야 했습니다.

증손주가 암죽으로 겨우 연명은 했지만 날로 쇠약해졌답니다. 마침 종가댁의 하녀 학덕이 출산을 했습니다.

맏손자 이안도는 할아버지에게 간곡히 부탁했습니다.

'증손주의 유모로 하녀 학덕을 보내주십시오.'

당시에는 노비는 집안에 딸린 재산 목록이었고 매매가 가능하던 시대였으며 신분은 대물림되었습니다.

때문에 대를 이어갈 증손자에게 젖을 먹여줄 유모로 보내달라는 것은 예사로운 부탁이었지요. 그리되면 젖을 빼앗긴 하녀 학덕의 자식은 또한 굶어 죽게 되는 것은 뻔한 일입니다. 당시는 이유식이 거의 없었지요. 그런데 퇴계가 손주에게 보낸 답은 이러했습니다.

내 핏줄이 소중한 것은 당연한 것이지만 내가 좌우명처럼 읽고 배운 '근사록' 에 의하면, '다른 사람의 자식을 죽여서 내 자식을 살리는 것은 몹쓸 일이라' 고 가르친다. 모름지기 배운 대로 실천하지 않는 것은 선비가 할 일이 아니다.

[李滉(退溪), 1502~1571, 조선시대 문신, 학자]

이효석

李孝石

"겨울이면 스키를 타시거나 빨간 목도리를 날리면서 스케이트로 대동강을 달리시던 모습과, 여름이면 가족과 함께 대동강에서 물놀이를 즐기며 옥수수를 사다가 나누어주시며, 그것이 마치 우유맛이 난다고 하시던 아버지의 다정한 모습이 지금도 생각이 납니다. 참 멋진 분이셨죠."

이나미씨의 인터뷰에 따르면, 이효석은 딸에게 옥수수에서 우유맛이 난다고 하였던 듯하다. 처음에는 옥수수에서 우유맛이 난다는 말이 이해되지 않았으나 자전적 단편소설 '향수'에서 그 단서를 발견했다.

"생각나세요? 시골 것으로 그렇게 좋은 게 또 있어요? 치마폭에 그득히 뜯어가지고 그걸 깔 때, 삶을 때, 우유맛이요, 어머니의 젖 맛이요, 그보다 윗길 가는 맛이 세상에 또 있어요?"

이효석의 아내 이경원은 남편에게 자기 고향의 옥수수는 우유맛, 어머니의 젖 맛이 난다고 하였다.

다만 여기서 '우유'는 원래 의미보다는 어머니 젖 또는 향수 전반을 뜻하겠으나, 이경원은 문자 그대로 이후 딸에게 같은 말을 해준 듯하다.

[李孝石, 1907~1942, 한국 작가, 언론인]

이휘소

李輝昭

이휘소는 20세기 후반, 입자 물리학에서 자발적으로 대칭성이 부서진 게이지 이론의 재 규격화 문제의 해결에 결정적인 역할을 하였고, 맵시 쿼크의 질량을 예측하여 그 탐색에 공헌하였다.

물리학자로서 본격적인 활동을 시작한 이래 약 20년간 모두 110편의 논문을 발표하였으며, 이 중 77편의 논문이 학술지에 게재되었다.

10회 이상 인용된 논문이 이 중 69편에 이르며, 500회 이상 인용된 논문은 모두 8편이다. 대표적인 제자로는 강주상 고려대학교 명예교수가 있다. 1974년에 방한, 서울대학교에 AID 차관에 의한 과학연구소를 설립해 주었으며, 77년 주한 미군 철수가 시간문제로 대두되자, 조국에 장거리 유도탄과 핵무기 개발 원리를 제공하고 같은 해 의문의 교통사고로 사망했다.

1962년 국제 에너지 회의에 미국 대표로 참석할 정도의 이휘소는 미국을 대표하는 핵과학자 10명 속에 끼어 있었다. 외국인으로 거기에 든 예는 없었다. 이 회의에 참석한 100여 명의 학자 중 가장 젊었고, 당시 이 박사는 핵의 이론과 소립자의 단위와 그들의 생명의 기간, 그리고 그 생명이 다른 것에 미칠 수 있는 영향에 대해 강연을 했는데, 강연이 끝나자 열렬한 박수를 받았다.

박수가 끝나자, 이휘소는 "저는 미국 국민이 아직 아닙니다. 저는 한국이라는 가난하고 분단된 국에서 태어나 미국에서 유학 중인 사람입니다. 제가 언젠가 국적을 옮길지는 모르지만, 핵을 만들고 핵을 이용하는 것은 일부 강대국의 전유물이 되어 있습니다. 우리는 지금 핵을 저개발국가의 복지에도 혜택을 주어야 합니다. 핵을 전쟁 무기로 생각하는 인식상태에서 벗어나게 해야 합니다. 감사합니다."

이휘소의 말에 모두 또 감격하고 기립하여 박수를 보냈다.

이휘소는 박정희 대통령이 보낸 편지를 읽으면서 참담한 심경 속에 사로잡혔다. 암담한 기분이었다. 이휘소는 그날 (1977년 3월 20일) 일기를 다음과 같이 적고 있다.

「박정희 대통령께서 나에게 편지를 보내왔다. 조국이 나를 필요로 할 때라는 절박한 내용이었다. 내가 핵을 공부하고 연구한 것은 처음에는 적성에 맞기 때문이었다. 그다음 나의 목적은 핵연료를 이용한 인류의 구원이었다. 핵에너지를 이용한 자원의 개발, 자원의 새로운 창조는 무한히 열려 있다.

나는 지금까지 여기에 내 생애를 바쳤다. 또 앞으로도 그러고 싶다. 그러나 조국이 공산화되거나 전쟁의 소용돌이 속에 처할 위험에 있다고 가정하자. 아니, 지금 조국이 내가 겪은 6.25나 그보다 더한 비극의 문턱에 있다고 판단되었을 때, 내가 조국을 위해서 할 수 있는 일이 무엇일까?

미국은 월남에서 손을 떼었고, 또 한국에서도 손을 떼고 있다. 명백한 사실은 조국이 위험한 처지에 있다는 사실이다.

미군 철수⋯ 조국의 공산화⋯ 이런 것을 보면서 핵을 자원의 개발에만 목적을 두었던 나의 신념이 흔들린다면⋯ 그것은 잘못된 판단일까?

  조국을 지키기 위하여, 조국에게 내가 할 수 있는 핵 개발의 원리를 제공한다면⋯ 비록 박 대통령이 유신을 철폐하지 않을 경우라도, 나를 낳고 나를 길러준 조국의 현실을 내가 배반할 수는 없는 것이 아닌가? 그것이 나를 죽음으로 몰아넣는 것인지 모르지만⋯ 죽는다.⋯ 내가 죽음으로 조국을 살릴 수 있다.⋯ 정말 그렇게 해야 하는 걸까? 내가 죽어 조국이 조국으로 남고, 내가 사랑하는 어머니와 형제, 친구들을 구할 수 있다면⋯ 나는 그 길을 택해야 하는 것일까? 하늘은 나에게 마지막으로 너만이 지금 너의 조국을 구할 수 있다는 명으로, 나를 이 자리에 서게 한 것일까? 조국은 나에게, 너는 너의 능력을 이때에 쓰지 않으면 너는 평생을 후회할 것이라고 말하는 것인가?

  살신성인, 견위치명, 멸사봉공, 진인사대천명. 나의 운명⋯ 어머니, 아내, 아이들, 그리고 형제들, 하늘이여 무엇이 참다운 삶이고, 내가 지금 어떤 행동을 하여야 하는가를 안내하여 주소서.」

  [李輝昭, 1935~1977, 한국 핵물리학자, 대학교수]

이희승

李熙昇

'남으로 창을 내겠소'로 유명한 시인 월파 月波 김상용에 얽힌 일화에도 배꼽을 잡았다.

일제 강점기 이화여전에서 학생을 가르치며 피차 허물없이 지내는 국어학자 이희승이 어느 날 수작을 걸었다.

"자네 호가 월파라고 했지. 달을 무척 좋아하는 모양이야. 그래서 달에 얽힌 호를 하나 지어줌세. 소동파의 후적벽부에서 따온 말인데, 지월地月이라 하면 어떻겠나?"

"지월? 지월? 지월이라! 호 하나쯤 더 가져도 좋지."

자고로 글 좀 읽는다는 선비는 호가 여러 개인 경우가 꽤 있기 때문에 월파의 반응이 망발은 아니었다.

이희승은 기다렸다는 듯이 "우하하하, 걸려들었어. 지地는 땅이고, 월月은 달이니 '땅딸보'라는 뜻이야. 자네에게 이보다 더 잘 어울리는 호가 어디 있겠나."

작은 키에 다부진 몸매의 친구를 제대로 놀렸는데, 이희승의 수필에 나오는 출처가 분명한 이야기다.

[李熙昇, 1896~1989, 한국 독립운동가, 국어학자]

임어당

林語堂

우리나라 초대 문교부 장관인 안호상 박사가 장관 시절, 중국의 세계적 문호인 임어당을 만났을 때 여담처럼 말했죠.

'중국이 한자를 만들어 놓아서 우리 한국까지 문제가 많다.' 고요. 그러나 임어당이 놀라면서 '그게 무슨 말이오? 한자는 당신네 동이족東夷族이 만든 문자인데, 그것도 아직 모른단 말입니까?' 라는 핀잔을 들었답니다.

임어당의 일화를 소개한 진태하 이사장은 인사를 차릴 틈도 주지 않고 한자의 조기교육을 계속 강조해 나갔다.

1967년 대만에 유학, 국립사범대학에서 박사학위를 받고 국립정치대학에서 1975년까지 교수로 재직, 그의 학위논문 '계림유사鷄林類事 연구'의 계림유사는 송나라 학자 손목孫穆이 고려에 왔다가 고려 언어를 수집 설명한 책으로 11세기 한국어 연구에 매우 귀중한 자료의 하나다.

[林語堂, 1895~1976, 중국 작가, 문학평론가]

입센

Henrik Ibsen

어린 시절을 불우한 환경 속에서 지내던 입센은 16세 때에 가정의 울타리를 벗어나 자립하기 위해서 그림스타라는 조그만 항구마을로 혼자 떠나온다. 인구가 5백 명밖에 안 되는 조용한 마을에서 입센은 약방의 점원으로 거의 6년을 보내게 된다.

이른바 입센의 성장기라 할 수 있는 이 기간 동안 입센은 극도의 궁핍한 생활과 싸우며 세계적 극작가로서의 잠재력을 키워나가게 된다.

이 시절 입센은 틈틈이 지방신문에 풍자적인 시사만화를 투고했으나 그리 대단한 평가를 받지 못했지만, 거기에서 보인 그의 예술적인 재능으로 인해 그의 일생에 중대한 영향을 미치게 되는 올레 슐레루드 같은 친구들을 사귀게 된다.

그러던 중 입센에게 중요한 영향을 끼치게 되는 사건이 벌어진다. 바로 1818년의 2월 혁명이 일어난 것이다. 프랑스는 공화국을 선언했으며, 혁명의 물결은 전 유럽으로 퍼져나간다.

입센은 이 사건을 계기로 세상과 인간에 대한 각성을 하게 된다. 처녀작인 '카틸리나Catilina' 작품은 입센이 프랑스 혁명에 자극을 받아 쓴 것임은 확실하다. 그 테마는 오히려 빛과 어둠을 각기 상징하는 두 여성에게 동시에 마음이 끌리는 주인공의 내적 갈등이라 하겠다.

'카틸리나'가 완성되자 슐레루드가 그것을 가지고 동분서주했지만, 상연해 주겠다는 극장도, 출판해 주겠다는 출판사도 구하지 못했다. 결국 슐레루드는 자기가 비용을 대어 '카탈리나'를 출판했으나, 결과는 겨우 32부 밖에 팔리지 않는 실패였다. 이렇게 입센의 첫 작품은 아무런 평가도 얻지 못한 채 입센에게 낙담만 안겨주었다. 그러나 이제 입센은 더 이상 그림스타에만 있을 수 없어서 1850년 슐레루드가 있는 크리스티아니아로 간다. 그리고 이때부터 극작가로서의 입센의 기나긴 악전고투의 시절이 시작된다.

입센은 슐레루드와 함께 헤르트베리 예비학교에 들어갔다. 이 학교는 대학 진학에 있어 매우 우수한 예비학교였는데, 이곳에는 훗날 노르웨이 문단을 짊어진 비외른손, 요나스 리, 비데 등과 같은 유능한 인재들이 모여 있었다.

입센은 이곳에서 특히 비외른손과 친하게 되는데, 훗날 입센과 함께 노르웨이 문단의 두 거목으로 추앙받게 되는 이 열정적인 시인과의 운명적 만남은 입센으로 하여금 문학의 길을 걷게 하는데 결정적인 영향을 끼치게 된다. 의학을 지망했던 입센은 비외른손의 영향으로 결국 문학의 길로 바꾸게 된다.

비외른손은 입센보다도 4년이나 아래였지만, 그야말로 천부적인 시인인 데다가 열정적인 민중의 지도자였다. 입센은 평생을 이 비외른손과 교우하며, 한때 문학적 입장의 차이로 대립하기도 했지만 노르웨이 문학을 세계적 경지에 올려놓는데 노력했다.

[Henrik Ibsen, 1828~1906, 노르웨이 극작가]

장 자크 루소

Jean-Jacques Rousseau

장 자크 루소는 '에밀'이라는 교육론을 저술했는데, 주제는 교육이지만, 동시에 루소의 인간론이며 종교론이기도 하다. 특히 사상가일 뿐만 아니라 시인적 자질이 풍부한 루소의 천분天分에 의해 풍부한 문학성을 보여준다. 부제는 교육에 대해서이다.

전편을 5부로 나누어, 에밀이라는 고아가 요람에서 혼인에 이르기까지, 이상적인 가정교사의 용의주도한 지도를 받으며 성장하는 과정이 적절히 묘사되면서 논술되어, 문학적인 매력과 교양소설의 흥미를 갖추고 있다. '조물주의 손에서 떠날 때는 모든 것이 선하지만, 인간의 손으로 넘어오면 모든 것이 악해진다.'라고 하는 유명한 서두의 한 구절에서 알 수 있듯이, 그의 주관점은 외적 환경이나 습관, 편견의 나쁜 영향으로부터 어린이를 보호해서, 그의 이른바 '자연'의 싹을 될 수 있는 대로 자유롭고 크게 뻗어나가게 하자는 데 있다.

서적이나 언어에 의한 교육을 피하고 어디까지나 경험을 존중해서, 소년기의 지적知的 교육 분야에서도 실물교육을 주로 하고, 감정 육성, 직업적 기술, 수공업 기능의 수득修得을 주장하였다.

루소가 주장한 것을 한마디로 집약하면, '자연으로 돌아가라'고

하는 것이다. 즉 당시 보편적으로 행해졌던 주입식의 지육智育에 편중된 교육에 반대하고, 전인교육(이를테면 체육, 품성 등의 교육)을 중시하며, 인간 중에서 가장 순수하게 자연성을 간직하고 있는 어린이에게 그 본래의 자연과 자유를 되돌려줄 것을 주장한 것이다.

요컨대 '에밀'은 당시의 봉건적인 귀족사회를 위한 교육, 스콜라 철학적인 서적 편중의 교육에 대해서 근대적인 인간교육의 이념을 제공한 것이다. '에밀'은 칸트, 페스탈로치 등을 통해서 교육 사상사·철학 사상사에 커다란 영향을 끼쳤다.

자신의 내면과 삶의 모순을 꿰뚫어 보려고 애쓴 루소에게 사회의 모순이 보이지 않았을 까닭이 없다. '사회계약론'에서 루소는 '인간은 자유롭게 태어난 존재인데, 지금은 어디에서나 사슬에 얽매어 있다.'라고 말한다.

루소에게는 자연과 사회의 대비라는 이분법적 사고가 목격된다. 자연은 인간을 선하게 만들지만 사회가 인간을 사악하게 만든다. 인간이 사슬에 얽매이게 되는 것은 사회 안에 살기 때문이다. 새로운 사상과 제도를 도입해 사회를 개혁함으로써 사회 안에서 인간을 계몽하고 나아가 계몽된 세계를 모색한 볼테르 등 루소의 동시대 사상가들에게 루소의 이러한 이분법적 사유는 그 시대에 속한 낡은 가치를 온존케 할 가능성이 비춰질 수 있어 불편한 것으로 여겨졌다.

[Jean-Jacques Rousseau, 1712~1778, 프랑스 작가, 사상가]

장덕조

張德祚

1953년 7월 27일 오전 10시 9분, 유엔군과 북한군은 판문점에서 정전협정에 서명했다. 3년여 동안 이어진 지루한 전쟁의 막을 내리는 순간이다.

평소 회담은 몇 시간을 넘기기 일쑤였지만, 이날은 일사천리로 진행돼 시작한 지 9분 만에 사안을 마쳤다.

이날 조인식을 취재한 한국 기자는 50여 명, 그중에는 야무지고 당찬 얼굴을 한 여성 기자가 한 명 끼어 있었다. 이미 빼어난 미모와 단정한 매무새로 전장에서 뭇사람의 시선을 한몸에 받던 그녀였다. 경북 최초의 여기자이자, 6.25전쟁을 취재한 유일한 여성 종군기자인 영남일보 장덕조 문화부장이다.

장씨는 훗날 한 인터뷰에서 "나는 유일한 여성 기자로 전선에 나가 취재를 했다. 입고 있던 군복에 종군기자라는 완장을 차고, 모자도 특별한 것을 썼기 때문에 사람들이 단번에 나를 알아봤다. 나는 극성스럽게 전투 중에 대대까지 나가 많은 기사를 썼고, 내외국을 향해 기사를 송고했다."고 그 시절을 회상했다.

서울 배화여고와 이화여전을 나온 장씨가 영남일보 종군기자가 된 것은 6.25전쟁 때문이었다. 젊어서 소설가로 관심을 받던 장덕조는 전쟁이 발발하자 홀로 어린 7남매를 이끌고 피난길에 나섰다. 정치활동을 하던 남편은 부산으로 내려간 후였으며, 막내는 생후 6개월이 된 때였다.

막상 대구로 왔지만, 살 길은 막막했다. 두부 행상이라도 하려던 참에 피난 내려온 문우 한 사람이 장덕조를 찾는 광고를 영남일보에서 봤다고 했다.

그즈음 영남일보에는 사람 찾는 광고가 매일같이 실렸다. 변변한 옷 한 벌이 없던 장덕조는 소설가 최정희에게 새 저고리를 빌려 입고 영남일보로 향했다. 김영보 사장이 반갑게 맞이했다.

김 사장은 장덕조가 피난 왔다는 말을 듣고 문화부장 자리를 맡기려고 찾아다녔는데, 있는 곳을 몰라서 며칠째 신문광고를 냈다고 한다. 이날부터 장덕조는 전쟁통에서 최고의 부수를 자랑하던 영남일보의 문화부 기자가 됐다. 이때 나이 36세였다.

장덕조의 3녀인 소설가 박영애 씨는 "어머니는 영남일보 기자였다는 것을 평생 자랑스러워했다. 즐겁고 화려했던 것보다 가열 차고 처절했던 기억이 먼저 떠오르면서도, 신문기자가 아니었더라면 볼 수 없었고, 느낄 수 없었던 너무나 많은 사실을 보고 체험할 수 있었음을 평생 감사하게 생각한다."고 회고했다.

영남일보 기자가 된 장덕조는 좋은 신문을 만들기 위해 심혈을 기울였다. 1인 5역을 마다하지 않았다. 문화부장이면서 사회면 기사도 썼다. 사설도 썼다.

지방신문의 사투리를 바로잡겠다면서 정치면과 사회면의 교정까지 보았다.

[張德祚, 1914~2003, 한국 여류 언론인, 소설가]

장이욱

張利郁

새로 일기를 쓰기 시작하며 (1997년 1월 1 일 수요일) 새날이 밝았다. 희망찬 새해가 밝 았다. 오늘부터 일기를 열심히 쓰자.

나는 이윤복의 [저 하늘에도 슬픔이]라는 일기가 영화로 나온 1965년부터 1995년까지 30년간 일기를 썼다. 물론 매일 쓰지는 못하 고 많이 빠지기도 했는데, 대학 노트로 치면 10권 정도는 된다.

그러나 사는 게 너무 힘들어 죽고 싶었다. 죽는 마당에 일기가 무 슨 소용이 있겠나? 그래서 한창 조성되고 있는 익산 제2공단 성토장 골짜기에 가서 일기를 모두 불태워 버렸다. 나는 젊었을 때에도 몇 번 죽으려고 했으나 죽지를 못했다. 아버지 돌아가신 뒤 그 어려운 시기에 어린 우리를 버리지 않고 먹여 살린 홀어머니와 어린 동생들 을 내가 돌보지 않고 죽는다면, 책임회피이며 어머니 가슴에 대못을 박고 죽는 불효라 생각되었기 때문이다.

왜냐하면 그 무렵 홀어머니의 아들 친구가 농약을 먹고 자살을 했 는데, 그의 어머니는 나만 보면 붙잡고 대성통곡을 했기 때문에 그 런 생각이 들어서 죽지를 못했다.

그런데 이번에는 가난의 고통 속에서 아내와 자주 싸웠기 때문에 죽어버리고 싶은 충동을 느꼈는데, 막상 죽고 나면 아내가 나를 얼마나 원망할 것인가? 그리고 어린 자녀들(1남 2녀) 앞에서 내가 죽는다는 것은 자녀들에게서 삶의 희망과 용기를 빼앗고 실망을 안겨주는 행위로서 아비인 나의 무책임하고 파괴적인 행동이라 생각되었다. 내가 그렇게 생각한 것은 죽을 용기가 없으니까 비굴한 자기 합리화라 생각하기도 하지만, 원원하며 같이 살자는 속죄의 뜻도 있는 것 같다. 어쨌든 나는 죽지 못했고, 불태운 그 일기를 읽고 아내가 감동하여 불알만 찬 나를 사랑하고 혼인을 했는데, 그 은공을 잊고 그 일기를 불태운 게 몹시 후회가 된다.

삶이 그대를 속일지라도
슬퍼하거나 노여워 말라.
슬픔의 날을 참고 견디면
머잖아 기쁨의 날 오리니.

마음은 미래에 사는 것,
현재는 언제나 슬픈 것,
모든 것은 순간에 지나감
지나간 후면 다시 그립다.

내가 외롭고 괴로울 때 항상 읊던 푸시킨의 시를 음미하며 죽을 힘을 다해 살기로 했다. 살자 하니 새해가 되면 또 일기를 쓰기 시작했다가 얼마 못 가서 중단했던 것이 몇몇 해였던가. 그날 일기를 그날 쓰지 못하고 하루 이틀 미루기 시작하면 결국은 중단되고 마는 것이다. 잘 쓰려고 마음먹었다가 일이 바쁘고 피곤하고 귀찮아서 내일 쓰지 하고 미루다가 결국은 중단되고 마는 것이다. 그러니 잘 쓰는 것보다는 매일매일 쓰는 것이 더욱 중요하다. 매일 씀으로써 글을 잘 쓸 기회가 주어지고 문장력이 향상되어서 좋은 글을 쓸 수 있지 않을까?

임진왜란 때 전쟁 중에도 일기를 남겨서 유명한 이순신의 [난중일기], 6.25전쟁 중에 숨죽이며 썼던 역사가 김성칠의 [역사 앞에서], 히틀러의 유대인 학살 정책에 의해 숨죽이고 썼던 [안네의 일기], 남극 탐험을 갔다가 최후를 맞은 로버트 팔콕 스콧, 히로시마의 섬광을 쓴 마치히코 하치야 등등 많은 사람들이 일기를 남겼다.

나는 가난하기 때문에 매일매일 일을 하지 않으면 안 되었다. 그래서 배우지 못하고, 한이 많은 사람이다. 그 한과 고독을 잊기 위해서 책을 즐겨 읽다 보니 일기를 쓰게 되었고, 그것은 오직 내가 즐거워서 쓰는 것이다. 쓰다 보니 정치, 경제, 사회, 문화, 신변잡기까지 쓰게 된다.

이 일기는 내가 이 세상을 잘 살았건 못 살았건, 삶의 증거가 되지 않을까? 일기는 내 삶의 희망이요 꿈이며, 늙음도 젊게 사는 비결이다. 오늘부터 보고, 듣고, 느낀 대로 죽는 그날까지 매일 일기를 쓰자. 일기는 육체와 정신의 영원한 기록이다.

[張利郁, 1895~1983, 한국 교육자, 사회교육가]

장자

莊子

장자의 일화 중에는 호접지몽胡蝶之夢이라는 일화가 있다. 장자가 꿈을 꾸었는데, 내가 나비가 된 것인지 나비가 내가 된 것인지 몰랐다는 것이다.

이 이야기가 소요逍遙를 잘 대변한다. 조명 안에서도 이는 동일하다. 조명이 나이기도 하지만 내가 조명이기도 한 일치와 조화를 조명 디자인 안에 담아야 한다. 이를 통해서 조명이 단순한 조명의 의미를 넘어서 도道를 담아내는 것이다.

작품의 디자인 안에는 앞에서 언급한 도가의 철학을 기반으로 한다. 이를 통하여 도가의 천인합일天人合一, 허와 실, 소요와 무위 등의 요소를 결합시켜 조명이라는 매개를 창조한다. 이러한 철학적 요소들이 단순한 한지조명이 아니라 조명의 역할을 보다 깊고 넓게 해주는 요소가 된다.

[莊子, B.C.369~B.C.286, 중국 전국시대 송나라 철학자, 도가道家의 대표 인물]

장 폴 사르트르
Jean Paul Sartre

사르트르는 프랑스의 소설가이자 실존주의 철학자이다. 그의 어머니는 노벨상 수상자인 알베르트 슈바이처와 사촌 간으로 유명하다.

사르트르는 시몬 드 보부아르와의 계약 혼인 및 노벨 문학상 거부로 일화를 남긴 사람이다.

보부아르는 그의 저서 '제2의 성' 에서 여자는 태어나는 것이 아니라 만들어지는 것이라고 주장한 프랑스의 소설가이며 여성운동가이다.

사르트르와 보부아르는 철학과 교수 자격시험에 각각 수석 및 차석으로 합격하여 가까이 지내다 계약 혼인을 시작하였다.

처음 2년간 계약 혼인을 하기로 약속한 후 50년이 넘도록 그들의 관계를 유지하였다. 그들의 계약 혼인 자체는 물론 계약의 내용은 당시 사람들에게 큰 충격이었다.

사르트르는 1964년 '구토' 로 노벨상 수상자로 선정되었으나 수상자의 서양인 편중에, 작가의 독립성 침해, 문학의 제도권 편입 및 차등화 등을 반대하며 수상을 거부하였다.

그러나 그 이면에는 자신의 라이벌인 카뮈가 1957년 '단두대에

관한 성찰' 이라는 에세이로 최연소 노벨문학상을 먼저 받은데 대한
불만 때문이라고 알려지고 있다.

[Jean Paul Sartre, 1905~1980, 프랑스 작가 사상가]

정도전

鄭道傳

정도전은 1375년 나주로 유배와서 3년을 산 뒤, 1377년 서울을 제외하고 원하는 곳에 살게 하는 종편거처從便居處로 고향 영주로 갔지만, 왜구의 침입으로 피난 끝에 서울 삼각산 아래 삼봉재를 짓고 후학을 길렀습니다. 하지만 정도전을 멸시하는 사람들이 삼봉재를 헐어버리고 핍박하자 거처를 부평으로 옮겼고, 다시 헐어버리자 김포로 옮겨 유배가 끝난 1893년 이성계를 만나러 함길도 함주로 갔습니다.

정도전의 유배 생활은 총 9년이었지만, 나주에서의 3년이 정도전의 인생을 180도 바꿔놓았는데, 마을 주민들과의 대화를 기록한 소재 동기에서 확인할 수 있습니다. 그런데 봉화 정씨인 정도전 유배지에 나주 정씨인 정식 장군의 신도비가 있어 정씨에 대한 일화가 궁금해졌습니다.

나주 정씨 가문은 본관은 달라도 정도전 유배지 터 200여 평을 봉화 정씨 문중에 영구 무상 임대했다는데, 이에 봉화 정씨는 그 땅에 나주 정씨 가문의 장군 신도비를 세우게 했다는 일화가 전해집니다.

댓돌에 짚신 대신 고무신 한 짝이 놓였네요.

고무신보다 짚신이 훨씬 좋아 보이는데 나중에 가면 짚신 한 켤레로 바꾸어 놓겠습니다.

[鄭道傳, 1342~1398, 조선시대 문신, 학재]

정비석

鄭飛石

정비석은 "황진이黃眞伊 이전에 황진이 같은 명기가 없었고, 황진이 이후에도 황진이 같은 명기가 없었으니, 황진이야말로 천하 독보의 명기였다. 신라 때에 기생 제도가 생겨난 이후 고려시대를 거쳐 조선 왕조의 지금에 이르기까지 기생의 수효는 하늘의 별보다 많았으리라. 더구나 조선 왕조에 들어와서는 기생제도가 더욱 변천하여 각 고을마다 관기가 여러 백 명으로 헤아렸으니, 전국 각지에 흩어져 있는 현존 기생들만도 여러 만 명이나 되리라. 그러나 그 많은 기생들 중에 명월처럼 모든 남성들 앞에 여왕처럼 군림했던 기생이 과연 누구였던가. 여왕이 문제가 아니다. 어느 여왕인들 만천하의 영웅호걸과 풍류객들 앞에 명월, 호탕하게 군림했을 수 있으랴. 그 일을 생각하면 명월은 곧 죽어도 여한이 없을 것이다."고 썼다.

역사 인물 속의 주인공 황진이는 이명異名이 명월明月, 기명妓名도 명월이다.

조선 중종조 때 송도에서 태어났다. 성품이 호탕한데다 재예才藝가 절륜하고 용모가 절세가인이다.

음률과 시문에도 도통한 명기 중의 명기였다.

자연을 사랑해 명산 대첩을 섭렵하며 당대의 명사들과 접촉하는
동안 수많은 시와 일화를 남겼다.

[鄭飛石, 1911~1991, 한국 소설가]

정약용

丁若鏞

유배생활 중에는 독서와 저술에만 힘쓰다
가 방바닥에 닿은 복사뼈가 물러 터져서 구멍
이 세 번이나 뚫렸다는 과골삼천踝骨三穿이라
는 고사가 있습니다. 이 말은 다산 정약용의
제자 황상의 글 속에 나오는 말로, 다산이 얼
마나 열심히 책을 읽고 저술에 힘썼는지 짐작
할 수 있습니다.

다산은 9살에 어머니를 여의고 그 슬픔과 허전함을 독서로 대신
했다고 합니다. 집에 있는 책을 다 읽고 나면 외갓집의 책을 빌려다
읽었습니다. 그러던 어느 날 어린 다산은 외갓집에서 책을 빌려 황
소 등에 가득 싣고 집으로 오고 있었습니다.

당시 우의정과 판서를 지낸 조선의 대학자 이서구가 그곳을 지나
가며 그 모습을 보았습니다. 그리고 며칠 후 한성에서 볼 일을 마치
고 돌아오는 길에 또다시 다산을 만났습니다.

이서구는 어린 다산의 이 모습을 보고 "전에도 황소 등에 책을 싣
고 가는 것을 보았는데, 오늘도 이렇게 많은 책을 싣고 가는 걸 보니,
너는 책을 읽지 않고 싣고만 다니는 게냐?"

그러자 다산은 대답했습니다.

"소인은 집에 있는 책을 다 읽어서 외갓집에서 책을 빌려다 보고

있습니다. 오늘은 빌려온 책을 모두 읽어서 돌려주러 가는 참입니다. 못 믿으시겠다면 제가 읽은 책을 보시고 물어보시면 되지 않겠습니까?"

황소 등에 실린 책들은 유교 경전뿐만 아니라 제자백가서 등 어려운 책이 많았다고 합니다. 이서구는 믿기지 않아 쌓여 있는 책 중 한 권을 들고 내용을 물었고, 거침없이 대답하는 다산에게 큰 감동을 받았다고 합니다. 정약용은 자신을 아껴주던 정조가 세상을 떠난 후 노론 벽파에서 정약용 형제가 천주교를 믿었다는 혐의로 제거 대상에 오른다. 이때 셋째 형인 정약종 아우구스티노는 순교를 택하고, 둘째 형 정약전과 정약용은 배교를 택해 사형에서 유배로 감형되어 경상도로 유배된다. 이후 큰형 정약현의 사위인 황사영의 백서 사건에 연루되어 전라도 강진으로 유배지를 옮겨 총 18년 동안이나 유배 생활을 하게 된다.

이렇게 유배생활이 길었던 이유는 경기도 암행어사로 나간 정약용이 경기도 관찰사 서용보의 비리를 고발하며 파직시키는 공을 세웠는데, 이후 서용보가 다시 복직해 우의정까지 올랐고, 순조와 정순왕후의 총애까지 얻으며 노론 벽파의 수장까지 오르게 된 후 정약용을 매우 싫어했고, 정약용이 관리 간에 뇌물을 주고받는 풍습을 비판하고 본인도 이를 거부해서 관료 사회에서 밉보였던 점도 작용했다. 정약용은 유배 기간 동안 학문에 몰두하여 이때 경세유표, 목민심서, 흠흠신서 등의 실학 저서를 발간한다. 다행히 유배지 강진이 그의 외가가 사는 지역이라 외가의 장서량이 상당해서 도움을 많이 받는다. 1918년 유배를 마치고 고향으로 돌아온다.

[丁若鏞, 1762~1836, 조선시대 학자]

정인보

鄭寅普

　일제 강점기 조국을 위해 지조를 지킨 정인보, 그의 집은 원래 명문가였으나 독립운동을 지원하느라 생계가 점점 어려워졌다. 그는 그 와중에서도 학문에 정진하여 자신의 뜻을 펼치고자 했다.

　뛰어난 학식과 재주로 금방 유명 인사가 되었기에 일제의 유혹이 끊이질 않았으며, 당시 정인보의 주변에는 일제의 계략에 넘어간 사람들이 많았다. 하지만 그는 그에 물들지 않고 끝까지 일제에 항거하였다.

　오랫동안 최남선이 친일 행각을 벌이자 그의 집으로 상복을 입고 찾아가 통곡을 한 일도 있다. 이후 최남선이 찾아와도 '혼을 판 학자에게는 냉수 한 그릇도 아까운 법일세.' 라며 냉정하게 내쫓았다는 일화도 있다. 이렇듯 그의 깨끗한 정신은 일제 강점기 이후 사람들에게 널리 알려졌다.

[鄭寅普, 1893~1950, 한국 독립운동가, 한학자]

정주영

鄭周永

아직 해방되기 전 자동차 정비소를 운영할 때였다. 한 직공의 사소한 실수로 불이 붙어 공장 전체가 화염에 휩싸였다. 직원들은 일자리를 잃게 되고 정주영은 한순간에 모든 재산을 잃었다. 잠시 외출했다가 돌아와 공장이 불타고 있는 것을 보고 정주영은 탄식했지만, 곧 마음을 가다듬고 직원들에게 말했다.

"어차피 낡아서 헐어버릴까 했어. 철거비가 굳은 셈이지. 자, 기운 차리고 그 돈으로 막걸리 파티나 벌이자."

오일쇼크로 경제 위기가 한창이던 무렵, 중동으로부터 수주가 왔는데, 굳이 거기까지 돈 벌려는 사업자를 찾을 수 없었다.

이 얘기를 들은 정주영은 바로 중동으로 출국하여 현지를 살펴본 후 이렇게 보고했다.

"각하. 절호의 기회입니다. 중동은 1년 내내 비가 오지 않아 쉬는 날이 없어 기간을 단축할 수 있고, 낮에는 더우니 자고 밤에 공사하면 되고, 벽돌을 만들려면 모래가 필요한데 지천에 널린 것이 모래이며, 유조선을 동원하여 갈 때는 식수를 싣고 가고, 돌아올 때는 석유를 싣고 오면 됩니다."

[鄭周永, 1915~2001, 현대 그룹 창업자, 초대 회장]

제갈량
諸葛亮

제갈량이 우장군右將軍이 되어 승상의 일을 행할 때에 군사를 일으켜서 적을 공격하기를 권하는 사람이 있었다.

이에 대해 제갈량이 적을 이기기 위해서는 군사의 숫자가 중요하지 않다고 말한 뒤에 "진심으로 나라를 걱정하는 사람들이 나의 잘못을 열심히 공격하기만 하면, 일이 성공할 수 있고 적은 죽을 수 있으며, 공을 세우는 것은 발돋음하고서 기다릴 수 있을 것이다."라고 하였다.

제갈량이 주필역에서 출사표를 지었다는 고사가 있다. 사천성 광원현 북쪽에 있는데, 삼국시대 촉한의 승상 제갈량이 여기에서 출사의 계획을 짰다 하여 붙여진 이름이다.

태평어람에 따르면, 유비가 제갈량으로 하여금 말릉, 즉 건업建業을 살펴보게 하였더니, 용과 범이 서려 있는 것과 같은 기운이 뻗쳐 나와 제왕의 터전임을 알았다는 고사가 전한다.

사실 이 일화는 강표전에 유비가 손권에게 말릉을 도읍으로 삼으라 권하자, 손권이 이를 따라 도읍을 옮기고 건업으로 삼았다는 말과 같다. 또 태평어람에 실린 석두성石頭城은 삼국시대 오나라 수도 건업에 있던 성으로, 제갈량이 이곳 지세에 험준함을 보고 손권에게

건의하여 석두성을 쌓게 하고 수도로 삼게 하였다.

제갈량은 주변이 종산과 석두산을 각각 용과 범에 비유하여 "종산은 용이 서린 듯, 석두산은 범이 웅크린 듯 제왕의 거처이다."라고 하였다.

잔도철산栈道鐵山은 몹시 험준한 요해지를 이르는 말로, 모두 중국의 파촉지방을 이르는데, 잔도는 산로가 험준하여 나무 가교를 만들어 통행하는 것이고, 철산은 지금의 사천성 정연현 동북에 위치한 철의 산지로 제갈량이 이곳에서 병기를 만들었다고 한다.

읍참마속泣斬馬謖은 사사로운 정을 버리고 공정하게 처리해야 한다는 뜻으로, 삼국지 제갈량의 일화로부터 유래한다.

제갈량이 1차로 북벌을 시도했을 때, 제갈량은 대군을 이끌고 가산으로 출격해 적을 혼란시키기 위해 작전을 짜고 있었다. 장군 마속이 제갈량의 명령을 어기고 임의로 행동해서 전쟁에서 패하게 된다.

이후 제갈량은 전쟁에서 패하고 돌아와 마속을 사형에 처하며 눈물을 흘렸다고 한다. 읍참마속은 마속을 베고 울었다는 고사성어로, 아무리 자신과 친하거나 가깝고 유능하더라도 공정한 법과 정의를 어기면 안 된다는 뜻으로 사용되고 있다.

[諸葛亮, 181~234, 중국 촉한시대 정치가, 전략가]

제임스 보즈웰
James Boswell

보즈웰은 골드 스미스처럼 영국England 출신이 아니고 스코틀랜드Scotland 출신이다. 그는 명문 집안에 태어나서 법률 공부를 하여 런던에 갔다가 새뮤얼 존슨Samuel Johnson을 만나게 되어 생의 방향을 바꾸어 버렸다.

그는 존슨의 굵직한 인품에 매료되어 그를 스승으로 모시고 그림자처럼 그를 따라다니며, 이 위대한 사람의 행동, 태도, 의견, 습관 등을 면밀히 관찰하고 기록해 두었다.

스승이 죽은 후에 발표한 '새뮤얼 존슨의 생애(1791)'는 영국 전기 문학 중 가장 위대한 작품으로서, 존슨 개인의 전기일 뿐만 아니라 18세기 후반기의 영국 문단 측면사라고 할 만한 귀중한 자료이기도 하다.

이 책에 당시의 유명 인사들이 많이 등장하지만 보즈웰은 존슨을 부각시키기 위해서 모든 인물들을 들러리로 삼은 것이다.

존슨의 엄격한 도덕률, 재치 있는 대화, 무뚝뚝하면서도 다정한 인품, 웃음을 자아내는 이야기 줄기에 하나하나 관련이 되도록 엮어 놓았기 때문에 전체의 흐름은 통일성을 유지한다.

보즈웰은 설화의 능력뿐만 아니라 극적인 능력도 갖추고 있어서 인물 배합과 그들의 행동, 대화 등이 극적 상황 속에서 적절히 이루어지도록 배려하였다.

[James Boswell, 1740~1795, 영국 전기 작가]

조만식

曺晩植

조만식의 아호는 고당古堂이다. 한학을 배우다 10대 후반에 포목상, 지물상을 했다. '이 무렵 술 잘 마시고 돈 잘 쓰는 사업가로 날렸다'고 한다.

1905년 기독교 입신은 인생행로에 전환점이 되었다. 대주가였던 조만식은 신앙생활 시작과 함께 술을 끊었다. 그해 22세의 만학도로 평양 숭실전문학교에 입학한다.

1908년 일본으로 건너가 세이소쿠正則 영어학교를 거쳐 1913년 31세 무렵 명치대학 법학부를 졸업했다.

당시 애국자와 독립운동가가 조국의 광복을 기약하며 중국과 미국으로 망명의 길을 떠날 때, 고당은 치욕의 땅이 된 조국으로 돌아왔다.

그의 애국 항일운동은 교단에서 시작된다. 평북 정주에 있는 오산학교에는 이 학교의 설립자인 남강 이승훈이 있었다. 고당은 오산학교 교사로 근무하다 1915년 교장이 되었다.

1919년 조만식은 이승훈과의 묵약 아래 교장직을 사퇴하고 기미만세운동을 지도했다고 한다. 그러나 체포되어 옥고를 치렀다. 복역 후 1920년 평양형무소에서 2개월의 형 만기를 남겨두고 가석방을 받아 오산학교로 다시 돌아왔다. 그러나 일본 관헌의 탄압으로 제대로 재직하지 못하고 평양으로 돌아갔다.

기미 만세 사건 이후 대부분의 동지들은 일본 관헌에 의해 희생당하거나 망명했다. 주변에는 아무도 없었다. '비장한 모험, 음산한 테러리즘, 화려한 정치적 제스처' 대신 동포애의 대동단결을 강조했다. 비폭력과 무저항의 저항운동으로 조국을 자주독립의 길로 인도하려 했다. 마하트마 간디와 비교해 한국의 간디라는 수식어가 붙게 된 이유이다.

1921년 조만식은 평양기독청년회YMCA 총무에 취임하는 한편, 산정현교회의 장로가 되었다. 이듬해 평양의 지기이며 동지인 오윤선 장로와 함께 조선물산장려회를 조직하고 회장이 되었다. 늘 무명옷과 삼베옷을 입었으며, 두루마기에는 옷고름 대신에 단추를 달았고 그 길이는 무릎을 덮지 않았다. 춘하추동 말총모자를 썼고, 편리화를 신었다. 편치 않았던 그의 옷차림은 오랫동안 한국인의 기억 속에 남았다.

1923년 인촌 김성수, 고하 송진우 등 여러 동지와 함께 연정회硏政會를 발기, 이듬해 민립대학기성회를 조직했으나 일제의 탄압으로 실패하고, 뒤에 숭인중학교 교장이 되었다가 일제 압력으로 사직했다.

1927년 우리 민족운동사상은 기억해둘 만한 해이다. 결과적으로 민주진영은 공산주의자의 배신과 일제 탄압으로 쓰디쓴 고배를 마셨지만 일본 통치하에서 처음으로 각 파의 지도자가 대동단결한 신간회新幹會가 결성되었다.

[曺晩植, 1883~1950, 한국 독립운동가, 정치인]

조병옥

趙炳玉

1950년 6월 25일 새벽, 조병옥의 집에 전화가 걸려옵니다. 친분이 있던 장교가 건 전화로 북한군이 침입했다는 소식을 전해줍니다.

6.25사변 이전에도 남북간의 작은 국지전은 빈번하게 일어났습니다. 그래서 6.25 초기에는 많은 사람들이 작은 충돌로 끝날 줄 알았다고들 합니다. 그런데 조병옥은 그런 국지전일 거라고 생각하면서도, 왠지 불안감에 제대로 잠을 이루지 못했다고 합니다.

낮이 되자 조병옥은 친구를 만납니다. 그런데 그 친구는 전쟁이 일어났다는 것 자체를 모르고 있었습니다. 그 친구가 누구인지는 확실히 모르겠지만, 조병옥 되는 사람의 친구라면 장삼이사는 아닐 것이고 나름 엘리트였을 것입니다. 그런데도 전쟁 소식을 몰랐다면 하도 국지전이 빈번해서 사람들이 전쟁 소식에 둔감해졌거나, 아니면 정보가 제대로 전파되지 않았던 것 같습니다.

밤에는 경무대(청와대)에서 회의가 열렸습니다. 이때 조병옥은 내각의 인사는 아니었습니다만, 이승만 대통령의 신임을 받고 있었기 때문인지 회의에 불려갔습니다. 논의 끝에 이승만 대통령은 대전으로 피신하지만, 조병옥 개인은 그날 서울에 남습니다.

우남 이승만 박사는 모두가 아는 대한민국 초대 국회의장이자 대통령입니다. 조병옥은 미국 유학시절부터 이승만을 알았고, 미군정이 이승만에게 비우호적인 반응을 보일 때마다 압력을 넣어 이승만의 권력쟁취에 기여했습니다. 조병옥은 이승만과 정적이 된 이후에도 개인적으로는 예를 갖추었습니다.

6월 26일, 조병옥은 민주국민당 간부회의에 참석합니다. 민주국민당은 한국민주당의 후신으로, 당대의 최대 야당인 정당이었습니다. 대표적인 인물로는 신익희, 김성수가 있습니다. 그러나 정부 인사도 아닌 이들이 전쟁에 대한 마땅한 대책을 낼 수가 있을 리 없었습니다. 결국 별다른 결론을 내리지 못하고 해산합니다.

해공 신익희 독립운동가이며 민주당계 정당의 아버지. 실제로 한국민주당은 한국국민당을 이끌던 신익희와 힘을 합침으로써 친일파 이미지를 희석시킬 수 있었지요.

인촌 김성수 대한민국 2대 부통령. 토니 스타크가 천재, 억만장자, 플레이보이 독지가라면, 김성수는 언론인, 사업가, 정치인, 교육자라고 할 수 있겠습니다. 동아일보, 경성방직, 민주당, 고려대학교의 아버지니까요. 친일 행적도 있습니다만 개인적으로는 높게 평가합니다.

이후 조병옥은 무초 미국대사를 찾아갑니다. 무초 대사는 미국이 한국을 지킬 테니 걱정할 것 없다고 조병옥을 안심시킵니다.

[趙炳玉, 1894~1960, 한국 정치인]

조조

曹操

조조는 자신을 죽이려고 자신 휘하의 일부 인사와 허현에 있는 신하, 일부 장령이 원소에게 보낸 편지들이 발견되었는데, 거기에 이름이 적힌 이들을 모두 잡아 죽여야 한다는 말에 조조는 반대를 했다.

"원소가 강성할 때는 나 또한 스스로 보호할 길이 없었다. 하물며 다른 사람들이야 말할 것이 있겠느냐."

그리고는 모든 서신을 불태우게 했다.

후세 사가들이 이를 두고 분서밀신 또는 분서불문이라고 한다. 이로 인하여 몰래 원소와 교신하던 허도의 인사들과 장령들은 조조의 관대하고 어진 도량에 크게 감복했다. 조조는 죽을 때까지 손에서 책을 놓지 않는 수불석권을 하였기에, 그 어진 후한 광무제 유수의 본거지를 점령했을 때 휘하 장령들이 적과 내통한 서신을 발견하고도 이를 일거에 불태워버린 분서밀신을 흉내 낸 것이다.

[曹操, 155~220, 중국 위나라 초대 황제]

조지 마셜
George Marshall

1939년 조지 마셜이 미 육군참모총장이 되던 날, 제2차 세계대전이 발발하였다. 당시 미군의 병력은 고작 20만, 그러나 마셜은 전력 증강과 조직 강화에 뛰어난 역량을 발휘해 5년 뒤 830만 명의 세계 최고의 군대를 만들었다.

조지 마셜은 뛰어난 장교임에도 불구하고 진급은 매우 느렸다. 그와 동갑인 맥아더가 4성 장군으로 육군참모장일 때 그는 겨우 중령에 불과했다. 맥아더에 의해 매번 준장 진급이 보류되었던 그가 진급할 수 있었던 시기는 맥아더가 참모총장직에서 물러난 뒤였다. 그때 그의 나이 55세였다.

1938년 어느 날, 참모총장 부관이었던 그에게 기회가 찾아왔다. 당시는 군 지도자들은 미국의 약한 국방력을 걱정하고 있을 때였다. 이때 루스벨트 대통령은 전투기 1만 대를 만들자는 의욕적인 제안을 한다. 실현 불가능한 제안이었으나 참여자들의 대다수는 무조건적인 동의를 표한다.

하지만 대통령이 마셜에게 의견을 물었을 때, 그는 특유의 정직함으로 말했다.

"대통령 각하. 죄송하지만 저는 전혀 동의할 수 없습니다."

마셜이 판단하건대, 그렇게 많은 전투기를 만드는 것은 지나치게 야심적일 뿐 아니라 지극히 비현실적이라고 생각한 때문이었다. 격분한 루스벨트는 곧장 회의장을 박차고 나갔고, 회의는 흐지부지 끝났다. 모든 사람들은 마셜의 워싱턴 생활은 여기서 종지부를 찍을 것이라고 단정했다.

그러나 루스벨트는 그 일을 두 번 다시 언급하지 않았고 오히려 그의 솔직함에 관심을 가지게 되었다.

참모총장에 취임하던 날, 마셜은 유명한 말을 남겼다.

"각하. 앞으로도 종종 심기를 건드리는 보고를 드릴 텐데, 그래도 괜찮겠습니까?"

무조건 복종하는 부하는 상관의 이기심을 충족시켜 줄 수 있을지는 몰라도 그 이상의 유용한 기능은 할 수 없다는 것이 그의 평소 신조였기 때문이다.

마셜은 일찍부터 직업군인이 되길 원했다. 학업 능력도 뛰어나지 않고 인맥도 변변치 않았기 때문에, 그는 웨스트포인트에는 아예 지원하지 않았다. 대신 1897년 버지니아 군사대학에 입학한다. 그의 성적은 초기에는 신통치 않았지만 꾸준히 향상되었으며, 얼마 지나지 않아 군사 과목에서 두각을 나타낸다. 종신 군인으로 진로를 결정한 후 리더십을 기르는데 노력한 결과 군사학교의 마지막 해를 사관 후보생반의 1등 반장으로 마쳤다.

1901년에 졸업하고, 1902년 보병 소위로 임관된 직후 렉싱턴 출신 엘리자베스 카터 콜스와 혼인하고 필리핀에서 18개월 복무를 시작했다.

[George Marshall, 1880~1959, 미국 장군, 노벨 평화상 수상]

조지 맥도널드
George Macdonald

맥도널드는 유별나게 문명이 있는 환경에서 자랐다. 그의 외삼촌 중 한 명은 유명한 켈트족 학자였고, '게일 고원 사전'의 편집자였으며, 동화와 켈트 시를 수집했다.

그의 친할아버지는 일부 사람들에 의해 유럽 낭만주의의 시발점에 기여했다고 믿어지는 논란의 여지가 있는 켈트어 원문인 '오스시안' 판의 출판을 지지했다. 맥도널드의 의붓아버지는 셰익스피어 학자였고, 그의 친사촌은 또 다른 켈트족 학자였다.

그의 부모는 모두 독자였고, 그의 아버지는 뉴턴, 번즈, 카우퍼, 찰머스, 콜리지, 다윈의 말을 인용하자면, 그의 어머니는 다국어를 포함한 고전적인 교육을 받았다.

한 회계는 조지가 어렸을 때 건강이 악화되어 천식, 기관지염, 심지어 결핵과 같은 폐에 문제를 겪게 된 경위를 인용했다.

이 마지막 병은 가족 병으로 여겨졌고 맥도널드의 두 형제, 그의 어머니, 그리고 후에 그의 친자식 중 세 명이 그 병으로 죽었다.

어른이 되어서도 그는 폐를 위해 더 순수한 공기를 찾아 끊임없이 여행을 하였다.

[George Macdonald, 1824~1905, 영국 동화 작가, 시인]

조지 뮬러
George Muller

프러시아(독일) 태생으로 영국에서 살았습니다. 재물도 없었습니다. 세상의 힘과 권력도 갖지 못했습니다. 그러나 그는 엄청난 사역을 이루었습니다. 수만 명이 넘는 고아들을 사랑으로 양육했습니다. 성경학교를 세우고 10만 명의 주일학교 학생들을 도와주었습니다. 수백 명의 선교사를 파송하고, 허드슨 테일러를 비롯한 많은 선교사들에게 2만 권 이상의 성경을 보냈습니다.

그는 단 한 번의 인간적인 도움 요청 없이, 7백만 불 이상을 모금했습니다. 그는 5만 번 이상의 기도 응답을 받았습니다.

누구일까요? 바로 조지 뮬러입니다.

그가 80의 노구를 이끌고 신학교에서 의자에 앉아 강의를 했습니다. 그때 한 학생이 아무것도 가지지 않은 상태에서, 어떻게 그렇게 엄청난 사역을 할 수 있었는지 그 비결을 물었습니다.

그는 몸에 힘을 주어 의자에서 일어서더니, 의자를 마주 보고 돌아서서 바닥에 무릎을 꿇었습니다. 그리고 의자 위에 팔을 얹고, 손을 모으고 고개를 숙였습니다.

그리고 가만히 있다가 일어서더니 말합니다.

"이게 비밀이요. 나의 비결은 이것뿐이었소."

조지 뮬러의 말이다.

"이 땅에는 단 한 가지 종류의 빈곤이 존재한다. 그것은 [기도의 빈곤]이다."

[George Muller, 1805~1898, 영국 목회자]

조지 버나드 쇼
George Bernard Shaw

'맨발의 발레리나' 이사도라 덩컨이 "우리가 합치면 내 얼굴과 당신의 머리를 물려받은 아이를 낳지 않을까?' 하고 말하자, "내 얼굴과 당신의 머리를 물려받은 아이가 태어나는 것은 생각해 보지 않았나요?'라고 튕긴 것이다. 그러나 상대 여성이 누구인지에 대해서는 여러 설이 있습니다.

윈스턴 처칠의 편지도 유명하지요.

쇼가 "제 연극의 초연 때 좌석 2개를 예약했으나 친구분과 함께 오시지요. 혹시 친구가 한 명이라도 있으면 …" 하고 보낸 편지에 처칠이 "초연에는 참석이 불가능합니다. 두 번째 공연에는 참석하겠습니다. 만약 공연이 또 열릴 수 있다면…" 하고 정중히 답신을 보냈다는 이야기다. 그러나 이 역시 진위는 불확실합니다.

그가 생전에 남긴 묘비명도 논란이지요. 인터넷에는 묘비명의 번역 '우물쭈물하다가 이렇게 될 줄 알았다' 가 오역이라는 이야기가 퍼져 있습니다. 원문은 'I knew if I waited around long enough something like this would happen.' 인데, 오역이라기보다는 개성 넘친 의역이라고 해야 하지 않을까요?

[George Bernard Shaw, 1856~1950, 아일랜드 문학인, 1925년 노벨 문학상 수상]

조지 스미스 패튼
George Smith Patton

패튼은 항상 욕설을 입에 달고 다니는 활화산 같은 성격의 사고뭉치 지휘관이라는 인상이 강하게 남아 있는데, 별명이 싸움닭, 사막의 여우라는 롬멜과 비교되는 인물이다.

1,2차 세계대전을 지휘한 군인으로 실전 경험이 많은 짠 군인이다. 특히 2차 대전은 아프리카 – 이탈리아 – 서부전선까지 맹활약을 펼친다.

이 과정에서 영국 총사령관 몽고메리와 자주 의견 충돌을 벌인다. 또한 패튼은 불같은 성격으로 유명하지만 화려한 군복 퍼포먼스로도 일화가 많다.

이탈리아 전선에서는 1943년 전투 신경증에 걸려 병원으로 후송되어가던 병사를 때린 일이 있었다. 뒤에 패튼이 공식적으로 사과했지만 이 일은 널리 보도되었다.

또한 전후 패튼은 연합국들이 독일에서 벌인 탈 나치화 정책에 공공연히 반대하다가 1945년 제3군사령관직에서 해임되었다.

그는 아우토반을 달리다 만하임 근처에서 자동차 사고를 당했다. 이후 독일 하이델베르크의 병원에서 사망했다.

[George Smith Patton, 1885~1945, 미국 장군]

조지 오웰
George Orwell

2017년 도널드 트럼프의 미국 대통령 취임과 함께 조지 오웰의 판매량이 평소보다 95배나 증가했다고 한다. 허위를 조작하고 복종을 요구하며, 외국의 적들을 악마로 하는 오웰의 소설 속 정부가 현실로 나타났기 때문이다.

'과거를 지배하는 자가 미래를 지배한다'는 사실을 아는 빅브라더는 끊임없이 기록을 조작해 과거를 다시 쓴다.

세계 어디든, 오웰이 예언한 전체주의의 악몽은 어제오늘의 일이 아니고, 심지어 좌우의 일도 아니다. 가령 미국의 버락 오바마가 민주당 정권에서 추진한 '국방수권법' 이나 '미국 자유법' 은 1984년에서 묘사된 악몽보다 더욱 위험한 '인권 침해법' 이었다.

군사력 억류를 무기한으로 가능하게 한 국방수권법은 1984년의 적국이나 반역자를 상대로 증오심을 표현하는 의식을 무기형으로 확대했고, 모든 자료의 불법 수집을 가능하게 한 미국 자유법으로 그 이름과 달리 미국의 자유를 봉쇄하는 것이다.

이러한 예를 들자면 한이 없다. 히틀러가 있었고, 스탈린이 있었다. 빅브라더의 역사는 인류의 역사다.

[George Orwell, 1903~1950, 영국 소설가]

조지 워싱턴
George Washington

　미국이 독립을 한 얼마 후, 군복을 멋지게 차려입은 젊은 장교가 말에서 내려 시골길을 걸어가고 있었습니다. 그의 말은 먼 길을 달려오느라 지쳐있었습니다. 마침내 징검다리가 놓인 냇가에 다다랐습니다.

　그런데 비가 그친 직후여서 징검다리가 물속에 잠겨 있었습니다. 사방을 휘둘러보던 장교의 눈에 저 멀리서 밭을 매고 있는 노인이 보였습니다.

　장교는 큰 소리로 그를 불렀고, 노인이 다가왔습니다.

　"노인장, 내 말이 지쳐서 그러니 미안하지만 나를 업어서 냇가를 건너 주어야 하겠소. 이 멋진 군복이 물에 젖어서야 되겠소?"

　의기양양하게 말하는 젊은이에게 노인은 미소를 지었습니다. 그리고 그를 업었습니다.

　노인이 힘겹게 냇가를 건너고 있는데, 등에 업힌 장교가 물었습니다.

　"노인장은 군대에 다녀오신 일이 있으신지요?"

　그러자 노인이 땀에 젖은 얼굴로 빙그레 웃었습니다.

　"젊었을 때엔 저도 군대 생활을 했었지요."

　그러자 장교가 말했습니다.

"계급이 뭐였소? 일등병이었소?"

노인이 조용히 말했습니다.

"그것보다는 조금 높지요."

"그럼, 상등병이었소?"

"그것보다도 조금 높았습니다."

"그렇다면…. 당신은 하사관이었군. 흠…. 꽤나 공을 세운 모양이구려."

그 말에 노인이 조용히 웃으면서 말했습니다.

"공이라야 보잘것없었습니다만… 그것보다는 좀 더 높았지요."

그러자 장교의 눈이 휘둥그레졌습니다.

"그렇다면 당신도 장교였다는 말이요?"

노인은 젊은 장교의 군복이 물에 젖지 않도록 조심스럽게 시내를 건너며 대답했습니다.

"보잘것없는 능력이었음에도 그것보다는 조금 높았습니다."

그러자 장교는 얼굴이 새파랗게 변했습니다.

"그렇다면 장군이었습니까?"

노인의 얼굴에 인자한 웃음이 떠올랐습니다.

"하찮은 저에게 조국과 하나님께서는 그것보다도 높은 지위를 허락했지요."

젊은 장교는 혀가 굳어서 더 이상 말을 잇지 못했습니다.

마침내 시냇가를 힘겹게 건넌 노인이 젊은이를 맨땅에 내려놓았습니다.

땀에 젖은 노인의 얼굴에는 온화한 미소가 퍼져 있었습니다.

"안녕히 가십시오. 젊은 장교님. 저는 밭을 마저 매야겠습니다."

그가 총총히 뒤돌아서 다시 시냇가 물을 건너가고 있었습니다. 그에게 업혀 시냇가를 무사히 건넌 젊은 장교가 노인을 향하여 정중하게 경례를 했습니다.

이 이야기는 미국 독립의 아버지이자 초대 대통령이었던 조지 워싱턴이 대통령 퇴임 후 자신의 고향 마을에 돌아와 농사를 지으며 살던 시절의 이야기이다.

[George Washington, 미국 초대 대통령, 1732~1799]

조지 웰스
Herbert George Wells

조지 웰스는 쥘 베른과 함께 [과학 소설의 아버지]로 불리며 영국의 작가이고 사상가이다.

집안이 가난하여 독학으로 대학을 졸업했다. [타임머신], [투명인간] 등 공상과학소설 100여 편을 썼다. 그런 까닭에 그는 언제나 바쁜 세월을 보냈다.

그런 그가 마침내 세상을 떠날 즈음, 숨을 거두려는 웰스를 지켜본 친구들이 가까이 가니, 언제나 그랬던 것처럼 웰스는 손을 내저으며 말했다.

"나를 좀 방해하지 말아 주게. 난 지금 한창 바쁘단 말이야. 죽으려니 얼마나 바쁜지 모르겠네."

[Herbert George Wells, 1866~1946, 영국 과학소설가, 문명 비평가]

존 러스킨
John Ruskin

러스킨의 서술 방식과 문학 형식 역시 다양한데, 그는 수필과 논문, 시와 강의, 여행안내서와 설명서, 편지와 동화에 이르기까지 다양한 형식의 글을 썼다. 그는 바위, 식물, 새, 풍경과 건축물 그림과 섬세한 스케치, 장식품 등을 만들기까지 했다. 초기 러스킨의 예술 관련 저술의 특성이라 볼 수 있는 정교한 문체는 시간이 흘러 그의 사상을 더 효과적으로 다루게 한 간결한 언어에 자리를 내어주었다.

저술 전반에 걸쳐 그는 자연, 예술과 사회의 연관을 강조한다. 러스킨은 19세기 말부터 제1차 세계대전 무렵까지 대단한 영향력을 지녔다. 상대적으로 영향력이 감소하던 시기를 지나, 러스킨의 명성은 그에 관한 수많은 학술 연구들이 출판되던 1960년대부터 꾸준히 증대해 왔다.

오늘날 러스킨의 사상은 생태주의와 지속 가능성, 공예에 대한 관심과 함께 크게 인정받고 있다.

[John Ruskin, 1819~1900, 영국 예술평론가, 화가, 사회 운동가]

존 로크
John Locke

존 로크는 섬머셋서의 작은 마을 라잉턴에서 법조인의 아들로 태어났다. 로크의 아버지는 청교도 혁명 당시 올리버 크롬웰 밑에서 싸운 의회파 군대의 기병 대장이었다. 부모로부터 청교도의 교육을 받은 것으로 전해지며, 유년 시절은 브리스톨 근교의 펜스포드에서 보냈다.

1647년, 웨스트민스터 기숙사학교에 입학하여 우수한 성적으로 졸업했다.

1652년, 크라이스트 처치(옥스포드)에 장학생으로 입학하여 언어, 논리학, 윤리학, 수학, 천문학을 두루 공부하면서 데카르트 철학을 처음으로 알게 된다.

1656년, 학사를 받은 후 2년간 석사과정을 밟았다.

1660년, 옥스퍼드 대학의 튜터로 5년간 활동한 후 1664년부터 과학 특히 의학을 연구하였다.

1665~1666년, 공사 비서로서 독일의 부란덴부르그에 머물렀으며, 이를 계기로 로크는 약 10여 년간 정치무대에서 활동을 한다.

그는 이곳에서 가톨릭교도와 개신교도들이 서로 다른 종교를 믿지만 질서 있게 함께 사는 것을 목격하고 종교적 관용의 실행 가능성에 눈을 뜨게 된다.

이 경험이 훗날 '관용에 관한 편지'를 쓰게 된 원동력으로 학자들은 추측하고 있다.

[John Locke, 1632~1704, 영국 철학자, 정치사상가]

존 밀턴
John Milton

1650년대는 밀턴에게 재앙 같은 시간이었다. 메리와 막내아들은 모두 세상을 떠났다. 밀턴은 재혼했지만 두 번째 아내와 갓난아기 딸 역시 사망했다.

몇 년째 약해진 시력은 1652년 완전히 상실하게 되었다. 진심으로 쓰고 싶었던 시는 영영 쓸 수 없을 것만 같았다.

소네트 '내 빛이 어찌 사라졌는지 생각할 때면'에서는 신의 뜻에 반항해 울부짖다가 그 자신도, 또 그의 야심도 신에게는 아무런 의미가 없다는 사실을 깨닫는다.

그래도 밀턴은 기다린다.

그리고 기적이 일어난다.

'하늘에서 내려온 뮤즈'라고 부르는 초자연적인 여인이 밤에만 잠든 그에게 시를 들려주었다. 뮤즈가 40행 정도로 부분을 나누어 들려준 시를, 잠에서 깨어난 후에 밀턴이 옆에 있는 사람에게 불러주어 받아쓰게 했다. 이런 식으로 천천히 여러 해에 걸쳐서 위대한 걸작이 쌓여나갔다.

우리 눈에는 하늘의 뮤즈에 대해서는 밀턴이 좀 잘못 알았고, 시의 원천은 밀턴의 정신이었음이 명백해 보인다. 무의식이라고 할 수도 있겠다.

그러나 밀턴의 생각은 그러했다.

[John Milton, 1608~1674, 영국 시인]

존 스타인벡
John Steinbeck

"… 그러나 어떤 피가 내 아들 속에 흐르고 있는가는 알고 싶어요. 내 아이들이 성장했을 때, 내가 그들에게서 무언가 찾아내려고 하지 않겠어요?"

"그렇죠. 그런데 내가 미리 이야기해 두는데, 그들의 피가 아니라 당신의 의심이 그들 속에 심게 될지도 모른다는 것이오. 당신의 기대대로 그들은 자랄 것입니다."

"그러나 핏줄이 있는데."

"나는 핏줄을 그리 믿지 않아요. 아이들 속에 선이나 악이 있다고 하더라도 세상에 태어난 후에 그들 속에 심어 놓은 것을 후에 보게 된다고 나는 생각해요."

여름입니다. (여름 내내 그저 덥고 습해 투덜거리는 게 될지언정, 그래도) 초여름엔 늘 왠지 좀 설렙니다. 이 세상이 클라이맥스를 향해 막 달리기 시작한 것 같은, 비밀스러운 기운이라고 하기는 대놓고 약동하는 그 생명력이 가슴으로 스며드는 계절입니다. [북적북적] 가족들은 이 여름, 어떻게 시작하고 있나요.

하지를 지나 본격적인 여름으로 접어드는 이번 주, 괜히 들뜨는 마음에 제게 의미가 깊은 현대 고전 한 권을 가져와봤습니다. 고전들이 흔히 그렇듯이 의외로 읽어본 사람은 많지 않으나 제목만은 누구에게나 익숙합니다.

존 스타인벡의 1952년 [에덴의 동쪽]을 오늘 함께 읽고 싶습니다.

[John Steinbeck, 1902~1968, 미국 소설가, 1962년 노벨상 수상]

존 스튜어트 밀
John Stuart Mill

존 스튜어트 밀의 아버지 제임스 밀도 당대의 저명한 경제학자요, 철학자, 역사학자였습니다. 그는 어린 시절부터 철저한 조기교육을 받습니다.

그의 아버지는 너무도 엄격한 사람이었죠. 밀은 3세부터 그리스어를 시작으로 8세 때는 플라톤, 디오게네스 등의 저서를 원문으로 깨우치고 라틴어를 배우기 시작해요.

12세에 아리스토텔레스와 아리스토파네스를 끝내고 도서관에 있는 책을 모두 섭렵했으며, 거기다 미적분과 기하학까지 마스터했지요. 이쯤 되면 얼마나 그가 지적으로 천재적이었는지 알 수 있습니다. 하지만 그는 자신을 늘 평균 미달이라 생각했습니다.

아버지는 항상 이렇게 경고했어요.

'너무 자랑스러워하지 말라, 애야. 누구든지 그렇게 될 수 있을 테니까. 나 같은 아버지만 두었다면.'

물론 아들이 자만할까 걱정하는 아버지 마음이었다고 생각할 수도 있지만, 그의 태도는 너무 가혹해요. 그의 일화들을 살펴보면, 지력知力만을 강조한 나머지 감성感性을 배제하고 몰아붙였던 것 같아요. 더욱 안타까운 것은 그의 어머니조차 대리석처럼 차가운 사람이었다는 겁니다.

'진실로 따뜻한 마음씨의 어머니라면 아버지를 감화시키고 자식들을 사랑으로 보살피셨을 것이다. 그러나 나의 어머니는 그저 악착스럽게 살림살이에 열중할 뿐이었다. 그리하여 나는 사랑이 결여되고 두려움이 지배하는 환경에서 자라났다.'

결국 존 스튜어트 밀은 20세에 중년의 위기를 앞당겨 맞이하게 됩니다. 자신이 배우고 추구했던 궁극의 목표에 스스로 질문을 던졌고 그 답은 참담했어요. 자신이 믿었던 모든 것이 헛되다는 결론에 이르고 말지요.

즉, 실의에 찬 말은 종종 자살을 생각하며 6개월을 보냈다. 한 번도 인간의 감정을 개발할 기회를 갖지 못했었다. 꽃을 보아도 잎맥 구조만이 보일 뿐, 낭만주의자들이 장밋빛 색안경을 썼을 때, 그는 모든 빛깔을 지워버리는 검은 안경으로 세상을 보았다.

수년 후에 니체는 '신은 죽었다'라고 선언했으니, 매몰찬 아버지로부터 사랑과 사유를 대체 당한 밀에게는 인간도 죽은 존재였다.

밀은 아버지에 대해 다음과 같이 적었다.

'모든 종류의 열정적 감정, 혹은 그러한 감정들을 찬양하는 말이나 글을 혐오했다.'

[John Stuart Mill, 1806~1873, 영국 정치사상가, 경제학자]

존 워너메이커
John Wanamaker

존 워너메이커는 미국의 백화점 창시자이자 백화점 왕이었다. 탁월한 판단력과 아이디어, 경영 능력으로 인정받은 사람으로, 65년이라는 긴 세월 동안 요동 없이 YMCA 건물을 지었던 사람이다.

존이 84세 때 1921년 사업가로서 60년을 맞은 기념행사에서 한 기자가 던진 질문에 대한 그의 즉각적인 대답의 내용을 보면, 그의 인생의 우선순위, 그 인생의 주관자는 하나님임을 확실하게 보게 한다.

즉, 자신을 멋있는 모습으로 성공적으로 만들어가려고 스스로 애써서 살아가는 대다수 사람들과 존은 뭔가 특별하게 다른 점이 있었고, 결국 그 특별한 차이는 '무엇에 더 마음을 쏟고, 무엇에 더 자신의 시간과 노력을 투자하는가?'의 여부에 달려있다.

이와 관련 존은 "회장님, 지금까지 투자한 것 중에서 가장 성공적인 투자는 무엇입니까?'라는 기자의 두 번째 질문에 이렇게 대답한다.

"내가 10세 때 최고의 투자를 한 적이 있지요. 그때 나는 3달러 75센트를 주고 예쁜 가죽 성경 한 권을 구입했어요. 이것이 내 인생에 있어서 가장 위대한 투자였습니다. 그 성경이 오늘의 나를 만들었으니까요."

무엇이 존을 성공하는 사람, 그것도 단순히 성공하는 것만이 아니라 영원히 우리들의 인생의 푯대가 되는 사람으로 되게 했는가?

'성경'!

그래서 이 책의 제목이 '성경이 만든 사람, 존 워너메이커'는 존의 어떤 신앙의 고백을 할 것인지를 짐작하게 해준다.

존은 미국의 16대 대통령 에이브러햄 링컨과 정열의 복음 전도사 D. L. 무디와 동시대를 살았던 사람이다.

그러나 그는 풀타임 헌신자獻身者가 아니면서도 주일학교에서 67년을 봉사하는 평신도 사역자요, 오늘로 보면, 크리스찬 CEO로서 그리스도의 향기를 누구와도 비교할 수 없이 충분히 드러냈다.

존은 벽돌공장의 아들 출신으로 신앙심 깊은 어머니 밑에서 양육되었다. 그래서 가난하여 강퍅한 현실로부터 모진 대우를 받는 가운데서도 신실한 신앙, 행복, 친절, 정직한 삶에 대한 푯대를 더욱 강렬하게 선의 뿌리를 붙들었다.

백화점 게시판에 언제나 써 붙여 걸어놨던 다음의 글은 그의 주일에 대한 절대적 신앙의 증거였다.

1. 주일에는 아무리 바쁜 일이 있어도 절대 출근하지 마세요.
2. 주일에는 하나님을 예배하고 성경을 배우세요.
3. 교회에 적어도 1년에 5불 이상은 헌금하세요.
4. 주일에 댄스홀이나 유흥업소에 가려면 그 이유서를 제출하세요.

[John Wanamaker, 1838~1922, 미국 우정국 장관, 워너 백화점 설립]

존 포드
John Ford

포드의 영화는 영화 사상 가장 위대한 감독 중 한 사람이 보기에도 위대한 영화들이었던 것이다. 그러나 혹스가 문학가들의 이름을 꺼냈을 때, 거기에는 포드의 영화가 영화의 어떤 본질을 담고 있는 정전이라는 뜻이 담겨 있었을 것이다. 그렇다면 우리는 이제 혹스의 열변에 힘을 얻어 문학과 미술의 정전을 감상하는 것이 자연스러운 일인 것처럼 포드의 영화라는 정전을 보고 느끼고 말하는 것이 자연스러운 일이라고 말할 수 있게 된다. 그게 사실이다. 하지만 여기에는 약간의 석연치 않은 상황들이 곧잘 끼어든다.

포드가 여전히 오해받는 창작자라는 점이 우리가 지금 영화를 보고 생각하고 말해야 함을 강조하는 또 다른 이유 중 하나이다. 포드는 복권되었으며 오해 없이 받아들여지고 있다고 생각한다면 최근의 예를 하나 들 수 있다.

'분노의 추격자'를 만든 쿠엔틴 타란티노는 이 영화의 홍보 기간 중 어느 인터뷰에서 '나의 미국 서부극 영웅은 존 포드가 아니다. 과장 없이 말하지만 나는 그를 싫어한다. 그가 좀비처럼 죽여버린 정체불명의 인디언들에 대해서는 잊어라.'라고 말했다.

    포드의 영화 속에 백인문화의 폭력이 가입되어 있다는 말일 텐데, 비평가 켄트 존스는 미국의 영화 월간지 필름 코멘트에 '왜 쿠엔틴 타란티노는 영화의 역사를 가르치면 안 되는가' 라는 요지로 비판문을 쓰기도 했다. 사실은 누가 옳은지, 혹은 타란티노가 얼마나 틀린지 말하기 위해 이 일화를 꺼낸 것은 아니다. 타란티노가 어떤 종류의 영화가 싫다고 말하려 할 때 그 종류를 설명하거나 묘사하려는 대신, 그 원형으로서 제시하며 대뜸 나는 존 포드의 영화가 싫다고 말했다는 그 사실이 차라리 흥미롭다.

    타란티노가 의도치 않게 우리에게 제시한 두 가지 증언이 있는 셈이다. 여전히 미국에서도, 그리고 수많은 영화를 섭렵한 미국의 타란티노에게서도 포드는 곧 서부극으로 통한다는 사실, 그리고 그의 서부극 내용이 인종적 권력이 횡행하는 보수적 네거티브의 원형으로 통한다는 사실이다. 포드가 서부극만 만든 감독이라는 오해는 알려진 것처럼 포드 스스로 만든 것이기도 하며, 포드의 다른 영화들을 섭렵하다 보면 자연스럽게 벗겨지는 베일과 같다.

    하지만 그가 이분법적인 보수 혹은 나쁜 이데올로기를 껴안은 영화의 양산자라는 건 시급하게 벗겨내야 할 오명이다. 심각하게도 그 오명은 단지 포드를 보수주의자로 낙인찍는 것을 넘어 그의 영화가 기껏해야 권력의 승리와 패배의 이야기를 앞세워 장르적 시스템에 순종한 평범한 영화라는 판단을 낳기 때문에 문제가 되는 것이다.

[John Ford, 1894~1973, 미국 영화감독]

존 하워드 페인

John Howard Payne

세계적으로 애창되는 '즐거운 나의 집 Home sweet home'의 작자 존 하워드 페인은 한 번도 가정을 가져 본 일이 없었다. 그가 이 노래를 지은 것은 프랑스 파리에서 한 푼도 없는 가난한 신세에 놓여있을 때였다. 그는 한평생 아내를 얻지 않고 집도 짓지 않고 세상을 유력하고 다녔다 한다.

1851년 3월 3일 친구에게 보낸 편지에서 그는 이런 말을 했다.

"진정 이상한 얘기지만, 세상의 모든 사람들에게 가정의 기쁨을 자랑스럽게 노래한 나 자신은 아직껏 내 집이라는 맛을 모르고 지냈으며, 결코 앞으로도 맛보지 못할 것이오." 그는 이 편지를 쓴 지 1년 뒤 튀니스에서 사는 집도 없이 거의 길가에 쓰러지듯 이 세상을 떠났다. 그러다가 얼마 지난 뒤, 그의 시신은 다시 고향인 워싱턴의 오크벨리 공동묘지에 이장되어 비로소 안주安住할 땅을 얻었다.

[John Howard Payne, 1791~1852, 미국 극작가, 배우]

주자

朱子

주자는 어려서부터 학문적 자질이 뛰어난 데다 혼자 생각하기를 즐겼다.

겨우 말을 배우기 시작했을 때, 아버지가 손가락으로 가리키면서 "저것이 하늘이란 다."라고 말하자, "하늘 위에는 무엇이 있습니까?"라고 반문했다고 한다.

다섯 살 때에는 '효경'을 읽고, 책머리에 "이렇게 하지 못한다면 사람이 아니다."라고 써놓았다.

다른 아이들과 놀 때에도 혼자 조용히 앉아 모래 위에 손가락으로 팔괘八卦를 그리곤 했다.

열 살 때 유학의 경전을 읽기 시작하면서부터 주자는 공자를 숭배했다.

그리고 스물네 살이 되자, 부친과 함께 공부했던 이연평 선생을 찾아뵙고 그를 스승으로 모셨다.

연평은 돈이나 명예에는 관심이 없어서 사십여 년 동안 은거하며 학문을 닦고 있었다.

그런 그가 주자를 보자 칭찬해 마지않았다.

"그는 품성이 우수하고 부지런히 힘써 공부하니, 나예장 선생 이래로 이렇게 뛰어난 인재를 본 적이 없다."

이렇게 해서 주자는 불교와 노자의 허망한 이론을 포기하고, 이정 二程의 유학을 일생의 학문적 기초로 삼게 된 것이다.

[朱子, 1130~1200, 중국 송나라 유학자, 철학재]

찰리 채플린
Charles Chaplin

서민들의 암울한 상황을 해학적으로 표현했던 희극배우 채플린은 불우한 가정환경으로 인해 어려서부터 거의 혼자 자라나다시피 했습니다. 그는 배우로 성공하기 전까지 온갖 궂은 일을 했는데, 그중 철공소에서 일할 때입니다.

하루는 작업이 너무 밀려서 직원뿐만 아니라 사장까지도 업무를 돕고 있는 상황이었습니다.

모두가 정신없이 일하는 와중에 사장이 채플린에게 빵을 사 오라고 심부름을 시켰습니다. 채플린도 바빴지만, 사장의 지시에 따라 순순히 빵을 사 왔습니다.

일이 모두 끝나고 저녁에서야 사장은 채플린이 사 온 빵 봉투를 열어볼 수 있었는데, 그 밑에는 빵과 함께 와인이 한 병 들어있었습니다.

아무리 생각해도 자신은 분명 빵을 사 오라고 시킨 것 같은데 와인이 들어있어서, 사장은 채플린에게 이유를 물었습니다.

그러자 채플린은 이렇게 대답했습니다.

"사장님은 언제나 일을 끝내고 와인을 드셨는데, 오늘 아침에 확인해 보니 마침 와인이 모두 떨어졌기에 빵을 사러 가는 김에 함께

사 왔습니다."

사장은 채플린의 눈썰미에 감탄하며 그의 급여를 올려주었다고 합니다.

[Charles Chaplin, 1889~1977, 영국 영화배우, 영화감독]

찰스 디킨스
Charles John Huffam Dicken

찰스 디킨스는 주로 자신이 살았던 시대를 배경으로 각양각색의 인물이 등장하는 다양한 작품을 발표하고, 잡지 발행, 연극 상연, 낭독회 개최 등 왕성한 활동을 펼쳤던 작가이다.

그는 어린 시절 몸소 체험한 하층민의 비참한 삶을 작품을 통해 보여주려 했으며, 소외되고 압박받는 계층을 위한 자선사업에도 관심을 기울였다. 작가로서 명성을 얻고 행복한 가정을 이루었지만, 어린 시절의 경험을 잊지 않고 당시 사회의 어두운 면을 돌아보고 날카롭게 지적하는 한편, 그 시절을 힘겹게 살아가는 사람들을 따스하게 보듬어주는 작품을 발표했던 작가이다.

찰스 디킨스는 19세기 변화의 소용돌이 속에서 성장했다. 당시의 급격한 산업화, 기계화는 분명 풍요를 가져다주었지만, 그 이면에는 비인간적인 노동환경, 특히 어린이들까지도 위험하고 불결한 생산 현장에 뛰어들어야 했던 현실의 어두운 그림자가 드리워져 있었다. 찰스 디킨스는 그럭저럭 행복한 유년기를 보냈지만, 아버지의 빚이 늘어감에 따라 열두 살 어린 나이에 구두약 공장의 열악한 환경에서 돈벌이를 해야 하는 처지가 된다.

그러다 결국 아버지가 채무자 감옥에 들어가 가족과 떨어져 살게
되는 등 어린 시절의 가슴 아픈 기억은 작품들 속에 고스란히 담긴
다.

[Charles John Huffam Dickens, 1812~1870, 영국 작가]

찰스 슈왑
Charles M. Schwab

직원들이 열심히 일함에도 불구하고 회사의 생산성이 저하되고 업무는 매너리즘에 빠졌다. 컨설턴트 아이비 리에게 의뢰했다.

아이비 리는 슈왑에게 조언은 무료이지만 후에 자신의 조언 가치만큼 금액을 적어서 보내달라고 요구했다.

3개월 후 슈왑은 아이비 리에게 2만 5천 달러를 보냈다!

아이비 리의 조언은

① 잠들기 전 내일 할 6개의 과제를 적는다.
② 6개의 과제에 우선순위를 정한다.
③ 첫 과제를 마치기 전까지 다음 과제로 넘어가지 않는다.
④ 만약 하루가 지나도 과제가 남아 있다면 그다음 날로 과제를 넘긴다.

내 삶을 비교 분석할 자료가 없다면 살아가는 대로 끌려가며 매너리즘에 빠진다.

매시간 한 일을 기록해 본다. 시간을 낭비하는지는 확인 가능하다. 내가 관심 있게 집중하는 일도 확인 가능하다. 과제에 대한 완성도 체크로 자존심이 올라간다.

[Charles M. Schwab, 1862~1939, 미국 철강업 창설재]

처칠

Winston Churchill

 처칠은 자신의 우울증을 '검은 개'라고 불렀으며, 이 우울증을 완화하기 위해서 시작한 것이 바로 그림이다. '천국에 가서 천백만 년 동안은 그림만 그리고 싶다.'고 했을 정도로 그림은 그의 우울증을 덜어주는데 기여를 했지만, 그럼에도 죽을 때까지 우울증이 완전히 사라지지는 않았다.

이게 어느 정도의 중증이었느냐 하면, 처칠은 평생 발코니나 기차역의 철로 가까이에 가지 않았다. 자기도 모르게 뛰어내릴까봐.

또한 매순간 강렬하게 느껴지는 좌절감과 죽고 싶은 충동을 자신이 이성만으로 이겨내야 했다고 한다.

하여튼 양극성 장애인지라 조울증도 있었다. 그의 조울증에서 벌어지는 심화로 인해 당시 사람들은 그 어두운 시간을 견뎌내었다.

노르망디상륙작전 때, 처칠은 상륙부대와 함께 작전에 참가하려 했다.

주위 사람들이 "일국의 총리가 전쟁에 뛰어드는 것은 말도 안 된다."라며 만류하려 했지만, 처칠은 고집을 꺾으려들지 않았다.

결국 처칠의 고집을 꺾을 사람이 나타났는데, 국왕인 조지 6세였다. 그런데 고집을 꺾은 방법이란 기상천외하다.

"처칠 총리가 상륙전에 참가하겠다는데, 대신 짐이 국왕으로서 상륙하겠소. 공격 당일 가장 먼저 상륙하는 부대의 장병들과 짐이 함께할 것이오."라고 말했다.

처칠이 말도 안 된다고 만류하자, "짐이 전사하면 다른 사람이 대신할 수도 있지만, 처칠 총리는 그렇지 못하오."라고 말했다.

결국 처칠은 상륙작전 참가를 포기할 수밖에 없었다.

1920년대 노동자들의 파업 현장에 갔다가 분노한 노동자들에게 포위되었다. 그러자 당당히 시가 하나 빼물고 노동자 사이를 걸어서 유유히 걸어 나갔다. 가장 인상 험악하게 생긴 노동자에게 담뱃불을 빌렸다는 이야기도 있다.

하루는 의회에 늦게 출근해서, 상대편 의원이 "아니 의회에도 늦는 사람이 무슨 중대한 일을 할 수 있는가?"라고 깠는데, "당신도 나처럼 이쁜 마누라가 집에 있어봐라. 다음 날 아침에 일찍 일어날 수 있겠소?"라고 응수하여 주위를 웃음 바다로 빠뜨리고 그냥 넘어갔다고 한다.

[Winston Churchill, 1874~1965, 영국 42대 총리]

체 게바라

Che Guevara

체 게바라는 게릴라 전술로 몇 명 안 되는 인원으로 쿠바라는 나라에서 혁명을 이룬 사람입니다. 아마 전례가 없는 일이라 생각이 듭니다. 체 게바라의 업적에 도움받아 많은 사회주의자들이 남미와 아프리카 등지에서 혁명을 많이 일으켰습니다.

두 번째는 그가 혁명을 이룬 후 부귀영화가 보장된 쿠바를 떠나 새로운 사회주의 국가를 건설하기 위해 남미와 아프리카의 여러 나라의 혁명에 가담했다는 것입니다. 참말로 쉬운 일이 아니었을 겁니다.

3월 초 어느 날, 체 게바라는 열다섯 명가량의 대원들과 함께 식량을 구하러 산을 내려갔다. 캠프로 돌아올 때 그들은 25킬로그램가량의 식량을 등에 지고 왔다. 새로 들어온 요리사는 1인당 고기 두 덩어리와 말랑가 세 덩어리씩 돌렸다. 체 게바라의 차례가 돌아오자, 요리사는 그의 접시에 고기 세 조각과 말랑가 네 개를 놓았다.

그러자 갑자기 마치 부메랑처럼 요리사의 가슴에 날아왔다.

"여기서 나가라. 한심한 녀석! 어디 네가 적에게도 총을 그렇게 쏠 수 있는지 두고 보겠다. 전투병의 식량을 준비하는 게 우선이다. 너는 그만큼 먹을 자격도 없다. 겨우 아첨꾼인 주제에!"

그리고 체 게바라는 그 사내의 무기를 빼앗은 후 쫓아내 버렸다. 단 한 명의 호의를 끌어내기 위해 나머지 대원들을 모독했다는 이유에서였다. 무엇보다 그는 대장이었기 때문에 더욱 철저했다. 형제처럼 평등하게 대우받아야 하며 민중의 존엄을 모독한 불경죄의 대가는 가혹했다.

게릴라란 흔히 여기듯이 소규모 전투를 벌이는, 강력한 군대에 대항하는 소수 과격파만을 얘기하지 않는다. 게릴라전이란 압제자에 대항하는 전체 민중의 싸움이다. 게릴라는 민중 군대의 전위에 지나지 않는다. 작게는 어느 한 지역, 크게는 어느 한 나라에서 사는 모든 주민들이 형성한 군대의 주력이 게릴라이다. 아무리 심한 탄압 아래에서도 소멸되지 않고 언젠가는 이기게 되어 있는 게릴라의 힘도 여기서 나온다.

일반 민중이야말로 게릴라전의 바탕이자 본질이다. 농민들과의 관계에서도 경제적인 이해관계를 무시할 수는 없었다. 반군은 농민들로부터 강낭콩이라든지 옥수수, 쌀, 적지 않은 양의 돼지고기 외에도 여러 수확물들을 구입했다.

[Che Guevara, 1928~1967, 아르헨티나 정치인]

체호프

Anton P. Chekhov

다양한 이단 군상의 모습을 시니컬한 시선
과 담담한 어조로 얘기하던 체호프의 단편들
이 떠오른다. 어쩌면 차갑게도 느껴지는 그의
시선은 의사라는 그의 직업에서 비롯된 것인
지도 모른다. 사실을 분석하고, 증거와 수치
를 모아서 이를 드러낸다.

문학에서도 선과 악이 없고 옳고 틀린 게
없는 과학적 사고방식을 따르고자 했다. 그의 이러한 면모는 '사할
린 섬'에서 잘 드러난다. 다양한 정보를 모아 분류하고, 사람들과 이
야기를 나누며 이야기의 조각조각을 맞춘 다음 해부해낸다.

이 책은 사실상 '글쓰기 작법서' 라기보다는 사할린 섬 길라잡이
에 가까워 보인다. 이 책을 읽고 '사할린 섬'을 읽는다면, 그의 역사
적 상황에 대한 이해가 한층 수월할 것 같다.

"제가 '사할린 섬'을 이야기하면서 누군가에게 교훈을 주려고 했
고, 도시에 뭔가 숨기려고 했고, 논의를 질질 끌려고 했던 것 같습니
다. 바로 거기에 거짓이 있습니다."

체호프는 자신의 태도에 문제가 있었음을 깨달았다. 사할린에서
어떤 '혼란'을 느꼈고, '얼마나 더러운 사람들이 사는지' 솔직하게
말하면서부터 그는 '글 쓰는 일이 쉬워졌다' 그가 여행을 이야기하

면서 그곳 사람들의 대화와 인상, 냄새, 소리, 이미지, 특성 등을 그대로 전달한 까닭에, 독자들은 '사할린 섬'을 읽다 보면 마치 사정을 잘 모르는 평범한 사람의 손에 이끌려 지옥으로 가는 것 같은 기분이 든다.

"실험자는 항상 의심해야 한다. 하나의 생각만을 고집해서는 안 된다. 그리고 항상 자신만의 자유로운 생각을 지니고 있어야 한다."

"사랑하는 우리 조국에는 사실에 근거한 정보가 턱없이 부족한 반면 온갖 추론이 넘쳐납니다. 사할린 관련 책을 부지런히 읽으면 읽을수록 더욱 그렇게 확신하게 됩니다."

체호프는 두 소설을 통해 이야기의 의의, 소설의 의의를 묻는다. 어떤 사람들은 소설을 읽고서 삶의 교훈이 될 만한 주제를 끌어내려 한다. 하지만 다른 사람에게 소설 속 이야기는 재미있거나 신기하면 그만이다. 체호프는 이 두 태도 중 어느 하나를 편들지 않는다. 다만 이들 사이에 두꺼운 벽, 깊은 단절이 존재함을 보여준다.

그러나 불통과 단절을 강조하며 끝나는 것이 아니다. 그는 사람들 사이에 이해와 소통 불능 상황을 있는 그대로 보여주면서 예기치 않게 그를 뛰어넘는 순간을 선보이기도 한다.

[Anton P. Chekhov, 1860~1904, 러시아 소설가]

최남선

崔南善

최남선의 민족주의적 면모는 3.1의거 때 독립선언서를 작성한 사실에서 찾아볼 수 있다.

문체가 지나치게 나약하다거나 한문 투라는 비판적인 견해도 있지만, 그는 이 일로 31개월 동안 감옥살이를 했다. 그럼에도 다른 독립운동가들이 받은 건국훈장을 받지 못했다. 이유는 간단하다. 이후의 뚜렷한 친일 행적 때문이다.

친일파 중에는 초창기에 민족진영에서 활동하다 일제의 탄압이 극심해진 일제 말기에 친일로 변절한 사람이 다수 있다. 그러나 최남선은 사정이 다르다.

1921년 10월에 가출옥으로 석방된 그는 출옥 직후부터 일제와 교감交感을 하고 지냈다. 출옥 이듬해에는 16년간 운영해 온 신문관을 그만두고 동명사東明社를 설립하고는 주간지 '동명' 을 출간했다. 동명은 창간 과정에서부터 일본 측 인사로부터 도움을 받은 흔적이 역력하다.

출옥 후 최남선이 일본인 거물 인사에게 보낸 편지에 이런 대목이 있다.

"잡지는 동명이라는 이름으로 원서를 지출하였습니다. …잡지 건은 진력한 성과가 가까운 시일 안에 나타나지 않을까 생각합니다. 금후의 처분은 모든 것을 하나로 하여 선생님의 가르침에 어긋나는 일이 없도록 신경을 쓰고 있습니다."

최남선이 친일 대열에 본격 합류한 것은 1928년 10월, 총독부의 역사왜곡기관인 조선사편수회 편수위원을 수락하면서부터였다. 조선사편수회는 1911년에 총독부가 구습 제도의 조사와 조선사 편찬 계획을 목표로 발족한 단체다. 이 단체의 본래 목적은 조선을 영구히 강점하기 위해 조선인을 일본인으로 개조한다는 동화同化주의에 뿌리를 두고 있다. 따라서 여기서 편찬하려는 조선사는 식민사관에 의한 왜곡된 조선사였다. 최남선은 편수위원으로 위원회 활동에도 참여했으며, 실무자로 직접 편찬 작업에 참여하기도 했다.

우리 헌법 전문 첫 줄에는 '우리 대한민국은 기미 독립운동으로 대한민국을 건립하여 세계에 선포한 위대한 독립정신을 계승하여…'라고 쓰여 있다. 이 헌법의 근본정신인 '3.1운동의 독립정신'을 세계에 선포한 것은 자체적으로 무엇일까? 그것은 이미 초등학생도 다 아는 우리의 '독립선언서' 자체인 것이다.

이 위대한 민족의 문장은 당시 29세 청년인 육당 최남선 씨가 일본 집의 뒷방에서 광고 용지 뒷면에 깨알같이 초안한 비밀문서였던 것이다.

[崔南善, 1890~1957, 한국 사학자, 문인, 언론인]

최정희
崔貞熙

    최정희의 아버지는 첩을 두었고 때문에 오히려 본 가정에서 지내기보다는 다른 가정에서 지내는 시간이 많았다고 한다.

    그러다 보니 최정희는 아버지를 만나보기도 힘들고 가정 상황 또한 무척 복잡해지기도 했고, 가정에서 안락함을 느끼기 어려웠으리라 생각되는데, 그래서 어머니 아래 4남매가 어려운 삶을 이어가며 공부도 못하고 아버지가 등 돌린 어머니에 대한 연민으로 어머님을 돕다가 마침내 청진으로 올라가서 친척 집 공방에서 지내며 학교에 다녔다는 일화도 있고, 그의 작품 '정적기', '문학적 자전' 등에도 그 일화나 트라우마가 고스란히 드러나고 있다.

    그리고 그러한 상황을 봤을 때 개인적으로는 최정희는 그 상황에서 도망치고 싶어 가출을 하지 않았나 하는 생각도 든다.

    최정희의 소설 '지맥', '인맥', '천맥' 은 모든 혼인한 여성의 삶을 다루고 있다는 공통점이 있다.

    이 세 작품은 1939년부터 1941년 사이에 발표되었는데, 자전적인 경향이 있다.

[崔貞熙, 1912~1990, 한국 여류 소설개]

칭기즈 칸
Chingiz khan

하루는 칭기즈 칸이 부하들과 함께 사냥을 나갔습니다. 매를 훈련시켜 사냥을 하던 그들은 그날따라 아무것도 잡지 못하고 빈손으로 돌아와야 했습니다.

실망을 안고 막사로 돌아온 칭기즈 칸은 잠시 후 부하들을 남겨두고 혼자서 다시 사냥에 나섰습니다.

한참을 사냥감을 찾아 헤매자 칭기즈 칸은 목이 타들어 가듯이 말랐습니다. 마실 물을 사방으로 찾았지만 여름 가뭄으로 시냇물이 다 말라버려 마실 물을 찾을 수가 없었습니다. 그러던 중 마침내 칭기즈 칸은 바위를 타고 흘러내리는 작은 물줄기를 찾아내었습니다. 그는 팔뚝 위에 앉아있던 매를 내려놓고 지니고 있던 물 잔을 꺼내 물을 받았습니다. 바위 위를 흐르는 물이 잔에 차기까지는 한참 시간이 걸렸습니다.

마침내 잔에 물이 차오르자 칭기즈 칸은 물을 마시기 위해 잔에 입을 가져다 대었습니다. 그 순간, 칭기즈 칸의 사냥매가 날아올라 물이 담긴 잔을 낚아채어 버렸습니다. 그 바람에 잔에 담긴 물은 고스란히 땅에 쏟아지고 말았습니다. 칭기즈 칸은 칼을 빼어 한 손에 들고 다른 한 손으로 다시 잔에 물을 받기 시작했습니다. 매가 다시

달려들지 않나 물 잔과 매를 번갈아 보며 천천히 물을 받았습니다.

이윽고 다시 잔에 물이 가득 차고 칭기즈 칸이 물 잔에 입을 가져다 대는 순간, 이번에도 역시 매가 물 잔을 낚아채기 위해 그에게 달려들었습니다. 칭기즈 칸은 화가 났지만 워낙 자신이 애지중지하는 사냥매였기에 아마 매도 목이 말라서 물 잔을 낚아채려 했거니 생각했습니다.

땅에 떨어진 물 잔을 주워 한참을 다시 물을 받았습니다.

잔에 물이 반쯤 차오를 때쯤 되자, 또다시 매가 달려들어 잔을 낚아채는 바람에 물 잔이 땅에 떨어지고 말았습니다.

칭기즈 칸은 들고 있던 칼로 매를 단칼에 베어버리고 말았습니다.

"괘씸한 놈 같으니."

자신이 아끼던 사냥매를 단칼에 베어버린 칭기즈 칸은 자신이 마시려던 물이 흘러내리던 바위 위로 올라가 보았습니다.

그런데 그곳에서 칭기스칸은 놀라운 광경을 보았습니다. 독성이 강하기로 유명한 독사가 죽어서 물구덩이에 빠져있었던 것입니다.

[Chingiz khan(成吉思汗), 1162~1227, 몽골 제국의 왕]

카를 마르크스
Karl Heinrich Marx

 마르크스의 사생활과 그가 추구하는 반자본주의 사상은 정반대의 방향으로 분열되어 있었다. 마르크스는 본인이나 가족들이 그 자신의 표현으로 프롤레타리아 이하의 삶을 사는 것을 인정할 수 없었고, 부인의 귀족 혈통을 자랑했으며, 굳건한 후원자였던 엥겔스의 정기적인 경제적 지원 외에도 여기저기에 돈을 빌리고 많은 외상을 지면서 끝끝내 소비적이고 부르주아적인 삶을 추구했다.

소박하게 살았다면 엥겔스의 지원과 원고료만으로도 충분한 경제적 여유를 누릴 수 있었을 것이나 마르크스는 경제적으로 분수에 넘치는 소비생활을 추구했고, 어느 시대의 관점으로도 사회경제적으로는 반대 혹은 진상이라고밖에는 부를 수 없는 인물이었다.

[Karl Heinrich Marx, 1818~1883, 독일 사회주의 경제철학자]

칸트
Immanuel Kant

임마누엘 칸트는 서유럽 근세철학의 전통을 집대성하고, 전통적 형이상학을 비판하며 비판철학을 탄생시켰다. 저서에 [순수이성비판], [실천이성비판], [판단력 비판] 등이 있다.

1781년 간행된 [순수이성비판]은 그의 비판철학의 첫 번째 저서이며, 철학의 역사에 한 시기를 이룩한 책이다 이 책은 원리론과 방법론으로 나뉘어져 있는데, 원리론은 다시 선험적감성론先驗的感性論·선험적 논리학으로 갈라졌다. 그리고 선험적 논리학은 또다시 선험적 분석론과 선험적 변증론으로 되어 있다.

칸트는 이 책에서 인간 이성의 권한과 한계에 대하여 단적으로 질문하며, 학문으로서의 형이상학形而上學의 성립 가능성을 묻는다. 즉 인간의 이성은 감성(엄밀히 말하면 감성의 선험적 형식으로서의 공간과 시간)과 결합함으로써 수학이나 자연과학에서 볼 수 있는 것과 같은 확실한 학적인식學的認識을 낳을 수 있지만, 일단 이 감성과 결부된 [현상]의 세계를 떠나서 물자체物自體의 세계로 향하게 되면 해결이 불가능한 문제에 말려들어 혼란되지 않을 수 없다.

따라서 초경험적인 세계에 관한 형이상학적 인식은 이론이성理論理性으로는 도달 불가능하며, 실천이성實踐理性에 의한 보완이 뒤따르지 않으면 안 된다고 하였다. 따라서 그 후에 저술한 [실천이성비판實踐理性批判]에서, 이 이론적으로는 해결 불가능으로 여겨졌던 문제의 해결과 인간 행위의 기준을 논하였다.

칸트는 단조로우면서도 매우 규칙적인 생활을 하기로 유명했으며, 정해 놓은 일과를 매우 정확하게 지켜 나간 인물이다.

그는 새벽 5시에 일어나 7시부터 9시까지 강의하고, 그 후부터 오후 1시까지 주로 연구하며 저술 활동을 이어나갔다. 점심시간에는 주로 학자들보다 일상인들을 손님으로 맞아 다양한 주제를 놓고 대화했고, 무슨 일이 있어도 정확히 밤 10시에는 잠자리에 들었다.

칸트는 그의 고향 밖에 나가본 적이 없고, 그에게 그는 80평생을 고향에서만 살았다.

[Immanuel Kant, 1724~1804, 독일 철학자]

칼릴 지브란
Kahlil Gibran

지브란은 오늘날 레바논의 북부에 위치한, 동방 가톨릭교회 일원인 마론파 신자들이 모여사는 브사리 마을에서 태어났다. 그의 외할아버지는 마론파 가톨릭 성직자였다. 그의 어머니 카밀라는 33세에 지브란을 낳았다. 그의 아버지는 이름이 칼릴이었고, 어머니에게는 세 번째 남편이었다.

가정이 가난했기 때문에, 지브란은 어린 시절에 어떠한 정규 교육도 받을 수 없었다. 그러나 성직자들이 정기적으로 그의 집을 찾아와 그에게 아랍어와 시리아 언어로 기록된 성서를 가르쳐 주었다.

지브란의 아버지는 약국에서 일하기 시작했지만 도박으로 진 빚을 갚을 수 없게 되자, 오토만 정부에서 임명한 지방의 관리로 일하게 되었다. 그의 통치에 대해 화가 난 백성들의 불만이 확산되었기 때문에, 행정관은 지브란의 아버지를 1891년 관직에서 쫓아냈다. 지브란의 아버지는 횡령 혐의로 감옥에 갔고, 오토만 황제의 관리들은 그의 가족이 지닌 재산을 몰수하였다.

머무를 집조차 없는 상황에서, 지브란의 어머니는 그녀의 친척을 뒤따라 미국으로 이민 가겠다는 결정을 내렸다. 지브란의 아버지는 1894년에 감옥에서 풀려났지만, 카밀라 지브란은 한번 내린 결정을 바꾸지 않았고, 아들 칼릴과 칼릴의 어린 여동생들인 마리아나와 솔타나, 그리고 칼릴위 이복형제인 피터를 데리고 1895년 뉴욕으로 향했다. 지브란은 보스턴의 사우스 엔드에 정착했다.

그 당시 그곳에는 미국에서 두 번째로 큰 시리아/레바논계 미국인 공동체가 있었다. 그의 어머니는 여자 재봉사로 일하기 시작했다. 그의 어머니는 레이스 장식이 달린 옷과 아마포로 만든 옷을 팔려고 이집 저집을 돌아다녔다.

지브란은 1895년 학교를 다니기 시작했다. 학교 당국은 이민자를 위한 영어 학습 과정에 그를 배치하였다. 지브란은 정착촌 주변에 있던 예술학교에도 등록하였다. 그 학교의 교사를 통해서, 그는 아방가르드 보스턴 예술가이자 사진사이며 출판업자였던, 프래드 홀랜드 데이를 소개받았다.

프레드는 지브란의 창작 노력을 격려하고 후원했다. 1898년 출판업자가 지브란의 그림 중 일부를 책표지로 사용했다. 지브란의 어머니는 지브란의 형인 피터와 뜻을 같이하여, 지브란의 그가 당시에 매력을 느끼던 서구의 심미적인 문화보다 태어난 나라의 전통적인 문화에 더 많이 동화되었다.

[Kahlil Gibran, 1883~1931, 레바논 작가]

칼뱅
Jean Calvin

인간적으로 칼뱅은 상당히 불우한 삶을 살았는데, 젊은 시절부터 가톨릭과 여러 정치적 세력들의 박해를 받아 피해 다닌 것을 들 수 있다. 비단 가톨릭교회와 프랑스 정부뿐 아니라, 칼뱅의 복음주의적인 입장을 달가워하지 않은 제네바의 민주화 세력과도 갈등이 있어 그들로 인해 목숨을 위협받고 7년간 제네바에서 추방당한 적도 있었다.

가족사 측면에서도 상당히 불우하여, 칼뱅의 자식들은 거의 대부분 어린 나이에 병마로 숨지고, 아내 역시 병으로 잃고 만다. 칼뱅 자신도 매일 공부만 하느라 건강에 신경을 쓰지 않았던 것으로 알려져 있다.

종교개혁 경력상 인간 선배인 루터가 1525년 전직 수녀인 카타리나 폰 보리와 혼인할 때만 하더라도 이론적으로 루터가 성직자 비혼 문제로 가톨릭교회를 공격하는 것에 동의하던 지지자들도 막상 전직 수도자가 당당하게 전직 수녀와 혼인한다는 행위 자체를 감정적으로 받아들이지 못하는 측근들이 꽤 있었다.

그러나 막상 루터가 첫 테이프를 끊고 혼인생활도 성공적으로 꾸리자, 곧 일부로 성직자 비혼주의를 공격하고 혼인을 하는 것이 초기 종교개혁자들 사이에 일반적인 관습이 되었다. 칼뱅도 이런 트렌드에 따라 신학적으론 가톨릭교회의 독신주의를 공격했는데, 막상 본인 성격은 연애나 이성엔 너무나도 관심 없는 전형적 내성적인 공부벌레 타입이라 주변의 적극 권유에도 불구하고 혼인하지 않고, 주변의 강권으로 잡은 중매 혼인도 혼인식을 파토내는 등 도통 흥미를 안 보였다.

결국 1540년, 플랑드르의 하급 귀족 가문의 딸이었던 이델레트 드 뷔르와 혼인했다. 혼인 당시 칼뱅은 31세의 당시 기준에선 심각한 노총각이고, 이델레트는 아예 40세에 이미 혼인 한 번 했고, 애도 둘이나 봤는데 전 남편이 병사한 미망인이었다.

안 그래도 각종 병마와 위생 문제가 심각했던 당시 기준으로 중년과 노년 사이를 바라보는 나이에 재혼한 이후 출산이 건강에 심각한 무리를 끼쳤는지 둘 사이의 자식들은 전부 다 어린 나이에 병사했고, 부인 이델레트 또한 혼인생활 10년도 못 가 1549년 병사했다.

아이들의 죽음에도 불구하고 부부관계는 원만했고, 칼뱅 본인도 막상 혼인해 보고 나니 공부에만 집중하게 해줄 수 있는 부인의 존재에 감사하며 이델레트가 사망한 이후 크게 슬퍼했다.

칼뱅이 동료에게 쓴 편지에 따르면, 부인이 임종을 맞이할 때 칼뱅은 슬퍼하며 부인의 전 남편 사이에 생긴 자식들도 책임지겠다고 했으나 죽어가는 부인은 쓸데없는 소리 하지 말라며 그 아이들은 이미 하느님에게 맡겼으니 당신은 하던 대로 하느님의 일에만 집중하라고 책망했다고 하며 이델레트 칼뱅은 남편 못지않게 종교적으로 열성적이고 남편 하는 일을 몸과 마음으로 100% 지지한 여인이었다.

[Jean Calvin, 1509~1564, 프랑스 종교개혁가, 신학자]

케네디

John F. Kennedy

미국 35대 대통령 선거에 출마한 케네디 후보는 금수저를 물고 나온 부잣집 도련님이라는 이미지를 지울 수가 없어 고전을 보고 있던 무렵에, 미국의 유력한 신문사들에게 짤막한 편지 한 장이 일본에서 날아들었다.

그 편지에는 "나는 하나미 고혜이라는 일본인인데, 태평양전쟁 당시 미국 해군의 케네디 중위가 지휘하는 경비정의 옆구리를 들이받아 침몰시킨 일본 구축함의 함장이었다."고 자신을 소개했다.

자기는 그때 충돌을 모르고 그냥 지나쳤었는데, 얼마 후 우연하게 미국 경비정을 들이받아 침몰시킨 것이 자기 배였고, 침몰된 미국 경비정의 선장이 케네디 중위였으며, 그 케네디 중위가 지금 미국의 대통령 후보로 출마한 것을 알게 되었기에 이 편지를 보낸다고 했다.

또 자신은 케네디 후보와는 아직 일면식도 없으며, 침몰 사고 후 케네디 중위가 취한 살신성인의 활약을 알고 깊은 감명을 받았으며, 그 활약상을 알게 되면 누가 미국의 대통령이 되어야 하는지는 자명할 것이라고 끝맺었다.

그리하여 미국 신문사들은 '그것이 알고 싶다' 식의 탐문 취재가 시작되고, 얼마 후 케네디의 이미지를 완전히 뒤집는 결과를 대서특필하게 된다.

케네디는 선천적인 신체 결함으로 군대에 갈 수가 없는 몸이었다. 그런데 그는 집안의 막강한 영향력을 이용하여 억지로 입대하였고, 또 그 힘을 이용하여 남태평양 솔로몬해의 최전방 일선에 배치를 받았다.

케네디가는 자녀들에게 사업상 일어났던 일들을 자주 들려주었고, 식사를 하면서 이야기를 통해 아이들이 세상사를 접하는 통로가 되도록 했다. 자상한 아버지 역할을 했지만 아이들에게 명확한 기준을 정해놓았고, 그 기준에 미치지 못할 때는 엄한 아버지였다.

케네디가의 '일등주의'는 언제나 1등을 하라는 뜻은 아니었다. 사람마다 재능이 다르기 때문에 자신이 가지고 있는 능력의 범위 안에서 최선을 다할 것을 요구했다. 그리고 어려운 일이 있을 때마다 아버지가 늘 곁에 있어주며, 아이들이 언제나 자신의 편이라는 사실을 굳게 믿게 했다. 이러한 가족애를 통해서 케네디 가족은 위기가 닥칠 때 똘똘 뭉쳤다.

[John F. Kennedy, 1917~1963, 미국 35대 대통령]

케인스
John Maynard Keynes

1929년 미국에 대공황이 불어 닥쳐 뉴욕 증권거래소의 주식 가치는 1933년 5분의 1로 감소하고, 가게와 공장 1만여 개의 은행이 파산했다. 실물경제도 파탄났다.

1925~1933년까지 실질 GDP는 −26.5%, 산업생산은 −35.5%, 주택 착공은 −81.7%, 기업 수익은 −80%, 수출은 −68%를 기록했다.

임금은 60%나 감소하고 8만 5천여 개의 기업이 도산하면서 1,400만 명에 달하는 대규모 실업자가 발생했다.

전통 고전학파 경제학에 따르면 불황이란 있을 수 없다. 불황이 발생해도 시장의 '보이지 않는 손'이 해결한다고 믿었기 때문이다.

하지만 시간이 지날수록 해결 기미가 보이지 않자 아담 스미스, 데이비드 리카도, 장 바티스트, 세이 등을 따르는 전통 고전학파 경제학자들은 당혹감을 감추지 못했다. 그들은 아무런 해답을 내릴 수가 없었다.

이때 존 메이너드 케인스의 혁명적인 경제이론이 등장했다. 1833년 마르크스가 죽은 해에 태어난 케인스는 일찍이 천재의 면모를 보였다. 7세 때는 경제학자 아버지 존 네빈 케인스와 경제와 관련해 자유롭게 이야기 나누었다는 이야기는 현재까지도 일화로 이어진다.

그는 공무원과 강사, 경제학 출판물 이코노믹 저널의 편집자 등으로 일하면서 경제학과 관련된 많은 저술 등과 사건들을 접하게 된다. 케인스는 곧 고전학파 경제학의 치명적인 문제점을 발견하게 된다.

케인스는 불황을 타개할 경제 주체로 정부를 지목했다. 정부가 개입해 기업의 투자를 대신하고 가계의 소득을 올려 새로운 수요가 창출돼야 죽어가는 경제를 살릴 수 있다고 본 것이다.

케인스는 1936년 불황을 타개할 정부를 내세운 책 '일반이론'을 출판한다.

이후 대공황 시기에 취임한 미국 루즈벨트 대통령은 100일 동안 뉴딜정책 등을 실시하면서 다방면으로 경제 불황 타개책을 내놓는다. 농림 조성법을 통해 생산제한으로 생산물의 가격을 지지하고 감산으로 인한 손실은 보조금으로 보전해 주었다. 또 전국산업부흥법을 전개해 임금 인상으로 노동자의 소득을 증대시키는 한편 과잉생산을 억제하고 물가 하락을 방지해 구매력을 증강시켰다. 33억 불에 달하는 공공사업을 실시해 실업자를 흡수하고 경제회복을 도모했다.

이에 따라 대공황이 시작된 1929년부터 1933년까지 100억 불 수준에 머물던 정부의 총 지출은 1936년 150억 불까지 증가한다.

케인스가 정부의 경제 개입을 주장한 이론이 빛을 발하게 된 것이다. 침체된 민간투자도 3분의 2를 회복했고, 가계소득은 50%나 증가한다.

미국은 이후 제2차 세계대전을 치르면서 1,030억 불에 이르는 재정지출 정책을 쓴다. 미국은 곧 완전 고용에 이르는 대호황과 국가

부채도 현저히 줄게 된다.

[John Maynard Keynes,1883~1946, 영국 경제학자]

콜럼버스
Christopher Columbus

'콜럼버스의 달걀' 이란 기존의 갇혀 있는 사고를 뛰어넘는 발상의 전환의 중요성을 일컬을 때 자주 쓰는 서양의 명구名句이다.

막상 방법을 알고 보면 단순하고 쉬워 보이지만 쉽게 떠올릴 수 없는 뛰어난 아이디어나 발견을 의미하며, 사소해 보이는 발상의 전환이 세상을 변화시키는 원동력임을 말하고자 할 때 자주 인용되는 표현이다. 이 명구는 콜럼버스와 관련된 일화에서 발생되었다고 한다.

탐험을 마치고 귀국한 콜럼버스를 위한 축하 파티가 성대히 열렸는데, 몇몇 사람들은 그의 업적에 대해 '배를 타고 항해하다 보면 누구나 발견할 수 있는 일이라' 며 깎아내렸다. 그러자 콜럼버스는 파티에 있는 사람들에게 달걀을 탁자 위에 세워볼 것을 요구했다.

아무도 달걀을 세우지 못하자, 콜럼버스는 달걀을 살짝 깨트려 탁자 위에 세웠다. 그러자 사람들은 이 역시 누구나 할 수 있는 일이라며 비아냥거렸다. 이에 대해서 콜럼버스는 따라하는 것은 쉬운 일이나, 무슨 일이든 처음 하는 것은 결코 쉽지 않은 일이라고 반박했다.

누구도 쉽게 해내지 못하는 상황에서 발상의 전환을 통해 달걀을 깨뜨려서 세운 콜럼버스의 일화는 이탈리아 역사학자 벤조니가

1565년 그의 저서인 '신세계의 역사'에 소개한 뒤 널리 알려지게 되었다고 한다.

[Christopher Columbus,1450~1506, 이탈리아 탐험가, 항해사]

퀴리 부인
Marie Curie

　　퀴리 부인과 그 가족은 역사에 이름을 떨쳤다. 1903년 라듐 연구로 그녀의 남편 피에르 퀴리가 공동으로 노벨 물리학상을 수상하였고, 1907년에는 라듐 원자량의 정밀한 측정에 성공하였고, 1910년에는 금속 라듐 분리 또한 성공하여, 1911년에는 라듐 및 폴로늄의 발견과 라듐의 성질 및 그 화합물 연구로 단독으로 노벨 화학상을 수상하였다. 프랑스의 보수성과 가십을 좋아하는 언론의 공격으로 (남편의 제자와 연인관계이다) 결국 화학아카데미의 회원이 될 수 없었다.

　　퀴리 부처가 라듐의 존재를 공표하고 순수한 라듐을 만들어낼 때까지 4년의 세월이 소비되었다. 그동안 마리 퀴리는 남편과 함께 비가 새는 창고 같은 실험실에서 연구를 계속했다. 그러나 마리의 일은 연구소에서의 일에 그치지 않고 식사 준비, 빨래, 아이 기르기 등 주부로서의 일이 산적했다. 과학자인 동시에 주부임을 자각하고 있던 마리는 이 바쁜 일상생활이 당연하다고 생각하고 있었으나 무엇보다도 남편 피에르 퀴리Pierre Curie의 애정이 큰 힘이 되어주었다. 그 사실은 마리가 자기 언니에게 쓴 편지 속에 나타나 있다.

　　"나는 남이 생각하고 있는 것 이상으로 좋은 남편을 갖고 있어 행복합니다. 정말 이렇게 좋은 남편을 만나게 되리라고는 생각지도 못했는데, 하늘에서 복을 내려주신 것입니다. 같이 살면 살수록 우리들의 애정은 두터워지고 있습니다."

퀴리 부인에게 어떻게 문제를 풀어 노벨상 수상자가 되었는지 물어보라. 그녀는 그녀의 모든 연구가 단 하나의 수학적인 문제를 풀기 위해 거의 3년에 걸쳐 노력했지만 실패하고 또 실패했다.

어느 날, 그녀는 좌절감에 빠져 모든 일을 내버려두고 잠을 잤다. 그리고 밤에, 꿈속에서 그 문제가 풀렸다. 그녀는 일어나 답을 적어 놓고 다시 잠을 잤다. 그리고 아침에 그녀는 그 일을 까맣게 잊고 있었다.

일을 하러 책상 앞으로 갔을 때, 그녀는 깜짝 놀랐다. 거기에 해답이 있었다. 기적적으로 거기에 있었다. 3년 동안 그 책상에서 일을 하고 있었는데, 그 해답이 어디에서 왔을까? 거기에 다른 사람은 아무도 없었다. 그녀는 방에 혼자 있었고, 누가 다른 사람이 있었다 하더라도 다른 사람은 그것을 풀 수가 없었다. 아무도, 어떤 하인도 그런 일을 할 수가 없었다. 그녀 자신도 그 일에 3년을 매달리고 있었다.

그때 그녀는 꿈을 기억해냈다. 꿈속에서 그녀는 모든 해답을 보았다. 그리고 밤중에 일어났던 것을 기억해 냈다. 그녀는 글씨를 보았다. 자신의 글씨였다.

[Marie Curie, 1867~1934, 프랑스 물리학자, 노벨상 2관왕]

크세노폰
Xenophon

크세노폰의 사유思惟 체계에 영향을 미친 소크라테스 외에 또 한 사람이 '키루스 대왕'이다.

키루스 대왕은 크세노폰보다 160여 년 전에 태어났다. 크세노폰에게는 온건하면서도 포용적 정복 정책으로 페르시아 제국을 건설한 키루스 대왕을 흠모하여 후세에 왕권 다툼을 벌이는 소少키루스 왕자의 반란에 용병으로 참여하여 정치 군사 활동에 자신을 투영하고 군주정치에 바탕을 둔 자신의 정치적 이상을 실천하려 했다.

그러나 소키루스의 사려 깊지 못함과 한계로 원정은 실패로 끝나고 소키루스가 죽자, 크세노폰은 그리스 용병 1만 명을 이끌고 장군으로 선발되어 7천 킬로의 죽음의 장정을 겪으며 그리스로 돌아온다.

그 후 크세노폰은 떠돌이 용병 생활을 하다 만나게 된 스파르타의 이게실라우스 왕을 존경하며 그의 참모로 활동하게 된다.

스파르타와 싸우던 아테네는 이 문제로 크세노폰을 추방하게 되고, 그는 망명객이 되어 죽음을 맞이한다.

[Xenophon, B.C. 430~B.C. 354, 고대 그리스 역사가]

클레오파트라
Cleopatra

"클레오파트라의 코가 조금만 낮았더라면, 아마도 세계의 모습은 달라졌을지도 모른다."고 한 것은 파스칼이 '팡세'에서 쓴 말이다.

클레오파트라는 이집트의 마지막 여왕이다. 그녀는 프톨레마이오스 12세의 2녀로서, 매력적인 용모에 교양도 높았고, 재치와 활동력이 있는 데다가 권리욕에 불타던 여성이다.

부왕인 프톨레마이오스 12세가 죽은 뒤, 남동생인 프톨레마이오스 13세와 공동 통치자가 되었으나, 동생의 신하들로부터 배척당하자 쫓기던 폼페이우스를 따라 이집트로 들어갔다. 폼페이우스가 패배하여 프톨레마이오스 13세의 부하에게 암살당하자, 이번에는 카이사르에게 빌붙어 그의 애첩이 되어 동생을 내쫓고 이집트의 왕이 되었는데, 카이사르와의 관계에서는 카에사리온을 낳았다.

B.C. 44년 카에사르가 로마 원로원에서 암살되자, 안토니우스의 환문으로 두 사람은 B.C. 41년 소아시아의 타르소스에서 회견했는데, 이때 안토니우스는 그만 클레오파트라의 미모에 포로가 되어, 그 해 겨울을 알렉산드리아에서 그녀와의 동거생활로 보냈다.

안토니우스가 B.C. 37년에 클레오파트라와 정식으로 혼인함으로

써, 옥타비우스의 누이인 정실부인 옥타비아를 버렸을 뿐만 아니라, 클레오파트라를 로마 예속국의 여왕으로 하대下待한 것이 아니라 동방 전제주의 국가의 지배자로서 대등하게 대함에 따라 로마의 실력자 아우구스투스와 불화 상태에 빠졌다.

이리하여 B.C. 31년, 악티움 해전에서 안토니우스가 패배하여 자살하자, 클레오파트라는 이번에는 새 지배자가 된 아우구스투스의 실책에 넘어가 포로로 잡혔다. 그녀는 여기서 독사에게 유방을 물리게 함으로써 자살하고 말았다.

이처럼 정복자들의 마음을 차례로 잡아낚았던 클레오파트라는 그리스계의 여인이었으므로, 아마도 훌륭한 코를 가진 대단한 미인이었을 것이라 하여 파스칼은 서두에 인용한 것과 같은 말을 했을 것이다.

그러나 현재 남아 있는 그녀의 초상화를 보면, 확실히 코는 높지만 희대의 미인인 동양의 양귀비만큼 아름답지는 못했던 것 같다.

[Cleopatra, B.C. 69~B.C. 30, 이집트 왕국의 여왕]

키에르케고르
Søren A. Kierkegaard

덴마크의 사상가 키에르케고르의 아버지는 비천한 신분에서 입신한 모직물 상인으로 경건한 기독교인이었고, 어머니는 그의 하녀에서 후처가 된 여인이었다. 7형제의 막내로, 태어날 때부터 허약한 체질이었으나 비범한 정신적 재능은 특출하였으며, 이것이 특이한 교육으로 배양되어 풍부한 상상력과 날카로운 변증辨證의 재능이 되었다.

소년 시절부터 아버지로부터 기독교도의 엄한 수련을 받았고, 청년 시절에는 코펜하겐 대학에서 신학과 철학을 연구하여 1841년에 논문 '아로니에의 개념에 대하여' 로 학위를 받았다.

그는 대중의 비자주성과 위선적 신앙을 엄하게 비판하였다. 다른 한편에서는 절망의 구렁텅이에서 단독자單獨者로서의 존재방식을 '죽음에 이르는 병' 등의 저작을 통해 추구하였다.

이 책은 '실존적 절망' 이라는 키에르케고르의 개념에 대하여 언급하고 있으며, 키에르케고르는 그 개념을 죄에 대한 기독교적 개념인 원죄와 동등하게 다루었다.

[Søren A. Kierkegaard, 1813~1855, 덴마크 사상가]

키케로
Marcus Tullius Cicero

"만약 당신이 혼자 하늘 위로 올라가 아무리 멋진 우주 광경과 아름다운 별을 본다 해도 전혀 기쁘지 않을 것이다. 당신은 자신이 본 아름다운 광경에 대해 말할 수 있는 상대를 찾은 후에야 비로소 기쁨을 느낄 수 있을 것이다."

로마의 철저한 공화주의자인 키케로의 '우정에 관하여' 중에서 나오는 말이다. 그는 변론술의 대가이자 고전 라틴 산문의 창조자이며 완성자이다.

그는 친구인 아티쿠스에게 보낸 편지에서 우정은 덕에 바탕을 두고, 덕에 의해 지켜져야 한다는 점과 우정의 본질적 특징인 조화와 영속성과 충실성이 유래한다는 이치를 설명하였다.

"인생에서 우정을 제거해 버림은 이 세계에서 태양을 없애버림과 같다.

불사의 신들이 인간에게 베풀어 준 것 가운데, 이토록 아름답고 즐거운 것이 또 있을까?"

아티쿠스에게 보낸 편지에는 이런 일화도 있다.

원래 키케로와 카이사르는 정치적으로 반대 입장이었으나 사적으로는 편한 사이였기 때문에 카이사르의 집무실로 키케로는 제집

드나들 듯 자유로이 방문했다.

[Marcus Tullius Cicero, B.C. 106~B.C. 43, 고대 로마 정치가, 철학자, 웅변가, 저술개]

타고르
Rabindranath Tagore

"교수님 제 시험지에는 점수는 없고, 교수님 서명만 있는데요." 인도의 시인 타고르!

어느 날 그의 마당을 쓰는 하인이 세 시간 넘게 지각했다. 화가 머리끝까지 난 타고르가 해고해야겠다고 작정했다.

3시간 후 허겁지겁 달려 온 하인에게 빗자루를 던지며 말했다.

"당신은 해고야! 이 집에서 나가!"

그러자 하인은 빗자루를 들며 말했다.

"죄송합니다. 어젯밤에 딸애가 죽어서 아침에 묻고 오는 길입니다."

타고르는 그 말을 듣고 인간이 자신의 입장만 생각했을 때 얼마나 잔인해질 수 있는지 배웠다고 합니다.

사람에 대해 화가 나는 마음이 생길 때, 상대의 입장에서 조금이라도 생각해 보는 지혜가 필요할 것 같습니다.

내 입장에서만 판단하는 마음을 내려놓고, 상대방에 대한 사랑으로 배려하는 하루가 되어야 하겠습니다.

[Rabindranath Tagore, 1861~1941, 인도 시인, 작가, 1931년 노벨상 수상]

토마스 만
Thomas Mann

우리들의 잠을 빼앗는 것이 침울이 아니라 걱정이며, 부처가 번뇌라고 부르는 것이며, 낮과 행위에 대한 흥분된 몰두라는 것은 신경 쇠약적인 의미를 지니고 있습니다.

즉, 그것은 우리들의 영혼이 집념에 사로 잡혀 끝내 돌아갈 길을 생각해 내지 못할 만큼 보금자리에서 멀어지고 말았다는 것을 의미하고 있습니다.

그러나 행동적인 정열을 가진 사람들 중의 가장 위대하고, 가장 강한 사람은 언제든지 보금자리에 돌아가는 길을 쉽사리 생각해 내는 것이 아닐까요. 나폴레옹은 낮이건, 사람들 속에 있을 때건, 승패가 흔들리고 있는 전투의 소란 속이건, 언제든지 마음 내킬 때 깊이 잠들 수 있었다는 이야기를 들었습니다. 그것을 생각하면 그 화면이 눈앞에 떠오릅니다.

그 그림의 예술적인 가치는 과히 높지 않을지 모르지만, 그 일화는 언제나 그지없는 매력을 내 마음에 느끼게 하는 것입니다.

그것은 '저 사람이다' 라는 제목의 그림인데, 초라한 농가의 방문이 열린 어귀에 그 집 가족인 듯한 부부와 어린이들이 다가가서 조심스레 방안을 들여다보는 모습을 그렸습니다. 그 방안 한복판에서 초라한 테이블에 마주 앉아 황제가 잠을 자고 있는 것입니다. 이기적이며 바깥 세계를 향해 펼쳐지기를 멈추지 않는 열정의 상징이라고도 할만한 그 사람이 칼을 풀어놓고 주먹을 힘 없이 테이블에 올려놓은 채 턱을 가슴에 파묻고 앉아서 자고 있는 것입니다.

그것은 세계를 잊어버리는데 정적도, 어둠도, 베개도 필요로 하지 않습니다. 임시변통의 딱딱한 의자에 앉아 눈을 감고 일체를 포기하고 잠을 자고 있는 것입니다. 밤을 소홀히 여기지 않으며, 밤을 그리워하는 마음을 잃지 않으면서도 낮의 웅대 무비한 일을 하는 사람은 확실히 가장 위대한 사람입니다.

그러므로 '거룩한 밤에 대한 그리움'에서 태어났으며, 말하자면 그럼에도 불구하고 의지와 꿈틀거림의 굉장한 힘을 발휘하고 있는 그 작품을 나는 가장 깊이 사랑하는 것입니다.

반평생 동안 절제해 온, 그 절제를 통해 품위를 지키고자 하였고, 정열을 냉철하고 체계적인 사고인 절제의 적이라 칭하며 기피해 온 주인공 에센바하는 이미 성공한 작가로, 기사 작위를 기꺼이 수여한 명예로운 자이다.

그는 그저 그런 어느 날, 성당 계단 앞의 아름다운 소년의 자태를 접하곤 참기 어려운 어떤 충동, 앉은 자리를 못 배기게 하는 여행의 충동을 배태하게 되어 베니스로 향하였다. 그곳에서 또 다른 소년, 에로스 석상의 얼굴을 본뜬 듯한 아름다운 소년을 만나게 되고 그를 사랑하게 된다.

이는 분명히 지칭된 바이다. "널 사랑해!"라고

[Thomas Mann, 1875~1955, 독일 소설가, 노벨상 수상]

토머스 모어
Thomas More

가상인물 라파엘을 통하여 토머스 모어는 1500년대 정치의 실정을 실감 나게 토로한다.

회의 현실에 맞지 않는 엄격한 법률, 자신은 아무것도 하지 않고 남의 노동으로 살아가는 다수의 귀족, 전쟁을 좋아하는 군주, 양털 값이 올라가 밭과 땅과 목장까지 넓혀가는 지주 및 사유재산 제도를 비판한다.

유럽 각지를 여행하며 견문을 쌓은 라파엘의 인품은 훌륭하고, 박학다식하며 지혜로웠다.

토머스 모어는 그런 라파엘에게 왕의 고문이 되어 조언을 해준다면 더 살기 좋은 나라가 될 것이라며, 왜 왕의 신하로 일하지 않느냐고 물어본다. 그에 대해 라파엘은 예전에 영국에 가서 왕의 신뢰를 받는 추기경과 그의 몇몇 사람들을 만나 저녁을 먹던 일화를 얘기해준다.

그 시절 영국에는 절도범이면 모두 교수형에 처하고 마는 무시무시한 시대였다. 하지만 좀처럼 절도범들이 줄지 않는 것에 대해 이야기 중이었고, 추기경은 라파엘의 의견을 듣는다. 그는 절도범은 평범한 소작농이었으며, 발달하는 양모산업으로 인해 농사를 지을 경작지가 부족해져 일자리가 사라졌다고 말한다. 즉 가난으로 내몰린 사람들은 가족을 먹여살리기 위해 절도를 하게 된 것이므로, 절도범을 아무리 무서운 형벌로 다스려봤자 확산되는 양 목초지로 인해 가난한 사람들은 계속 생기므로 절도가 되풀이된다는 것이다.

또한 그는 '폴로레로스, 말도 안 되는 일이 많이 벌어지는 나라' 사례를 들며 어떻해 절도범들을 처벌? 다스려야 하는지를 얘기해 준다. 그러자 함께 식사를 하던 변호사가 외국인인 당신이 무엇을 아느냐면서 반박을 하자, 다른 사람들이 호응한다. 하지만 추기경이 라파엘의 의견에 관심을 갖자, 모든 자들이 추기경의 말에 동조하기 시작한다.

라파엘은 이런 일화를 통해 이렇게 아첨 떠는 간신들 앞에서 자신이 조언을 해봤자 소용없다고 말한다. 유토피아는 직경이 약 320km의 초승달 모양의 섬으로, 원래는 반도였는데 운하를 파서 섬이 되었다. 하루 6시간 일하고 오전 3시간, 점심 휴식 2시간, 오후 3시간 일한다. 그 외 시간은 자유 시간이다. 수출품의 7분의 1은 수입하는 나라의 가난한 사람을 위해 사용한다.

그들은 유머감각을 지니고 있으며 친절하고 편안히 쉬는 것을 좋아하고, 꼭 필요한 경우 외에는 일하는 것을 그다지 좋아하지 않고 머리를 쓰는 일에는 게으름이 없다. 닥쳐오지도 않은 재난에 대비한다고 자기 스스로에게 고통을 가하지 않는다.

그들은 세상에서 가장 확실한 쾌락은 건강이라고 생각한다. 진짜와 모조를 구분하지도 못하며 진짜만을 고집하는 사람들, 금붙이를 땅속에 박아두고 행복해하는 사람들, 그런 사람을 경멸한다.

[Thomas More, 1478~1535, 영국 저술가, 정치가]

토마스 아퀴나스
Thomas Aquinas

영지領地가 로마와 나폴리의 거의 중간, 교황령과 황제령의 경계선에 위치하고 있기 때문에, 토마스는 무기의 영향, 군마의 울음소리에 싸여서 유년 시절을 보냈다.

5세 때, 근처의 베네딕도회 몬테 카지노 수도원에 보내져서 초등교육을 받았는데, 양친은 토마스가 장래 이곳의 수도원장이 되어 일족에게 부와 명성을 가져다줄 것을 기대한 것 같다.

1239년 몬테 카지노 수도원이 황제의 군대에 의해서 점거되는 불온한 사태가 발생하여, 토마스는 창설 후 얼마 되지 않은 나폴리 대학으로 옮겨져 면학을 계속했는데, 여기에서 그를 정신적, 학문적으로 방향을 부여한 두 가지의 만남이 일어났다.

특히 복음의 이상과 학문 연구를 두 개의 기둥으로서 교학에 새로운 바람을 불어넣은 설교자 수도원 및 아리스토텔레스 철학과의 접촉이다.

44년 도미니코회에 입회한 토마스가 직면한 것은 가족의 맹렬한 반대였다. 오래된 전기에 의하면, 토마스는 1년 이상이나 로카세카 성에 감금되어 미녀에 의한 유혹이라는 수단에 이르기까지 호소해서 그의 결심을 바꾸고자 시도했다고 한다. 그러나 45년, 토마스는 나폴리의 도미니코회 수도원으로의 복귀를 허락받고, 바로 파리에, 이어서 쾰른으로 가서 수업을 계속했다.

특히 48년 이후에는 같은 도미니코회 수도사로, 박학하다고 알려진 알베르투스망뉴스의 지도를 받았는데, 체구가 거대하며 과묵한 경향이 있었기 때문에 '시실리아의 벙어리 소' 라는 별명으로 불린 토마스의 천재성을 간파한 알베르투스가 '결국 이 벙어리 소의 울음소리는 세계에 울릴 것이다' 라고 예언한 일화는 유명하다.

또한 그는 이 시기에 사제로 서게 되었고, 52년에 토마스는 알베르투스의 추천에 의하여 파리 대학 신학부 교수 후보자로서 파리에서 발견되었다. 그다음 해였다. 청강자들은 토마스의 강의의 주제, 방법, 논증 등의 새로움에 강한 인상을 받았다고 전해진다.

이 시기의 저작에는 앞에서 언급한 '명제논잡주래' 외에, 자신의 철학적 입장을 간결하게 논한 '유有의 본질에 대해서' 가 있다.

또한 이슬람교도, 유대 교도에 대해서 그리스도교 진리를 변증할 것을 지향한 세계적 대저서 '대이교도대전' 이 착수된 것도 이 시기이다.

도미니코회의 유수한 학자로 성장한 토마스는 파리대학교 교수의 임기를 3년으로 끝내고, 이후 약 10년간 이탈리아 각지의 도미니코회의 학교에서 교수로 저작 활동에 종사하였다.

이 시기의 사상적 성숙에 관해서 특별한 것은 그리스어에 능통한 동료 모르베카와 기레르무스의 협력을 얻어서 아리스토텔레스 및 신플라톤주의 철학의 본격적인 연구를 행한 점 및 그리스 교부신학의 연구에 정진한 점이다.

[Thomas Aquinas, 1225~1274, 이탈리아 신학자, 철학자]

토머스 에디슨
Thomas Alva Edison

초등학교 시절 알을 품어 병아리를 부화시키려 하는 등 이런저런 기행을 많이 하여, 담임은 이러한 에디슨을 더 이상 감당하지 못하고 초등학교 3학년 때 퇴학시켰다. 3개월 만이라는 이야기도 있다.

그 대신 에디슨의 어머니가 스스로 선생님이 되어 에디슨에게 온갖 지식들을 가르쳤다. 에디슨의 성격은 어렸을 때부터 뭔가 궁금한 것이 있으면 어른들이 귀찮아할 정도로 끈질기게 질문하고 알아내기 위한 시도를 엄청나게 하고 다니는 성격이었으며, 이러한 에디슨의 실험정신이 훗날 에디슨을 세계 최고의 발명왕 위치에 도달하게 해주었다.

특히 결론을 얻을 때까지 실험을 멈추지 않는 에디슨 특유의 집념은 높이 살만하며, 이러한 점에서 에디슨의 근성가의 기질은 이때부터 이미 싹수를 보였다고 봐야 할듯하다.

소년 시절에 한쪽 귀가 들리지 않게 되었다고 한다. 이에 관련해서 유명한 이야기는 기차에서 실험하다 폭발하는 바람에 차장에게 귀 등을 얻어맞아 청력을 잃었다는 것이었다. 과거에는 이 이야기가 전설처럼 퍼졌으며 지금도 위인전에 때때로 등장한다.

그러나 에디슨 자신이 설명하기로는 신문을 팔다가 타야 할 기차가 출발하는 바람에 다급하게 뛰어올랐다가 떨어져서 크게 다칠 뻔한 적이 있었는데, 이때 차장이 다급하게 에디슨을 잡아당겨서 떨어지지는 않았지만 그때 하필 귀를 잡았기 때문에 귀 근육이 크게 파손되고, 그 귀는 잘 들리지 않게 되었다고 한다. 또한 그 차장은 그 이전이나 이후에도 에디슨에게 친절했으며, 에디슨이 성인이 된 후에도 그 차장과는 종종 서로 방문하며 사이좋게 지냈다고 한다.

그 외에도 소년 시절 자신의 인쇄기로 신문을 만들어 판 이야기도 유명하다. 또한 모스 부호를 사용하는 전신기 덕후였다.

한 젊은 기자가 그에게 5천 번 이상 실험해서 번번이 실패하였음에도 포기하지 않고 연구를 계속하느냐고 물었다고 한다.

에디슨은 이렇게 대답했다.

"젊은이 자네는 세상 돌아가는 이치를 아직 잘 모르는구먼. 나는 5천 번 이상 실패한 것이 아니라 실험에 효과가 없는 방법을 무려 5천 개나 찾아낸 셈이네. 이 말은 실험에 성공할 방법을 찾아내는데 5천 개만큼 가까워졌다는 뜻이지."

[Thomas Alva Edison, 1847~1931, 미국 발명가]

토머스 제퍼슨
Thomas Jefferson

제퍼슨은 미국의 독립선언서 초안을 작성하고 미국의 독립과 건국의 아버지들을 새겨 논 미국 최고의 조각 기념물로 새겨진 미국 건국 공신 대통령 중에서 가장 훌륭한 대통령으로 선정된 분이다.

그런 제퍼슨 대통령은 18세기의 미국의 대통령들 중 르네상스 사람으로 벤저민 프랭클린과 새로운 문명의 혁명을 시도한 대통령이고 자유가 부족해서 오는 불편보다는 자유가 넘쳐나서 그런 것으로 인해서 오는 불편함을 겪는 게 차라리 낫다고 하면서 언론의 자유를 외쳤고, 퇴임 후에는 버지니아 대학교를 설립해서 스스로 학장에 취임 교육의 중요함을 손수 실천해 보여준 분이기도 하다.

[Thomas Jefferson, 1743~1826, 미국 3대 대통령, 교육자, 철학자]

토머스 칼라일
Thomas Carlyle

'프랑스 혁명' 이란 작품을 쓸 때의 일화가 유명하다.

그는 그리 넉넉지 못한 형편에서도 수년 동안 각고의 노력 끝에 '프랑스 혁명' 이란 책의 초고를 완성했다.

그리고 친구이자 철학자 존 스튜어트 밀에게 보내 이 방대한 양의 원고의 감수를 맡겼는데, 밀이 자리를 비운 사이 하녀가 그 원고를 쓰레기인 줄 알고 몽땅 불태워버리고 말았다.

친구 밀에게 이 사건을 전해 들은 칼라일은, 물론 심정이야 증오의 말로 책 한 권을 가득 채워도 분이 풀리지 않았겠지만, 그를 너그럽게 용서하는 편지를 보내고 새로이 처음부터 다시 쓰기 시작했다.

3년이 지난 후 1837년, 마침내 완성된 '프랑스 혁명' 을 선보이고, 이로 인해 사람들에게 크게 알려져 성공하게 되었다는 얘기이다.

악필인 것으로 유명한 관련 일화가 있다.

토머스 칼라일의 책을 맡은 런던의 인쇄소에서 악필로 유명한 그의 원고를 작업하기 위해 스코틀랜드에서 베테랑 문선공을 스카우트하였다.

그 문선공은 자기가 작업할 원고를 받아들고는 소리쳤다.

"젠장! 팔자 한번 사납군! 이 인간 원고 피하려고 런던까지 도망쳤는데!"

[Thomas Carlyle, 1795~1881, 영국 비평가, 역사가]

토머스 풀러
Thomas Fuller

 1641년 런던 사보이 왕립교회의 선교사로 임명되었다. 그곳에서 1643년까지 직무를 수행하다가 그해 크롬웰이 집권하자, 왕당파의 견해를 지지하던 풀러는 런던을 떠나 옥스퍼드로 가야 했다. 내전이 일어난 동안 잠시 왕당파 군대의 군목으로 근무했고, 거의 2년 동안 엑스터에 있는 어린 헨리에타 공주를 돌보는 일을 했다. 1646년 런던으로 돌아와 불행한 정치가 안드로니크스를 썼는데, 이것은 크롬웰을 풍자한 것이었다. 1649년 에식스의 월섬 대수도원 교구를 받았는데, 그곳에서 당대의 주요 전기작가 아이작 월턴과 친구가 되었다.

풀러는 다시 런던에서 설교자로 임명되었다. 그곳에서 많은 우수한 인물들에 대해 기록한 것으로 유명한 브리튼의 교회 역사를 완성했고, 그곳에서 덧붙여 케임브리지 대학교의 역사와 에식스 월섬 대수도원의 역사를 썼다.

[Thomas Fuller, 1608~1661, 영국 종교가, 역사학자]

토머스 하디
Thomas Hardy

일화는 짧은 내용으로 단번에 인물이나 장소를 설명해 줄 수 있도록 해줍니다. 이건 굉장히 장점인데, 잘 알다시피 호모 사피엔스는 간사한 종이기 때문입니다. 인물이건 사건이건 하나의 무언가를 충분히 시간을 들여서 깊게 알아보기보다는, 첫인상이나 직업 따위를 보고서 단번에 파악하려고 하지요.

'열 길 물속은 알아도 한 길 사람의 속은 모른다'는 속담에 그토록 집중했더라면, 오늘날 주식시장에서 월스트리트의 전설적인 주식투자가 피터 린치가 한 말이라고 알려졌지만, 그 출처는 딱히 확인되지 않는 '하락장에서 당신이 불안한 이유는 쓰레기 같은 회사에 공부도 안 하고 평생 모은 돈을 몰빵해놨기 때문입니다.' 같은 어록이 나돌 리가 있겠습니까?

마찬가지 맥락에서 실물인 돈조차도 직관적으로 빠르게 결정지어버리는 마당에, 독자들이 가상의 인물에 대해 많은 시간을 투여할까요? 물론 이 세상엔 그런 세심한 소금 같은 독자들도 분명 존재합니다만, 대부분은 그렇지 않습니다. 일반적인 독자들은 인물에 대한 빠른 정보를 얻기를 원하며, 이는 소설 판에서 매번 비판받으면서도 클리세가 좀처럼 사라지지 않는 이유이기도 합니다. 그리고 일화는 바로 이런 수요를 적절히 만족시켜주는 기법이죠. 한두 문단 정도로 압축된 일화를 제공함으로써 단번에 그 인물이나 장소가 어떤 곳인지 알려준다는 것은, 독자에게 대략 이런 메시지를 던지는 것입니다. 어때? 바로 이해했죠? 지금부터 할 이야기도 그렇게까지 이해하기 어렵지 않습니다.

그러나 이게 전부는 아닙니다. 호모 사피엔스는 장기적인 관찰을 꺼릴 뿐, 진귀한 정보까지 거부하지는 않기 때문입니다. 다른 동물들과 구분되는 인간의 대외 피질은 바로 그 정보들을 습득하고 처리하기 위해 진화한 거잖습니까? 물론 제대로 된 정보는 대개 성실한 노력을 필요로 합니다. 그러나 만일, 정말 좋은 정보를 운 좋게 곧바로 알게 된다면? 이거야말로 최고의 선택지입니다.

이에 비하자면, 장기 투자는 차선에 불과하죠. 이쯤에서 사전적 정의를 다시 한번 더 상기시키자면, 일화란 세상에 널리 알려지지 아니한 흥미 있는 이야기입니다. 네, 그렇습니다. 끈질긴 노력 없이 얻어질 수 있는 값진 정보인 것입니다.

따라서 독자들이 일화에서 서사적 흥미를 느끼는 것은 필연적입니다. 큰 노력 없이 큰 이득을 도모할 수 있는 로우 리스크 하이 리턴 Low Risk High Return을 누가 거부하겠습니까.

[Thomas Hardy, 1840~1928, 영국 소설가]

토머스 허슬리
Thomas Henry Huxley

허슬리는 연구 결과를 정리해 1854년 '대양산의 히드로 충류' 라는 논문을 발표했고, 동물학자로 인정받아 왕립학회의 회원이 된다. 동물을 연구하면서 다윈의 진화론을 접한 후 큰 영감을 받은 허슬리는 이를 보급하기 위해 노력했는데, 특히 1860년 옥스퍼드대에서 열린 다윈의 '종의 기원' 을 둘러싼 토론회에서 성공회 주교였던 윌리엄 월버포스와의 논쟁 후에 '찰스 다윈의 불독' 이란 별명이 붙은 일화는 아주 유명하다.

허슬리는 논쟁에서 인간이 유인원에서 진화했다고 주장했는데, 이를 들은 월보퍼스 주교는 진화론 옹호자들에게 조상 중에 원숭이가 조상이라는 것보다 주교님처럼 뛰어난 재능을 가지고도 사실을 왜곡하는 사람과 혈연관계라는 점이 더 부끄럽다고 대답했고 강연장은 아수라장이 되었다.

이 토론은 당시 종교의 힘이 컸던 시대에 충격을 주었고, 훗날 많은 사람들에게 회자되기도 했다.

[Thomas Henry Huxley, 1825~1895, 영국 생물학자]

토스카니니
Arturo Toscanini

토스카니니는 당대 최고의 지휘자였고, 20세기를 통틀어도 아마 최고의 지휘자로 꼽힐 만큼 유명한 명지휘자이다. 그런데 그는 원래 지휘를 공부한 게 아니라 첼로를 공부한 첼로 연주자였다.

그에게는 남다른 곤란한 점이 있었으니, 그것은 그가 눈이 근시여서 연주할 때 악보를 볼 수 없다는 것이다. 오케스트라의 연주회를 가보신 분들은 아시겠지만 연주자들이 앞에 놓인 악보를 보며 연주를 하는데, 첼로 같은 경우 꽤 멀지요. 하여튼 그래서 토스카니니는 평소에 악보를 외워둘 수밖에 없었다. 매번 그는 연주 때마다 그 음악을 외워서 연주하곤 했다.

그러던 어느 날 연주회가 있었는데 갑작스럽게 지휘자가 입원하게 되었다. 이제 이 연주회를 누가 대리로 지휘해야 하는데, 대원 중에 악보를 다 외고 있는 사람은 이 토스카니니밖에 없다.

그래서 19세의 토스카니니가 그 연주회를 지휘하게 된다. 그는 이것이 계기가 되어 지휘자가 되었으며, 세계 최고의 지휘자까지 될 수 있었던 것이다.

당대 최고의 지휘자였으며, 지금까지도 그 명성을 떨치는 명지휘자 토스카니니, 그는 근시였기 때문에 그걸 극복하기 위해 남다른 노력을 하다가 그런 명지휘자가 될 기회를 얻었던 것이다.

[Arturo Toscanini, 1867~1957, 이탈리아 음악 지휘자]

토인비

Arnold Joseph Toynbee

아놀드 조지프 토인비 박사의 아버지인 하리 비루피 토인비는 의사로 일하면서 사회봉사 활동에 정열을 쏟았다. 가혹한 운명을 걸고 있는 문명에 따스한 눈길을 보내는 토인비 박사의 역사관은 사회적인 약자를 지키기 위해 헌신한 아버지의 인생과 결코 무관하지 않다.

부모의 삶의 자세가 가장 좋은 교육이다. 또 어머니 세아라 이데스 토인비는 케임브리지 대학에서 수학했으며 교과서도 저작한 역사가였다. 어머니는 박사가 어릴 적에 침대에서 영국 역사를 들려주며 잠을 재웠다고 한다. 기복이 많은 역사를 장대한 이야기로 들려주는 어머니에게 영향받아 아놀드는 역사에 흥미를 갖게 된다. 아놀드는 감수성이 풍부하고 총명한 소년이었지만, 세상에서 말하는 우등생은 결코 아니었다.

열 살 때, 아놀드는 퍼블릭 스쿨에 진학하기 위해 예비교인 기숙학교에 입학한다. 그러나 그 생활에 좀처럼 적응하지 못해 견딜 수 없을 정도로 학교가 싫어졌다. 초기에는 선배가 괴롭혀 분한 나날도 많았다고 한다. 심한 향수병에도 걸렸다.

박사는 "나에게 학기가 시작하는 날은 사형선고를 받은 죄인의 사형집행일과 같았다. 이 두려운 순간을 향해 시간이 점점 지나면서 내 고뇌는 절정에 달했다."고 회상한다.

고뇌 없는 인생은 없다. 그 고뇌에 강한 인내로 맞서노라면 비로소 인간은 단련되고 연마된다. 박사는 퍼블릭 스쿨인 윈체스터교의 장학금을 받기 위해 시험에 도전했다. 그러나 첫해에는 합격하지 못하고 보결에 머물렀다. 2년째에 겨우 3번으로 합격했다.

시험을 앞두고 긴장하는 아놀드에게 부모님은 말했다.

"최선을 다하면 된단다. 그 이상은 누구에게도 불가능하니까."

아놀드는 최선을 다하는 것이라면 할 수 있을 것 같았다. 마음이 개운해졌다. 마음속 어둠을 걷어내고, 마음을 짓누르는 돌을 없애 활력을 솟게 해야 진실한 격려라고 할 수 있다.

토인비 박사는 옥스퍼드 대학교에 진학하여 고대사를 배우고 졸업 후에도 연구원과 투터를 겸해 모교에 남았다. 박사는 연구를 위한 여행 중 오염된 물을 마셔 이질에 걸렸다. 그러나 결과적으로는 그것이 박사의 목숨을 구했다.

1914년에 제1차 세계대전이 발발했을 때, 군 징집에 '불합격'이 되었다. 이 전쟁으로 친한 친구들을 차례차례로 잃었다. 그 수많은 벗의 사진들을 박사는 평생 곁에 두었다. 마침내 외무성 정치정보국에 들어가, 1919년 세계대전을 종결하는 파리 강화회의에는 영국 대표단의 중동지역 전문위원으로 참석한다.

그 후 런던대학교 교수가 되고, 1921년에는 '그리스-터키전쟁'에 시찰을 가게 되었다. 여비를 조달하기 위해 영국 맨체스터 가디언 신문 특파원을 겸했다.

[Arnold Joseph Toynbee, 1889~1975, 영국 사학자]

톨스토이
Lev N. Tolstoy

톨스토이가 여행 도중 어느 날 머물게 된 주막집에는 7세 정도 보이는 가냘프지만 귀여운 소녀와 소녀의 어머니가 살고 있었습니다.

그 소녀는 톨스토이가 가지고 있는 백합꽃 수가 놓여진 예쁜 빨간 가방을 보고 가지고 싶다고 어머니를 조르며 우는 겁니다.

톨스토이는 투병 중인 가냘픈 소녀가 너무 가엽고 아니다 싶어 그 소녀의 소원을 들어주고 싶었습니다.

그래서 소녀에게 말했습니다.

"얘야 며칠 동안만 기다려라. 며칠이 지나면 이 가방은 나에게 필요가 없어질 테니, 그때 너에게 꼭 선물로 줄게. 그러니 이제 그만 울렴?' 했습니다.

톨스토이의 이 말에 소녀는 금방 울음을 그치고 너무 좋아 방긋 웃었습니다.

사실 약속은 했지만, 그 가방의 사연은 톨스토이의 친지가 그에게 물려준 소중한 유품인 것입니다.

그러나 톨스토이는 여행이 끝난 후 그 가방에 든 책과 기타 여행에 사용하는 물건을 끄집어낸 후 약속을 지키기 위해 소녀의 집으로 찾아갑니다.

그런데 그 사이에 소녀는 가방을 기다리다 눈을 감고 말았습니다.

톨스토이는 그때 가방을 주지 못한 게 한스럽고 후회스러워 장례가 끝나서 묻힌 그녀의 묘지로 찾아갑니다.

소녀의 묘지 앞에 선 톨스토이는 소녀의 묘지에 백합꽃 수가 놓인 자신의 빨간 가방을 바치고는 엄숙히 기도를 하는 겁니다.

약속이 늦어져서 미안하다. 그리고 무릎을 꿇었습니다.

이 약속을 지키는 톨스토이의 엄숙한 모습을 지켜보던 소녀의 어머니는 울면서 말합니다.

"이젠 그 애가 죽어 필요 없게 되었으니 그 가방은 가져가세요." 라고 말했습니다.

그러나 톨스토이는 이렇게 말합니다.

"아뇨 따님은 죽었지만, 저와의 약속은 죽지 않았습니다."

더 이상 말이 필요 없는 순간입니다.

[Lev N. Tolstoy, 1828~1910, 러시아 소설가, 사상가]

파르메니데스
Parmenides

파르메니데스는 존재하는 모든 것은 이미 늘 존재하고 있던 것이라고 믿었다. 이런 생각은 당시 그리스인에게는 널리 퍼져 있던 생각이다. 그들은 세상의 모든 것들이 늘 있어왔다는 점을 당연한 사실로 인정했다.

파르메니데스는 무無에서는 아무것도 생길 수 없다고 생각했다. 즉 존재하지 않는 것은 아무것도 될 수 없다고 믿었다.

그렇지만 파르메니데스의 생각은 대부분의 다른 철학자들보다 한 걸음 더 나갔다. 그는 변화가 실제로는 절대 불가능하다고 생각했다. 아무것도 지금과는 다른 것으로 변할 수 없다는 것이다.

파르메니데스 역시 자연에서 끊임없이 변화가 일어나고 있음은 잘 알고 있었다. 그는 감각을 통해서 사물이 어떻게 변하는지를 분류해냈다. 그렇지만 그는 그것을 이성적 설명과 일치시킬 수 없었다. 파르메니데스가 감각에 의존해야 할지 아니면 이성에 따라 판단해야 할지 양자택일을 해야만 했을 때, 그는 이성을 선택했던 것이다.

"나는 내가 직접 본 것만 믿는다."라는 말은, 우리가 익히 알고 있다. 하지만 파르메니데스는 눈으로 봐도 믿지 않았다.

그는 감각은 인간의 이성적 설명과 부합하지 않는 그릇된 세계상을 전한다고 생각했다. 철학자로서 그는 모든 형태의 '감각적 착각'을 밝혀내는 것을 자신의 철학 과제로 삼았다.

끊임없이 변하는 세상에 살며 아무것도 지금과는 다른 것으로 변할 수 없다는 말이 와닿지 않는다. 기원전 5세기경에는 세상이 변하는 속도가 느려 그렇게 느꼈을 수도 있겠다. 파르메니데스는 자연에서 끊임없이 변화가 일어나는 것을 알고 있다고 했다. 감각을 통해서 말이다. 현재보다 변하는 속도가 지극히 느려 미세하게 느껴지는 변화가 이성적으로 설명되지 않으니 감각을 믿지 못했던 것일 수도 있다.

그래서 그는 설명되지 않은 이 느낌, 감각을 '착각'으로 명할 수밖에 없었을 것이다. 모든 형태의 '감각적 착각'을 밝혀내는 것을 자신의 철학 과제로 삼을 정도로 자신의 감각을 신뢰하지 못했을 것이다.

나는 그 시절 파르메니데스와 달리 감각, 즉 직감이나 육감 같은 감이 변화를 감지하는 중요한 요소라 생각한다. (그러나 파르메니데스는 이 감을 믿지 못했다. 자신이 변화를 감지해 알고 있으면서도 이성적으로 설명이 되지 않자 신뢰하지 않았다.)

[Parmenides, B.C.515~B.C.445, 고대 그리스 철학자]

파스칼
Blaise Pascal

'인간은 생각하는 갈대다' 란 말로 유명한 파스칼은 다방면으로 천재였다.

16세 때 '파스칼의 정리' 를 증명해냈다는 소문을 들은 당대의 저명한 철학자이자 수학자 르네 데카르트는 "20세도 안 돼 그런 증명을 해내다니, 아마 그의 아버지가 했을 것이다." 라고 말했다는 일화가 전해진다.

파스칼은 갖가지 연구 업적으로 명예를 얻었음에도 건강 문제로 평생 고통스러운 삶을 살았다. 어릴 적부터 몸이 허약해 약을 달고 살았으며, 두통과 치통 때문에 수시로 연구를 중단해야 했다. 결국 39세에 요절하고 말았다.

그도 철학가이기에 행복 문제에 각별한 관심을 기울였으나 그 자신이 그다지 큰 행복을 느끼지 못하고 살다 갔으리라 생각된다. 그는 오직 신만이 인간을 행복하게 만들 수 있다고 규정했다.

인간이 신에게서 멀어지면 행복으로부터도 멀어짐을 뜻한다고 했다. 완전한 행복은 죽음 속에서만 발견할 수 있다고도 했다. 다만 파스칼은 "자신이 불행하다고 생각한다면 더 깊은 불행에 빠지지 않도록 한 발자국 물러서서 삶을 관조적으로 보라." 고 조언했다.

[Blaise Pascal, 1623~1662, 프랑스 철학자, 수학자, 물리학자]

펄 벅
Pearl S. Buck

－용기는 절망에서 생긴다－

펄 벅이 어릴 때였다. 마침 그 해에 가뭄이 심했는데, 펄 벅의 아버지는 멀리 선교활동을 떠나고 집을 비웠다.

그런데 마을 사람들 사이에 이상한 소문이 돌았다.

"가뭄이 계속되는 건 신이 분노했기 때문이야. 아무래도 우리 마을에 백인 여자가 살고 있으니 신이 노하신 것 같다."

사람들은 이런 말을 주고받으며 불안해했고, 결국은 펄 벅의 가족 때문에 가뭄이 오래간다고 믿어버렸다. 그리고 가뭄에 대한 불안이 분노로 변하고, 펄 벅의 가족을 마을에서 몰아내야만 가뭄이 사라질 거라는 주장까지 나왔다.

마침내 마을 사람들은 곡괭이, 도끼, 쇠스랑, 몽둥이 등을 들고 펄 벅의 집으로 달려왔다.

"큰일 났어요. 지금 마을 사람들이 몰려와요, 얼른 피하세요!"

펄 벅의 가족을 아끼는 이웃 사람이 급하게 달려와 소식을 전했다.

그런데 그 소식을 들은 펄 벅의 어머니는 허둥지둥 도망갈 생각을 하지 않고 심호흡을 내쉬며 침착하게 말했다.

"집안에 있는 찻잔을 모두 꺼내야겠어요. 맛있는 것도 준비하고 손님들에게 차를 대접해야죠."

펄 벅의 어머니는 손님맞이 할 준비를 서두르며 대문을 활짝 열었다. 집안의 모든 문을 열고, 부엌에선 찻잔을 준비하고 과일과 케이크를 접시에 담도록 했다. 준비가 끝나가자, 어머니는 아이들과 거실에 앉아 평소처럼 바느질감을 꺼내 바느질을 했다. 아이들은 엄마 옆에서 장난감을 가지고 놀았다.

드디어 마을 사람들이 시끄럽게 펄 벅의 집으로 들이닥치니 몽둥이를 든 사람들이 우르르 거실로 몰려들었다. 그런데 너무나 태연하게 거실에 앉아있는 펄 벅의 가족을 보고는 몽둥이를 든 사람들이 오히려 어리둥절했다.

문이 굳게 잠겨 있어야 몽둥이로 대문을 부수고 들어올 텐데, 그런 일이 없었기 때문이다.

"다들 잘 오셨어요. 들어와서 앉으세요. 차라도 한 잔 드시지요."

펄 벅의 어머니는 마을 사람들에게 정중히 인사하며 차를 권했다.

사람들은 서로의 얼굴을 번갈아보며 어떻게 해야 할지 모르는 듯 머뭇거렸다. 그러더니 하나둘씩 차를 마시고 케이크를 먹기 시작했다.

그들은 펄 벅의 가족을 마을에서 내쫓기 위해 몰려왔다는 사실을 잊어버린 듯, 이 집의 가족들을 가만히 바라보며 차를 마시고 그냥 돌아갔다.

그리고 그날 밤, 이 마을에는 사람들이 그토록 간절히 기다리던 비가 내렸다. 세월이 지난 뒤에 펄 벅의 어머니는 그날 느꼈던 절망과 두려움에 대해 딸에게 말해주었다.

"그날은 정말… 도망칠 곳이 없었다. 사람들이 화를 내며 몰려오
는데, 어디로 도망가겠니? 막다른 골목에 서있는 기분이었지. 그렇
게 절망적인 상황이 아니었다면 아마도 그런 용기가 나지 않았을 거
야. 절망 속에서 진정한 용기가 생기는 거란다."

펄 벅은 어머니의 이 말을 가슴에 새겼다. 그리고 인생을 살아가
면서 절망적인 순간을 경험할 때마다 항상 어머니의 그 말을 떠올렸
다고 한다.

[Pearl S. Buck, 1892~1973, 미국 작가, 1938년 노벨상 수상]

포숙아

鮑叔牙

관중管仲(B.C. 725~B.C. 645)과 포숙아는 중국 춘추시대 사람으로, 두 사람은 죽마고우竹馬故友로 둘도 없는 친구 사이였다.

처음에 둘은 장사를 했다. 포숙아는 자본을 대고, 관중은 경영을 담당했다. 포숙아는 모든 것을 관중에게 일임하고 일체 간섭하는 일이 없었다. 기말 결산에 이익을 배당할 때면 관중은 언제나 훨씬 많은 액수를 자기 몫으로 차지하곤 했다. 그래서 간부 몇 사람이 포숙아를 찾아가 관중의 처사가 틀렸다는 것을 흥분해 가며 늘어놓았다.

그러나 포숙아는 아무렇지도 않게 "그 사람은 나보다 가족이 많다. 그리고 어머님이 계신다. 그만한 돈이 꼭 필요해서 그러는 것이 아니겠는가. 내가 일일이 신경을 써 가며 보살피기보다는 그가 필요한 대로 알아서 쓰는 것이 얼마나 서로 편리한 일인가. 그 사람이 만약 돈에 욕심이 있어서 그런다면, 내가 트집을 잡으려고 해도 잡을 수 없게끔 얼마든지 돈을 가로챌 수 있을 것이다."

그 뒤 관중은 독립해서 여러 가지 일을 시작해 보았으나 번번이 실패를 거듭할 뿐이었다. 사람들은 관중의 무능함을 비웃었다.

그러나 그때마다 포숙아는 관중을 이렇게 변명해 주었다.

"그것은 관중이 지혜가 모자라서가 아니다. 아직 운이 없어서 그런 것이다."

그 뒤 관중은 포숙아와 함께 벼슬길로 들어가게 되었다.

처음 관중은 공자公子 규糾의 측근으로, 포숙아는 공자 소백小白의 측근으로 있었으나 두 공자의 형이며 제나라의 임금인 양공襄公이 무도하자, 관중은 공자 규를 따라 노魯나라로, 포숙아는 공자 소백을 따라 노나라로 망명했다. 이어서 제나라 양공은 그의 사촌 동생 공손公孫 무지無知에게 시해 당하게 되고, 왕위에 오른 공손 무지도 살해되고 제나라 왕위에 공백이 생겼다.

망명 중인 두 공자 규와 소백은 이런 와중에 서로 제나라 왕이 되고자 다투어 귀국을 서둘렀고, 관중과 포숙아는 본의 아니게 생사를 겨루는 정적이 되었다. 관중은 소백을 암살하려 하였으나 실패하고 소백이 먼저 귀국하여 왕위에 올랐다. 이가 훗날 춘추시대에 패자霸者가 된 환공桓公이다.

환공은 즉위하자마자 노나라에 자기와 왕위를 겨루던 공자 규의 처형과 아울러 공자 규의 측근인 관중과 소홀에 대해 제나라로의 압송을 요구하였다. 이에 공자 규와 소홀은 자살하였고, 관중은 죄수가 되어 제나라로 압송되어 왔다.

환공이 압송되어 온 관중을 죽이려 하자, 포숙아는 환공에게 이렇게 진언하였다.

"전하, 제齊 한 나라만 다스리는 것으로 만족하신다면 신臣으로도 충분할 것이옵니다. 하오나 천하의 패자가 되시려면 관중을 기용하십시오."

도량이 넓고 식견이 높은 환공은 신뢰하는 포숙아의 진언을 받아들여 관중을 중용하고 나라의 정사를 맡겼다 한다. 마침내 재상이 된 관중은 그의 능력을 발휘하여 환공으로 하여금 천하의 패자가 되게 하였다.

관중은 나중에 이렇게 말했다.

"… 나를 낳은 이는 부모지만, 나를 알아주는 이는 오직 포숙아이다. …"

이 관포의 우정을 어찌 한낱 우정으로만 말할 수 있겠는가. 개인의 영달보다도 국가와 천하를 더 소중히 하는 대인군자가 아니고서는 한갓 우정만으로 이 같은 사귐을 가질 수는 없는 것이다.

이후 이들의 우정은 관포지교管鮑之交라는 명구가 되었다.

[鮑叔牙, B.C.723~B.C.644, 중국 춘추시대 제나라 정치가]

폴 뉴먼
Paul Newman

미국의 영화배우이고 사업가이며 카레이서이기도 한 그는 세이커 고등학교를 졸업하고, 1943년 오하이오 대학교를 입학하였으나 세계 제2차대전으로 인해 참전하여 대학을 나와 참전 이후에는 오하이오의 케니언 대학을 졸업하였다.

그 후 예일대 연극대학원을 통하여 연기자 수업을 쌓은 뒤에, 1955년 예수의 성배 이야기인 '은술잔'으로 영화계에 데뷔한다. 하지만 데뷔작은 실패로 이어가고 만다.

영화가 얼마나 엉망이었는지 나중에 그가 대배우로 성공한 뒤 TV에 방영계획이 잡혔으나 제발 시청하지 말아달라는 신문 전면광고를 냈다고 한다.

이게 오히려 역효과를 내어 예상외로 높은 시청률을 기록했고, 폴 뉴먼이 시대극 영화에 출연한 것은 이때가 처음이자 마지막이라고 한다.

그 시절 얼마나 심하게 데었는지 이후에 '벤허'를 제작할 당시 뉴먼에게도 출연 재의가 들어왔지만 거절한 이유 중 하나로 꼽힌다고 한다.

로버트 와이즈 감독의 복싱 영화 '상처뿐인 영광'은 1956년 가난한 무명 복서 그리지아노 역으로 처음 알려지기 시작하였으나 영화의 원제이기도 한 'somebody up there likes me' 라는 대사는 냉소와 유머가 뒤섞인 그의 캐릭터를 드러내는 유명한 대사이기도 하다.

이후 엘리자베스 테일러와 공동 주연의 테네시 윌리엄스 원작 '뜨거운 양철 지붕 위의 고양이' 로 1958년에 할리우드의 톱스타로 자리 잡게 된다. 그리고 길고 긴 여름날 1959년 작품으로 칸영화제 남우주연상을 수상하며 할리우드의 정상급 배우로 성장한다.

말론 브란도, 제임스 딘과 함께 50년대 미국의 청년문화를 상징하는 배우였고, 부성애의 대명사 대부 말론 브란도의 강한 야성성이나 모성애를 자극하는 제임스 딘의 위태로운 반항적 이미지와는 다르게 도시인의 풍모가 강한 냉소적이고 이기적인 반항아의 이미지를 구축했다.

미국의 쿨남 시크남의 원조가 말론 브란도라면 그 대척점에 이르는 게 폴 뉴먼이었다.

출중한 연기력에 비해 상복賞福이 상당히 없는 편이어서 1958년 '뜨거운 양철지붕 위의 고양이' 로 아카데미 남우주연상 후보에 올랐다가 물을 먹은 것을 시작으로 무려 여섯 번이나 연달아 주연 후보에 오르고도 탈락하는 쓴맛을 보았다.

결국 62세가 된 1987년 '컬러 오브 머니' 로 주연상을 수상하기로 했으나 이번에도 안 줄 텐데 하며 시상식에 불참했다.

사실상 1961년 작품인 허슬러로 수상을 했어야 한다는 평가를 많이 받았기에 그의 속편인 컬러 오브 머니로 주연상을 받는 것도 아카데미의 뒤늦은 인정이라는 평이 있었다.

[Paul Newman, 1925~2008, 미국 영화배우]

폴 미셸 가브리엘

Paul Michel Gabriel

폴 미셸 가브리엘은 브뤼셀에서 태어났고 홀로코스트 생존자였다. 그는 유럽 평의회에서 정보국장으로 여러 해 동안 일하면서 아르센 하이츠와 협력하여 1950년대 유럽의 국가를 만드는 것을 도왔다.

전쟁 전에 가브리엘은 벨기에 국영 방송사인 국립 라디오 디퓨전의 정보 서비스를 지휘했다. 점령 하에 그는 독일군이 지원하는 라디오와의 협업을 거부하고 해고되어 체포되었다.

그는 메헬런 근처의 독일 수용소인 포트 브렌동크로 보내졌다. 1941년 석방된 그는 브뤼셀에서 독일 당국의 감시를 받았으나 1942년 제로망을 통해 영국으로 탈출하는 데 성공하여 주요 저항 단체인 이르메 드 라 리베라레이션의 장관 겸 지휘관 앙투안 델포세에 합류했다. 그는 런던에 있는 벨기에 정부의 법무부에서 델포스와 함께 근무했다.

그는 또한 벨기에를 점령하기 위해 BBC 방송의 프랑스어와 네덜란드어 라디오 방송국인 Radio Belgeck에서 연설했다. 그러나 그의 주된 업무는 해방 직후 벨기에에 라디오 방송을 개설할 계획이었던 Mission Samoyede를 설립할 위원회인 Commission of the problem d'pres-guere에 있었다. 연합군의 유럽 침공에 이어 헤닝 린덴 장군과 함께 통역 및 기자 장교로 활동하며 대륙으로 돌아왔다. 그의 취재에는 더하우 수용소 해방이 포함되었다. 해방 후 그리고 사회주의적 성향에도 불구하고, 그는 새로운 벨기에 민주연합 정당에서 일했다.

1946년, 그는 UDB-BDU의 유일한 합격자로 니벨레스 지역의 대리인으로 선출되었다.

그러나 그는 라디오 업무에 복귀하기 위해 사임했다. 그는 평화연구의 프랑스어 용어인 신학 '이레놀로지'를 창안했다고 한다.

가브리엘은 1940년 가톨릭교로 개종했다. 1950년 윈스턴 처칠이 새로 설립한 유럽평의회의 직원에 합류하여 초대 문화부장이 되었다. 가브리엘은 자신의 부서에 넘쳐나는 제안들을 정리해야 했고, 최종 후보인 아르센 하이츠가 제안한 별들의 원을 정확히 설계했다.

[Paul Michel Gabriel, 1910~2002, 벨기에 언론인]

폴 세잔
Paul Cézanne

후기 인상주의란?

모네로부터 탄생한 인상주의는 1880년대 중 후반에 이르러 시대가 인정하는 대세가 된다. 이때 인상주의 매너리즘에 빠진 파리 미술계에 인상주의를 넘어 전혀 새로운 미술을 하겠다고 등장한 화가들을 후기 인상주의 화가라 부르며 쇠라, 고갱, 반 고흐, 톨르즈 로트리고와 세잔이다. 아버지의 뜻에 따라 법률 공부를 하던 세잔은 22세가 되던 해 1861년에 화가가 되겠다는 꿈을 안고 고향 엑상프로방스에서 파리로 상경한다.

고향 무료 미술학원에서 배운 것이 전부이던 세잔은 파리 국립 미술학교 입학시험에 탈락하고 맨땅에 헤딩하듯 독학으로 박물관에 출근하다시피 하여 대가들의 그림을 주시하며 그들의 기술적 노하우를 체득한다.

그의 롤 모델은 바로크 시대를 연 카라바조, 사실주의 선언자宣言者 쿠르베, 낭만주의 리더 들라크루아 등, 이들의 그림을 보고 자신만의 방식으로 그리고 또 그렸다. 그 누구의 도움도 없이 대가들의 그림만을 교본 삼아 그리기를 10년, 20대 때의 그림은 엉성했다. 마네의 문제작 '올랭피아'를 세잔식으로 그렸다.

비록 헤맸지만 열정만은 차고 넘친 청년에게 귀인이 다가온다. 인상주의의 숨은 주역 '카미유 피사로' 세잔과 고갱이 미술을 막 시작할 때 가야 할 방향을 잡아준 진정한 스승이었다. 세잔은 이때부터 어두운 화실에서 벗어나 피사로와 함께 맑은 햇볕이 내리쬐는 야외로 나가 자연을 애정 어린 눈으로 바라보며, 자연과 소통하며, 자연을 두 눈으로 볼 수 있게 해주는 '빛의 존재'를 인식하게 된다.

30대 세잔의 팔레트에는 화폭에 빛을 담기 위한 밝은 색채들로 채워지기 시작한다. 세잔은 마네보다 한 살 위였지만 인상주의 선구자인 마네를 정신적 스승으로 삼고, 그를 통해 인상주의 회화에 숨은 근본 원리를 깨닫게 된다.

회화는 '눈+머리'로 하는 것!!

세잔은 모네의 독창성이 발현되는 근본 원인을 손기술이 중요한 회화가 아닌 독창적 개념을 만들어내는 머리가 중요한 회화라는 것을, 미래의 미술이 나아가는 방향을 모네의 머리에 들어가 발견한다.

모네는 작가들이 인상주의 표면에 드러난 짧은 붓 터치를 맹목적으로 쫓고 있을 때, 세잔은 짧은 붓 터치가 나온 근원을 자신의 회화에 적용한 것이다.

이렇게 독창성을 만들어내는 근원에 도달한 세잔은 마치 라식으로 개안을 하듯 미지의 먼 곳까지 보는 시야를 갖게 된다.

[Paul Cézanne, 1839~1906, 프랑스 화가]

푸시킨
Alexsandr Pushkin

위대한 작가 중에서, 안타깝게 결투로 목숨을 잃은 사람이라면 바로 알렉산드르 푸시킨이다.

푸시킨은 1829년, 첫 남편과 사별한 13세 연하의 '나탈리아 곤차로바'에게 구애했으나 거절당한다. 이듬해 다시 나탈리아에게 격렬하게 구혼하여 승낙을 받아 약혼을 한 후, 다음 해에 그녀와 혼인하고 페테르부르크에 정착한다.

이후 푸시킨에게 모욕적인 직책인 '왕실 시종보'로 일하면서 황제께 퇴직을 요청했지만 거절당한다. 늘어만 가는 빚과 아내를 둘러싼 수치스러운 추문들이 계속되면서 불안한 혼인생활이 계속된다.

그녀가 표트르 황제와 불륜 관계라는 소문에도 개의치 않았던 푸시킨이지만, 1836년 네덜란드 공자의 양아들이자 근위 사관인 '단테스'와 자신의 아내 나탈리아 사이의 염문이 노골화되자, 그에게 결투장을 보내지만 실현되지 않았다.

1837년 마침내 성사된 단테스와의 권총 결투에서 푸시킨은 다리 부분에 치명상을 입는다.

푸시킨의 시

삶이 그대를 속일지라도

슬퍼하거나 노여워하지 말라.

슬픔의 날을 참고 견디면

머지않아 기쁨이 오리니

마음은 미래에 사는 것,

현재는 언제나 슬픈 것,

모든 것은 순간에 지나감

지나간 후면 그리워진다.

[Alexsandr Pushkin, 1799~1837, 러시아 소설가, 국민 시인]

프란츠 리스트
Franz Liszt

피아노의 거장 프란츠 리스트가 독일을 여행하다가 작은 마을에 들렀을 때다. 거리 담벼락에 포스터가 붙어 있어서 가까이 가보았더니 한 여자 피아니스트가 독주회를 연다는 내용이었다. 그런데 그 피아니스트는 '피아노의 왕자, 프란츠 리스트의 제자'라고 적혀 있는 것이다.

리스트가 아무리 생각해 봐도 그 여자는 처음 보는 얼굴에, 처음 듣는 이름이었는데도 말이다.

'이상하다. 이렇게 낯선 사람이 내 제자라니!'

그날 저녁, 리스트가 마을에 왔다는 소문이 쫙 퍼졌고 음악회를 준비하던 여자는 그 소식을 듣고 깜짝 놀란다. 사실 그 여자는 리스트의 제자가 아니었다. 여자는 병든 어머니의 치료비를 마련하기 위해 전국으로 연주회를 다니려고 했다. 하지만 좋은 실력은 좋지만 이름을 알리지 못해 고민하다가 리스트의 이름을 몰래 빌렸던 것이다.

'어쩌지? 리스트 선생님이 내 음악회 포스터를 보실 텐데.'

여자 피아니스트는 밤새 고민하다가 다음날 일찍 리스트를 찾아갔다.

"선생님 마을에 붙어있는 포스터를 보셨지요? 그 사람이 바로 접니다. 저에게는 병든 어머니가 계시는데, 제가 어머니의 치료비를 마련하기 위해 할 수 있는 일은 피아노를 연주하는 것뿐입니다. 그런데 사람들이 저 같은 무명 연주자의 음악회에는 오지 않아 당돌하게 선생님의 이름을 팔아 포스터를 만들었습니다. 죄송합니다. 당장가서 사람들에게 잘못을 빌고 연주회를 취소하겠습니다."

"그런 사정이 있었군요. 솔직히 말해주어서 고맙소. 자, 이쪽으로 와서 피아노를 한번 쳐보겠소?"

리스트의 권유에 여자는 어리둥절하면서 온 마음을 다해 피아노를 친다. 여자의 뜻밖의 훌륭한 연주에 리스트는 적잖이 놀랐다.

"멋진 연주였소. 이번에는 내가 한번 쳐보겠소."

리스트는 여자 피아니스트와는 비교할 수 없이 아름다운 연주를 선보였다.

"어떻소?"

"선생님의 연주를 들으니 제가 어떤 것이 부족한지 알겠어요."

"좋소. 그러면 그 생각을 하면서 다시 쳐보시오."

그렇게 리스트는 여자 피아니스트의 부족한 점을 한 가지씩 가르쳐 주기 시작했다.

"많이 좋아졌소. 이제 당신은 나의 제자요. 오늘 저녁 음악회에서 떳떳한 마음으로 연주해도 좋소."

그날 밤, 이름 없는 피아니스트는 감격과 감동에 젖어 연주를 했고 청중들에게서 뜨거운 박수를 받았다. 그리고 평생 리스트에 대한 고마움을 간직하고 아름다운 연주를 하며 살았다고 한다.

[Franz Liszt, 1811~1886, 헝가리 음악가, 작곡가]

프란츠 카프카
Franz Kafka

 카프카는 프라하에서 초등학교부터 대학교까지 다니며 평생 우정을 이어간 친구를 사귀었습니다.

그중에서도 막스 브로드와의 사이가 긴밀하였으며, 그에게 자신의 유산 관리를 맡겼습니다.

그만큼 막스 브로드와의 우정이 뜻깊다는 의미이기도 하지만, 카프카는 혼인도 하지 않고, 자식도 없기 때문에 친족에게 상속할 수 없는 상황이기도 하였습니다.

생애 동안 꾸준히 작품을 썼으나, 정작 출간이나 발표에는 열성적이지 않았던 카프카는 자신의 모든 원고, 일기, 편지 등을 그에게 맡겨 소각해 줄 것을 부탁하였으나, 문제는 카프카가 남긴 원문 그대로 출간한 것이 아니라, 막스 브로드가 편집해 출판하였기 때문에 완전성과 신뢰성에 큰 상처를 냈다는 것입니다.

물론 막스 브로드는 절판으로 그의 원고에 대해 가장 많은 시간 논의한 인물이기는 하지만, 작가와 일체의 협의 없이 원고에 손을 댔으니 정황상 미심쩍을 수밖에 없는 노릇입니다.

[Franz Kafka, 1883~1924, 체코 소설가]

프랜시스 베이컨
Francis Bacon

베이컨에 있어서 우상偶像은 우리 자신이 만든 것으로, 우리의 마음속에 가진 오류나 편견 또는 선입견을 은유적으로 표현한 말이다.

베이컨에 의하면, 우리 자신이 일으킨 오류나 편견 및 선입견을 제거하지 않으면 자연이나 세계를 올바르게 인식할 수도, 지배할 수도 없다는 것이다. 자연 및 세계를 인간의 생활에 유용한 것으로 만들기 위해서는 그것을 올바르게 인식했을 때 우리가 올바른 지식을 확립하게 되며, 그 경우에 지식은 힘이 된다. 힘으로서의 지식은 우리가 범하는 오류, 편견 또는 선입견을 우리의 마음속에서 제거할 경우에만 확립된다. 베이컨은 우리가 마음속에 가진 오류, 편견 및 선입견을 '우상'이라는 은유로 표현하고 있다. 베이컨은 '노붐 오르가눔Novum Organom(신기관新器官)'이라는 그의 저서에서 이 우상을 네 가지 종류로 나누고, 그것에 각각 특이한 이름을 붙여 서술하고 있다.

[Francis Bacon, 1561~1626, 영국 철학자]

프로타고라스
Protagoras

인간만물척도설人間萬物尺度說은 고대 그리스의 유명한 소피스트인 프로타고라스의 주장이다. 누구는 이 말을 '인간은 만물의 영장이다' 라고 잘못 해석하기도 하지만, 말 그대로 '인간이 만물을 탐구하는 잣대' 라는 뜻이다.

이 말의 명확한 의미를 추적해 보자.

당시의 소피스트들, 예컨대 프로타고라스나 고르기아스 등의 철학자들은 그들보다 이전에 철학을 했던 이른바 자연철학자들, 예컨대 아낙사고라스, 엠페도클레스 등이 추구했던 자연의 원리보다는 노보스, 즉 '인간의 원리' 를 탐구했던 사람들이다.

프로타고라스가 활동했던 기원전 5세기경은 지중해 연안에 식민지 도시국가를 건설하여 살던 그리스인들이 페르시아 전쟁이라는 미증유의 대란을 겪은 후, 델로스 동맹의 맹주였던 아테네로 몰려들었던 때였다.

지금과 달리 교통, 통신수단이 빈약했던 시대에 언어, 관습, 제도, 문화가 제각기 달랐던 각양각색의 사람들이 아테네에서 함께 살게 되자, 어떤 일이 일어났겠는가? 필연적으로 '참됨과 착함', 아름다움 등 인간 삶의 기본적인 가치에 대한 기준에 큰 혼란이 일어났다.

예를 들어, '올림푸스산이 어디에 있는가?' 라는 질문에 대해, 아테네에서 살던 사람들은 당연히 '북쪽에 있다' 고 대답했지만, 북쪽 트라키아 지방에서 온 사람들은 '남쪽에 있다' 라고 대답했다. 그리고 단일 혼을 고수했던 스파르타 지역의 사람들은 일부다처제에 익숙한 소아시아의 식민도시 출신 사람들에 대해 비도덕적이라고 비판했을 것이고, 검고 뚱뚱한 여인을 미녀라고 믿었던 아프리카 북부 식민도시에서 온 사람들은 아테네 사람들이 미의 심벌로 여겼던 아프로디테 상을 보고 '왜 저런 못생긴 여자의 조각상을 만들어 놓았지.' 하며 의아심을 감추지 못했다.

진선미의 가치 기준이 흔들리는 곳에 분쟁이 일어나지 않을 리 없다. 아테네에는 연일 말다툼이나 송사가 벌어졌고, 이에 따라 당사자들이 논쟁에서 이기거나 재판에서 승리할 수 있도록 도와주는 사람이 생겨났다. 이들이 바로 소피스트Sophist인데, 그들은 주로 돈을 받고 수사학이나 변론술을 가르치는 직업 선생들이었다.

지금으로 치면 아마도 변호사나 학원의 논술강사쯤 될 것이다. 고객을 많이 유치해야 하고, 또 그들이 다양한 요청에 따르다 보니, 소피스트들은 논쟁에서 이기기 위해 진실을 외면하고 궤변적인 억지 논리를 구사하는 등 온갖 방법을 다 동원했다.

[Protagoras, B.C. 485~B.C. 414, 고대 그리스 철학자]

프리드리히 니체
Friedrich Nietzsche

철학자 프리드리히 니체가 라이프치히 대학에서 언어학을 연구하고 있을 때, 어느 책방에서 책 한 권을 들고 시간 가는 줄도 모르고 읽고 있었다.

그 책을 발견했을 때의 심정을 그는 다음과 같이 얘기하고 있다.

"어느 정체 모르는 귀신이 나에게, 빨리 돌아가라. 그리고 그 책을 가지고 가라고 속삭이는 것 같았다. 나는 집에 도착하자마자 가지고 온 나의 보물을 열어보았다. 그리고 그 힘 있는 숭고한 천재의 마력에 복종할 수밖에 없었다."

그 책이란 쇼펜하우어의 '의지意志와 관념의 세계'였다. 그는 14일을 침식을 잊은 듯이 그 책을 읽었다. 그리고 그는 그 책을 스승으로 하여 자기의 철학을 발전시켰다.

[Friedrich Nietzsche, 1844~1900, 독일 문헌학자, 철학자]

플라톤
Platon

플라톤이 살던 델로스 섬에 전염병이 돌자 큰 혼란이 일어났습니다. 그러자 플라톤은 델포이 신전에서 신탁을 받은 것이라 하며 문제를 하나 내었습니다.

델포이 신전의 정육면체 제단의 크기를 지금의 두 배로 만들기 위해서 한 번의 길이를 얼마로 늘려야 하는 것이었습니다. 사람들은 이 문제를 풀기 위해 전염병을 잊게 되고 사회 혼란은 가라앉았다고 합니다. 사회의 혼란을 수학 문제로 해결한 플라톤의 수학자적인 면모를 엿볼 수 있는 일화입니다.

당시 그리스에서는 작도 문제를 자와 컴퍼스만으로 푸는 것이 정석이었는데, 위의 저 문제는 근대에 이르러 작도 불가능한 것으로 판명되었습니다. 그리고 이 문제는 임의의 각을 3등분 하는 것과 원과 동일한 면적의 정사각형을 작도하기와 더불어 그리스의 3개 작도 불능 문제로 꼽히고 있습니다.

플라톤은 기하학을 통해 우리가 사는 세상, 즉 우주를 설명하려 하였습니다.

[Platon, B.C. 427~B.C. 347, 고대 그리스 철학자]

피델 카스트로
Fidel Castro

"쿠바를 알려면 피델부터 먼저 알아야 한다."

마치 쿠바의 등가공식처럼 피델의 존재감은 이곳에서 큰 비중을 차지한다.

피델 카스트로는 쿠바 동쪽 끝 올긴주의 한 소도시에서 출생, 1945년 말 아바나데대학교 법과에 입학하였고, 졸업 후 변호사가 되었다.

대학 재학 때부터 정치활동을 하였으며, 1947년 도미니카 공화국의 독재자 라파엘 투루히요 정권을 타도하기 위한 침공에 합류하였다.

1948년에는 콜롬비아 보고타에서 발생한 도시 폭동 사건에 참여하였다. 1953년 당시 쿠바의 독재자 바티스타 정권을 전복시키기 위해 동지 156명과 함께 쿠바의 산티아고에 있는 몬카다 병영을 습격하였으나 실패하고 체포되어 15년형을 선고받았다.

[Fidel Castro, 1926~2016, 쿠바 정치인, 혁명가, 16대 총리]

피에르 보나르
Pierre Bonnard

스스로 새장 속에 갇히기를 원한 한 마리의 새가 있었다. 새장의 주인은 그 새가 무척 마음에 들어 자기 새장에 거할 동안 그 새에게 모든 정성을 쏟겠다고 약속했다. 그렇게 새장을 차지한 새는 새장의 문이 열려 있어도 결코 나가려 하지 않고, 그런 새를 사랑하게 된 새장의 주인은 그 새를 바라보는 것으로 평생의 낙을 삼았다. 세월이 흘러 그 새가 죽어버리자, 더 이상 새의 지저귀는 소리를 들을 수 없게 된 주인은 여생을 영원한 슬픔 속에서 보냈다.

색채의 마술사 피에르 보나르와 그의 영원한 모델 마르트 부르쟁, 두 사람의 관계는 앞서 언급한 새장 주인과 새의 관계와 같은 것이었다. 보나르가 마르트를 처음 만난 것은 1893년, 보나르 나이 26세, 마르트의 나이 24세였다. 그러나 그때 마르트는 자신의 나이가 16세라고 보나르를 속였다.

전하는 바에 따르면, 보나르는 파리 오스낭 거리를 지나다가 마르트를 만났다고 한다. 그녀가 파리의 한 기차역에서 내릴 때 우연히 마주쳤다는 이야기도 있었다.

한 마디로 길 가다가 한눈에 끌렸다는 것인데, 그 끌림은 일단 화가로서 '아! 저 소녀를 모델로 그리면 좋겠다' 하는 차원이었던 것 같다.

이때 마르트는 장례용 조화를 만드는 가게에서 일하고 있었다고 한다. 그전에는 침모 일을 하다가 심부름꾼 일을 했다고 하니 출신 배경이 그리 좋지는 않았던 것 같다.

[Pierre Bonnard, 1867~1947, 프랑스 화가]

피천득

皮千得

피천득의 '인연'은 17세에 처음 만난 일본 소녀 '아사코'와의 인연에 대해 쓴 수필인데, 굉장히 소박하고 절제된 서술이 이 이야기의 매력 포인트가 아닌가 싶다.

아사코와 피천득은 딱 세 번 만나는 인연을 갖는데, 한번은 볼에 입을 맞추고 '스위트 피'라는 꽃을 보며 아사코를 떠올린다.

그로부터 10년 후, 대학생이 된 아사코를 다시 만나는데, 신발장에 대한 추억을 알아듣지 못한 아사코와 가벼운 악수를 하고 헤어진다.

시간이 흘러 또 10여 년 후 마지막으로 일본인 2세와 혼인한 아사코와 재회하게 되는데, 이번에는 악수도 없이 헤어지게 된다.

아사코와의 인연을 두고 피천득은 이런 말을 남긴다.

그리워하는데도 한번 만나고는 못 만나게 되기도 하고, 일생을 못 잊으면서도 아니 만나고 살기도 한다.

아사코와 나는 세 번 만났다.

세 번째는 아니 만났어야 좋았을 것이다.

[皮千得, 1910~2007, 한국 작가]

피카소
Pablo Ruiz Picasso

피카소가 파리의 한 카페에 앉아 있을 때, 팬 한 사람이 그에게 다가와서 종이 냅킨 위에 간단히 스케치를 해줄 수 있는가를 물었다.

피카소는 정중하게 그러겠다고 말한 후, 신속하게 작업을 진행했다. 피카소는 그에게 냅킨을 돌려주기 전에 약간 많은 금액을 요구했다.

팬은 충격을 받고, "어떻게 그렇게 많은 돈을 요구할 수 있나요? 당신은 이 그림을 그리는데 1분밖에 안 걸렸잖아요."

피카소가 대답했다.

"아니요. 40년이 걸렸습니다."

피카소의 메시지는 강력하다.

당신이 매기는 가격에는 당신이 한평생 쏟은 노력, 교육, 경험, 봉사하고 해결하고 배려하려는 욕구, 그리고 지금까지 해왔던 희생이 모두 포함되어 있어야 한다.

그렇지 않으면 당신은 내가 느꼈던 것과 같은 죄의식, 황당함, 쓰라림, 자존감 결핍을 경험할 것이다. 교환이나 거래는 당신이 돈과 부를 얻을 수 있도록 이뤄져야 한다.

[Pablo Ruiz Picasso, 1881~1973, 스페인 화가]

피타고라스
Pythagoras

채식주의를 권하고 실천하면서도, 콩은 절대 먹지 말라고 한 것으로도 유명하다.

다분히 종교적인 색채를 띤 피타고라스학파의 제일 규율도 '콩을 먹지 말라' 일 정도이다.

이에 대해서는 '단순히 콩을 싫어해서' 등 여러 가지 해석이 분분하다.

사망 원인에 대해서도 여러 가지 설이 있는데, 메타폰 타운에서 생애를 보내다 죽었다는 얘기가 가장 널리 알려져 있으나 콩과 관련되어 비극적 죽음을 맞았다는 설 또한 유명하다.

피타고라스의 활동 시기에 그리스 문화권을 휩쓸던, 귀족파와 민주파와의 사이에서 피타고라스학파는 귀족파에 속해 있었는데, 때마침 피타고라스와 그 학파의 일원들이 한 귀족의 집에 교류를 위해 모여 있었고, 이를 알게 된 민주파 세력이 그 집에 불을 질렀다.

모두들 불타는 집에서 간신히 빠져나갔으나, 피타고라스 한 명만은 빠져나가기를 거부하고 불에 타 죽었다.

왜냐하면 그 집 주변은 전부 콩밭이어서 도저히 가로질러 도망갈 수 없었기에.

[Pythagoras, B.C. 570?~B.C. 495?, 고대 그리스 조각가]

핀다로스
Pindaros

특정한 문제를 두고 전문가들이 토론을 하는 심포지엄은 고대 그리스 철학자들이 즐겼던 향연에서 유래한다. 식사와 음주, 2부로 기획된 향연에서 술을 마시며 하는 모임을 심포지엄이라 했다.

철학자들의 대화는 이 심포지엄에서 꽃을 피웠다. 플라톤의 '향연'도 거기서 비롯했다. 책은 현대판 향연이다. 음식을 둘러싼 철학적 논쟁이 펼쳐진다.

캐나다 퀘벡 출신 철학자 노르망 바야르종이 고대 철학자들을 동원해 슈퍼마켓에서 장을 보는 일에서 시작하여 다이어트에 이르기까지, 우리의 섭생과 관련된 과정에서 발생하는 여러 주제들에 대해 생각할 거리를 던진다.

와인을 시음할 때 유독 복잡한 표현을 쓰는 이유는 무엇인지, 식탐은 정말 죄악인지, 요리를 하나의 예술로 간주해도 될지, 육식은 비윤리적인 것인지, 수많은 다이어트 방법이 필요한 이유는 무엇인지 등이다. 식탐, 미식, 채식 등 먹는 행위와 관련된 고민들은 이미 수천 년 전부터 있었다.

토마스 아퀴나스는 '식탐이라는 악행은 음식으로부터가 아니라 이성으로 규제되지 않는 욕심에서 비롯된다.'고 정의했다.

핀다로스는 '본래대로 채식주의자가 돼라. 그러면 평화로운 가운데 식사를 하게 되리라.' 고 일찌감치 채식을 주장했다.

[Pindaros, B.C.518~B.C.438, 고대 그리스 서정시인]

한비자

韓非子

진시황이 한비자를 죽인 이사李斯와 요가 姚賈를 원망해 진상을 밝히고 이사와 요가를 처벌하려고 했다면 얼마든지 할 수 있었지만, 진시황은 이사와 요가의 계획의 실용성을 충분히 인지하고 그러하지 않았다. 대신 한비자가 죽은 이후 한비자를 사면하여 그의 정책과 사상을 이용하고 알릴 수 있게 하였다.

이사가 같이 한 스승(순자荀子)을 모신 동문 사이였던 한비자를 죽도록 사주한 것은 질투가 아닌 현실적인 이유였다는 의견이 있다. 이 의견에 따르면, 이사는 어디까지나 정치적 견해가 달라 죽일 수밖에 없는 것이지 한비자에 대한 질투가 아니었으며, 설사 한비자와 친구 사이였다 해도 한비자가 한나라를 정벌하는데 방해가 되어 결국 죽일 수밖에 없었을 것이라는 해석이다.

반면 이사가 질투와 함께 재능이 뛰어난 한비자를 꺼려 죽였을 것으로 보는 사람들은 우선 이사는 자신의 자리를 보존하기 위해 조고의 감언을 따라 진나라의 후계 계승 문제를 꼬아버렸다는 의혹을 받는 인물이며, 이사는 자신의 보신 의식이 아주 강해 최후의 순간까지도 자결을 꺼린 인물임을 이유로 들어, 결국 개인적인 감정을 국가적인 이유로 포장, 능력이 뛰어난 한비자가 진시황의 마음에 들게 된다면 자신의 입장이 흔들리는 위험성, 즉 본인에게 큰 위협이 되는 한비자를 죽였을 것이라는 의견이 존재한다.

[韓非子, B.C.280~B.C.233, 고대 중국 정치사상가]

한용운
韓龍雲

대처승을 인정해야 한다는 주장을 했으며, 이에 대해 조선총독부에 허가를 요구하는 편지를 보내기도 했다. 박오자도 자기 칼럼에서 스님이나 그 밖의 종교인들도 사랑을 할 권리가 있다고 했으니 시대를 앞서갔다.

한용운 본인도 대처승이 되었는데, 원래 출가 전에 혼인을 해서 아들 하나가 있었다. 그 후 이혼하고 나중에 승려 시절인 1931년에 재혼하여 외동딸을 보았다. 첫째 아들은, 신간회에서 활동하는 등 사회주의 계열 독립운동을 하다가 한국전쟁 때 월북했다. 아들 한보국은 북한에서 독립운동가의 후손이라며 대우를 잘 받았고, 1976년에 사망했다. 딸 한영숙은 아버지의 기념행사에 가끔 참석하는 것을 제외하면 특별한 활동은 없다.

한용운이 스님이 된 지 얼마 안 되었을 때의 일인데, 세계를 여행하며 경험을 쌓고 싶었던 한용운이 배를 타고 가다가 블라디보스토크에 들렀을 때, 동료 스님과 같이 있었던 한용운을 한 무리의 조선 청년들이 포위했다.

당시 일제의 앞잡이나 친일파들이 스님으로 많이 위장했다고 하는데, 진짜 스님인 한용운이 엉뚱하게 친일 밀정으로 몰린 것이다.

맞아죽을 위기에 처한 스님들이 우린 단지 중일 뿐이다. 살려달라고 애원해도 청년들은 쉽게 의심을 풀지 않았고 분위기는 험해져갔다.

　그때 한용운이 '우리를 죽여도 개의치 않겠으나 이국의 바닷물에 던지지 말고 조선 땅에 묻어주시오.' 라고 대답하자, 그제야 그들이 친일파가 아님을 안 청년들이 사과하고 물러갔다고 한다.

[韓龍雲, 1879~1944, 한국 독립운동가, 시인]

한유

韓愈

　　창룡령蒼龍岭은 서악 화산에 있는 경관이 유명한 곳이다. 운태봉云台峰에서 천외삼봉을 향하는 험준한 길이다. 멀리 바라보면, 마치 곧추 하늘 높이 날아오르는 한 마리의 용과 같았는데, 그 등골뼈는 두 산의 중간에 우뚝 솟아 있어 폭이 겨우 3척이고, 그 양쪽 옆은 깊이가 모두 만 장이나 되었다. 산세가 대단히 험준한 화산은 수시로 구름이 밀려왔다 밀려가서 보는 사람으로 하여금 신비로움을 금치 못하게 한다.

　　창룡령의 정상에 있는 일신애逸神崖에는 한퇴지투서처韓退之投書處라는 여섯 글자가 새겨져 있다. 그곳은 바로 당나라 왕조 때의 걸출한 문학가 한유가 화산을 유람한 재미있는 고사의 유래가 있는 곳이다.

　　당나라 왕조 후기에 강직降職 당한 한유는 마음이 무척 좋지 않았는데, 화산에서 도를 닦는 그의 조카 한상자와 여동빈을 우연히 만나게 되었다. 두 사람은 한유에게 화산으로 유람을 가 기분전환을 하라고 권했다.

　　한유는 명산대천에 줄곧 흥미는 좀 가지고 있었지만, 정무를 살피기에 바빠 한가한 시간이 없었기에 유람을 하지 못했는데, 지금 그들 두 사람이 그런 제의를 하자 마음이 동했다.

"좋기는 하지만 길이 험난한데, 어떻게 가는가?"

한유의 말에 한상자는 "뭐 그렇게 힘들게 있겠습니까?"라고 대답했다.

그리하여 그 두 도인 사이에 끼어 한유는 화산 정상에 이른 연후에, 두 사람은 떠나갔다.

한유는 산봉우리에 서서 시선을 멀리 둘러보니 사시사철 푸른 소나무가 울창하고, 멀리 오솔길이 나 있는 것도 보이고, 숲속에서는 기이한 새들의 듣기 좋은 지저귐이 들려 마치 하늘에 있는 선경에 있는 것 같았다.

그는 천천히 산을 거닐며, 진악궁鎭岳宮, 옥정루玉井樓와 이십팔숙담을 감상했다.

그가 또 멀리 서봉을 바라보니, 기세가 드높은 정상에는 연잎으로 덮어져 있고 돌이 갈라져 생긴 동굴과 산을 의지하여 사방이 세워져 있었다.

다니는 길은 큰 바위에 구멍을 뚫어 만들었는데, 눈부시게 빛나는 태양은 산과 하늘을 비춰 빛이 풀과 녹색의 나무들을 두드러지게 보이게 했다.

이런 경치에 취한 한유는 시를 읊어야 했다.

태화봉 꼭대기 옥정에 자란 연은, 꽃이 피면 열매랑 뿌리는 배만 한데,

차갑기는 눈서리 같고 달기는 꿀 같아, 한 조각 입에 넣으면 고질병이 낫는다네.

나는 멀리 있는 것은 원치 않으나, 푸른 벽에 길이 없어 닿을 수 없네.

긴 사다리를 타고 열매를 따려는데, 일곱 연못에 심어놓은 뿌리가 서로 엉켜 있네.

[韓愈, 768~824, 중국 당나라 문학가, 사상개]

함석헌
咸錫憲

한번은 무슨 일 때문인지 학원생들 사이에 싸움이 일어났다.

그런데 함석헌은 한마디 책망의 말도 없이 조용히 방에 들어가 저녁시간이 되어도 나오지 않았다.

이에 학원생들이 걱정스레 방문을 열었는데, 그는 무릎을 꿇고 기도하는 자세로 아무 말도 하지 않았다.

그러자 학원생 모두가 방에 들어가 무릎을 꿇고 그에게 용서를 빌었는데, 그로부터 학원에서는 다투는 일이 사라져버렸고 감히 싸움이란 상상할 수도 없는 일이 되었다고 한다. 학원생들의 싸움 이후에 송산 농사학원은 작은 평화 공동체가 된 것이다.

그것은 공동체의 기반이 양심에 있다는 뜻이기도 하다. 그는 양심이 "사람 사는 땅"의 기본 질서여야 한다고 믿었기 때문이다.

[咸錫憲, 1901~1989, 한국 사학자]

항우

項羽

패왕별희의 주인공이 바로 항우이다. 패왕
은 항우를 말한다. 항우는 반란군 중 세력이
가장 컸다. 반란이 성공하고 진나라가 멸망하
자, 항우는 각 반란군 수장들에게 제멋대로
분봉하고는 고향 초나라로 돌아간다. 그는 통
일국가를 통치할 이상을 갖지 못했다.

진나라 이전 제후들 간 경쟁하는 구체제로
복귀를 선언했다. 자신을 통일 왕국의 황제가 아닌 서초패왕, 즉 초
나라의 왕이라고 스스로 축소 정의했다.

별희는 항우가 이미 전쟁에서 진 것을 깨닫고 눈물로 우희와 이별
하는 내용이다. 항우는 사면에서 초나라 노랫소리가 들리는 것을 깨
닫고는 투항한 초나라 병사들이 많구나 하며 한탄을 한다. 유방에
비해 항우는 여러 면에서 영웅의 면모를 갖춘 인물이다. 초나라 명
장 항연의 손자이고, 덩치도 우람했다. 진나라 대군을 격파하기 위
해 강을 건너며 솥을 깨고, 배를 가라앉힌 이야기는 인상적이다.

진나라 정규군과 강대강으로 맞붙어 철저히 깨부순 장군도 항우
이고, 진나라 최후의 장군 장한을 투항하게 만든 것도 항우이다. 진
정한 난세의 영웅이다.

[項羽, B.C.232~202, 중국 진나라 무장]

577

허균

許筠

허균은 시인이었다. 그의 형과 누이도, 그의 스승도 모두 시인이었다. 그는 일찍 죽은 형과 누이를 위해 그들이 남긴 시를 모아 '허곡집' 과 '난설헌집' 을 냈다. 또 스승을 위해 그의 시집 '손곡집' 을 간행하였고, 최고의 학당파 시인으로 평가되었다.

임진왜란 피난시절인 1593년 '학산초담' 을 지었다. 동시대 시인들에 대한 사회와 시평이 주요 내용이다. 전라도 함열현 유배 시절에는 '성수시화' 를 지어 최치원부터 동시대 시인들까지 약 800여 년에 걸친 시화들을 모아 품평하며 우리나라 시의 흐름을 보여주었다.

1607년 '국조시산' 을 펴냈다. 책 뒤에 덧붙인 '제시산후' 에서 그는 시산 詩刪과 시선詩選의 차이점을 설명하며 시산의 어려움을 호소하고, 이어서 말하기를, 큰 바다에 구슬이 하나 빠졌다고 비난할 사람은 있을 테지만 물고기 눈깔과 진주가 섞여있다고 꾸짖는 사람은 없을 것이라 하였다.

다시 말하면, 넣을 것은 있을지 몰라도 뺄 것은 없다는 뜻으로, 자신의 시산작업에 의의를 부여했다. 이 책은 조선 초 정도전부터 당대의 권필에 이르기까지 35명의 시를 분류하고 비평을 붙였는데, 홍만종의 '시화총림' 에서 조선조 최고의 시산으로 평가받았다.

그는 벼슬이 바뀌거나 신변에 변화가 생길 때마다 한 권의 시고를 엮었다. 이를테면, 예조정랑으로 있을 때 지은 시 15수를 모아 '남궁고'를 엮거나 내자시정 재직시를 지은 시 18수를 모아 '태관고', 형조참의 재직시 시 13수를 모아 '추관록'을 엮은 것 등이다.

그의 시평과 시작詩作에 대한 열정은 이렇듯 대단했지만 1612년 권필이 시 때문에 억울하게 죽는 것을 보고 절필을 선언하고 만다.

유배 시절 그의 나이 43세에 그는 자신의 문집을 스스로 엮어서 '성소부부고'라 하였다. '부부고'라 칭하면서 은근히 자신을 영웅에 빗대고 있는 모습이 엿보인다.

그는 5편의 전傳을 지었는데, 모두 유교적 신분사회에서 소외당한 인물들을 주인공으로 하는 현실 고발 소설의 성격을 띤다. '손곡산인전'의 이달이 천첩소생의 서얼이고, '남궁선생전'의 남궁두는 아전이며, '장생전'의 장생은 비렁뱅이 천민이다. 또 '엄처사전'의 엄처사는 몰락한 양반이고, '장산인전'의 장산인은 중인이다.

허균은 5편의 전 이외에도 국문학사에 길이 남을 '홍길동전'의 저자로 인정되고 있다. 허균이 '수호전'을 모방하여 '홍길동전'을 지었다고 그의 제자 이식이 밝힌 글에 근거를 두고 있다. 그는 스승 이달과 자신을 따르던 서양갑이나 심우영 같은 이들이 모두 서얼로서 소외된 삶을 사는 것을 보고 신분제도의 불평등과 사회 체제의 부조리를 비판하기 위해 '홍길동전'을 쓴 것으로 보인다.

은유하여 현실을 비판하는 소설 말고 논설을 통해서도 직접적인 사회 비판을 시도하였다. '호민론', '유재론', '관론', '정론', '병론', '학론'이 그것이다.

[許筠, 1569~1618, 조선시대 문신]

허레이슨 넬슨
Horatio Nelson

해군 제독임에도 평생 뱃멀미에 시달리고 오른팔을 전투 중에 잃은 허레이쇼 넬슨 제독, 비록 유부녀와의 뜨거운 염문설 등 사생활은 비난의 대상이기도 했지만 영국 국민은 넬슨을 사랑한다.

그것은 그가 전쟁을 승리로 이끌었기 때문만은 아니다. 오히려 수많은 위기와 좌절을 이겨내고 부하들에게 용기와 임무의 중요성을 불어넣은 그의 리더십이 지금의 영국에 더욱 필요하기 때문이다.

1806년, 프랑스는 영국과의 모든 통상과 영국 함선의 유럽 내 항구 기항을 금지하는 대륙 봉쇄령을 내렸다. 당시 전 유럽을 지배하던 황제 나폴레옹의 영국에 대한 보복이었다. 하지만 이 대륙 봉쇄령은 나폴레옹의 패망을 부추기는 기폭제가 된다.

당시 영국은 풍부한 자원보고인 식민지 지배와 산업혁명의 효과로 자급자족이 가능했다. 오히려 피해는 유럽 국가들이 입었다. 대륙봉쇄령의 맨 처음 이탈자는 러시아였다.

나폴레옹은 배신자 러시아를 혼내주기 위해 대군을 휘몰아 러시아로 진격했다. 하지만 그곳은 '동토의 늪'이었다. 나폴레옹 군대는 러시아 군대의 초토화 작전과 강추위라는 두 가지 적에게 무릎을 꿇었고, 결국 나폴레옹의 원대한 전 유럽 지배의 꿈은 그가 코르시카 섬으로 유배되면서 종말을 고했다.

[Horatio Nelson, 1758~1805, 영국 해군 제독]

허버트 스펜서
Herbert Spencer

19세기 중반 영국의 사회학자 허버트 스펜서가 주장한 사회진화론은 찰스윈의 생물 진화론을 인간이 사는 사회에 투영해 만든 침략을 합리화하는 정치적 개념이었다.

'혁명과 배신의 시대'는 단순히 6명의 역사적인 인물들에 대한 소개를 넘어 이들이 살았던 시대의 다양한 역사적 배경과 평가, 일화 등에 대해서도 아주 세세하게 다루고 있다. 이런 구성이 가능했던 이유는, 책의 말미에 있는 방대한 양의 주석과 참고문헌의 목록으로도 알 수 있다. 그런 이유 때문인지는 몰라도 이 책을 읽다 보면 인물사를 읽는 것이 아니라 근대 역사의 축소판을 읽는 것 같은 느낌을 받게 된다.

이 책에서 언급한 6명의 인물들은 비슷한 시기에 당대 선진적인 교육을 받고 몇몇은 일본 유학을 했던 공통점도 지니고 있다. 제국주의의 침탈과 군국주의 침략이 활개를 치던 분위기가 만연해 있던 시대를 살아가면서 맹목적으로 근대적인 '힘'과 '권력'을 추종하기도 했고, 일본을 제국의 몽상에 빠뜨린 사람도 있다. 그런 반면 사회진화론과 같은 당대 주류 이론에 편승하지 않고 독자적인 길을 택해 다음 세대에 희망을 전해주려고 한 이도 있다.

이들은 문학의 힘, 정치력 등을 활용해 새로운 길을 모색했지만 결과적으로 그들의 노력은 큰 빛을 보지 못했다.

[Herbert Spencer, 1820~1903, 영국 철학자, 사회학자]

허준

許浚

허준이 유도지의 손을 잡았다. 그의 눈시울도 뜨거워지고 있었다. 또 한 번 눈물을 삼킨 유도지가 천장을 향해 회한 어린 한숨을 길게 토했다. 허준이 위로의 말을 잊은 채 자기의 눈을 가렸고 그 손바닥도 눈물에 젖어 있었다.

그 유도지보다 1년 뒤 내의원 관원이 되면서 맨 처음 찾아보고 스승의 별세를 알렸을 때, 그 무덤의 위치조차도 물어보지 않던 유도지였었다.

그 스승의 무덤, 뭇 이름 없는 민중의 병고를 더는 지름길이 될 오장육부를 담은 인체의 참모습과 그 생명체를 버틴 360가닥의 골격의 신비를 자기 몸으로 증명해 보이고자 자수로 목숨을 끊었던 사람. 그 얼음골이 있는 골짜기를 넘어서 오르고 오른 천황봉 아래 서늘한 바람이 불고 첫 새벽, 첫 햇살이 종일 양지를 이루는 촛대봉 아래 묻힌 이여…

출사 후 혜민서에 떨어져 낮도 밤도 없이 영일 없는 날을 보낼 제 다가오는 첫 한식을 꼽으며 스승의 성묘를 애태우는 그에게 문득 찾아온 김민세가 위로했었다.

"산 자를 위해 바쁜 터에 죽은 자를 위해 애태울 것 없다. 근자 내가 재약산에 발길이 잦고 그곳과는 길이 멀지 않으매, 그 사람 무덤에 솟는 잡풀은 내가 뜯어주리니 괘념치 마라."

한양 밀양이 하루 이틀 길이 아님에서 김민세의 그 위로의 말을 믿고 아직 찾지 못한 무덤이나, 지금 그 유의태의 넋이라도 살아생전 돌아보지 않던 친자식이 스스로 끊었던 부자 지연을 다시 잊고자 피눈물을 뿌리는 것을 안다면 그 또한 작은 위안은 될 것인가…

그 침묵한 두 사람이 마주 앉은 방안에 아내가 술상을 보아왔으나 스승을 화제 삼으면서 차마 술잔을 기울일 수 없는 허준에게 유도지는 자청하여 서로 말미를 내어 아버지의 무덤에의 동행을 부탁했고 허준 또한 감격해 약속을 주고받았다.

이날 허준은 유도지가 가져온 선물 앞에서 밤을 지새웠다. 금값 못지않게 귀물로 치는 중국 비단 한 감은 허준에 대한 유도지의 깊은 감사와 우의를 드러낸 것이었을 것이다.

중원의 인전이라 이름한 그 책 내용은 중국을 중심으로 인간 세상에 의술이 비롯된 역사와 그 수천 년 사이에 명멸한 빼어난 의인들의 약전이 적혀 있었다. 귀중한 인명을 다루는 지고한 업이건마는 베풀되 대가를 청구하는 업이다 하여 의를 천업으로 여기는 조선의 풍속에선 의업에 현저한 공이 있는 이도 기명해 기리고자 않는 터요, 아예 의원을 뽑는 자격에서부터 중인 이하의 신분으로 못 박는다. 그러나 중국은 그렇지 않은 듯했다.

의업에서 공적을 이룬 이를 일일이 기록하고 기린 그 책은 면천免賤이라는 신분 상승의 집념으로 의원의 길에 들어선 허준에겐 하나의 경經이요, 환희고, 자각이었다.

[許浚, 1539~1615, 조선 중기 의학자, 동의보감 저재]

헤겔

Georg Wilhelm Friedrich Hegel

 동시대 철학자 쇼펜하우어가 그를 매우 싫어했다고 전해진다. 그의 저서 곳곳에서 헤겔을 '사기꾼', '협잡꾼' 등의 원색적인 표현으로 비난하였다. 헤겔 개인을 인간적으로 싫어했다기보다는, 서양 철학 전체를 다 까는 그의 입장에서는 헤겔이 당시 서양 철학의 정통이기 때문에 주요 비판 대상이 된 것이다.

쇼펜하우어는 베를린대학에서 헤겔과 같은 시간에 강의를 하여 정면 대결을 했으나 헤겔의 교실에는 수강생이 가득 차고, 쇼펜하우어의 교실에는 단 한 명의 학생도 오지 않은 것으로 알려진다. 베를린대학의 철학과 교수로서 유럽 전역에 명성을 떨치던 헤겔을 갓 데뷔한 쇼펜하우어가 이길 수는 없었다. 헤겔이 사망하고 나서야 쇼펜하우어는 명성을 얻기 시작했다.

쇠렌 키르케고르도 헤겔 비판에 한몫했다. 아니 그의 책 상당수가 헤겔을 중심으로 근대 철학을 비판하는 내용이다. 비판의 요지는 보통 이렇다. 헤겔을 필두로 한 근대 철학은 윤리를 역사적 관점에서 바라보았는데, 이게 사람들에게 퍼지면서 모두 자신의 양심보다는 어떤 행동이 현재의 역사적 상황에서 옳는지만 찾게 되었다.

그래서 개개인은 스스로 옳고 그름을 판단하려 하지 않은 채 역사

탐구에만 몰두하고, 심지어는 역사의 일부분을 축소하거나 과장하여 자신의 악행을 합리화하려는 경우도 생기게 되었다는 것이다. 그래서 키르케고르는 이것들에 대한 반대급부로, 현실에 존재하는 존재로서의 인간과 세계관을 들고 나오는데, 그것이 나중에 실존주의로 이어진다.

헤겔은 당시 기준으로 중국에 대해 '자유가 없는 나라'라고 주장했다. 서양은 계속해서 자유가 확대되는 쪽으로 진보해왔지만 중국은 아직까지도 황제 한 명이 다스리는 나라라는 주장이다. 이는 헤겔이 자유의 확장이 역사를 발전시킨다고 보았기 때문이다.

[Georg Wilhelm Friedrich Hegel, 1770~1831, 독일 철학자]

헤로도토스
Herodotos

    헤로도토스는 그리스 역사가 키케로가 '역사의 아버지'라고 불렀다. 페르시아 전쟁을 다룬 '역사'를 썼다. '역사'에는 일화와 삽화가 많이 담겨 있으며 서사시와 비극의 영향을 받은 것으로 여겨진다. 그리스인 최초로 과거의 사실을 시가詩歌가 아닌 실증적 학문의 대상으로 삼았다.

    페르시아 전쟁은 B.C. 492년부터 B.C. 479까지 지속된 페르시아 제국의 그리스 원정 전쟁으로, 그리스의 여러 도시국가들은 페르시아 제국에 연합 대응하여 성공적으로 공격을 막아내었다.

    놀라운 것은 오늘날에 이르러서 고대 동방 모든 지역의 사정이 해명됨에 따라 헤로도토스가 전하고 있던 사실들이 의외일 정도로 정확했다는 점이다. 그 이유는 간단하다. 헤로도토스의 탐사는 현대인들이 생각하는 '답사' 그 이상이기 때문이다.

    헤로도토스는 우선 여행하는 지역의 비문 자료들을 참고했으며, 신관들을 닥달하여 이야기를 듣기도 하고, 심지어 이집트에서 올라탄 배에서 노잡이에게 질문하기도 하고… 각 지역의 관광 가이드들에게 지겹도록 질문했다고 한다.

[Herodotos, B.C. 484~B.C. 425, 고대 그리스 역사가]

헤르만 헤세

Hermann Hesse

헤세는 아버지처럼 선교사가 되려고 했지만 포기하고, 정신병원에 입원하는 등 한동안 방황하는 기간을 보냈습니다. 이때의 경험은 소설 '수레바퀴 밑에서'에 반영됩니다.

'수레바퀴 밑에서'는 강압적 교육으로 청소년이 겪는 고통, 슬픔을 다루고 있다는 점이 영화 '죽은 시인의 사회'와도 비슷합니다. 극중 주인공에게 자유 의식을 전해주는 인물이 존재하고, 그로 인해 주인공이 자살로 세상을 떠나는 것도 비슷합니다.

해당 소설의 주인공인 한스와 마찬가지로 헤르만 헤세도 우수한 성적으로 기숙 신학교에 입학했으며, 작품 중에 헤르만 하일러가 학교에서 도망치는 이야기는 실제 헤르만 헤세의 일화였다고 합니다.

헤르만 헤세는 당시 학교에서 도망치다 경찰에게 잡혀 돌아온 뒤 8시간 동안 감금당하는 체벌을 당했으며 이후 우울증 증세가 심해져 주변 친구들로부터 왕따까지 당했다고 합니다. 이러한 헤세의 불안한 정신 상태를 이유로 결국 헤세는 신학교를 자퇴하고 신경쇠약에 시달렸다고 합니다.

하지만 헤세는 작가로서 큰 성공을 거둔 이후에도 상당한 어려움들이 많았었는데, 그는 나치 독일의 치하에서 계속 독일에 머무르면서 나치즘을 비판하는 행보를 보였다가 나치한테 탄압당하기도 했습니다. 그리고 1930년 말에는 독일에서 모든 작품 출판을 금지당하게 되는데, 결국 스위스로 망명하게 됩니다.

헤세의 작품은 인간의 삶에 대해 많은 고민과 성찰이 담겨있는 경우가 많습니다.

[Hermann Hesse, 1877~1962, 독일 소설가, 1946년 노벨상 수상]

헤밍웨이

Ernest M. Hemingway

헤밍웨이는 간결한 문장을 쓰는 것으로 유명했다. 문장 속에 여백을 많이 두는 작가, 헤밍웨이는 가능한 한 문장을 짧게 쓰려고 노력했다. 그의 소설의 간결함과 여섯 단어짜리 인상 깊은 소설이 맞물려, 하나의 도시 전설을 만들어낸 것은 아닐까.

헤밍웨이가 진짜 이 짧은 소설을 썼는지는 확실하지 않지만, 그가 썼다 하더라도 그의 창작물은 아니라는 주장이 있다.

헤밍웨이의 내기가 존재하기 이전, 1910년 5월 16일자 스포케인 신문의 기사를 읽어보면, 비극적인 아기의 죽음으로 인해 부모가 아기의 옷을 팔아야 했다는 이야기가 실려있다.

게다가 1921년 브루클린 신문에는 유모차 광고 '유모차 팝니다, 미사용' 이라는 광고가 존재했다. 이 짧은 단어와 관련된 가슴 아픈 내용은 세상에 이미 알려진 것이다.

어느 날, 헤밍웨이는 친분이 있는 동료 작가들과 함께 점심을 먹고 있었다. 흥미를 돋우기 위해, 헤밍웨이는 동료 작가들에게 각자 10달러씩 내어 묻어두고, 가장 짧은 소설을 창작한 사람이 판돈을 취하자고 제안한다.

헤밍웨이가 냅킨 위에 '팝니다. 이거 신발, 한 번도 안 신었어요.'
라고 써서 그 내기에서 이겼다는 이야기가 그 핵심이다.

여섯 개의 단어를 읽으며 직관적으로 깨달아가는 가슴 아픈 사연
으로 인해, 동료 작가들이 헤밍웨이의 천재성을 인정했다.

[Ernest M. Hemingway, 1899~1961, 미국 소설가, 1954년 노벨상 수상]

헤시오도스
Hesiodos

　헤시오도스는 호메로스와 더불어 그리스 신화와 문학에 있어 가장 중요한 인물이다. 헤시오도스의 '신들의 계보'는 무한한 어둠의 공백인 카오스에서 우주의 질서가 출현했다는 것을 보여준다.

　또한 프로메테우스와 판도라에 대한 최초의 기록이 쓰인다. 그 과정에서 그리스 신과 여신들이 우주의 질서를 확립해 나간 계보를 밝히니, 그의 저술은 현실 세계를 하나의 전체로써 이해하려던 그리스 신화의 출발점이다.

　그의 '일과 날Works and days'은 일을 해야 하고 고통을 받아야 하는 인간의 조건이 핵심 주제이다. 헤시오도스가 '일과 날'을 쓰게 된 계기는 낭비가 심한 형 페르세스와 관련된 개인사로 알려져 있다. 유산을 탕진한 형이 부패한 관리와 결탁하여 재산을 가로채려 하는데, 헤시오도스는 그들의 죄상을 직접 고발하는 대신 형에게 노동의 미덕을 가르쳐 수입을 창출하는 것이 더 낫다는 지혜를 전하려 한 것이다.

　'일과 날'에서는 정의의 여신 디케Dike가 강조된다. 정의의 디케는 어떤 면에서 자연의 필연성을 의미한다. 봄-여름-가을-겨울이

지나면 다시 돌아오듯이. 헤시오도스는 이 시에서 시대를 다섯 가지로 구분하는데, 마지막 시대인 철의 시대에 인간은 운명처럼 주어진 노동을 받아들여야 한다.

그러나 이 시대가 종언을 고하면 황금시대가 다시 재탄생될 수 있으니, 역사는 일종의 순환적 성격을 가진 것으로 본다. 헤시오도스에게 있어서 신의 뜻은 그것이 비록 자의恣意일지언정 필연이고, 그것이 법이고 정의였다고 할 수 있다.

법은 사람이 정하는 그 무언가가 아니라 신이 정하는 것이다. 이러한 법과 정의의 상태를 가리키는 말이 디케였던 것이고, 디케는 그리하여 기본적으로 제우스의 권력 하에 머물러야 했다.

[Hesiodos, B.C.740?~B.C.570?, 고대 그리스 서정시인]

헨델

Georg Frideric Handel

헨델은 친구와 식탁을 함께 하고 포도주 마시는 것을 좋아했다. 어느 날 그는 런던에서 궁정악단의 지휘자 브라운과 그 밖의 음악가들을 오찬에 초대했다.

그런데 식사 중 헨델은 가끔 큰 소리로 "조금 기다려 주시오. 지금 막 좋은 악상이 떠올랐습니다." 하고는 식탁을 떠나 서재로 급히 뛰어가는 것이었다.

초대받은 사람들은 그럴 때마다 그에게 대답했다.

"염려 마시오. 우리 때문에 당신의 천재적인 악상이 세상에서 없어진다면 유감입니다."

헨델은 대단히 고마웠다.

그래도 자리를 뜨는 일이 너무도 빈번하므로 사람들은 이상히 여겼다. 헨델이 다시 서재에 들어가자, 손님 중 한 사람이 호기심에 끌려 열쇠구멍으로 방안을 들여다보았다. 그랬더니 악보를 쓰고 있는 줄 알았던 헨델이 놀랍게도 포도주를 마시고 있지 않은가. 이러한 일의 이유는 확실히 밝혀졌다.

헨델은 팬의 한 사람인 로드 레트니로부터 부르고뉴 와인을 한 상자 받았다. 그것은 손님들에게 내놓기는 너무 고급이었고, 그렇다고 그것을 마시지 않고는 점심을 끝낼 수가 없었다.

그런데 좋은 생각이 떠올랐던 것이다. 이리하여 그는 부르고뉴 와
인으로 재미를 보고 한편 벗들과 식탁을 같이하는 즐거움도 맛보았
다.

[Georg Frideric Handel, 1685~1759, 독일 작곡가]

헨리 데이비드 소로

Henry David Thoreau

1946년 소로는 노예제도와 멕시코 전쟁에 반대하는 의미로 인두세 납부를 거부하고 감옥에 갇혔다. 그가 감옥에 갇혔다는 소식을 듣고 시민 에머슨이 찾아왔다. 소로는 그를 스승처럼 모셨고, 소로는 그에게서 정신적인 영향을 받았다.

에머슨이 소로에게 '왜 감옥에 있는가?' 라고 묻자, 소로는 '선생님은 왜 감옥 밖에 계십니까?' 라고 되물었다.

멋지지 않은가? 그러나 널리 알려진 이 일화는 소로의 삶을 전문적으로 기술한 연구자들의 증언과 완전히 배치된다.

첫째, 소로가 인두세를 내지 않아서 감옥에 갇혔던 것은 맞다. 그러나 하룻밤을 지낸 다음 곧바로 풀려났기 때문에 누가 면회 올만한 상황이 아니었다.

둘째, 소로와 에머슨은 제자와 스승의 관계가 아니라 동지적 관계였다.

셋째, 감옥의 구조상 에머슨이 서로 이야기를 주고받는 장면이 나올 수 없었다.

넷째, 에머슨은 나중에 소로가 감옥에 갇혀서 멕시코 전쟁에 반대하는 뜻을 전했다는 소식을 듣고 쓸데없는 짓을 했다며 한심하다는 뜻으로 혀를 찼을 뿐이다. 인두세는 멕시코 전쟁자금으로 사용되지 않았기 때문이다.

다섯째, 따라서 소로가 에머슨에게 그런 말을 했을 가능성은 없다. 와전되었을 뿐이다.

[Henry David Thoreau, 1817~1862, 미국 시인]

헨리 워즈워스 롱펠로
Henry Wadsworth Longfellow

1825년 버든 대학교를 졸업한 뒤, 언어학의 연구를 위해 여러 번 유럽에 파견 근무를 한다는 조건으로 대학의 교수직 제안을 받았다. 1826년부터 1829년 사이, 유럽을 여행하고 귀국해서 버든에서는 처음으로 현대 언어학 교수가 되었고, 비상근 사서가 되기도 했다.

이 교수 시절에 롱펠로는 프랑스어, 이탈리아어, 스페인어 교본을 만들거나 여행기를 저술하였고, 그해 1831년 포틀랜드의 메리 스토어러 포터와 혼인했다.

롱펠로는 또한 1년 정도의 해외 유학이라는 조건부로 하버드대학의 프랑스어와 스페인어의 스미스 교수 자리를 얻었다. 롱펠로가 여행 도중에 로테르담에 있었던 1835년, 아내 메리는 유산 후 22세의 나이로 사망하게 된다. 3년 후, 롱펠로는 메리와의 사랑에 영향을 받은 '천사의 발자국'을 썼다.

1836년 롱펠로는 미국으로 돌아와 하버드 교수직에 올랐다. 케임브리지에 살며 평생 거기에 머물게 된다. 그러나 여름 동안만은 나한트에서 보냈다. 그즈음 시집 출간을 시작했다. 1839년의 처음으로 시집 '밤의 소리', 1841년 '발라드와 다른 시'를 발표했다. '발라드와 다른 시'에는 유명한 시 '마음의 대장장이'가 들어 있다.

롱펠로는 보스턴의 부유한 사업가 네이션 애플턴의 딸, 프랜시스 파니 애플턴과의 교제를 시작했다. 이 교제 기간, 롱펠로는 종종 하버드에서 보스턴 브리지를 넘어 보스턴에 있는 애플턴 집까지 걸어 다녔다. 이 교량은 오래되어 1906년 재가설되었고 롱펠로 브리지라고 불리게 되었다.

7년 후에 파니와 혼인에 동의하고, 1843년 두 사람은 혼인했다. 네이트 애플턴은 두 사람에게 혼인 선물로 찰스 강이 내려다보이는 '그레기 하우스'를 구매했다. 이 집은 독립 전쟁 중에 조지 워싱턴 장군과 그 참모가 점령한 것이었다.

파니에 대한 롱펠로의 사랑은 1845년 그의 유일한 사랑의 시 소네트 '밤의 별'에 나오는 구절에서 엿볼 수 있다.

[Henry Wadsworth Longfellow, 1807~1882, 미국 시인]

헨리 포드
Henry Ford

자동차 왕 헨리 포드와 엔지니어 '스타인 맥스' 와의 일화이다.

스타인 맥스는 난쟁이였지만 전기 분야의 최고의 전문가인데, 그는 미시간주 디트로이트에 있는 헨리 포드의 첫 번째 공장에 큰 발전기를 설치했다.

그런데 어느 날, 이 발전기가 고장이 나서 공장 가동이 중단되었다. 많은 엔지니어 기술자들을 불렀지만 아무도 고칠 수가 없었다. 공장이 멈춰 있는 동안의 손해는 엄청났다.

그들은 결국 비싼 인건비의 스타인 맥스를 불렀다. 그는 도착하자 발전기의 여기저기를 두드려 보고 살피면서 힘들이지 않고 일하더니 전기 스위치를 올리자 그 큰 공장이 가동되었다.

며칠 후에 헨리 포드는 스타인 맥스로부터 1만 달러의 수리비 청구서를 받았다.

포드는 대단한 부자였지만 대충 몇 군데 두드려 보고 고친 수리비치고는 너무 비싸다고 생각했다.

그래서 청구서에 이렇게 메모를 붙여서 돌려보냈다.

"이 청구서의 금액은 당신이 잠깐 여기저기 두드려 보면서 고친 노력에 비해 너무 비쌉니다."

그랬더니 얼마 후에 스타인 맥스로부터 이렇게 답장이 왔다.

"발전기를 두드리며 일한 임금이 10달러, 어디를 두드려야 할지를 알아내는 능력이 9,990달러 합계 1만 달러입니다."

그래서 결국 포드는 그 금액을 모두 지불했다.

포드 공장의 발전기를 설치한 스타인 맥스가 발전기의 고장이 어디이고, 무엇이 문제인지 간단히 두드려만 봐도 바로 알 수 있듯이, 내 인생의 문제가 무엇이고, 어떻게 해결해야 할지 정확히 아는 분이 계신다.

[Henry Ford, 1863~1947, 미국 자동차 기술자, 실업가]

헬렌 켈러
Helen Keller

켈러는 생후 20개월 만에 시각, 청각은 물론 말하는 능력까지 잃고 7세 때인 1887년에 가정교사 '앤 설리번'을 만나서 글을 배우기 시작했는데, 켈러가 처음으로 설리번의 손바닥에 쓴 글자가 인형이라는 단어였다고 하네요.

켈러는 항상 친구처럼 인형을 안고 다녔다고 하네요. 중복 장애를 가졌지만 유복한 집안에서 자란 헬렌 켈러와 어려운 집안 사정 때문에 빈민구호소로 보내져 장애를 갖게 된 앤 설리번의 만남은 운명이라고밖에는 말할 수 없을 것 같다. 헬렌 켈러가 훗날 자신의 전기에서 그녀가 자기 집에 온 날을 가리켜 자신의 '영혼의 생일'이라고 했던 말은 결코 과장이 아니다. 힘이 세고 포기할 줄 모르며 다루기 어렵다는 점에서 꼭 닮아 있던, 두 사람의 인연은 설리번 선생이 숨을 거두는 그날까지 이어졌는데, 죽음을 앞둔 그녀는 다시 태어나도 헬렌 켈러를 위한 삶을 살겠냐는 질문에 대해 주저 없이 그렇게 하겠다고 답했다고 한다.

헬렌 켈러는 이런 설리번 선생의 사랑과 믿음을 바탕으로 대학을 우수한 성적으로 졸업한 후 인종 차별에 반기를 들고 여성 인권을 옹호하는 한편, 활발한 반전 운동을 펼치게 된다.

[Helen Keller, 1880~1968, 미국 사회사업가]

호메로스
Homeros

호메로스에 관한 일화는 많습니다. 가장 재미있는 이야기는 호메로스 존재 자체의 이야기지요. 호메로스가 한 사람인가? 하는 이야기는 많이 들었을 것입니다. 일각에서는 양대 서사시에 등장하는 여러 불일치를 지적하며, 이것은 호메로스가 여러 사람이라는 증거라고 주장하기도 하고, 또 다른 일각에서는 더 많은 유사점을 지적하며 호메로스가 한 사람이라고 이야기합니다.

어느 고전학자가 말한 것처럼 공격하는 쪽이나 방어하는 쪽이나 감탄스러울 정도로 훌륭한 논리의 근거를 동원하므로 서로 갑론을박하는 와중에서 원문에 대한 이해가 깊어지는 장점도 있다고 합니다. 덕분에 더 많은 이야기를 듣고 배울 수 있기에 다양한 논박을 해주시는 학자님께 감사를 드립니다.

호메로스에 대한 이해가 새로운 전기를 맞이하게 된 것은 20세기 중반, 양대 서사시가 문자로 정착되기 이전부터 구전되었을 가능성에 대한 설명이 나오면서부터였습니다. 우리나라의 판소리 같은 경우도 대본으로 정착되기 전 구전으로만 전해지던 시기가 있었고, 구전되던 중 약간의 첨삭이 이루어진 것으로 보고 있지요.

양대 서사시의 저자 역시 그 이전의 수많은 서사시인들이 만들어 놓은 단편을 가져다가 하나의 일관적이고 커다란 직조물로 이어붙였을 것이라는 설명이 나오면서 호메로스가 여러 사람이라는 주장은 실상 힘을 잃었고, 양대 서사시의 창작자라기보다는 완성자, 또는 기록자인 한 사람의 호메로스를 바라보는 시각이 대두했습니다.

신화와 전설을 혼합하여 6각운의 시 형식으로 완벽하게 재창작한 천재 시인 호메로스, 이제 호메로스를 이렇게 불러야겠습니다.

[Homeros, B.C. 800~B.C. 750?, 그리스 서사시인]

혼다 소이치로
本田宗一郎

1991년 혼다의 창업자 혼다 소이치로는 세상을 떠났습니다.

생전에 그는 이렇게 말했다고 합니다.

"내가 멋진 인생을 보낼 수 있었던 것은 고객들과 거래처의 여러분들, 회사 임직원 여러분들 덕분입니다."

내가 죽으면 세계의 신문에 '감사합니다.' 라는 제 마음을 담아 게재해 주세요.

사실 혼다 소이치로는 꽤 일찍 사장직에서 물러났습니다. 66세에 은퇴했고, '회장' 자리에도 오르지 않았습니다. '종신명예고문' 이라는 자리는 갖고 있었지만, 업무 일선에는 완전히 떠나있었습니다.

그래서 사장을 사임한 후 혼다소이치로가 무슨 일을 했나 하면, 일본 전국에 있는 혼다의 사업소, 판매점, 공장 등 700여 개소에 달하는 그 모든 곳들을 돌아다니며 모든 종업원 한 사람 한 사람과 악수를 하며 "감사합니다. 감사합니다. 언제나 감사했습니다."라고 말했다고 합니다.

700곳의 관계점 가운데는 당연히 두세 명의 직원밖에 근무하지 않는 시골 강촌의 판매점도 있었겠지요. 그런 곳까지 돌아다녔다고 합니다. 그리고 그 일을 끝낸 후에는 해외사업부까지도 전부 돌아다녔다고 합니다.

주변에서는 '혼다의 창업자가 직접 악수를 하러 가면 사원의 모티베이션이 올라가겠죠. 일도 좀 열심히 할 것이고, 업무 성적도 올라가겠죠. 그러니까 악수하러 다니는 것이겠죠.' 라고 속닥거리는 사람도 있었습니다.

그런데 사실은 그렇지 않았습니다. 혼다 소이치로에게 그런 것은 어쨌든 상관없었습니다. 자신이 진심으로 감사 인사를 하고 싶었기 때문에 돌았을 뿐입니다. 그러던 어느 날, 시골의 판매점을 돌고 있을 때 자동차의 정비를 하고 있던 사람이 혼다 소이치로가 왔다는 소식을 듣고 달려 나갔다고 합니다.

악수를 하러. 그래서 악수를 하려고 자신의 손을 뻗은 순간에 정비 중이던 자신의 손이 기름 범벅이었던 것을 알아차렸습니다.

앗 하고 깜짝 놀라 "손 씻고 오겠습니다." 하고 돌아서자, 혼다는 그의 등에 "기름투성이가 더 좋은 거야."라고 외쳤습니다.

정비사를 세운 혼다 소이치로는 두 손으로 기름투성이 손을 움켜잡았습니다.

그리고는 기쁜 듯이 그 손을 바라보며 기름 냄새를 맡았다고 합니다. 그 모습을 보면 감동할 수밖에 없지요. 눈물을 흘릴 수밖에 없습니다.

혼다는 이런 말도 했습니다.

"악수를 하면 모두 웁니다. 그리고 그 눈물을 보고 저도 웁니다."

[本田宗一郎, 1906~1991, 일본 기업인, 혼다 창업자]

홍난파

洪蘭坡(永厚)

'고향의 봄', '봉선화'의 작곡가 홍난파는 한국 최초의 바이올리니스트이자 실내악단 창시자, 최초의 음악평론가, 최초의 음악잡지 발행인이었다. 한국 근대 음악의 선구자인 홍난파의 집이 홍파동 경희궁 뒤편 언덕에 있었다.

홍난파는 홍파동 집에서 자신의 대표곡 가운데 상당수 작품을 작곡했다. 홍난파 집은 1930년 독일 선교사가 지은 벽돌조 서양식 건물로 지하 1층, 지상 1층 규모다.

홍난파는 1934년에 가수 이대형과 재혼하며 혼인생활을 위해 홍파동 집을 마련했다고 한다. 홍난파는 1944년 작고할 때까지 여기서 살았다.

고향의 봄

나의 살던 고향은 꽃 피는 산골
복숭아꽃 살구꽃 아기 진달래
울긋불긋 꽃 대궐 차리인 동네
그 속에서 놀던 때가 그립습니다.

홍난파의 집은 문화재로 지정되어 홍난파 기념관으로 사용되고
있다.

홍난파의 본명은 홍영후洪永厚이며, 난파는 아호이다.

[洪蘭坡(永厚), 1898~1941, 한국 작곡가]

홍자성

洪自誠

홍자성은 인생의 처세를 다룬 어록 채근담菜根譚을 저술하였다.

채근菜根이란 나무 잎사귀나 뿌리처럼 변변치 않은 음식을 말한다. 유교·도교·불교의 사상을 융합하여 교훈을 주는 가르침으로 꾸며져 있다.

현재 전해져 내려오는 것으로는, 명나라 홍자성이 지은 것과 청나라 홍응명이 지은 두 본이 있다. 전집前集 222조는 주로 벼슬한 다음, 사람들과 사귀고 직무를 처리하며 임기응변하는 사관보신仕官保身의 길을 말하며, 후집 134조는 주로 은퇴 후에 산림에 한거閑居하는 즐거움을 말하였다.

홍자성은 생존연대도, 인물·경력도 전혀 알 수 없는 사람이지만, 그의 사상은 유교를 근본으로 하되, 노자의 도교와 불교의 사상도 포섭·융합한 데 있는 만큼, 그의 사상은 깊고 그의 체험적 범위는 넓다.

[채근담]은 짧은 어록의 묶음으로 되어 있으면서 그 하나하나는 시적 표현과 대구법을 활용하고 있어 하나하나가 명언이요, 격언이며, 또 읽기에 멋이 있다.

그 소재는 매우 광범하고도 풍부하며, 그 내용은 구체적인 인간생활의 여러 가지 상황과 사실, 인간 심리와 세태 인정을 거의 망라하고 있으며, 병에 따라 약을 주어 치료해 주는 응병시약應病施藥적인,

그 성격은 누가, 언제, 어디서도 인생을 반성하고 음미하는 데 매우 적합하다 하겠다. 명리名利의 와중에서 고갈될 대로 고갈된 세태 인정을 일깨우는 데 하나의 청량제가 된다.

[洪自誠, 중국 명나라 문인]

황진이
黃眞伊

중종 4년에 대제학까지 지낸 소세양은 여색을 밝히는 소문난 바람둥이다.

"황진이가 절색이라고는 하지만, 나는 그녀와 30일만 함께 하고 깨끗이 헤어질 것이다. 만약 하루라도 더 머물게 된다면 너희들이 나를 인간이 아니라 짐승이라 해도 좋다."고 했다.

그녀와 30일 동안 동거에 들어가고 약속한 날짜가 다가오자, 소세양은 황진이와 이별주를 나눠마신다.

> 달빛 아래 뜰에는
> 오동잎 모두 지고
> 찬 서리 들국화는
> 노랗게 피었구나.
>
> 다락은 높아
> 하늘만큼 닿았는데
> 오가는 술잔은 취해도
> 끝이 없네.
>
> 흐르는 물소리는

창기의 비파소리

피리에 감겨드는

그윽한 매화 향기

내일 아침 눈물지며

별하고 나면

님 그린 연모의 정

길고 긴 물거품이 되네.

　이 시 한 수는 소세양의 마음을 움직였고 "내 맹세한 대로 인간이
아니라도 좋다." 하더니, 황진이 집에서 며칠을 더 머물렀다 한다.
　이후로 소세양을 친구들은 짐승으로 불렀다 하더라.

[黃眞伊, 1506~1567, 조선시대 여류 시인]

후쿠자와 유키치

福澤諭吉

4년 뒤의 죽음을 예견이라도 한 듯 이순耳
順에 접어들어 후쿠자와는 속기사에게 자신의
삶을 구술했다. 이때의 기록이 바로 '후쿠자
와 유키치 자서전'이다. 봉건질서가 강고하게
자리 잡은 시대에 하급 무사 가문의 막내로 태
어난 그는 탈아脫我에 대한 욕망이 강렬했다.

아버지는 본디 한학자였다. 그러나 번에서
하는 일은 회계 담당. 오사카의 갑부들과 교제하면서 번의 채무를
해결하는 일을 도맡았다. 3세 때 아버지가 돌아가셨으므로 자서전
에 기록된 아버지의 회환은 뒷날의 평가라 보아야 한다. 원래 책만
읽는 학자로 성장하고 싶었으나, 뜻대로 되지 않아 주판을 들고 돈
계산하는 것을 업으로 삼아야 했으니, 아버지의 좌절감은 깊었으리
라 말한다.

아무리 뛰어나더라도 신분의 벽을 넘어설 수 없었다. 어른들의 교
제는 당연하거니와 아이들의 놀이에도 상하귀천의 구별이 있었다.
불평이 없을 리 없었다. 나중에 학교에 가서 독서 회독을 하면 언제
나 상급 사족을 이겼다. 완력에서도 지지 않았다. 하지만 아버지의
처지에서 보자면 다 소용없는 짓이었다. 막내를 차라리 승려로 키우
기로 했다. 하찮은 생선가게 아들이 대종사가 되었다는 말은 널려

있었다.

'중노릇을 시키는 한이 있더라도 세상에 이름을 남기도록 하겠다고 결심한 그 괴로운 속마음, 그 깊은 애정, 나는 그것만 생각하면 봉건적 문벌제도에 분노하는 동시에 돌아가신 아버지의 심정을 헤아리게 되어 혼자서 울곤 했다.' 고 회상한다.

떠나야만 했다. 아버지가 돌아가신 다음 돌아온 번지 나카쓰에서는 질식할 것만 같았다. 분명히 학문적인 재능을 타고난 듯싶었다. 남들보다 늦게 시작했는데도 금세 따라갔다. 나중에는 서당 선생보다 실력이 나았다.

주변에서 불평불만이 나오면 다 쓸데없는 짓이라 여겼다. 사람을 실력으로 평가하지 않고 문벌로 나누는 이상 희망은 없었다. 떠나지 않을 거라면 불평도 하지 말라고 통을 놓았다. 마침내 나가사키로 떠났다. 나카쓰에 전통과 문벌이라는 악령을 묻어버리고 싶었으리라. 가슴에는 못다 이룬 아버지의 꿈을 품었으리라. 그러지 않고서야 어찌 뒤돌아서 침을 뱉고는 바삐 달려가겠는가.

그즈음 미국의 페리 제독이 함대를 이끌고 우라가에 내항한 사실이 널리 퍼졌다. 세상은 이미 크게 변하고 있었다. 나가사키에서 처음으로 서양 글자를 배웠다. 스물몇 자를 배우는 데도 상당히 애를 먹었지만, 네덜란드어 문법을 깨우쳤다. 얼마 안 가 선생을 가르칠 수 있겠다는 자신감마저 들었다.

오사카로 옮겨 오카타의 주쿠 학교에 들어간다. 이제 비로소 제대로 된 교육을 받는다. 생명학을 배우는 데라 대체로 동료들의 직업이 의사였다. 이 점은 특별히 강조할 필요가 있다. 후쿠자와의 공부는 말하자면, 서기西器를 배우는 데 초점이 맞추어져 있었다. 그가 베끼거나 번역한 책도 주로 의학서나 축성서 따위였다. 서양문명이 가능했던 거대한 뿌리는 제쳐놓고 성급하게 열매만 따려고 혈안이 되었던 것이다.

후쿠자와가 무엇을 포기하고 공부하려 했는지를 보여주는 사건이 있다. 형이 갑작스럽게 죽어 고향에 다시 돌아갔다. 전통에 따라 가업상속을 해야 했는데, 이를 거부하고 오사카로 다시 나오기로 했다.

어머니에게 '공부를 하면 어떻게든 성공을 할 수 있습니다. 그러나 이번에는 있어봤자 대단한 출세를 기대할 수 없습니다.' 라고 말한다.

아들이 가는 길을 막을 어미가 어디 있겠는가. 여비를 마련하려고 아버지가 남긴 장서를 팔아치웠다. 이 과정에서 이름에 얽힌 일화가 나온다. 아버지는 진귀한 책도 여럿 있는 장서가였다. 오랫동안 갖고 싶었던 명률明律의 상유조례上諭條例를 마침내 사게 되어 무척 기뻐하고 있었는데, 그날 밤 막내아이가 태어났다. 겹경사라며 상유의 유지를 따 사내아이의 이름을 지었다. 그런데 이 일화의 당사자가 장서를 판 돈으로 오사카로 간 것이다. 이로써 그는 확실히 전통이라는 탯줄을 잘라낸 셈이다.

25세, 드디어 도쿄에 입성했다. 이제는 영어의 시대였다. 곤혹스러웠다. 개방의 상징인 요코하마에 갔는데, 글도 모르겠고 말도 안 통한다. 어렵게 네덜란드어를 배웠는데 무용지물이 되나 싶었다. '몇 년 동안 수영을 배워 간신히 헤엄칠 수 있게 되자, 수영을 포기하고 나무 타기를 시작하는 것이나 마찬가지였노라.' 고 했다.

그가 누구인가. 훗날 '학문을 권함' 을 써낸 인물이 아니던가. 공부하느라 베개를 베고 잔 기억이 없다는 인물이 아니던가. 잠을 지새우고 익혔으니, 그러지 않고서는 뒤처질까 봐 조바심이 났을 터다.

고생 끝에 낙이라더니, 1860년 미국에 갈 기회가 생겼다. '일본 개벽 이래 미증유의 사건이라 할 만한데, 사령관의 수행원 자격으로 유명한 간린마루에 승선할 수 있었던 것이다. 이후 후쿠자와는 미국을 한 번 더 방문하고 유럽도 다녀왔다.

이때 보고 느낀 바를 기록한 '서양사정'은 베스트셀러가 되었다. 이론뿐만 아니라 체험적으로도 예외적인 인물이 될 수밖에 없는 조건을 두루 갖추게 된다.

[福澤論吉, 1835~1901, 일본 명치시대 계몽 사상가]

히틀러
Adolf Hitler

히틀러는 감정을 폭발점까지 둑으로 막아 놓고 있다가 갑자기 울음보를 터뜨려 발작을 일으키기 일쑤였다. 또 그는 여러 달 동안 불안한 투쟁을 하는 동안에 자기 자신의 힘이 꺾이는 것을 막기 위해 여자처럼 눈물을 주룩주룩 흘렸다.

예를 들면, 나치당의 분파分派 지도자 오토 슈트라세르로 하여금 탈당을 하지 말도록 밤새도록 그를 설득하려고 했을 때, 그는 세 번이나 울음을 터뜨렸다.

초창기에는 어떤 일을 하려다가 모든 방법이 실패로 돌아갔을 때, 그는 자주 울었다. 그의 이런 습성을 스탈린과 비교해 보면 재미있을 것이다.

스탈린이 고된 하루를 보내고 나서 운다든지, 또는 잠들기 위해 동료를 불러 연주하게 한다는 것을 상상할 수 있겠는가?

[Adolf Hitler, 1889~1945, 독일 총통]

히포크라테스
Hippocrates

'아스클레피오스 신전'은 고대 그리스인들에게 죽은 자도 살려내는 성스러운 신전으로 추앙받게 되었습니다. 히포크라테스 이전 의학은 아스클레피오스와 같은 신화에 바탕을 둔 신앙적 해석과 같아서 '질병이란 신이 내린 벌임으로, 신에게 벌을 거두어달라고 하는 것이 가장 좋은 치료법이라'고 고대 그리스인들은 믿어왔습니다. 그래서 신을 모신, 신과 가장 가까운 아스클레피오스 신전은 몸과 마음을 정결히 한 고대 그리스인들이 병을 치료하기 위해 찾는 가장 중요한 병원이었다고 합니다.

이러한 시대상 속에서 히포크라테스가 전파한 의학의 핵심은 '질병은 신이 내린 벌이 아니라, 곧 사람의 몸 내부와 외부에서 접할 수 있는 환경이 변화해 발생하는 것으로, 이 환경을 바로잡으면 질병을 고칠 수 있다.'는 현실적 판단이었습니다.

즉 히포크라테스는 피상적 사고에서 비롯된 관념에서 깨어나 이성적 판단과 임상적 관찰을 통해 성심으로 환자를 대하면서 질병에 대한 고대 그리스인들의 관념적 사고를 바꾸게 되었고, 이런 사고의 전환은 과학적 의학 발전에 토대가 될 수 있게 되었습니다.

[Hippocrates, B.C. 460~B.C. 375, 고대 그리스 의학자]

편저자의 일화

【구멍 뚫린 성경책】

1951년 9월, 보병 8사단 수색대대는 인제 지구 854고지 공격명령을 받았다.

우리의 사기는 높았고 6부 능선까지는 지형지물을 잘 이용해 어렵지 않게 접근했다. 그러나 이 고지는 피아간의 요충지라 적의 저항이 전과 달리 매우 심하여 얼마나 긴장했던지 전투를 시작하기도 전에 수통의 물은 이미 고갈되었다.

첫날 공격에서 소대장이 전사하여 소대 지휘를 맡은 주 상사는 벌떡 일어나 "전진! 전진!" 하며 고함을 쳤지만 대원들은 겁에 질려 움직이지 않았다. 7부 능선에 도달할 무렵 사격 개시명령이 하달되어 나는 불을 뿜는 적의 기관총호를 겨냥하여 방아쇠를 당기고 있었는데, 잠시 후 적의 포탄이 떨어지기 시작하였다. '꽝' 소리와 함께 나는 쓰러지며 정신을 잃었다.

정신이 들었을 때, 위생병은 내 양쪽 팔에 압박붕대를 감고 있었다. 작업복을 찢고 보니 내 복부에 큰 구멍이 나 있었다. 다행히 창자는 밖으로 나와 있지 않았다. 천만다행이었다. 포탄을 맞는 순간, 내 배가 터져서 창자가 산산이 흩어져 나뭇가지에 걸린 환상을 보았는데, 그게 아니었구나. 잘하면 살 수 있을 것 같았다. 나를 돌보던 위생병은 다른 부상병에게로 옮겨갔다. 나는 이대로 죽을 수는 없어서 간신히 일어섰고, 총소리가 멀어져 갔다.

대대구호소에서 지혈대를 푸니 심한 통증이 사라지고 시원하다. 왼손은 까맣게 죽어 있었고 절단해야 할 것 같았다. 나는 원주 제3이동외과병원에서 간단한 수술을 받았다. 우리의 854고지 공격은 실패하였지만, 후일 다른 연대에 의해 점령되었다.

9월 18일 새벽, 병원 열차는 대구에 도착하였다. 제1육군병원에 후송된 우리는 피 묻은 군복을 벗고 환자복으로 갈아입었다. 나의 상처는 왼쪽 상박부 관통상, 오른쪽 어깨와 왼쪽 복부에 파편이 박혔다. 특히 복부는 10cm 깊이로 박혔지만 내장을 다치지 않아 군의관들은 기적이라고 말했다. 오른쪽 주머니에서 일기장을 꺼내고 왼쪽 주머니에서 영어로 된 포켓 성경을 꺼냈는데, 그 성경책은 피투성이고 가운데가 뻥 뚫려 있었다.

이게 웬일인가?! 신약 영어 성경책 (New Testament)에 구멍이 나 있질 않는가!

"아! 이 성경이 나를 죽음에서 살렸구나!"

미군이 버린 성경책이 내 복부를 관통하려는 파편으로부터 생명을 보호해 준 것이다. 나는 당시에 기독교인이 아니었고 하나님을 잘 알지도 못하였다. 미군이 버린 성경책을 주워서 심심풀이로 영어 공부하려고 가지고 다닌 것인데, 이것이 방패가 되어 나를 살려준 것이다.

【독일 병정】

독일 병정은 한마디로 충견忠犬으로 비유되고 상사의 명령에 절대복종하는 융통성 없는 말단 병사를 뜻한다.

1970년대 초여름, 경기도 운수 계장직에 있을 때, 버스조합 임원들이 저녁식사나 하자고 하여 서울 낙원동에 있는 구중궁궐 같은 한정식집에 초대되었다. 그들은 내 옆에 아리따운 아가씨를 배치하고 오늘 밤 유혹하도록 지령을 내린 것 같았다.

식사가 끝나가고 술잔도 조금 오고 간 후, 나는 슬그머니 뺑소니치려고 상의를 찾았으나 보이지 않았다. 화장실에 간다고 나와보니 구두도 없어졌다. 나는 그대로 맨발로 대문을 빠져나와 거리로 나왔다. 당시는 통행금지 시간이 있어 밤 12시 이후에는 아무도 다닐 수 없어 검문에 걸리면 파출소 유치장에서 밤샐 각오를 하였다.

넓은 종로의 대로를 활개 치며 걸어도 아무도 없었다. 남대문 파출소 앞을 지나는데도 검문하는 경찰이 없었고, 한강 인도교 검문소를 지나는데도 검문하는 헌병이 보이지 않았다. 대방역 앞을 지나 보라매공원(당시는 공군사관학교) 근처의 집까지 무사히 새벽 2시에 도착했다.

다음날, 그들이 상의와 구두를 가지고 와서 나에게 하는 첫마디가 '독일 병정' 같은 사람이라고 비난하였다. 그 후부터 나의 별명은 독일 병정이라는 꼬리표가 붙게 되었다.

사진 자료

국립중앙박물관(https://www.museum.go.kr)

동아일보(https://www.donga.com)

매일신문(https://www.imaeil.com)

문화재청(https://www.cha.go.kr)

서울신문(https://www.seoul.co.kr)

양구인문학박물관(http://www.ymunhak.or.kr)

연세대학교 기록관(https://archives.yonsei.ac.kr)

오죽헌박물관(https://www.gn.go.kr/museum/index.do)

위키백과(https://ko.wikipedia.org/wiki)

조선일보(https://www.chosun.com)

주간기독신문(https://www.kidok.com)

한겨레(http://www.hani.co.kr/arti/culture/culture_general/908955.html)

편저자

우제祐齊 김효영金孝英

　1933년 평북 용천 출생
　건국대학교 정치대학 졸업
　지방행정연수원 간부과정 수료
　경기도 지방과장, 연천군수
　(주)한국코니카필름 전무이사

{ 저서 }
　지방자치사전, 삼영사, 1980
　기초사진제판, 인쇄계사, 1987
　인쇄대사전, 인쇄문화사, 1992
　공직생활과 예절, 교문사, 2000
　한문사자성어사전 증보판, 명문당, 2019
　세계 명언 사전, 명문당, 2024

세계 명인 일화집 世界 名人 逸話集

초판 인쇄　2024년 7월 15일
초판 발행　2024년 7월 19일

편저자 | 김효영
발행자 | 김동구
디자인 | 이명숙·양철민
발행처 | 명문당(1923. 10. 1 창립)
주　　소 | 서울시 종로구 윤보선길 61(안국동)
　　　　　국민은행 006-01-0483-171
전　　화 | 02)733-3039, 734-4798, 733-4748(영)
팩　　스 | 02)734-9209
Homepage | www.myungmundang.net
E-mail | mmdbook1@hanmail.net
등　　록 | 1977. 11. 19. 제1~148호

ISBN 979-11-987863-8-8 (03800)
20,000원